溪　堂　公
遺　稿　集

계당공
유고집

화순최씨 계당공파 문중
(대표 최원태)

국학자료원

금화서원 내 금화사 삼절문

사현신도비

금화서원 내 금화사

금화서원 앞의 냇물

금화서원 계당 측면

금화서원 계당의 현판

금화서원 계당 정면

시냇물 바위의 각자刻字(취와계醉臥溪)

계당공 묘소

계당공 묘비

계당공 비석

계당공 비석

종가집의 현판 각자刻字
해동고가호서일민

종가집의 현판 각자刻字
선곡유거

祝 辭
축 사

　화순최씨 계당공파 종중(회장 최원태)에서 선조 계당 최홍림 선생의 문집 발간을 진심으로 축하드립니다.

　후손들이 선대 유산을 보전한다는 것은 당연한 것 같지만 실제로는 매우 어려운 일이고 특히 수백 년 세월이 지나서 문집을 낸다는 것도 어느 문중에서나 할 수 있는 쉬운 일은 아닙니다.

　계당 선생께서 1545년 을사사화로 많은 사림士林들이 화禍를 입게 되자 벼슬에 뜻을 접고 보은 금적산으로 낙향, 은거하시어 당대에 명성 높은 대학자였던 대곡 성운, 동주 성제원, 남명 조식 등과 교류하며 장차 세상을 밝힐 후학 양성에 전념하신 삶은 존경받을 일입니다.

　또한 최선생께서 자기 수양을 우선으로 여기는 학문인 위기지학爲己之學을 중시한 것은 오늘을 사는 우리들에게 시사하는 바가 크다고 생각됩니다.

　1815년 금화서원이 창건되고 여기에 최홍림, 성제원, 조식, 성운, 삼지당 최운 등을 기리는 위패가 모셔진 후 현재까지 보은군내 유림들이 해마다 제향을 올려 오고 있습니다.

최선생이 은거하며 공부했던 건물인 계당과 금적산 정상에서 내려오는 계곡의 자연정원인 계정은 2019년 2월 1일 충청북도 문화재자료 제95호로 지정되어 보은군과 최 씨 문중에서 관리해오고 있습니다.

  이번 계당선생 후손들이 선대 문집 출간을 계기로 우리군내 각 문중이 선대 유업을 기리는 여러 가지 사업을 펼치는 계기가 되기를 희망합니다.

  2020년 11월

  보은군수 정상혁

발 간 사

『계당공유고집溪堂公遺稿集』은 저의 16대조이신 계당 최홍림崔興霖(1506~1581) 선생의 유고집을 번역한 책이다. 조선시대 은자이자 문인·학자이셨던 선생의 자는 현좌賢佐, 자호는 계당溪堂이시다. 고려 때 평장사를 지내고 오산군烏山君에 봉해진 최세기崔世基의 후예이시다. 선생의 고조는 단종 즉위 시에 사간원우납司諫院右納에 제수되고, 『세종실록』의 수찬에 참여하시고 대사성을 지낸 최사로崔士老(1406~1469)이시며, 증조부는 이조참의를 거쳐 예조참의에 이른 최한정崔漢禎(1427~1486)이시다. 조부 최중청崔重淸은 광홍창수廣興倉守, 금산군수, 목사, 전라도 관찰사 지냈으며, 부친 최해崔垓는 학행과 덕망이 출중하여 다른 사람들로부터 많은 존경을 받으셨던 분이다.

조선은 중기에 접어들면서 사화가 잇달아 일어나 많은 인재들이 참화를 당하기도 하고 사화의 피해를 입을까 염려되어 한양을 떠나 지방으로 은거하거나 아예 세상과 등지면서 살기도 하였다. 계당 최홍림 선생께서도 그 중의 한 분이셨다.

선생께서는 을사사화가 일어나자 가솔을 이끌고 한양을 떠나 충북 보은군 삼승면 선곡리로 오셔서 금적산 자락에 계당이라는 서원을 건립하고 자연과 벗 삼아 처사로 생활하셨다. 시를 짓고 거문고를 타면서 은일자락隱逸自樂의 기품있는 생활을 하셨다.

자기수양에 전념하여 도의에 어긋남이 없었고 성리학을 탐구하여 학문이 탁월하여 문장이 뛰어났다. 특히 대학과 중용에 침잠하였으며, 소학의 내용을 평생 실천하면서 후진 양성에도 전념하셨다. 평소 선생께서 보여준 이러한 학덕과 행의行誼는 뭇 사람들의 사표로 삼기에 충분하였다.

선생은 대곡 성운成運(1497~1579), 동주東洲 성제원成悌元(1504~1559), 남명南冥 조식曺植(1501~1572), 소재蘇齋 노수신盧守愼(1515~1590) 등 당대의 유수한 많은 학자들과 교유하였던 고현高賢이셨다.

후손 최학수 선생은 가장家藏되어 오던 고현들의 몇편의 문장과 다른 사람의 문집에 실려 있는 글들을 수집하여 1804년에 간행한 활자본인『계당유고溪堂遺稿』와 계당을 추모하면서 쓴 여러 현인, 후손들의 글과 선조의 행적을 기록한 필사본 『계당집溪堂集』을 한문 편찬하셨다.

이제 세월이 흘러 한문을 이해하는 사람들이 적고 자손들도 선조들의 글을 한글로 번역하여 그 뜻을 이해하는 것이 필요하게 되었다. 몇 년의 작업 끝에 『계당공유고집』과 『계당집溪堂集』을 전후로 배치하여 번역본을 편찬하게 되었다. 이 작업을 하면서 지난 일들을 되돌아보면 여러 가지 아쉬움이 많이 남기도 한다.

이 책이 나오기까지 많은 분의 도움을 받았다. 먼저 대구 계명대학교 이춘희 교수님의 정성어린 번역과 중국 광서사범대학 조영임 교수님의 감수, 한국외국어대학교 채호석 교수님의 윤문 덕분에 작품이 나올 수 있었다.

또한 이 책은 보은 지역의 역사와 문화에 지대한 관심이 있는 보은군(군수 정상혁)의 보조를 받아 간행되었다. 도움을 주신 모든 분들께 머리 숙여 깊은 감사의 인사를 드린다.

그리고 이 책의 출판을 위해 혼연일체가 되어 수고해 주신 우리 집안의 여러 종인분들께도 감사를 드린다.

  끝으로 이 책의 출판을 위해 힘써 준 국학자료원 정구형 대표께도 감사의 인사를 드린다.

  이 책의 출판으로 계당 최홍림 선생의 행적이 널리 알려지고 더 깊이 연구되기를 바라는 마음 간절하다.

  2020년 11월

  화순최씨 계당공파 종중 대표 최원태

次 例
차 례

溪　堂　集
역주 계 당 집

溪　堂　遺　稿

역주 계당유고

溪堂遺稿 序
계당유고 서

三山之金積山下, 有巋然溪堂, 於行路指點中, 乃昔處士崔
公攸芋也. 遺躅所在淸芬未沫, 瞻聆攸及, 孰不誦慕而興感.
惟其文蹟, 屢經兵燹, 散失無徵, 甚爲敎後人所傷惜矣.

當時諸名賢, 如成大谷, 東洲, 曹南冥, 相從遊之間, 其書
牘之往, 詩章之唱酬, 果當如何? 而至若閒居中, 多少記述
吟詠, 亦豈無可觀者也. 凡其咳唾之遺, 在簡篇者, 固可使人
愛玩不釋, 而今未見其遺稿刊行, 可勝歎哉!

公之雲仍惟泯沒是懼, 有此攎拾, 而編摩詩文, 爲十餘篇,
而附錄, 亦若干條, 儘可謂一臠知全鼎矣. 而其始終徽蹟, 有
足徵焉(合), 維玆一稿之出, 不亦善乎!

噫! 朱夫子序諸賢之文, 必先序其爲人, 今余於此, 不須序
其文也, 而亦嘗撰公幽堂之誌, 猥見錄於稿後矣. 遂書之如
此, 以不孤公後承諸君問序之意云爾.

崇禎後三癸亥 季夏 德殷 宋煥箕 序

삼산현 금적산 아래에 계당이 우뚝하게 자리 잡고 있는데, 산길을 따라 올라가다보면 보이는 곳이 바로 옛날 처사 최 공께서 지은 것이다. 발자취가 남겨진 곳에 아름다운 향기가 전해져서 보고 들은 사람이라면, 누구라도 칭송하고 사모하여 마음에 감동이 일어나지 않을 수 없다. 그러나 공의 문적이 거듭된 병화兵火를 거치면서 흩어지고 없어져서 기록을 징험할 길이 없어 후세 사람을 매우 애석하게 하였다.

당시의 여러 명현인 대곡大谷 성운成運, 동주東洲 성제원成悌元, 남명南冥 조식曺植 같은 분들과 서로 종유할 때에 주고받은 서간문과 창수한 시편은 과연 어떠하였을까? 그리고 한가로이 머물면서 저술한 다소의 음영吟詠 또한 어찌 볼 만하지 않으랴? 무릇 공의 아름다운 시문이 서책에 남아 있다면 진실로 사람들이 아끼고 음미하여 손에서 놓지 않을 터인데, 지금껏 그 유고가 간행된 것을 보지 못했으니, 참으로 한탄스럽다.

공의 후손들이 공의 글이 없어질까 걱정되어 이렇게 십여 편의 시문을 모아서 편집하고 약간의 부록을 달았으니, 이른바 '고기 한 점만 맛봐도 솥 안의 국물맛을 알 수 있는'[1] 것이라 할 수 있다. 아울러 시종일관 아름다운 자취는 충분히 징험할 만한 것인데, 이렇듯 원고가 세상에 나왔으니 또한 얼마나 좋은 일인가?

아, 주자朱子는 제현諸賢들의 서문序文을 지을 때 반드시 그 사람의 인품을 먼저 서술하였는데, 지금 내가 서문을 짓지는 않지만 일찍이 공의 묘지명을 찬한 적이 있고, 외람되게 유고 뒤에 실려 있다. 이에

---

1 《회남자(淮南子)》〈설림훈(說林訓)〉에 "한 점의 고기를 맛보면 솥 안의 고기 전부의 맛을 알 수 있다.〔嘗一臠肉而知一鑊之味〕"라고 하였다. 계당의 글이 대부분 병란에 소실되어 남은 글이 많지 않지만 그것만으로도 계당의 글을 파악하기에 충분하다는 말이다.

이와 같이 글을 쓰노니 공의 후손들이 서문을 청하는 뜻을 저버리지 않았다고 할 수 있다.

숭정崇禎 기원 후 세 번째의 계해癸亥(1803)년 6월에 은진殷津 송환기宋煥箕[2]가 삼가 쓰다.

---

2 송환기(宋煥箕): 1766~1807. 조선후기 문신, 학자. 본관 은진, 자 자동(自東), 호 심재(心齋). 송시열)의 5대손으로 시호는 문경(文敬)이다. 문집에 『성담집(性潭集)』이 전한다.

溪堂卽事[3]

계당 즉흥시

高山如大柱,	높은 산이 큰 기둥처럼
撑却一邊天.	한쪽 하늘을 떠받치고 있네.
頃刻未嘗下,	잠시도 내려 앉은 적 없으나
亦非不自然.	또한 이 모습 자연스러워라.

---

3 이 시는 〈우음(偶吟)〉이란 제목으로 조식의 문집 『남명집』에 실려 있다.

自悼[4]

스스로 서글퍼서

樂浪浮華不辨春,	하찮은 화초라[5] 봄조차 알지 못하다가
歸來方識歲寒人.	돌아와서야 지조있는[6] 사람임을 알았어라.
回頭自笑風波地,	머리 돌려 풍파 겪은 곳 생각하니 절로 우스워
閉眼聊觀夢幻身.	눈감고 애오라지 몽환의 이내 신세 바라보네.
北牖已安陶令榻,	북창에 이미 도연명의 의자를 놓고[7]
西風還避庾公塵.	서풍 불 제 도리어 유공의 티끌을 피하려네.[8]
更搔短髮東南望,	다시 짧은 머리를 긁적이며 동남쪽을 바라보니
柳絮榆錢不當春.	버들개지, 느릅나무는[9] 아직 봄같지 않아라.

---

4 이 시는 소식(蘇軾)의 시 「차운왕정로퇴거견기이수(次韻王廷老退居見寄二首)」의 제1수
와 내용이 같다.

5 원문의 '樂浪浮華'는 소식의 시에 '浪蕊浮花'라 되어 있는 것으로 보아 오기로 보인다.
낭예와 부화는 다 열매를 맺지 못하는 쓸데없고 하찮은 꽃이란 뜻으로, 자신을 겸손히
비유한 말이다.

6 논어 자한편(子罕篇)에 "날씨가 추워진 다음에야 송백이 뒤늦게 시든다는 것을 알 수가
있다.[歲寒然後知松柏之後凋也]"는 말이 실려 있다. 곧 고난을 겪고서도 마음이 변치 않
는 지조있는 사람을 지칭한다.

7 도령(陶令)은 동진 시기 팽택현령을 지낸 도연명을 말한다.

8 유공(庾公)은 진(晉) 나라 유량(庾亮)을 가리킨다. 왕도(王導)는 유량의 권세가 너무 중
한 것을 미워하여 항상 서쪽 바람이 불 때면 부채로 낯을 가리고 "원규(元規 유량의 자)
의 티끌이 사람을 더럽힌다." 하였다.

9 본문의 유전(榆錢)은, 3월에 느릅나무 꽃이 피고 그 열매가 옛날에 사용했던 얇은 동전
과 닮았다고 하여 유전(榆錢) 또는 유협전(榆莢錢)이라고 부른다.

贈李大司憲 自華[10]

대사헌 이자화李自華께 보내다

(缺)	(누락)
空詠連珠吟疊璧,	부질없이 아름다운 시문만 읊조릴 뿐
已亡飛鳥失驚蛇.	비조와 경사 같은 글씨는 없어져 볼 수 없네.[11]
林深野桂寒無子,	깊은 숲 계수나무는 차가워서 열매도 아니 맺히고
雨墮山薑病有花.	비 맞은 산 생강에 병든 꽃이 피었어라.
四十七年空一夢,	부질없는 한바탕 꿈과 같은 마흔일곱 해
天涯流落淚橫斜.	천애에 떠돌며 눈물만 하염없이 흘리네.

---

10 이 시는 〈천축사(天竺寺)〉라는 제목으로 소식(蘇軾)의 문집에 실려 있다.

11 참고로 이 시구는 소식(蘇軾)의 시에 "백낙천의 연주 첩벽을 입으로 읊기만 할 뿐, 비
   조와 경사 같은 그 글씨는 없어져 볼 수 없네.(空詠連珠吟疊璧, 已亡飛鳥失驚蛇.)"에서
   가져온 구절이다. 연주 첩벽은 구슬을 꿴 것과 같은 뛰어난 시문을 말한다. 또한 비조
   경사(飛鳥 驚蛇)는 글자체가 표일(飄逸)하여 작은 새가 비상하는 듯하고, 필세(筆勢)가
   마치 놀란 뱀이 숨는 것처럼 생동감이 넘쳐난다는 뜻으로 쓰인 것이다.

和成大谷 運 健叔

대곡 성운成運 건숙의 시에 화답하다

蒼蒼松柏滿山頭,	울창한 송백나무 산꼭대기에 가득하고
曄曄芝蘭到處幽.	찬란한 지초 난초 도처에 그윽하다.
相望十年今始會,	십 년을 바라보다 이제사 만나니
白雲流水摠開眸.	흰 구름 흐르는 물 모두 눈이 탁 트이네.

繚曲幽深物色新,	구불구불 깊고 그윽한 곳 물색이 새로우니
方知此處可安身.	바야흐로 여기가 몸 편히 둘 곳임을 알겠어라.
從今願棄塵間事,	바라건대 지금부터 세속 일 버리고
長作溪堂靜里人.	길이 계당에서 조용히 살아갔으면.

和曹南冥植楗仲[12]

남명 조식 건중께 화답하다

分手金華外	금화산에서 작별할 제
山義水自流.	산은 높고 물은 절로 흘렀지요.
憐君貧到骨,	가엾게도 그대는 가난이 뼈에 사무치고
恨我雪盈頭[13].	한스럽게도 저는 백발이 머리에 가득하였지오.
碧樹初經雨,	푸른 나무에 막 비가 지나가고
黃花正得秋.	국화꽃은 마침 가을을 만났구려.
還山抱白月,	산으로 돌아가 밝은 달을 안고
魂夢付悠悠.	꿈속에 그리운 마음 부친다오.

---

12 이 시는 〈贈崔賢佐 興霖字〉란 제목으로 조식의 문집 『남명집』에 실려 있는데, 제1연에
   "金積煙雲洞, 逢君雙涕流."로 되어 있는 것이 다르다.

13 『계당집』에는 '盈滿頭'로 되어 있다.

與曹南冥成東洲 悌元共吟

남명 조식, 동주 성제원과 함께 읊다

手掬清波飮,	손으로 맑은 물 한 움큼 마시니
胸襟冷似氷.	가슴이 얼음처럼 차가워라.
平生塵垢累,	평생의 세상 티끌
洗得十分澄.	한결 맑게 씻기었네.

又和成大谷韻

다시 대곡 성운의 시에 화답하다

雨與欲借雲牕眠,　　　서로 어울려 구름 낀 창문에서 잠들었고

顚倒肩輿小澗邊.　　　수레가 작은 시냇가에 거꾸로 걸렸었지.

醉石行尋幽趣味,　　　취와계醉臥溪에서 그윽한 맛을 찾으니

春山滿目可忘年.　　　봄산이 눈에 가득 나이조차 잊었다오.

挽成大谷

대곡 성운에 대한 만시

高鳥依林麓,　　　높이 나는 새는 숲 기슭에 의지하고
游魚樂水深.　　　헤엄치는 물고기는 깊은 물 속을 즐기는 법.
泰山頹已矣,　　　태산이 이미 허물어졌으니
何處托吾心.　　　이 마음 어디에 기탁하나.

一時生也樂難任,　　한때 사는 것도 그 즐거움 감당하기 어려운데
況忝懇懃不棄心.　　하물며 은근하게 저버리지 않는 그 마음에랴.
西石東泉佳做處,　　서쪽 바위 동쪽 샘물 아름다운 곳에
夕陽依舊映楓林.　　석양은 예전처럼 단풍 숲을 비추건만.

和盧蘇齋守愼寡悔[14]

소재 노수신의 '후회하지 않는다寡悔'에 화답하다

歲歲翩翩下坂輪,	세월은 휠휠 수레바퀴 돌 듯 흘러가고
歸來杏子已生仁.	돌아오니 살구씨 이미 여물었네.
深紅落盡東風意,	동풍에 붉은 꽃 다 지는데
試問今誰裹舊巾.	묻노라 지금 누가 옛 두건을 쌀 것인가[15]

---

14 이 시는 〈次韻田國博部夫南京見寄二首〉라는 제목으로 소식의 문집에 실려 있는 "歲月
翩翩下板輪, 歸來杏子已生仁. 深紅落盡東風惡, 柳絮楡錢不當春."과 동일하다.

15 옛 두건은 옛날 벼슬하기 전에 쓰던 두건을 말하는 것으로, 벼슬에서 물러나 은거한다
는 뜻이다. 소식의 〈차운왕정로퇴거견기(次韻王庭老退居見寄)〉 시에 "다시 짧은 머리
긁적이며 동남쪽을 바라보나니, 묻노라 지금 누가 옛 두건을 쌀 것인가.〔更搔短髮東南
望 試問今誰裹舊巾〕"라는 구절이 있다.

又和 盧守愼[16]

또 화답하다

五月榴花照眼明,　　오월의 석류꽃이 눈부시게 밝고
枝間時見子規眠.　　가지 사이로 때로 잠든 두견새 보이네.
（缺）

---

16 이 시는 〈題張十一旅舍三咏榴花〉라는 제목의 한유(韓愈)의 시 "五月榴花照眼明, 枝間
時見子初成. 可憐此地無車馬, 顚倒靑苔落絳英"의 첫 구절이다.

草

再從姪守愚堂 永慶 銘 幷序

재종질 영경의 수우당의 명 병서

愚可守乎? 聖人歎其不移. 愚不可守乎? 昌黎稱其夷道,
蓋不移之愚. 自暴者之所忍, 夷道之愚, 憤世者之所爲. 斯二
愚者, 皆君子所不欲也. 夫子稱顏子以如愚, 稱甯武子爲不
可及. 蓋顏子之愚, 愚於言而不愚於道者也. 甯子之愚, 愚於
世而不愚於身者也. 斯二愚者, 雖君子有所不避也. 今(令)
我從姪永(慶)也嘗作堂, 以守愚揭其號. 夫愚之義有此四者,
問其所安?

姪也居仁由義而言不非禮義, 則非自暴之愚矣. 意者姪也
之所守, 殆顏氏之愚乎. 飯疏水飮, 而不願人之膏粱者. 庶幾
一瓢之不改也. 聞人之善, 好之如珮蘭者. 庶幾一善之服膺
也. 至於用舍行藏之際, 則永也嘗屢徵不就, 視若浮雲然. 余
嘗觀道德於前後, 省語默於左右, 則堂銘之作, 亦不至阿所
好矣. 銘曰:

어리석음을 지킬 수 있는가? 성인은 변화시킬 수 없음을 탄식하였
다.[17] 어리석음을 지킬 수 없는가? 창려昌黎 한유韓愈는 그것을 오랑

캐의 도라고 했다. 변화시킬 수 없는 어리석음은 대체로 자포자기한
자들이 하는 짓이며, 오랑캐의 도는 세상에 분개한 자가 하는 일이
다. 이 두 가지 어리석음 모두 군자가 바라는 것이 아니다. 공자께서
'어리석은 듯하다[18]'고 안자顔子[19]를 칭찬했고, 영무자甯武子[20]의 어리
석음에는 미칠 수 없다고 말하였다. 대개 안회의 어리석음은 말에 있
어서 어리석은 것이지 도리에 있어 어리석은 것이 아니며, 영무자의
어리석음은 세상일에 어리석은 것이지 자신에게 어리석은 것이 아니
다. 이 두 가지 어리석음은 비록 군자라도 피할 수 없는 것이다.

나의 종질 영경永慶이 일찍이 집을 짓고 '수우守愚'로 당호를 내걸
었다. 어리석음의 뜻이 이 네 가지 중에 있을 터인데 묻노니 그 뜻이
어디에 있는가? 종질 역시 인仁에 거하고 의義에 따라 행동하며 말에
는 언제나 예의가 있으니 자포자기한 자의 어리석음이 아니다. 생각
건대, 종질이 지키는 바 역시 거의 안회의 어리석음에 가까울 것이
다. 거친 음식을 먹고 물을 마시면서도 남의 맛있는 음식을 돌아보
지 않았던 것은 안씨가 가난하면서도 낙도樂道를 고치지 않은 것에
거의 가까울 것[21]이다. 다른 사람의 착한 점을 들으면 마치 난초를 차

수가 없다.(唯上知與下愚 不移)"라는 공자의 말이 실려 있다.

18 『논어』〈위정(爲政)〉에서 공자가 제자 안연을 칭찬하여, "내가 회와 함께 온종일 이야
기하였으나 내 말에 이의를 제기하지 않아 어리석은 것 같더니, 물러간 뒤에 그 사생활
을 살펴보았는데 그대로 행하니, 회는 어리석지 아니하구나.(吾與回言終日, 不違如愚,
退而省其私, 亦足以發, 回也不愚.)"한 데서 온 말이다.

19 안회(B.C.521~B.C.490). 중국 춘추 시대의 유학자. 공자의 제자이다.

20 위나라의 대부 영유(甯兪). 『논어(論語)』「공야장(公冶長)」편에 "영무자는 나라에 도
가 있으면 드러내고, 나라에 도가 있으면 어리석음을 보였다. 그 지혜는 따를 수 있으
나, 그 어리석음은 따를 수 없다."라고 하였다.

21 『논어』〈옹야(雍也)〉에, 공자가 안회를 칭찬하는 말에 "한 그릇의 밥과 한 바가지의 물
로 누추한 시골에 사는 것을 사람들은 그 근심을 견뎌 내지 못하는데, 안회는 그 즐거
움을 바꾸지 아니하니 어질구나 안회여.(一簞食一瓢飮, 在陋巷, 人不敢其憂, 回也不改

고 있는 것처럼[22] 좋아하니, 아마도 하나의 선善이 가슴에 새겨 있어 그러할 것이다. 용사행장用舍行藏[23]에 있어서는 영경이 일찍이 나라에서 여러 번 불렀으나 나아가지 않았으니 부귀영화를 뜬구름과 다름없이 여겼다. 내가 일찍이 앞뒤에서 그의 도덕을 관찰하고, 옆에서 그가 말할 때나 침묵할 때나 움직일 때나 고요할 때를 살펴보건대, '수우당'이라 당명을 지었으니, 역시 좋아하는 사람이라고 해서 아첨하지는 않을 것이다. 다음과 같이 명銘한다.

蔚蔚雙檜,	검푸른 두 그루의 전나무
猗猗萬竿.	아름다운 만 그루의 대나무
中有一堂,	그 가운데 집 하나 있어
碩人之寬.	현인의 마음 넉넉하도다.
其守維何,	지키는 것이 무엇인가?
惟愚是樂.	오직 어리석음만이 즐거움이로다.
緬懷古人,	아득히 옛 사람을 회상하니
顏甯先獲.	안회와 영무자가 먼저 이 뜻을 터득하였도다.
偉哉我姪兮,	훌륭하구나, 나의 조카여!
曠世同符.	세대를 뛰어넘어 옛 사람과 똑같구나.
可愚而愚,	어리석은 듯하나 어리석지 아니하니
展也不愚.	진실로 어리석지 않음이여!

其樂, 賢哉回也.)"라는 말이 있다.

22　초나라의 굴원이 쫓겨난 뒤에도 임금을 그리워하면서 난초를 허리에 차고 간언을 올렸던 고사가 있는데, 원문의 패란(佩蘭)은 고결한 지취를 의미한다.

23　뜻을 얻어 세상에 도를 행하고, 물러나 은거하는 것을 말한다. 『논어(論語)』〈술이(述而)〉에 "쓰임을 받으면 행하고 버림을 받으면 숨는다.(用之則行, 舍之則藏.)"고 하였다.

祭成大谷文

대곡 성운成運[24]에 대한 제문을 추모하며

維年月日, 崔興霖代子知遠, 明遠, 敢昭告于司宰監正成
先生之靈.

유년유월에 최흥림은 아들 지원, 명원이를 대신 보내어 감히 사재
감정司宰監正[25] 성운 선생의 영령께 밝게 고합니다.

嗚呼哀哉!	아, 슬픕니다!
惟先生渾然天性,	선생께서는 천성이 혼연하여
怡然自得.	편안하게 스스로 만족하면서
學尊孔孟,	학문은 공맹을 존숭하였고

---

24 성운(成運): 1497~1579. 본관은 창녕(昌寧). 자는 건숙(健叔), 호는 대곡(大谷). 선공
    감부정(繕工監副正) 성세준(成世俊)의 아들이며, 어머니는 비안박씨로 사간 박효원
    의 딸이다. 1531년(중종 26) 진사에 합격, 1545년(명종 즉위년) 성운의 형이 을사사화
    로 화를 입자 보은 속리산에 은거하였다. 그 뒤 여러 차례 벼슬에 임명되었으나 취임하
    지 않았다. 서경덕·조식·이지함 등과 교유하며 학문에 정진하였다. 성운이 죽자 선
    조가 제문을 내려 애도하였으며, 뒤에 승지에 추증되었다. 저서에『대곡집(大谷集)』이
    전한다.

25 사재감정(司宰監正): 조선시대 사재감(司宰監)에 두었던 정삼품(正三品) 관직.

心紹濂洛.	마음은 염락[26]을 계승하였지요.
懷稟雪月,	타고난 성품은 눈과 달처럼 고결하고
操堅松竹.	지조는 송죽처럼 견고하여
生契簞瓢,	평생 거친 음식을 드시고
陋巷其宅.	누추한 시골에서 지내시면서
浮雲富貴,	부귀를 뜬구름같이 여기었으니
曷有人慾.	어찌 인욕이 있다 하리요?
時撫桐孫,	때때로 거문고를 어루만지고
咳唾珠玉.	주옥같은 글을 남기셨으며
造次顚沛,	위급한 상황에서도
操而不釋.	지조를 버리지 않으셨지요.
自陪先生,	선생을 모신 뒤로
怕我舊惡.	저는 예전에 저지른 잘못을 두려워하였으며,
欽若嚴師,	엄한 스승처럼 흠모하고
或省處獨.	때로 홀로 있을 때 반성하였지요.

---

26 염(濂)은 염계(濂溪)의 주돈이(周敦頤)를 가리키고 낙(洛)은 낙양(洛陽)의 정호(程顥)·정
   이(程頤) 형제를 가리키는데, 모두 송대(宋代)의 저명한 성리학자(性理學者)이다. 염락
   의 사람이란 그들의 학통을 이어 유학을 집대성한 주희(朱熹)를 가리키고, 무이산(武
   夷山)은 주희가 정사(精舍)를 짓고 강학하던 곳이다. 여기서는 성리학에 조예가 깊었
   던 갈암을 그에 빗대어 말한 것이다.

泰山其頹,　　　이제 태산이 무너졌으니

吾將安適.　　　저는 장차 어디로 가야 하나요?

號天告憫,　　　하늘을 향해 민망함을 호소하나

蒼昊黙黙.　　　하늘은 묵묵히 말이 없네요.

叩地慟問,　　　땅을 두드리고 통곡하며 따져 물어도

地無所數.　　　땅은 대답이 없습니다.

追思陪辭,　　　모시고 다닐 때의 말씀을

耳邊如昨.　　　이제 다시 생각하니

前年仲春,　　　어제인 듯 귓가에 쟁쟁합니다.

執手說情.　　　작년 2월에 손잡고

來同京洛,　　　속마음을 말씀하셨던 일,

居共一鄕.　　　함께 서울에 가서

動必齊鑣,　　　한 고을에서 같이 묵기도 한 일,

坐亦同床.　　　거동할 때마다 말머리를 나란히 하고

死後旅魂,　　　앉을 때에도 같은 자리에 앉곤 하였지요.

亦必同遊.　　　죽어서 떠도는 넋이라도 함께 노닐자던

先生是言,　　　선생의 이 말씀이

昭在心頭.　　　마음 속에 분명하건만,

幽明永格,　　　이승과 저승으로 영원히 나누어졌으니

痛烈腸曲.	애간장이 끊어진 듯 아픕니다.
今後歲月,	지금부터
此身何托.	이 몸을 어디에 의지해야 할까요?
熒熒予予,	혈혈단신으로 외로이 남겨진 이 몸
顧影惻惻.	그림자조차 슬픕니다.
揮淚頻仰,	눈물을 뿌리며 하늘땅 둘러보아도
天日無色.	하늘에는 빛이 없습니다.
欽奠薄具,	조촐한 제물을 올리오니
庶幾來格.	부디 강림하여 흠향하소서.
嗚呼哀哉!	아, 슬픕니다!
尚饗!	흠향하소서!

六代從祖文惠公遺事
육대종조부 문혜공 유사

公諱善門, 字慶夫, 和順人. 天姿純粹, 容貌俊雅, 及長志操廉介, 行誼高潔. 爲學必求性理之源, 律己必修淸儉之德, 卽凡文字窮理上事, 必心思而自得之, 以求至乎其極, 尤樂爲之講明道義, 最見重於士林, 佔畢齋亦敬事之.

妙年中生員, 隱居藏修, 若將終身, 以先公命出就徵辟, 初拜持平乃, 世宗卽位之三年, 永樂辛丑也. 一月三遷, 春遇隆深, 其莅官盡道格君輔世, 昭載國乘, 班班可考. 公治官如家織, 毫無犯事, 君如親樞要必避, 畢翁稱之曰: "松筠志操, 水月精神". 其淸介一節, 未足爲公之輕重, 卽其素性然也.

文宗朝, 陞吏曹判書, 公力辭不造朝, 朝廷以爲銓選劇地, 非所以待儒逸, 移拜工曹判書, 國有大事必諮諏焉. 命工畵像以表崇獎之意. 公遭遇盛際, 身任啓沃, 將欲以有爲也已, 而顯陵賓天, 端宗遜位, 公於是引身而退. 世祖元年, 特以議政府贊成召, 終不就, 其志盖有在也. 丙子十二月日, 以病卒于家. 縉紳嗟惜, 士林相吊, 銘旌書以工曹判書, 遵遺命也. 訃聞于朝, 上震悼遣禮官兪好仁賜祭, 丁丑二月日, 褒淸白吏, 用太常議贈右議政, 諡文惠節.

徐四佳(居正)「赤登樓記」贊公曰："行惠政使, 行旅願出於路, 雖古聖賢, 亦有取於斯." 詩曰："愷悌君子, 神所勞矣." 夫子曰："行己也恭, 使民也惠." 公之謂歟! 畢翁撰碑銘, 又挽曰："五福於人備却難, 公無一欠性情寬. 靈椿拔地枝方旺, 神劍衝星氣倏殘. 編簡謾敎評宿德, 鄉閭無復奉情歡. 鄙夫豈是雷同哭, 爲悉當時子姪看." 云云. 此其當日眞蹟也. 其所造道之極, 固非傍裔不肖之所可容喙, 而觀於國史與文集, 班班可考矣.

공의 휘諱는 선문善門이고 자字는 경부敬夫다. 본관은 화순和順이다. 천성이 순수하고 용모는 준수하였다. 자라서는 지조가 있고 청렴하고 강개하였으며 품행과 도의가 높고 깨끗하였다. 학문을 함에 성리학의 근원을 탐구하였고 자신을 단속할 때는 반드시 청렴하고 검소한 덕을 닦았다.

문장을 짓거나 궁리할 때는 반드시 생각하고 스스로 터득해서 그 궁극에 이르려 하였다. 더욱이 기꺼이 도의를 강론하여 사림에서 그를 매우 중히 여겼으며, 점필재佔畢齋 김종직金宗直 또한 공경하고 섬겼다.

연소한 나이에 생원시에 합격하였지만 은거하여 종신토록 학문에 전심하려 하였다. 그러나 선공(문정공文貞公 자강自江)께서 벼슬에 나아갈 것을 명하여 처음에 지평持平에 배수되었으니, 때는 바로 세종이 즉위한 지 3년째인 영락 신축(1421)년이었다. 한 달에 세 번 벼슬을 옮긴 것은 임금께서 보살핌이 매우 융숭하여서이다. 관직을 맡아서는 최선을 다하여 임금을 보필하고 세상을 도왔다. 이는 국사國史에 실려 있어 자세히 상고할 수 있다. 공은 관아를 다스리기를 집안 다스리는 것처럼 상세하게 하여 아주 작은 잘못도 범하는 일이 없었으며, 임금을 어버이 섬기듯 하면서도 중요한 직책은 반드시 회피하였다. 점필재 김종직이 "소나무 대나무처럼 꿋꿋한 절조요, 물과 달처럼 맑은 정신"이라 칭송하였다. 청렴한 선비라는 말로 공의 경중을 평가하기에는 부족하니, 차라리 본성이 그러하다 할 것이다.

문종 때에 이조판서에 올랐으나 공이 극구 사양하여 조정에 나아가지 않자, 조정에서 일이 많고 복잡한 전선銓選(인사 행정)은 유일遺逸[27]을 대우하는 바가 아니라 여겨서 공조판서로 옮겨 임명하고, 나라에 큰 일이 있으면 반드시 공에게 자문하였다. 또한 공의 화상畫像을 그리도록 명하여 공을 높이고 장려하는 뜻을 드러내었다. 공이 태평성대를 만나 몸소 임금을 유도하고 보좌하는 일을 맡아 장차 훌륭한 일을 하고자 하였는데, 얼마 있다가 문종께서 승하하시고 단종께서 왕위를 사양하시자 공은 이에 몸을 이끌고 물러났다. 세조 원년(1455)에 특별히 의정부찬성으로 불렀으나 끝내 나아가지 않으셨으니, 대개 그 뜻이 따로 있어서이다. 병자년(1456) 12월 모일에 병으로 집에서 작고하였다. 이에 대신들이 탄식하고 애석해하였으며, 사림이 서로 슬퍼하였다. 명정銘旌에 '공조판서'라 썼으니 유명遺命을 따른 것이다. 부고가 조정에 알려지자 임금께서 크게 슬퍼하시고 예관 유호인兪好仁을 보내어 사제賜祭하였다. 정축(1457) 2월 날에 '청백리'로 기리고 봉상시奉常寺의 논의에 따라 '우의정'에 추증하고 시호謚號를 문혜文惠라 하였다.

사가四佳 서거정徐居正의 「적등루기赤登樓記」에 공을 찬양하여 말하길 "은혜로운 정치를 행하여 나그네로 하여금 길에 다니길 원하도록 하였으니, 비록 옛 성현이라도 여기에서 취할 것이 있으리라. 『시

---

27 유일(遺逸): 초야에 있는 학덕이 높은 선비.

경詩經』에 "온화한 군자여, 신명께서 보호하시네."라 하였고, 공자께서 "자신의 뜻을 행함에 공손히 하고 백성을 부림에 은혜로이 한다."라고 한 말은 "공을 두고 이른 말인 듯하다."라 하였다. 점필재 김종직 선생이 비명을 찬술하고 또 만사를 짓기를, "사람에게 오복을 갖추기가 어렵건마는, 공에겐 하나도 흠결이 없고 성정도 관후하였네. 우뚝 솟은 영춘나무에 가지는 한창 왕성한데, 번쩍이는 신검은 기가 언뜻 쇠잔하여라. 서책은 부질없이 쌓은 덕을 평론케하고, 마을에선 다시 평소의 모습 뵐 수 없게 되었네. 못난 내가 어찌 남을 따라서 곡하리요. 생전에 아들과 조카처럼 보아주신 때문이라오."라 하였으니, 이것이 그 당시의 참된 자취이다. 그가 도달한 도의 극치는 진실로 불초한 내가 입을 놀릴 수 있는 것이 아니며 국사國史와 문집을 살펴보면 또렷하게 상고할 수 있다.

先生遺事

此載於先生玄孫參判公稿草中, 而得於遺稿印後, 故插錄於此以待後重刊.

선생의 유사

이것은 선생의 현손 참판공의 원고 속에 실려 있던 것인데, 유고를 인쇄하고 난 뒤에 얻은 것이라 유고 속에 꽂아두었다가 훗날 중간을 기다린다.

• 先生自少有志爲己, 慨然發憤從事主敬之記(說恐作工) 閑居獨處整坐如泥塑, 潛心拱黙對越上帝.

선생은 어려서부터 위기지학[28]에 뜻을 두고서, 개탄하면서 분발하여 주경主敬[29]의 학문에 전념하셨다. 한가로이 혼자 있을 때에도 흙으로 빚은 토우처럼 단정히 앉아 있었으며, 마음을 가라앉히고 상제上帝를 대하듯 경건한 자세를 지켰다.

• 日必晨起, 盥櫛衣冠而坐, 與門徒村秀, 講論敬禮, 終日不倦, 唯在家人, 未嘗見其惰容焉.

날마다 새벽에 일어나 세수하고 의관을 갖추고 앉아 제자들과 시골 수재들에게 경서를 강론하였는데 종일토록 게을리하지 아니하였으며, 집 식구들조차도 나태한 모습을 본 적이 없었다.

---

28 위기지학(爲己之學): 남이 알아주기를 바라면서 공부하는 위인지학(爲人之學)에 상대되는 말로, 오직 자신의 덕성을 닦기 위해서 공부하는 것을 말한다. 『논어』〈헌문(憲問)〉의 "옛날의 학자들은 자신을 위한 학문을 하였는데, 오늘날의 학자들은 남에게 보여 주기 위한 학문을 한다.(古之學者爲己, 今之學者爲人.)"라는 공자의 말에서 나온 것이다.

29 주경(主敬): 경(敬)을 위주로 한다는 뜻인데, 여기에서의 경은 주일무적(主一無適)하여 정신이 왔다 갔다 함이 없는 것을 말한다. 이는 송나라의 유학자인 정자(程子)나 주자(朱子) 등이 주창한 수양법(修養法) 가운데 하나이다.

• 春秋令節, 或於溪澗山谷, 口誦風雅之韻, 而必彈琴數曲, 酌酒三四盃, 微醺然後乃已.

봄가을에는 절기에 따라 때때로 골짜기의 계곡에서 시가의 운율을 읊조리거나 거문고를 두어 곡 타며 서너 잔의 술잔을 기울이고 조금 취한 뒤에야 그만두었다.

• 好讀書窮理, 而致精於庸學, 沉潛講究, 必使義理, 融會無疑然後已. 尤長於小學之書, 平生踐履一遵小學, 故鄕黨稱之以小學先生.

선생은 책을 읽고 이치를 궁구하기 좋아하여 중용과 대학에 몰두하였다. 깊이 생각하고 탐구하여 의리가 융합하여 의심스러운 곳이 없게 되어서야 그만두었다. 특히 소학 책에 뛰어났으며 평생 소학의 이치를 실천하여 향당에서 '소학 선생'이라 불렀다.

• 或問爲學之所當先, 公曰: "立志爲先".

어떤 이가 학문을 하는데 무엇부터 해야 하는지를 묻자, 공께서 "뜻을 세우는 것立志을 우선으로 한다"고 하였다.

• 或問朝廷之喧鬧, 交民間之饑餓, 則寢食不能安, 憂慈不能忘也.

또 어떤 이가 조정이 시끄럽고 백성이 기아에 허덕인다고 하면 선생은 침식을 편히 하지 못하고 근심과 걱정을 떨치지 못했다.

• 仁順王后純[30]氏昇遐, 練服後, 中外必於酒場, 作樂相娛, 曰: 以爲有老親. 公曰: 悅親有道, 不以其道而悅之, 非所以事親以禮也. 人皆稱服罷會. 公如喪考妣行素碁年.

인순왕후 심씨께서 승하하시고 소상小祥[31]을 치른 후에 중외中外(서울과 지방)에서 술좌석을 마련하여 풍악을 울리고 서로 즐기면서 말하기를 "노친께서 살아계시는 것 같다."고 했다. 그러자 공이 말하기를 "부모를 기쁘게 하는 데는 방도가 있는데, 그런 도로써 아니하고 기쁘게 한다면 부모를 모시는 예의가 아니다."고 했다. 사람들은 그의 말에 모두 감복하고 술잔치를 파했다. 공은 마치 부모를 잃은 것처럼 슬퍼하며 일 년을 고기를 먹지 않고 채식만 하였다.

• 三山章甫禮請鄕院長于公, 公以泯沒無名位, 固辭不受, 公之壻李公後當之.

삼산현三山縣의 선비들이 예를 갖추어 고을의 원장院長으로 공을 추천하였으나 공은 명성이나 지위도 없는 보잘것없는 사람이라면서 굳이 사양하고 수락하지 않았다. 뒤에 공의 사위 이 공李公이 맡았다.

• 鐘山金生以其老師大谷意, 持父狀丐銘, 公亦以隱淪無稱, 謂不敢當作者事, 是以, 以公之文章學術, 絕無行著述等事.

종산鐘山 김생이 그의 스승 대곡大谷의 뜻에 따라 아버지의 가장家狀을 가지고 와서 묘지명을 청하자, 공이 또 은거하여 내세울 것이 없는 사람이라면서 감히 지을 수 없다고 사양했다. 이를 통해 보건

---

30 본문의 '純'은 '沈'의 오기로 보인다.

31 소상은 죽은 뒤 1년, 정확히는 13개월 만에 지내는 제사를 말하는데, 이때 연사(練絲)로 만든 상복인 연복(練服)을 입는다.

대, 공은 문장과 학술을 가지고 저술 등의 일을 결코 하지 않았음을
알 수 있다.

• 清陰金文忠公撰公之胤明遠公之誌文曰：“湖之西報恩縣
有處士崔公諱興霖，與成大谷同世．大谷妄交，在一鄕惟與
處士公交最善，仍交之於曹南冥 成東洲 趙龍門．後知其賢
皆與爲友．至今聞四先生之風者，亦能知處士之爲人也．”此
可見公平生行義之專篤．

문충공 청음清陰 김상헌金尙憲이 공의 맏아들 명원明遠의 묘지명을
지으면서 다음과 같이 말하였다. “호서의 보은현에 사는 처사 최공
휘 흥림은 대곡 성운과 동시대 사람이다. 대곡은 함부로 벗을 사귀지
않는데 온 고을에서 처사공과 가장 가깝게 지냈다. 남명 조식曹植,
동주 성제원成悌元, 용문龍門 조욱趙昱 등과도 사귀게 되었으며, 오래
지 않아 그의 어짊을 알고 모두 벗이 되었다. 지금까지 네 분 선생의
풍모를 들은 자들은 또한 처사공의 인물됨을 알 수 있을 것이다.” 이
것으로 공이 평생 의리를 돈독하게 행하였음을 알 수 있다.

• 孝廟乙酉年間(甲乙未詳)，以公與他十一鄕賢議亨于山
仰祠藏經閣(藏經則山仰舊號)，而論議不一未果．

효종 을유 연간(갑을 미상)에 고을에서 공을 비롯한 11명의 어진
이를 산앙사山仰祠 장경각藏經閣(장경은 '山仰'의 옛 이름)에 배향하
고자 했으나, 의론이 일치하지 않아 실행하지 못했다.

• 當宁(于)甲子本邑章甫與華陽書院多士，叢通議亨公與
金希庵諱泰嚴，己卯賢具楊窩諱壽福，己卯賢三先生于屏山書
院亦未果，可勝恨哉！

일찍 갑자甲子년에 본 고을의 선비와 화양서원의 여러 선비들이 같이 논의하여 공과 함께 기묘사화 때 화를 당한 현자 김희암金希庵(휘 태암), 구양와具楊窩(휘 수복) 등 세 분 선생을 병산서원屛山書院에 배향하고자 했으나 결실을 맺지 못했으니, 참으로 한스러운 일이다!

長安雨夜憶崔處士 大憲 李自華[32]

서울에서 비 내리는 밤에 최처사를 그리며 대사헌 이자화

絲綸閣下文書靜,　　사륜각[33]에 문서 정리 조용하고

鐘鼓樓中刻漏長.　　종고루[34] 물시계 소리 오래 되었네.

獨坐黃昏誰是伴,　　황혼에 홀로 앉았으니 누가 내 벗이 될꼬

紫薇花對紫薇郎.　　백일홍[35]만이 자미랑[36]과 서로 마주하였네.

32　이 시는 당나라 시인 백거이의 「직중서성(直中書省)」과 같다. 중서성은 당나라 때 황
　　제의 조칙을 입안, 기초하던 기관이다.

33　사륜각(絲綸閣): 중서성 건물로, 황제의 말은 낚싯줄처럼 곧다는 뜻에서 이름이 붙여
　　졌다.

34　종고루(鐘鼓樓): 시간이 되면 종과 북이 울리는 물시계가 있는 누각이다.

35　자미화(紫薇花): 백일홍. 또한 중서성의 상징이다.

36　자미랑(紫薇郎): 중서성에서 일하는 선비. 여기서는 곧, 백낙천 자신을 가리킨다.

題金積溪堂 大谷 成運

금적산 계당을 읊다 대곡 성운

石泉瑤珮耳便醒,   돌샘이 돌돌돌 귓가에 쟁쟁하고
靜里看山養性靈.   조용한 가운데 산 보며 성령을 기른다.
勝境招邀皆勝友,   빼어난 경치에 초대된 손님은 모두 좋은 벗들
乘酣弄筆動文星.   술 거나해서 붓 휘두르며 글재주를 자랑한다.

題崔賢佐溪堂 二首

최현좌 계당에 쓰다 2수

一道飛泉聒石頭, 한 줄기 폭포수 시끄럽게 돌 위로 떨어지고
綠筠蒼檜鶴庭幽. 푸른 대나무, 노송나무에 학이 앉은 정원
　　　　　　　　 고요하다.
望中忻得離山面, 눈앞에 속리산의 모습 보여 기쁜데
怕有行雲礙遠眸. 떠다니는 구름이 먼 시야 가릴까 걱정이다.

鑿破苔巖結構新, 이끼 낀 바위를 뚫어내고 새로이 집을 지으니
嶺雲松鶴鎭隨身. 고개 위의 구름, 소나무의 학들이
　　　　　　　　 늘 곁에 있네.
洞門莫恨無來伴, 골짜기에 친구가 찾아오지 않아도
　　　　　　　　 한탄하지 말자
牖外靑山是故人. 창밖 푸른 산이 바로 친구라네.

金積溪堂別楗仲

금적산 계당에서 건중과 작별하다

金積雲深處,	금적산 구름 깊은 곳에서
送君雙涕流.	그대를 보내며 눈물이 줄줄 흐르네.
那堪千里別,	천 리 밖 이별을 어찌 견딜까
未解百年愁.	한평생 시름 아직 다 못 풀었는데.
松密宜藏鶴,	소나무 빽빽하면 학이 숨어들기 알맞고
波驚不着舟.	파도 거세어 배를 정착할 수 없네.
還山抱白月,	산에 돌아와 밝은 달을 품으니
塵夢付悠悠.	세속의 꿈은 이미 저 멀리 아득하도다.

金積溪堂

금적산 계당에서

憶昨南冥共被眠,　　추억하노니 옛날 남명과 한 이불 덮고 잤고

東洲同醉臥溪邊.　　동주도 함께 취해 냇가에서 누운 적 있었지.

重來攜手人誰在,　　이제 다시 왔는데 손잡을 사람 누가 있나

流水雲閑似昔年.　　흐르는 물, 한가로운 구름은 그 옛날과 같건만.

用大谷韻贈賢佐 南冥 曺植[37]

대곡의 운을 써서 현좌에게 주다 남명 조식

之子相逢已白頭,　　　우리 그대 만났을 땐 이미 백발

草堂聞說在深幽.　　　초당이 깊숙한 곳에 있단 말 들었다오.

遊人解珮慚無分,　　　나그네가 패물을 풀[38] 인연 없음이 부끄러워

只依歸雲送遠眸.　　　그저 돌아가는 구름에 기대어

　　　　　　　　　　멀리 눈길만 보낸다오.

若水看來豆子新,　　　군자의 사귐은 콩 싹 자라듯 새로운데

已君忘我我忘身.　　　이미 그대 나를 잊었고

　　　　　　　　　　나조차 이내 몸을 잊었다오.

草堂生契山千疊,　　　천 겹 산속의 초당에서 살고 있으나

不是明時薄福人.　　　그대는 태평한 시대에 복없는 사람은

　　　　　　　　　　아니라오.

37　『남명집(南冥集)』에는 이 시의 제목이 「和上賢佐」로 되어 있다.

38　당 나라 때 하감(賀監)이 장안에서 이백을 만나자, 차고 있던 금거북을 풀어 술을 샀다
　　한다. 금거북은 당 나라 때에 관리들이 차던 장식물이다. 여기서는 상대방의 인물됨을
　　알아보고 극진히 대접함을 뜻한다.

和大谷韻兼示賢佐[39]

대곡의 운에 화답하며 현좌에게도 보이다

踏破金華積,	금화산을 누비고 다니다
源頭第一流.	제일 근원지에 자리 잡았네.
地高群下衆,	지세 높아 뭇 산이 내려다 보이고
神遠片魂愁.	고명한 정신에 한 조각 넋이 시름겹다.
鄭鄭君家子,	점잖은 그대의 여러 아들들
招招我友舟.	내 친구의 배를 불러왔는데
此懷摸不得,	이 마음 가늠하기 어려워
來日定[40]悠悠.	훗날 틀림없이 그리우리라.

---

39 『남명집(南冥集)』에는 이 시의 제목이 「건숙에게 화답하고, 금적산재에 있는 최현좌
에게 바치다(和健叔. 呈崔賢佐于金積山齋」로 되어 있다.

40 『남명집(南冥集)』에는 '正'으로 되어 있다.

贈崔友追送蛇山別

사산에서 벗 최홍림을 전송하며 주다[41]

令子蛇山腹,	자제분을 사산 언덕에서 이별하자니,
若翁鷄曉頭.	마치 기러기가[42] 동틀 무렵 떠나는 것 같으이.
請看揚子水,	보시게나, 양자강의
宿浪未曾休.	오래된 물결은[43] 일찍이 그친 적이 없다오.

---

41 『남명집(南冥集)』에는 이 시의 제목이 「사산에서 최명원을 전송하며 주다(贈崔明遠追 送蛇山別)」로 되어 있다.

42 원문의 '옹계(翁鷄)'는 기러기의 별칭이다.

43 양자강의 오래된 물결은 이미 고요해졌지만 동요한 여파가 남아 있는 마음을 비유한 말이다. 이 말은 정이천(程伊川)이, "예컨대 물이 바람에 부딪쳐서 물결이 생기는데, 바 람이 그친 뒤에도 물결은 세차게 일어나 그치지 않는 것과 같다"라고 말한 바 있다. 다 시 말해, 최홍림과 만난 기쁨이 아직도 남아 있다는 뜻이다.

贈崔友追送蛇山別 蘇齋 盧守愼

사산에서 벗 최홍림을 전송하며 주다 소재 노수신

南嶺過雲開紫翠,　　남산 위로 구름 지나가자 푸른 산 드러나고

北江飛雨送凄凉.　　강북으로 빗발 흩날리자
　　　　　　　　　처량하게 길손 전송하네.

酒醒夢回春盡日,　　술 깨고 잠 깨니 봄이 다 지나가서

閉門隱几坐燒香.　　문 닫고 안석에 기대어 앉아 향 사른다.

解籜新篁不自持,　　껍질 벗고 갓 솟은 죽순
　　　　　　　　　스스로 지탱하지 못하지만

嬋娟已有歲寒姿.　　아리따워라, 이미 세한[44]의 자태 지녔어라.

要知凜凜霜前意,　　서리 내리기 전 늠름한 뜻을 알고자 하면

須待秋風紛落時.　　반드시 추풍에 낙엽 지는 때를 기다려야 하리.

　　此蘇齋詩三首, 得舊稿〇卽後 故錄於此以待後重刊. 〇丁卯
謄來.[45]

　　소재의 시 3수는 옛날 원고를 받은 후 즉시 여기에 적어두고 훗날
중간하기를 기다린다. 정묘년에 베껴 놓다.

44　추운 계절에도 늘푸른 송백(松柏)처럼 아무리 어려운 환경에서도 지조를 잃지 않는다
　　는 뜻을 지니고 있다. 이는 『논어』 〈자한편(子罕篇)〉에 "날씨가 추워진 다음에야 송백
　　이 뒤늦게 시든다는 것을 알 수가 있다.(歲寒然後知松柏之後凋也)"에서 출전을 두고
　　있다.
45　이 단락은 문집 상단에 필사되어 있다.

寄題崔兄茅堂 盧穌齋 諱 守愼 字 寡悔

七月崔起霖構堂報恩金積山中 興來僧示題詠索和. ○起字當作興

최형의 모당에 부쳐 제하다 노소재 휘 수신, 자 과회

7월에 최흥림이 보은의 금적산 속에 모당을 지어놓고 내게 오는 승려를 통해 제영한 것을 보여주면서 화답을 요구했다. '起'자는 마땅히 '興'으로 보아야 한다.

金積千年閟,	금적산 천 년 동안 숨겨져 온 곳에
茅堂一日開.	어느 날 갑자기 모당이 세워졌네.
清愁滿臨水,	물을 내려다보니 맑은 시름 가득하고
遐想集登臺.	누대에 오르니 초연한 생각 일어난다.
壑靜雲長在,	골짝은 고요하여 구름이 늘 덮여 있으련만
林深鳥不來.	숲은 하도 깊숙해 새도 날아오지 않으리라.
陶公采分菊,	도공46은 일찍이 국화를 따서 나눠 주었고
朱老喫同梅.	주로47와는 일찍이 매실을 함께 먹었네.

---

46 도공(都公): 동진(東晉)의 처사 도잠이다. 국화를 딴다는 것은 도잠이 국화를 좋아하여 정원에 많이 심었고, 또 그의 〈음주(飮酒)〉에 "동쪽 울 밑에서 국화를 따고, 하염없이 남산을 바라보네.(採菊東籬下, 悠然見南山.)"라고 한 데서 온 말이다. 보은의 김태암(金泰巖) 노인을 도잠에 비유한 것으로 보인다.

47 주로(朱老): 두보의 이웃에 살던 주씨 노인이다. 두보의 〈절구사수(絕句四首)〉 첫 번째 시에 "집 서쪽에 죽순 기르느라 문을 딴 데로 내놓으니, 못 북쪽에 늘어선 산초나무는 도리어 마을을 등졌네. 매실이 익거든 주로와 함께 먹기를 허락하고, 솔이 높거든 완생과 마주해 담론을 하고자 하노라.(堂西長筍別開門, 塹北行椒却背村. 梅熟許同朱老喫, 松高擬對阮生論.)"라고 하였다. 여기서는 보은의 성대곡을 주로에 빗대서 한 말로 보인다.

末二句以屬金, 成兩老皆報恩人也. 崔起霖, 金泰巖, 成運三人 (集：卽金泰巖 成運)[48]

마지막 두 구절은 김金, 성成 두 노인에게 붙인 것인데, 두 노인은 모두 보은 사람이다. 〈최형은 곧 최기림崔起霖이고, 두 노인은 김태암金泰巖, 성대곡成大谷이다.〉

---

48 이 시는 『소재집(穌齋集)』에도 실려 있다.

又 此疑珍島謫所吟

또 짓다 이 시는 진도에 귀양 갔을 때 지은 듯하다.

老獄晨昏閉,	허름한 옥문은 조석으로 닫혀 있고
衰門表內開.	낡은 문짝은 안팎으로 다 열려 버렸네.
魂飄報恩界,	넋은 보은의 경계로 날아가고
淚盡望鄕臺.	눈물은 망향대에서 다 흘린다오.
白鶴山中去,	흰 학은 산중으로 돌아갔는데
秋風海上來.	가을바람은 해상으로 불어오누나.
無由剖巴橘,	파공의 귤⁴⁹은 쪼개어 볼 길이 없거니와
何處覓仙梅.	어느 곳에서 선매⁵⁰를 찾아본단 말인가.

家君居尙州化寧縣, 縣去報恩地三十餘里.

아버지께서 상주尙州 화령현化寧縣에 사시는데, 화령현에서 보은까지 거리는 겨우 30여 리이다.

---

49 파귤(巴橘): 옛날 파공(巴邛) 사람이 자기 귤 밭에 대단히 큰 귤이 있으므로, 이상하게 여겨 쪼개어 보니, 그 귤 속에 수염과 눈썹이 하얀 두 노인이 서로 마주 앉아 바둑을 두면서 즐겁게 담소를 나누고 있었는데, 그중 한 노인이 말하기를 "귤 속의 즐거움은 상산(商山)에 뒤지지 않으나, 다만 뿌리가 깊지 못하고 꼭지가 튼튼하지 못한 탓으로, 어리석은 사람이 따 내리게 되었다."라고 했다는 고사가 있다.

50 선매(仙梅): 한(漢)나라 때 선인(仙人) 매복(梅福)을 가리킨다. 그가 남창위로 있을 때 왕망이 한나라를 찬탈하자 벼슬을 그만두고 처자를 버리고 홀로 홍애산에 들어가 득도하여 신선이 되었다는 고사가 전한다. 여기서는 보은의 산중에 모당을 짓고 은거한 최홍림을 선인 매복에 빗대면서 그 역시 만날 길이 없음을 아쉬워한다는 뜻이다.

詩謝崔兄

시를 지어 최형께 감사하다

果滿樏籠酒滿瓶,　　버들 광주리엔 과일이 가득,
　　　　　　　　　　술병엔 술이 가득

老兄相贈慰羈停.　　노형께서 선물 주며 나그네를
　　　　　　　　　　붙들어 위로하네.

慈顔一箸情勝蜜,　　자애로운 얼굴로 권하는 젓가락엔
　　　　　　　　　　꿀보다 진한 정

客與三杯德更馨.　　손님에게 권하는 석 잔 술엔
　　　　　　　　　　덕이 더욱 향기롭다.

金積山邊雲淰淰,　　금적산 너머로 구름이 모여들고

槐安園裏日冥冥.　　괴안원은 해가 저물어 어둑하구나.

不應未死長徒爾,　　죽지 않고 가는 먼 귀양살이만 마땅치 않을 뿐

天借攀遊與暮齡.　　늘그막에 그대들과 함께 노닐 시간
　　　　　　　　　　하늘이 빌려주시리.

按此詩見集三卷,　　이 시는 노수신의 문집 권3에 보인다.

年月日未詳.　　　　연월일은 알 수 없다.

登溪堂次大谷韻 雲谷 宋康錫

계당에 올라 대곡의 시에 차운하다 운곡 송강석

遠哉懷大隱,　　아련히 큰 은자隱者를 그리워하는데

人去水空流.　　사람은 떠나고 강물만 부질없이 흘러간다.

一代芝蘭契,　　그 시대 지란芝蘭[51]의 교유를 맺었던 곳

百年花鳥愁.　　백 년의 세월 지나 꽃과 새도 시름겨워한다.

石疑商岸局,　　바위는 상산商山[52]의 바둑판인가.

春憶武陵舟.　　봄은 무릉武陵[53]의 배를 떠올리게 한다.

有後且堂構,　　후손들이 있어 잘 계승하니

遺風悠更悠.　　선조의 기풍 더욱 더 오랫동안 전해지리라.

---

51 지란지교(芝蘭之交). 지초와 난초의 교제라는 뜻으로, 벗 사이의 맑고도 고귀한 사귐을 이르는 말.

52 동원공, 녹리선생, 기리계, 하왕공 네 사람이 진시황의 학정을 피해 들어간 곳. 네 사람은 이 산에 은둔해 영지만을 먹으며 바둑을 두며 지냈다고 한다. 상산사호(商山四皓).

53 무릉(武陵): 도연명의 「도화원기(桃花源記)」에 나오는 지명으로 이 세상을 떠난 별천지를 이르는 말이다.

題處士溪堂 渼湖 金元行

처사의 계당을 읊다 미호 김원행

處士高風遠,	처사의 높은 풍도 아련하기도 하여라
雲林靜窈然.	구름 걸린 숲 그윽하여 정적이 감도네.
曾聞德星聚,	덕성이 모였단 소문 들은 지 오래지만
猶見瀑泉懸.	떨어지는 폭포수는 지금도 보이는구나.
石老題詩處,	시를 써놓은 돌은 오래되었고
巖疑卜築年.	바위 보니 집 지은 해 궁금해지네.
新亭看突兀,	새로 지은 집의 우뚝한 집을 보니
知有後人賢.	후인들이 어진 것 알 수 있겠네.

溪堂重修後次韻 判尹 朴致遠

'계당을 보수한 뒤에'라는 시에 차운하다 판윤 박치원

處士風高堂又新,　　처사의 풍격 고결하고 집 또한 새로운데

蒼崖翠壁昔藏身.　　푸른 암석 푸른 벽이 지난 세월 그 몸을 가렸었네.

浮雲富貴皆虛耳,　　뜬구름 같은 부귀야 모두 부질없는데

桑海乾坤幾碩人.　　흘러가는 세월 속에 덕망 높은 선비 몇이었나.

倂世諸賢尚讓頭,　　세대를 함께한 여러 현인들이 오히려 첫 자리를
　　　　　　　　　　양보하는데

採芝仙去谷蘭幽.　　지초 캐던 신선 떠났어도 골짜기 난초는 그윽
　　　　　　　　　　하여라.

淸風百世令人感,　　맑은 풍모는 오래도록 사람들을 감동시켜

滌我塵襟刮我眸.　　속세의 옷깃 씻어주고 눈을 닦아준다.

溪堂誰更構,　　계당을 누가 다시 지었나

金積氣嵬然.　　금적산의 기운 우뚝하구나.

處士風如昨,　　처사의 풍모는 어제와 같고

少微星尚懸.　　소미성[54] 역시 아직도 걸려 있다.

煙霞增舊色,　　노을빛은 옛 색을 더하고

54　소미성: 태미성(太微星) 서쪽에 위치한 별자리로 처사성(處士星)이라고도 한다. 처서
　　또는 은사를 가리킨다.

棟宇煥今年.　　　계당은 올해 더욱 환하도다.

雲叟題楣語,　　　운수 선생께서 기문記文을 지으셨으니

猗歟繼四賢.　　　아름답구나, 네 현인의 덕행을 이어가도다.

又 知事 黃運河

재차 차운하다 지사 황운하

銀河疑落曲欄頭,	굽은 난간에 은하수 떨어지는 듯
躑躅花開鳥語幽.	철쭉꽃 피어나고 새소리 그윽하다.
試問賢人何處去,	묻노니, 현인들은 어느 곳으로 갔는가
白雲流水霧中眸.	흰 구름과 흐르는 물을 안개 속에서 본다.

逸士高標遠,	은자의 높은 기상 고원한데
山空水自流.	산은 공허하고 물은 절로 흐른다.
苔紋迷藥竈,	아롱진 이끼 속에 약 달이던 부뚜막 묻혀 있는데
松韻筬塵愁.	솔바람 소리에 속세의 시름 씻어낸다.
歲月悲華鶴,	흘러간 세월에 화표華表의 학을 슬퍼하고[55]
風花老壑舟.	바람과 꽃은 골짜기의 배와 함께 늙었다.
斯堂今日會,	오늘 이 집의 모임은
不獨興悠悠.	흥이 그윽할 뿐만이 아니구나.

---

55 화표(華表)의 학을 슬퍼하고: 한대(漢代)에 영허산에서 신선술을 배워 학으로 변한 요동의 정령위를 말하는 것이다. 정령위는 한나라 때 요동 사람으로 영허산에서 신선술을 배워 신선이 된 사람이다. 전설에 정령위가 신선술을 배워 학으로 변신하고 요동의 성문에 있는 화표주에 앉으니, 사람들은 아무도 그를 알아보는 이가 없었으며, 한 소년이 활을 당겨 쏘려 하자 마침내 날아 공중을 배회하며 말하기를 "이 새는 정령위인데 집 떠나 천 년 만에 이제야 돌아왔네. 성곽은 예와 같은데 사람은 다르구나. 어찌 신선술을 배우지 않고 무덤만 저렇게 즐비한가(有鳥有鳥丁令威, 去家千年今始歸. 城郭如故人民非, 何不學仙塚纍纍.)"라 했다.

재차 차운하다 외가 7세손 주부 홍주해

醉夢人間誰獨醒,	취하여 잠든 사람 가운데 누가 홀로 깨었는가?
至今遺址護山靈.	지금 남은 터는 산신령이 지키고 있는데.
神交冥漠栖雲閣,	정신으로 사귀던 분들 아득한 구름 속 집에 있는데
空憶當時聚德星.	덕성이 모인 그 시절을 부질없이 떠올린다.

何處良朋至,	좋은 벗은 어디서 왔는가
幽人水一方.	은자는 물가 한쪽에 거처하였네.
空傳麗澤地,	학문을 닦던 곳만56 부질없이 전해오는데
誰奏聚賢祥.	현인들이 모이는 상서로운 징조는 누가 이루었을까.

雲物今猶古,	경치는 예나 지금이나 그대로인데
蒹葭露幾霜.	갈대에 이슬 서리 내린 게57 몇 해던가.
清秋霄月夜,	맑고 높은 가을 밤에
聽子説溪堂.	선생들께서 계당에서 나눈 이야기를 듣는다.

---

56 원문의 이택(麗澤)은 붕우(朋友)가 함께 학문을 강습하여 서로 이익을 줌을 뜻한다.
    『주역』〈태괘(兌卦)〉에 "두 못이 연결되어 있는 형상이 태(兌)이니, 군자가 이를 본받
    아 붕우 간에 강습한다."라는 말에서 유래하였다.

57 《시경》〈겸가(蒹葭)〉는 양공(襄公)을 풍자한 시인데, 그 첫머리에 "갈대가 푸르게 우거진
    이 때에, 흰 이슬이 내리다가 서리로 변했네.〔蒹葭蒼蒼 白露爲霜〕"라는 말이 나온다.

又 縣監 蔡復休

재차 차운하다 현감 채복휴

悲吟落日立山頭,　　해질녘에 슬피 읊으며 산 정상에 서니

綠柳芳花處處幽.　　푸른 버들 향기로운 꽃이 곳곳에 그윽하다.

先生氣節曾何似,　　선생의 기개와 절조 일찍이

　　　　　　　　　누가 비슷했었나

雲壯高峰入遠眸.　　운장대雲藏臺58 높은 봉우리 저 멀리 보인다.

春岑屹立濃似眠,　　우뚝 선 봄날의 산봉우리 깊이 잠든 이곳은

聞說前賢着此邊.　　선현들이 머물렀던 곳이라 한다.

停驂欲問當時事,　　말을 세우고 당시의 일을 물으려 하는데

飛瀑聲中過百年.　　쏟아지는 폭포 소리 속에

　　　　　　　　　백 년의 세월이 흘렀다고 한다.

世仰嚴陵釣又耕,　　낚시하고 밭 갈던 엄자릉嚴子陵59을

　　　　　　　　　세상에서 우러르는 것은

不官高節動西京.　　관직을 마다하는 높은 절개로

　　　　　　　　　한나라를 감동시켰기 때문.

58　운장대(雲壯臺): 혹은 문장대라고도 한다. 충청북도 보은군과 경상북도 상주시 사이에
　　있는 산으로 속리산에 딸린 높은 봉우리이다.

59　엄릉(嚴陵): 이름은 엄광(嚴光), 호가 자릉(자릉)인데 또는 엄릉(陵)라고 부르기도 함.
　　한(漢) 광무제가 황제로 즉위했다는 소식을 듣고 부춘강 가에 숨어서 낚시질하며 은거
　　했던 사람.

千秋留在祠堂記,　　오랜 세월 동안 사당에 기문 남아 있으며

范子文章亦有聲.　　범중엄范仲淹의 문장에도 또한 그의 명성

　　　　　　　　　　남아 있네.[60]

---

60 범중엄은 일찍이 엄광이 난 고을인 엄주(嚴州)의 태수가 되어, 그의 맑은 절개를 추모
   하여 사당을 세워 그의 자손으로 하여금 제사를 받들게 하고 사당의 기(記)를 썼으니,
   이것이 곧 엄선생사당기(嚴先生祠堂記)이다.

又 奉事 金相進

재차 차운하다[61] 봉사 김상진

處士高風邈,	처사의 고상한 기풍 아득한데
山空水自流.	산은 비어 있고 물은 절로 흘러간다.
地逢人傑勝,	땅은 인걸을 만나 더욱 빼어나고
樓入暮雲愁.	저녁 구름 속 누각 모습 근심스럽다.
不見鞭羊石,	머물던 곳[62]은 보이지 않고
難尋架壑舟.	골짜기에 걸려 있던 배 찾기 어렵구나.
呼兒更酌酒,	아이를 불러 다시 술 따르게 하니
斜日意悠悠.	비끼는 석양에 마음이 하염없어라.

---

61 이 시는 김상진(金相進)의 문집 『탁계집(濯溪集)』권11에 「登金積溪堂. 謹次大谷. 南冥韻」이란 제목으로 수록되어 있다.

62 편양석(鞭羊石): 양치면서 앉아 있는 돌이다. 양치면서 머물던 곳이라는 말로, 산속에서 은거하던 곳을 뜻한다.

조상祖上의 행장 현손 두천, 호 연정

公姓崔氏, 諱興霖字賢佐, 自號溪堂. 系出和順烏山郡, 諱
世基之后也. 麗朝有諱永濡守海州牧, 遇紅巾賊不屈, 投印
鵃巖潭而死之, 贈諡忠節, 配食文獻書院. 入我朝有諱元之
兵曹參議, 諱自河濟用監正, 諱安善司僕寺正, 於公爲五代
祖也. 高祖諱士老, 登世祖朝拔英試, 成均館大司成. 曾祖爲
漢禎吏曹參議, 祖諱重淸, 廣興倉守. 考諱垓將仕郎有學行,
妣南陽洪氏, 郡守汝舟女. 公生而資質粹美, 動止凝重, 儼然
有德者氣象, 事父母克致其承順, 居喪哀毁踰制, 雖盛暑不
脫經帶, 旣制除. 公自傷其早孤, 慨然有志於爲巳(己)之學,
與從姪守愚堂永慶, 朝夕講磨, 公爲作堂銘而勉之.

乙巳以後, 見時事可憂, 遂決意隱居. 自京師盡室入報恩之
金積山, 築茅屋而居之, 卽所謂‘溪堂’也. 堂前有小瀑, 暴下
有所謂堅心洞, 極幽蒨可愛, 公徜徉其間, 日沈潛經傳, 以
及洛閩諸書, 教授生徒, 亦不倦焉. 往往彈琴詠詩, 以宣暢其
襟懷, 嘗有自悼之吟曰：“浪藥浮花不辨春, 歸來方識歲寒人.
回頭自笑風波地, 閉眼聊觀夢幻身. 北牖已安陶令榻, 西風
還避庾公塵. 更搔短髮東南望, 柳絮楡錢不當春.”

時大谷成先生在鐘山, 東洲成先生莅本縣, 志同道合, 樂與
遊從; 而曹南冥先生自智異山至, 爲對床連夜話, 所酬唱亦
多. 大谷之詩, “憶昨南冥共被眠, 東洲同醉臥溪邊. 重來携
手人誰在, 流水閒雲似昔年.” 此其當日遺蹟也. 人至今傳爲
盛事, 銘其室曰：‘公被室’, 溪曰‘醉臥溪’. 公遂終老於此, 至

死不出外. 臨終夷然無一語. 及家事只曰: "吾早歲入峽, 所
自期者, 讀聖賢之書以求其志, 而卒無所成就, 後人若知有
處士崔某, 終老林下, 不亦善乎?" 遂遺命以處士題主.

公生於正德丙寅, 卒於萬曆辛巳七月十五日, 壽七十六, 葬
于縣西劒雲山亥坐之. 原配平康蔡氏主簿致禎女, 先沒而祔
焉. 有二男一女, 長知遠次明遠. 皆遊大谷門, 名行著聞. 女
適察訪李宜正, 卽乙巳名賢舍人天啓子也. 側出行遠奉事,
思遠省遠參奉. 孫曰大仁贈掌樂正, 大益同中樞, 大復生員,
大榮宣傳官. 側出大坤, 大秀長房出, 大允判官, 側出大寬部
將, 大俊秉節校尉, 仲房出. 將仕郎厚培, 厚封厚裁李壻出.
曾玄以下 摠若干人 其顯者 大仁繼子鎭海贈承旨, 孫斗洪贈
參判, 曾孫東溟郡守. 大益男宗海虞候, 大允男壽海縣令孫
東逸判官.

嗚呼! 公之學業行誼, 高情遠韻, 爲當世諸名勝所推許. 而
今其時世旣遠, 遺文散失無收, 不可得以詳焉. 豈不爲子孫
之所憾乎! 謹取諸賢文集, 及家庭所傳誦者摭拾以爲狀. 伏
願大君子賜以一言, 以圖不朽焉.

공의 성은 최崔씨이며 휘는 흥림興霖이고 자는 현좌賢佐다. 자호는
계당溪堂이다. 계통이 화순 오산군烏山郡에서 나왔으니 휘 세기世基
의 후손이다. 고려조 때 휘 영유永濡라는 분이 해주의 목사를 지내셨
다. 그 때 홍건적을 만났으나 굴복하지 않고, 관인官印을 유암鷗巖의
못에 던지고 목숨을 바쳐 죽었다. 그 뒤 충절忠節이라는 시호를 받고
문헌서원文獻書院에 배향되셨다.

본조本朝에 들어 휘 원지元之라는 분이 병조참의兵曹參議를 지냈고
휘 자하自河라는 분이 사복시정司僕寺正을 지내셨는데, 공의 5대조이

다. 고조부의 휘는 사로士老로 세조世祖 연간에 발영시拔英試에 급제하고 성균관대사성成均館大司成을 역임하셨다. 증조부의 휘는 한정漢禎으로 이조참의吏曹參議를 지낸 바 있고, 조부의 휘는 중청重淸으로 광흥창수廣興倉守를 지내셨다. 부친의 휘는 해垓로 장사랑將仕郞을 맡으신 바 있는데 학행이 넉넉하셨고, 부인은 남양南陽 홍씨洪氏로 군수 여주汝舟의 따님이다.

공은 태어나면서 자질이 순수하고 아름다웠으며 행동거지가 온건하고 중후하여 완연히 덕이 있는 사람의 기품을 보이셨다. 부모를 지극히 받들어 말씀을 어긴 적이 없었으며, 부모의 상을 당했을 때도 예를 갖추고 법도에 어긋나지 않았으며, 비록 무더운 여름이라 할지라도 경대經帶를 풀지 아니하고 3년 상을 마치셨다. 공은 일찍 고아가 된 것을 상심하여 개연히 위기지학爲己之學에 뜻을 두고 종질 수우당守愚堂 영경永慶과 아침저녁으로 강론하였다. 공은 종질을 위해 「수우당명」을 지어서 그를 격려하셨다.

을사사화乙巳士禍이후, 공은 시사를 보고 걱정하여 마침내 은거할 결심을 내리고 서울에서 가솔을 이끌고 보은의 금적산으로 들어가셨다. 거기서 작은 집을 짓고 사셨는데, 이것이 이른바 '계당溪堂'이다. 계당 앞에 작은 폭포가 있고 폭포 아래 '견심동堅心洞'이라 불리는 동굴이 있었는데, 매우 그윽하여 사랑할 만한 곳이었다. 공은 이곳을 거닐며 날마다 경전을 비롯한 낙민洛閩[63]의 여러 서적을 깊이 연구하셨으며, 학생들을 가르치는 일 또한 게을리하지 않으셨다. 공은 늘 거문고를 타고 시를 읊으면서 자신의 흉금을 털어놓으셨는데, 일찍이 자신을 슬퍼하며 읊은 시에서 이르기를,

---

63　낙민(洛閩): '낙(洛)'은 정자(程子)가 살았던 낙양(洛陽), '민(閩)'은 주자(朱子)가 살았던 복건성(福建省)을 가리키는데, 후세에는 정자와 주자의 학문을 지칭하는 말로 쓰인다.

浪藥浮花不辨春,　　하찮은 화초라 봄조차 알지 못하다가

歸來方識歲寒人.　　돌아와서야 지조있는 사람임을 알았어라.

回頭自笑風波地,　　머리 돌려 풍파 겪은 곳 생각하니 절로 우스워

閉眼聊觀夢幻身.　　눈감고 애오라지 몽환의 이내 신세 바라보네.

北牖已安陶令榻,　　북창에 이미 도연명의 의자를 놓고

西風還避庾公塵.　　서풍 불 제 도리어 유공의 티끌을 피하려네.[64]

更搔短髮東南望,　　다시 짧은 머리를 긁적이며 동남쪽을 바라보니

柳絮楡錢不當春.　　버들개지, 느릅나무는[65] 아직 봄같지 않아라.

　　그때 대곡 성운成運 선생은 종산鍾山에 계셨고 동주 성제원成悌元
선생은 보은현의 원님이셨는데, 이분들은 뜻이 맞고 가는 길이 같아
서 늘 함께 어울리셨다. 지리산에 계시던 남명 조식曹植 선생이 이곳
에 찾아오셔서 침상을 마주하고 밤을 지새우며 말씀을 나누셨는데,
주고받은 시가 적지 않게 남아 있다. 후에 대곡 선생은 시에서 이렇
게 읊어 놓으셨다.

憶昨南冥共被眠,　　돌이켜 보면, 옛날 남명과 한 이불 덮고 잤고,

東洲同醉臥溪邊.　　동주도 함께 취해 냇가에서 누운 적 있었지.

重來携手人誰在,　　이제 다시 왔는데 손잡을 사람 누가 있나.

流水閒雲似昔年.　　흐르는 물, 한가로운 구름은 그 옛날과 같건만.

64　유공(庾公)은 진(晉) 나라 유량(庾亮)을 가리킨다. 왕도(王導)는 유량의 권세가 너무 중
　　한 것을 미워하여 항상 서쪽 바람이 불 때면 부채로 낯을 가리고 "원규(元規 유량의 자)
　　의 티끌이 사람을 더럽힌다." 하였다.

65　본문의 유전(楡錢)은, 3월에 느릅나무 꽃이 피고 그 열매가 옛날에 사용했던 얇은 동전
　　과 닮았다고 하여 유전(楡錢) 또는 유협전(楡莢錢)이라고 부른다.

이것이 바로 그 당시에 남겨진 참된 모습이다. 사람들은 지금까지 그때의 성대한 모임을 전하고 있으며, 그 집을 '공피실共被室'이라 불렀고, 그 냇물을 가리켜 "취와계醉臥溪"라 하였다. 공은 늙어 죽을 때까지 여기를 떠나지 않으셨으며 임종 시에도 평온한 모습으로 말 한마디도 없으셨다. 다만 가사家事와 관련하여 "어린 나이에 골짜기에 들어와 성현의 책을 읽고 그 뜻을 깊이 살피기만을 바랄 뿐이었다. 그런데 죽을 때가 되었지만 별로 이루어 놓은 것이 없구나. 훗날 어떤 이가 이곳에서 처사 최 모가 살았고, 숲 속에서 늙어 죽었다는 것을 알아준다면, 이 또한 훌륭한 일이 아니겠는가?"라 말씀하시면서 신주神主의 위패에 '처사'로 써달라고 유언하셨다.

공께서는 정덕正德 병인丙寅(1506)에 태어나 만력 신사辛巳(1581) 7월 15일에 향년 76세를 일기로 돌아가셨고, 현 서쪽에 있는 검운산劍雲山 해좌亥坐의 언덕에 안장되었다. 부인 채 씨蔡氏는 사복시 주부主簿 치정致禎의 따님으로 공보다 먼저 별세하셨는데, 공께서 돌아가신 후 합장되었다. 공은 슬하에 2남 1녀가 있는데, 첫째는 지원知遠이고 둘째는 명원明遠이다. 이들 형제는 처사의 명으로 대곡 선생께 배웠으며, 명성과 행실로 널리 알려졌다. 여식은 찰방察訪 이의정李宜正에게 시집갔는데, 그는 곧 을사사화乙巳士禍 때의 유명한 현자 사인舍人 천계天啓의 아들이다. 측실 소생으로 봉사奉事 행원行遠, 참봉參奉 사원思遠, 성원省遠이 있다.

손자로는 장악원정掌樂院正을 지낸 대인大仁, 동지중추부사同知中樞府事를 지낸 대익大益, 생원 대복大復, 선전관宣傳官 대영大榮이 있다. 측실소생의 대곤大坤, 대수大秀는 첫째 아들의 소생이고, 판관判官 대윤大允과 측실소생의 부장部將 대관大寬, 병절교위秉節校尉 대준大俊은 둘째 아들의 소생이다. 장사랑將仕郎 후배厚培와 후봉厚封, 후재厚재裁는 이 씨李氏 사위의 소생이다. 중손자 이하로 몇몇 뛰어난 후손이 있었는데, 대인大仁의 의붓자식 진해鎭海가 승지를, 손자 두홍斗洪이 참판參判을 제수 받았고, 중손자 동명東溟이 군수를 지낸 바 있다. 대익大益의 아들 종해宗海가 우후虞候를 지냈고, 대윤大允의 아들 수해壽海가 고을 수령을, 손자 동일東逸이 판관判官을 지낸 바 있다.

아아! 공은 학문과 덕행이 뛰어나고 정취와 운취가 높고 크셨다. 이에 여러 명현名賢들이 받들어 칭찬하였다. 그러나 지금은 그 때 그 세상에서 멀어졌고 남기신 글들 또한 흩어져 사라져 자세한 것은 살필 수 없게 되었으니, 후손으로서 어찌 안타까운 마음이 없겠는가? 삼가 여러 명현들의 문집에 실린 글과 가문에서 외워 전하고 있는 것들을 모아 가장家狀을 마련하였다.

엎드려 바라옵건대, 대군자大君子께서 한 마디 말씀을 내려주셔서 그것으로 영원히 전해지기를 도모하고자 하나이다.

墓表

묘표[66]

在昔明廟之世, 一時高賢逸士, 往往伏於窮山絕壑, 遯世不見知而不悔. 如成大谷, 曹南冥, 成東洲諸公, 至今談者誦義不倦, 而溪堂處士崔公興霖, 又其人也. 其字賢佐, 和順人. 麗朝有諱永濡, 守海州, 遇賊不屈, 投印於潭而(以)身殉之. 邑人廟亨之, 累世不絕, 處士其後也. 曾祖諱漢禎, 吏曹參議, 祖諱重淸, 廣興倉守, 考諱坸, 以學行名, 妣曰洪氏, 郡守汝舟女.

處士生以質粹好學, 動止儼然, 有有德者氣象, 事親以至孝聞, 其居憂, 尤多人所不及. 處士以名家子, 文學行誼如此, 人莫不遠期之. 及喪畢, 纔踰弱冠矣. 慨然自傷早孤, 又見時事可憂, 遂有隱居讀書之志, 自京師盡室, 入報恩之金積山中, 愛其澗谷深邃, 築室而居焉. 自是專心爲己, 日吟哦經傳, 涵濡道義, 與同志者講討以自樂, 暇則彈琴誦詩, 悠然忘其身世, 終其身不出山外. 於是大谷, 南冥諸賢皆高之, 樂與之來往, 留連山中. 人尚傳爲盛事. 萬曆辛巳, 壽七十六而終, 葬縣西劍雲山負亥之原. 其配蔡氏, 司僕寺主簿諱致禎之女, 先沒而祔焉.

余嘗遊三山, 一至所謂溪堂, 訪諸賢遺蹟, 爲之俯仰太息, 旣悲處士生而隱淪沒, 又無文字可傳幾何, 而不知有斯人也. 昔者逸民, 作者之流, 幸而得聖人之筆, 表見於後世, 今處士

---

66 무덤 앞에 세우는 푯돌에 적는 글.

之高情遠韻, 豈必盡讓其人? 而顧寂寥 乃爾, 余惜其不遇也.

處士有二男一女, 男長知遠次明遠, 皆以處士命遊大谷門, 有名行. 女適察訪李宜正. 側出行遠奉事省遠, 參奉思遠. 孫曰大仁贈掌樂正, 大益同中樞, 大復生員, 大榮宣傳官, 側出大坤大秀, 長房出, 大允判官, 側出大寬 大俊仲, 房出. 今其後孫復世有咸來, 請余爲表. 噫! 余豈其人也? 惟托名爲榮, 謹書之曰: "山高水長. 此崔處士之墓"云爾.

　崇禎三周乙酉孟秋 金元行 撰 光山 金相肅 書

　옛날 명종 때에 어질고 뛰어난 선비들은 이따금 세상을 피해 인적 드문 산골짜기에 숨어 살면서 알아주는 이가 없어도 후회하지 않았다. 그리하여 성대곡成大谷, 조남명曺南冥, 성동주成東洲 같은 분들은 지금까지도 그들의 의리를 칭송해 마지않고 있는데, 처사處士 계당溪堂 최흥림崔興霖 또한 그러한 분이다.

　처사의 자는 현좌賢佐, 본관은 화순和順이다. 고려조에 휘 영유永濡가 있었는데 해주 목사를 지낼 때, 홍건적에 맞서 싸우며 굴복하지 않다가 관인官印을 못에 던지고 순사하였다. 고을 사람들은 사당에 그의 신위를 모시고 여러 세대에 걸쳐 제사를 지냈다. 처사 최흥림은 바로 그 분의 후손이다. 증조부는 휘 한정漢禎으로 이조 참의[67]를 지낸 바 있고, 조부는 휘 중청重淸으로 광흥창수廣興倉守를 지낸 바 있다. 부친은 휘 해垓로 학문과 덕행으로 유명했고, 모친은 홍 씨洪氏로 군수郡守 여주汝舟의 따님이다.

　처사는 태어나면서부터 자질이 순수하고 학문을 즐겼으며 행동거지가 근엄하여 덕이 있는 사람의 기상을 띠고 있었다. 어버이를 지극

67　이조에 속한 정삼품의 당상관. 이조 참판의 바로 아래이다.

한 효성으로 섬겨 명성이 났고, 더욱이 부모님 상을 당했을 때는 남들이 따를 수 없는 점이 많았다. 처사는 명문가의 자손으로 문학과 행의가 이와 같았기에, 사람들이 모두 원대하게 될 것을 기대하였다. 하지만 상을 마치자, 겨우 약관의 나이에 일찍 어버이를 여읜 자신의 신세를 개연히 슬퍼하고, 또 당시의 시대적 상황이 근심스러움을 보고는 마침내 은거하여 독서하려는 뜻을 품었다. 이에 서울에서 식구들을 모두 이끌고 보은의 금적산으로 들어갔는데, 그곳의 깊은 계곡과 그윽한 정취를 좋아하여 거기에 집을 짓고 살았다.

이때부터 처사는 위기지학爲己之學[68]에 전념하여 날마다 경전을 낭송하고 도의道義를 함양하며, 뜻을 같이하는 자들과 어울려 강학하고 토론하여 즐거워하였고, 여가가 생기면 거문고를 연주하고 시를 읊어 자신의 신세를 까마득히 잊어서 종신토록 금적산 밖으로 나가지 않았다. 이에 대곡이나 남명과 같은 여러 어진 선비들이 그를 고상하게 여기고 기꺼운 마음으로 왕래하며 산속에서 오래 머물다 떠났는데, 사람들은 아직도 아름다운 일이라고 전하고 있다.

처사는 만력萬曆 신사辛巳(1581, 선조 14)년 향년 76세에 돌아가셨고, 보은현 서쪽 검운산劍雲山 해좌亥坐의 언덕에 안장되었다. 그 부인 채 씨蔡氏는 사복시 주부司僕寺主簿 휘 치정致禎의 따님으로 처사보다 먼저 별세하였는데, 이때에 이르러 처사의 묘소에 합장合葬되었다.

내가 일찍이 삼산三山을 유람할 때, 계당에 들러 여러 어진 선비들이 남긴 자취들을 찾아본 적이 있었다. 처사가 살아서는 은거하였고 또 죽어서는 전할 만한 문자가 없어서, 사람들이 처사 같은 이가 있었다는 사실을 모르게 될 것 같아 크게 탄식하면서 슬퍼하였다. 옛날

---

68 자신을 성찰함으로써 내적 성취를 목적으로 하는 공부.

에 일민逸民과 작자作者의 부류는 다행히 성인聖人의 붓을 통해 후세에 알려지게 되는 경우가 있는데, 지금 처사의 고상한 정취와 고원한 운치가 어찌 반드시 그들보다 전부 못하겠는가. 그러나 이처럼 적막하니, 이에 나는 처사의 불우함을 안타까워하였다.

처사는 2남 1녀를 두었는데, 장남 지원知遠과 차남 명원明遠은 처사의 명으로 대곡의 문하에서 공부하였고, 명성과 행실이 있었다. 딸은 찰방察訪 이의정李宜正에게 출가했다. 측실側室 소생의 자식으로 봉사奉事 행원行遠과 참봉參奉 성원省遠, 사원思遠이 있다.

손자들로는 맏아들의 소생으로 장악원정掌樂院正에 추증된 대인大仁, 동지중부사同知中樞府事 대익大益, 생원生員 대복大復, 선전관宣傳官 대영大榮이 있었고, 측실 소생으로 대곤大坤, 대수大秀가 있었다. 둘째 아들의 소생으로는 판관判官 대윤大允이 있었으며, 측실 소생으로 대관大寬, 대준大俊이 있었다.

지금 처사의 후손 복세復世와 유함有咸이 찾아와서 나에게 처사의 묘표를 지어 달라 하였다. 아! 내가 어찌 처사의 묘표를 짓기에 합당한 사람이겠는가? 다만 처사에게 나의 이름을 붙이는 것을 영광으로 생각하기에, 삼가 이렇게 쓴다. "산은 높고 물은 길게 흐르는 이곳에 최 처사崔處士의 묘소가 있다네."

숭정崇禎 3주기 을유년(1765) 7월 김원행金元行이 짓고, 광산光山 김상숙金相肅이 쓰다.

墓誌銘 幷序

묘지명 병서 송환기(宋煥箕)[69]

公諱興霖字賢佐, 當明廟之世, 入報恩之金積山, 築室於其
中, 扁以溪堂. 與同志諸賢, 講討以自樂, 徜徉而終其身. 當
世號之以溪堂處士, 後人稱之曰溪堂先生. 嗚呼偉哉! 和順
之崔, 以高麗烏山郡世基爲鼻祖, 至諱永濡, 守海州, 遇賊不
屈, 投印鵝潭而殉之, 贈諡'忠節'公. 是後簪紳相承, 高祖諱
士老大司成, 曾祖諱漢禎吏曹參議, 祖諱重清廣興倉守, 考
諱垓將仕郎, 有學行, 妣南陽洪氏, 郡守汝舟女.

公生於正德丙寅, 性質粹美, 動止凝重, 儼然有有德者氣
象. 事親篤於誠孝, 及遭艱, 哀毀踰制, 制畢益忽忽無世念.
又見時事有湏洞之憂, 遂決意斂蹤, 南下山鄉, 愛其澗谷窈
廓, 悠然有考槃之趣, 平居玩磧經傳, 或嘯咏以宣暢高情遠
韻, 任運自適, 終不出洞門外. 時成大谷在鐘山, 成東洲莅本
縣, 以道義相推許, 曹南冥亦嘗自智異山至, 與之留連相歡.
大谷詩所云"憶昨南冥共被眠, 東洲同醉臥溪邊"者 卽其眞景
也. 鄉里傳誦爲盛事焉.[70]

萬曆辛巳, 年七十六以七月十五日沒, 葬于縣西劍雲山之
亥坐原. 配平康蔡氏, 主簿致禎之女, 先沒而祔. 有二男, 長
知遠次明遠, 俱遊大谷門, 文行早著. 一女適李宜正察訪, 側

---

69 송환기(宋煥箕): 조선 정조~순조 때의 문신·학자. 본관은 은진. 송시열의 5대손이며
송능상의 문인으로, 우찬성 등을 지냄. 학덕을 겸비하여 조야의 존경을 받았으며, 시문
집으로 『성담집(性潭集)』이 있다.

70 여기에 다음과 같은 글귀가 적혀 있다: "梅龍庵先生所撰大谷碑云, 李東皐揖望氣
報恩云: 必有德星見天者卽指此時此會, 而渼湖詩德星亦取用於此. ○所謂'共
被室'·'四賢君'·'醉臥溪' 卽皆當日眞景也."

出男行遠奉事, 省遠參奉, 思遠. 孫男大仁贈掌樂正, 大益同
中樞, 大復生員, 大榮宣傳官. 側出大坤, 大秀長房出, 大允
判官, 次房出. 將仕郎厚培厚封 厚裁李壻出. 內外曾玄, 不
能盡錄, 顯者曾孫虞濮宗海, 縣令壽海, 五代孫郡守東溟. 判
官東逸 郡守東濟也.

嗚呼! 公之在世也, 人孰不慕其高風? 而如曹成三賢交契
之篤, 益可以觀公德義矣. 淸陰金文正公所謂 "大谷不妄交,
惟與處士公交最善. 聞先生之風者, 可知處士之爲賢矣者,
豈不信哉? 今距公沒數百餘載, 遺躅所在, 淸芬不沬. 後人
之所興感, 自不尋常. 金渼湖元行, 宋櫟泉明欽嘗到溪堂, 皆
有筆蹟. 其曰 '共被室' '醉臥溪' '堅心洞'者, 誠不偶爾, 而渼
湖所撰墓文, 益可論夫今與後也. 今公十世孫德鎭托余以幽
堂之誌, 顧非蕪辭所能闡揚而興慕之深, 亦何感終辭, 銘曰:

嗟公高風, 綿邈莫攀, 巋茲古堂, 宛然考槃, 山中盛事, 百
載誦傳,

對床連夜, 猗歟四賢, 有欲知公, 宜於斯觀, 我銘其藏, 以
示無垠.

崇禎後三癸孟夏 崇政大夫議政府右贊成兼世子貳師 成均
館祭酒 經筵官 宋煥箕 撰.

공의 휘는 홍림, 자는 현좌이다. 명종 때 보은에 있는 금적산에 들
어와 집을 짓고 '계당'이라는 편액을 달았다. 뜻이 맞는 여러 어진 선
비들과 경전 강론을 즐기다가 여기서 생을 마감하였다. 당시 사람들
은 그를 '계당 처사'라고 불렀고 훗날 사람들은 그를 '계당 선생'이라
칭했다. 아아, 훌륭하도다!

화순 최씨의 시조는 고려 때의 오산군烏山君 세기世基이다. 휘 영유
永濡가 해주 목사를 지낼 때, 홍건적에 맞서 싸우고 굴복하지 않다가

휴담鵂潭이라는 연못에 관인을 던지고 순사하였는데, 시호는 충절공이시다. 이후로 높은 벼슬을 하는 선조들이 이어졌는데, 고조는 휘 사로士老로 성균관 대사성을 지냈고, 증조는 휘 한정漢禎으로 이조 참의를 지냈으며, 조부는 휘 중청重淸으로 광흥창 수廣興倉守를 맡았다. 부친의 휘는 해垓로 장사랑將仕郎을 맡으신 바 있는데 학행이 넉넉하였고, 부인은 남양南陽 홍씨洪氏로 군수 여주汝舟의 따님이다.

공은 정덕 병인(1506)년에 태어났다. 본성이 순수하고 아름다웠으며 행동거지가 온건하고 중후하여 덕이 있는 자의 기품을 드러냈다. 정성으로 어버이를 섬겼으며, 부모의 상을 당했을 때 예를 갖추고 법도에 어긋나지 않았다. 탈상을 한 뒤에는 세상살이에 뜻을 두지 않았다. 또한 끊임없는 사화로 시대가 어지러움을 보고는 마침내 숨어 살기로 결심하고 남쪽으로 내려와 금적산에 들어갔다. 여울물 흐르는 아름다운 계곡에 집을 짓고 안빈낙도하며 살았다. 평상시 경전을 읽고 시를 읊어서 고상한 성품과 운취를 펼쳤으며, 운명에 맡기고 유유자적하며 죽을 때까지 금적산 밖으로 나가지 않았다. 그때 대곡 성운成運 선생은 종산에 살았고 동주 성제원成悌元은 보은 현감을 지냈는데, 이들은 도의로 사귀었다. 남명 조식曺植 선생 또한 일찍이 지리산에서 이곳까지 찾아와 함께 여러 날을 즐겁게 지냈다. 대곡 성운은 당시에 지은 시에서 "돌이켜 보면, 옛날 남명과 한 이불 덮고 잤고, 동주와는 함께 취해 냇가에 누웠었지."라고 했는데, 바로 이때의 모습을 노래한 것이다. 고을 사람들은 이들의 모임을 아름다운 일로 전하고 있다.

공은 만력 신사(1581)년 7월 15일 76세로 세상을 떠났고, 보은현 서쪽에 위치한 검운산劍雲山의 해좌亥坐의 언덕에 안장되었다. 부인 평강 채 씨平康蔡氏는 사복시 주부主簿 치정致禎의 따님으로 공보다 먼저 별세하셨는데, 이때에 공과 함께 합장되었다.

공은 슬하에 2남을 두었는데, 장남은 지원知遠이고 차남은 명원明遠으로 모두 대곡의 문하에서 공부했으며 일찌감치 문장과 행실로 세상에 알려졌다. 딸은 찰방察訪 이의정李宜正에게 출가했다. 측실 소생의 아들 봉사奉事 행원行遠, 참봉參奉 성원省遠, 사원思遠이 있다.

손자인 대인大仁은 장악원정에 추증되었고, 대익大益은 지중추부사를 지냈고, 대복大復은 생원이고 대영은 선전관이다. 측실 소생으로 대곤大坤, 대수大秀가 있다. 이상은 큰 아들 소생이다. 대윤大允은 판관인데 둘째 아들 소생이다. 장사랑 후배厚培, 후봉厚封, 후재厚栽는 사위 이의정의 소생이다. 내외의 증손자들을 일일이 기록할 수 없으나 이름난 사람으로는 증손 우후虞侯 종해宗海와 현령 수해壽海와 5대손 군수 동명東溟과 판관 동일東逸, 군수 동제東濟가 있다.

아아, 공이 살아계실 때에 그의 고상한 품격을 공경하고 사모하지 않는 사람이 없었다. 또한 공과 조식, 성제원 세 분의 교유를 보면 공의 덕과 의로움을 더욱더 잘 알 수 있다. 청음 김문정공尚憲께서 "대곡은 본디 함부로 교분을 맺지 않았는데 한 고을 안에서 처사와 가장 친하게 지냈다. 대곡 선생의 성품을 안다면 공의 어진 성품 또한 알 수 있을 것이다."라고 하였으니, 어찌 믿지 않을 수 있겠는가?

공이 돌아가신 지 수백 년의 세월이 흘렀지만, 아직도 옛 자취는 남아 있으며, 공의 아름다운 덕성 또한 전해지고 있다. 그렇기에 후세 사람들이 느끼는 바가 많은 것도 심상한 일은 아닐 것이다. 미호渼湖 김원행金元行, 역천櫟泉 송흠명宋欽明 두 선생께서 일찍이 계당에 이르러 글을 남기면서 '공피실共被室', '취와계醉臥溪', '견심동堅心洞'이라 한 것도 우연이 아니다. 또 김원행 선생이 지으신 묘갈명은 예나 지금이나 귀감이 될 만하다.

지금 공의 10세손 덕진德鎭이 나에게 처사의 묘지명을 부탁하는데,

보잘것없는 말로 공을 기리는 깊은 마음을 널리 알릴 수는 없겠지만, 감히 끝까지 마다할 수가 없어 다음과 같이 명을 짓는다.

嗟公高風,	아! 공의 높은 풍모
綿邈莫攀.	면면히 이어져 따를 길 없네.
繄茲古堂,	이 높은 계당에서
宛然考槃.	유유자적 도를 즐기셨구나.[71]
山中盛事,	산속에 있었던 아름다운 일들
百載誦傳.	오래도록 칭송하였네.
對床連夜,	침상을 마주하고 밤새 노닐었으니
猗歟四賢.	훌륭하다, 네 선비여!
有欲知公,	최 공을 알고자 한다면
宜於斯觀.	마땅히 이를 보면 될 것이리.
我銘其藏,	내가 숨은 덕행 기록하여
以示無垠.	끝없이 만세에 고하노라.

숭정崇禎 기원 후 세 번째 계해癸亥(1803) 늦은 봄에 숭정대부崇政大夫 의정부議政府 우찬성右贊成 겸 세자이사世子貳師[72] 성균관제주成均館祭酒 경연관經筵官 송환기宋煥箕가 짓다.

---

71 고반(考槃): 현자가 은거하는 집이나 또는 은거하는 즐거움을 이른다. 『시경』「위풍(衛風)」고반(考槃)에 "고반이 시냇가에 있으니 훌륭한 분이 한적하게 거처하네. 홀로 잠자다 깨어나 길이 잊지 않으려 맹세하네.(考槃在澗, 碩人之寬. 獨寐寤言, 永矢弗諼.)"라고 하였는데, 주석에 "고(考)는 '이루다', 반(槃)은 '한가히 노닐다'"라고 하였다.
72 조선시대에 세자시강원에 속한 종일품 벼슬.

溪堂重建開基祝文 崇禎后十二年 洛洲 具鳳瑞

계당을 중건할 때 터를 닦는 축문 숭정(崇禎) 기원 후 12년

능성(綾城) 구봉서

溪堂舊墟,	계당의 옛터에
鞠爲茂草.	잡초가 무성하여 황폐하지만
先祖先賢,	선조와 선현들이
杖履其所.	이곳에 노닐었었네.
白石離離,	여기저기 널려 있는 흰 바위
綠水悠悠.	유유히 흐르는 푸른 물줄기
尚帶往迹,	아직 옛 자취를 간직하고 있는데
幾番春秋.	몇 번의 봄가을 맞이했던가.
雲仍起感,	후손들 느낀 바 있어
鳩財重營.	재물을 모아 재건하니
同趣火計,	함께 기획한 지
不日期成.	얼마 안 되어 새롭게 일어섰구나.
掌玆土祇,	이 땅 관장하는 토지신이시여
庶賜陰隲.	음덕을 베풀어주소서.
俾武魔戲,	마귀에 희롱당하는 일 없도록
保千億吉.	천만년 복을 누리게 해 주소서.

溪堂重建上樑文 崇禎後三甲申 西河 任相周

계당 재건축에 상량문을 짓다 서하 임상주 (자 幼輔 겸 中樞)

天慳地秘, 必待遯世之高踪, 水麗山明, 詎無築室之賢士. 念彼尼鹿之清澗, 政宜碩人之幽捿. 處士崔公, 諱興霖 字賢佐, 百歲高標 爲大谷先賢之推許, 一代清望, 致蘇齋相公之欽嘆. 際膠漆於陳盆, 一鶴高飛於塵外, 樂簞瓢於顏巷 獨星孤明於雲間.

玆卜一丘名疆, 乃構數間精舍, 扁以溪字, 盖慕濂翁光霽之襟, 洞曰堅心, 斯符羲經介石之訓. 從之者誰也? 朋僚成東洲, 曹南冥先生. 德可以觀乎? 志操嚴子陵陶元亮遺躅, 爰居爰處, 共討仁義禮智之方, 將翶將翔, 所履孝悌忠信之道, 矧又幽溪之風物, 尤合隱士之盤旋. 背負金積崇高之山, 儼乎壁立之氣象, 面對西尼平曠之野, 豁然海濶之胸襟. 牕前竹松, 含翠之晚節卓卓, 階下蘭菊, 流芳之盛馥霏霏. 釣魚採薇, 爵祿視浮雲之過, 誦詩習樂, 鄕黨仰北斗之高.

不幸梁木之先摧 居然堂基之又火. 三山諸子奉遺蹟而咨嗟. 一方愚氓撫虛垈而悼惜. 中間舊墟之重拓, 前後斯堂之再成. 眼前突兀之休, 幾稱孝子孫事業, 澗上考槃之樂, 不墜賢父祖名聲. 堂久百年, 那免崩圮之患, 事邈六代, 恐無葺修之人. 嗟前功之盡隳, 孰承肯構之美, 而故迹之日晦, 徒爲鞠茂之場. 何幸克肖之諸孫, 乃有改建之盛擧. 啓櫺剔柘, 依然坤坐艮向之原, 築礎立楹, 宛是山回水抱之勢. 梁桷縹緲, 高揭二字之華題, 墻壁輝煌, 克修屢世之闕典. 門屛肅穆, 若先祖衣履之盤桓, 階庭幽深, 如前賢杖履之臨訪. 嗟幾年臺榭

之久廢 得今日棟宇之復興. 溪瀑橫前瀧瀧, 舊日之餘響, 巖松擁後滑滑, 昔時之清風. 悲慕遺孫, 愛若魯閟之靈殿. 攀遊後學, 視如召憩之甘棠. 材瓦維新, 有光重建之前事. 板檻依舊, 無疆千載之永傳. 雲仍繩繩於克家, 絃誦洋洋於入室.

斯騰短律, 庸賛徽音:

兒郎偉抛梁東, 溪邊颯颯有清風金山矗嵂青松老 處士高名傳不窮

兒郎偉抛梁西, 蒼山夜月子規啼 堂乎燒盡何年火 古迹凄涼無可稽

兒郎偉抛梁南, 公子公孫重建菴 久久百年頹落盡 遺墟鞠草令人慚,

兒郎偉抛梁北, 雲仍十世能成屋 溪山花鳥摠如前 采梠依然二字額

兒郎偉抛梁上, 若睹先生携几杖 郁郁芝蘭非不佳 獨憐飛瀑高千丈

兒郎偉抛梁下, 階其白石屋其瓦 子孫世守而堅心 絃誦洋洋頻掃洒.

伏願上樑之後 災同火燒 福如水涌 傳家之清白克繼, 咸曰崔門之昌 養德之聲 蹟不隳 皆稱名祖之後. 清溪汩汩 聞其聲而興懷小堂迢迢, 入此户而起慕. 隣里朋友之咸聚 舊時之詩禮是崇. 遠近親族之同居 前人之孝友必蹈. 每思此堂之嘉號, 永保先祖之遺風.

하늘이 지극히 아끼고 땅이 감추어 온 곳은 반드시 은둔하여 고고하게 지내는 은사를 기다린다. 산 높고 물 맑은 곳이라면 집 짓는 어진 선비가 어찌 없겠는가. 저 사슴이 노니는 맑은 시내를 생각하면, 대인의 그윽한 거처로 마땅하다.

처사 최 공은 휘가 홍림이고, 자는 현좌이다. 백 년에 한 번 있을 만한 고상한 기풍으로 대곡大谷 성운成運 선생도 인정하였다. 또 한때 명망을 높이 떨쳤던 소재蘇齋 노수신盧守愼 또한 흠모하고 감탄하였다. 이익만을 따르는[73] 시대에 한 마리 학으로 높이 날아 속세를 떠나서, 안회처럼 안빈낙도安貧樂道하였으며 홀로 외로운 별이 되어 구름 사이에 빛났다.

여기 산수가 수려한 언덕에 터를 잡아 몇 칸의 정사精舍를 짓고, ‘계溪’ 자로 편액을 달았으니 염계 주돈이의 ‘광풍제월光風霽月[74]’의 인품을 흠모했기 때문이다. 또한 골짜기의 이름을 ‘견심堅心’이라 한 것은 『역경』[75]에 나오는 굳세고 곧다는 ‘개석지훈介石之訓’[76]의 뜻을 가져온 것이다. 누가 처사를 따랐었나? 친구였던 동주 성제원 선생, 남명 조식 선생이었다. 이것으로 처사의 덕행을 알 수 있다. 또한 처사의 지조는 엄자릉嚴子陵[77], 도원량陶元亮[78]의 자취가 있다고 할 만하였다.

---

73 『주자어류(朱子語類)』 권123 〈진군거(陳君擧)〉에 “진동보(陳同父)는 이욕(利慾)의 아교와 칠이 엉긴 단지 속에 있다.〔同父在利欲膠漆盆中〕”라는 말을 원용한 표현이다.

74 ‘비가 갠 뒤의 맑게 부는 바람과 밝은 달’이라는 뜻으로, 마음이 넓고 쾌활하여 아무 거리낌이 없는 인품을 비유적으로 이르는 말.

75 원문의 ‘羲經’은 역경(易經)의 별칭이다. 복희씨가 처음 팔괘(八卦)를 그었다는 전설에 의해 이렇게 부른다.

76 『주역』 〈예괘(豫卦)〉에 “견고함이 돌과 같아서, 과거의 잘못을 하루가 지나지 않아 제거해 버리나니, 정하고 길하니라.(介于石 不終日 貞吉)”라고 하였다.

77 동한의 엄광(嚴光)을 말한다. 같이 공부했던 유수가 광무제가 되었지만 그는 벼슬을 사양하고 산에 은둔하였다.

78 진나라 도원명. 원량은 도연명의 자이다.

여기에 살면서 인의예지仁義禮智의 법도를 함께 토론하였고, 한가로이 이리저리 노닐면서 효제충신孝悌忠信의 이치를 실천하고자 했다. 게다가 그윽한 냇물의 경치는 참으로 은사들이 노닐 만하였다. 높디높은 금적산을 뒤에 두고 있어 기상은 우뚝 선 절벽 같이 엄숙하고, 넓디넓은 서니西尼79의 들판을 마주하고 있어 마음 속 생각은 바다처럼 확 트여 있다. 창밖의 송죽은 푸르러 늦게까지 변치 않은 절개로 우뚝하고, 섬돌 아래 난초와 국화는 무성하게 피어 은은한 향기가 가득하다. 낚시를 하고 고사리를 따면서, 벼슬살이를 한낱 흘러가는 뜬구름으로 여겼고, 시를 읊고 예악禮樂을 익히니, 고을에서 북두성처럼 높이 공경하고 받들었다.

불행하게도 선생께서 돌아가시자 계당의 터에 또 불이 났다. 삼산의 여러 제자들이 남은 자취를 한탄하였고, 고을의 어리석은 백성들도 폐허를 어루만지며 슬퍼하고 애석하게 여겼다. 중간에 옛터를 넓히고 앞뒤로 계당을 다시 세웠다. 눈앞에 계당이 우뚝하게 솟자, 효성스런 자손들의 사업은 몇 번이나 칭찬을 받았다. 물가에서 은자가 즐기는 즐거움마련하였으니80, 어진 선조들의 명성을 떨어뜨리지 않게 되었다.

건물은 백 년이 지나 무너지는 우환을 면하기 어려웠고, 6대를 거치면서 보수할 사람이 없어질 것을 우려하게 되었다. 공들여 지은 건물이 다 무너지게 된 것을 탄식하였지만, 누가 옛 건물을 보수하여 그 아름다움을 이어갈 수 있을까. 옛 자취 날로 사라져 이제는 한갓

---

79 보은에 있는 지명이다.

80 원문의 '고반(考槃)'은 『시경』〈고반(考槃)〉에 "그릇 두드리며 언덕에서 노래하니 대인이 은거하여 사는 곳이로다. 혼자 잠들고 일어나는 생활이지만 길이 맹세코 남에게 알리지 않으리라(考槃在陸, 碩人之軸, 獨寐寤宿, 永矢弗告.)"에서 나온 것으로, 은자가 생활하는 즐거움을 뜻한다.

잡초만 무성한 곳이 되었다. 다행히 훌륭한 여러 후손들이 계당을 재건하는 큰일을 시작했다. 계당 주변의 능수버들, 산뽕나무를 캐내니 예나 지금이나 곤좌간향坤坐艮向[81]의 언덕 그대로다. 주춧돌과 기둥을 세워놓으니, 완연히 산이 두르고 물길이 감싸는 형세이다. 대들보와 서까래 사이로 '계당溪堂'이라는 두 글자를 새긴 화려한 표제를 높이 걸어두고, 담과 벽이 휘황하니, 전대에 빠뜨렸던 예법을 후손들이 잘 닦았다고 하겠다. 집안이 엄숙하고 화목하니 마치 선조께서 의관을 갖추어 입고 다니는 듯하며, 섬돌과 정원이 그윽하고 깊으니 마치 선현들의 행차가 찾아올 듯하다.

계당이 오랫동안 폐허로 있음을 탄식했는데, 오늘 드디어 새로운 건물이 세워졌다. 콸콸 흐르는 계곡과 폭포수는 옛날 그대로의 울림이고, 바위를 두른 소나무와 불어오는 맑은 바람 역시 예전처럼 시원하다. 슬피 흠모하던 후손들은 계당을 노魯나라 영광전靈光殿[82] 처럼 사랑하였고, 후학들은 마치 주周나라 소백召伯[83]이 쉬던 팥배나무 바라보듯 하였다.[84] 재목과 기와는 중건하기 이전보다 빛나고, 마룻장과 난간은 옛것 그대로 천백 년 동안 영원히 전할 것이다. 공의 후손도 번성하여 가업을 잇고, 글 읽는 소리는 계당에 흘러넘칠 것이다.

---

81 곤좌 간향(坤坐艮向): 곤방(坤方)을 등지고 간방(艮方)을 향한 좌향. 서남쪽에서 동북쪽으로 향한 좌향.

82 영광전(靈光殿): 한 경제(漢景帝)의 아들인 공왕(恭王)이 산동성 곡부(曲阜)에 건립한 궁전. 후한(後漢) 왕연수(王延壽)가 지은 '노영광전부서(魯靈光殿賦序)'에 "서경(西京)의 미앙(未央)과 건장(建章) 등 궁전이 모두 파괴되어 허물어졌는데도, 영광전만은 우뚝 홀로 서 있었다.[靈光巋然獨存]"라는 글이 있다.

83 소공 석(召公 奭). 서주의 정치가이자, 연나라와 소나라의 초대 군주. 제 태공, 주공 단과 함께 주나라를 개국한 공신들 중 한 사람이다.

84 『시경(詩經)』 「소남(召南)」 참조. "무성한 팥배나무, 자르지 마라 베지도 마라, 소백님이 머무시던 곳."이라는 시구가 있다.

여기에 짤막한 시를 읊어 아름다운 덕음德音을 도울까 한다.

兒郎偉抛梁東,　　　어영차! 떡을 대들보 동쪽으로 던지게나,

溪邊颯颯有淸風,　　계곡에서 맑은 바람 불어오네

金山巀嶪靑松老,　　금적산 높고 푸른 소나무 늙었네

處士高名傳不窮.　　처사의 높은 명성 영원히 전하리.

兒郎偉抛梁西,　　　어영차! 떡을 대들보 서쪽으로 던지게나,

蒼山夜月子規啼,　　푸른 산, 달뜬 밤에 소쩍새 우는구나

堂乎燒盡何年火,　　언제 계당은 불에 타버렸나?

古迹凄凉無可稽.　　처량한 가운데 옛 자취 찾을 길 없구나.

兒郎偉抛梁南,　　　어영차! 떡을 대들보 남쪽으로 던지게나,

公子公孫重建菴,　　공의 후손들 새롭게 계당을 세운다네

久久百年頹落盡,　　백 년의 긴 시간에 다 퇴락하여

遺墟鞠草令人慚.　　옛터에 잡초만 무성하여 부끄러웠네.

兒郎偉抛梁北,　　　어영차! 떡을 대들보 북쪽으로 던지게나,

雲仍十世能成屋,　　십세의 후손들이 새롭게 집을 지으니,

溪山花鳥摠如前,　　골짜기에는 예와 같이 꽃피고 새가 날아들고,

采桷依然二字額.　　단청한 서까래의 편액 글자 빛나는구나.

兒郎偉抛梁上,　　　어영차! 떡을 대들보 위쪽으로 던지게나,

若睹先生携几杖,　　마치 지팡이 짚고 있는 선생을 보는 듯,

郁郁芝蘭非不佳,　　지란같은 자제들 그지없이 아름답고

獨憐飛瀑高千丈.　　천길 높이의 폭포수 사랑한다네.

兒郎偉抛梁下,　　　어영차! 떡을 대들보 아래쪽으로 던지게나,

階其白石屋其瓦,　　계단은 흰 돌이요 집은 기와라

子孫世守而堅心,　　자손들이 굳센 마음으로 대대로 지키니

絃誦洋洋頻掃洒.　　자주 청소하며 글소리 낭랑하기를.

　삼가 원하옵건대, 들보를 올린 후에는 재앙이 불과 함께 태워지고
복은 물과 같이 솟게 하소서. 가문에 전해오는 청백淸白함 계승하여,
모든 사람들이 그리워하는 마음 일으켜, "최 씨 집안 성하네."라고 말
하기를. 덕을 기른 높은 명성 떨어지지 않게 해 주어 조상의 후예를
모두 칭송받도록 하소서.

　졸졸 흐르는 맑은 냇물소리, 그 소리 들으면 그리워하는 마음을 일
으키고, 집이 깊고 깊으니 문으로 들어서면 조상 흠모하는 마음을 일
으키기를. 이웃의 벗들이 모여서 옛적의 시례詩禮를 숭상하고, 멀고
가까운 친족이 함께 살며, 선조의 효도와 우애는 반드시 따르기를.
오늘날 계당의 아름다운 호칭을 생각하며 선조가 남긴 모습 영원히
보전하게 하소서!

溪堂記

계당기

三山縣之南十里, 有山崒然而高大者曰"金積". 金積之趾, 有抱溪而爲村者曰"西尼". 故處士崔公諱興霖所隱, 而其子孫多居焉. 由村之背而稍上, 有窈然而爲洞者曰"堅心洞". 盡而有負崖臨瀑而築者曰"溪堂". 溪堂者, 處士之所, 仍以爲號者也.

處士行誼出人, 又夙抱高尚, 入此山, 愛其境界幽絕, 爲堂而處其中, 日沈潛經傳, 以及洛閩之群書, 與其徒誦說不倦, 至老死, 足不出洞外. 遠近多慕其風, 如大谷, 南冥, 東洲諸先生, 皆一世高賢, 而無不願爲之交, 往往杖履相訪, 留連講磨, 飮酒賦詩以爲樂. 至今山中傳爲盛事. 其見于諸先生遺文, 可考也.

自處士沒幾二百年, 而溪堂亦屢毀, 而至于三矣. 爲其雲仍者幾人相與興感, 殫心經紀而重新之, 今乙酉三月, 堂始成焉. 時余偶至縣齋, 諸崔氏要余一登. 余乃仰觀積翠, 俯聽流泉, 粤瞻離嶽, 問大谷之遺墟, 而誦考槃之章, 歌紫芝之曲, 爲之徘徊睠顧而不能去.

旣而告諸君曰: "彼南國之甘棠, 不過召伯一時之所憩耳. 然而思召伯之德者, 猶恐人之或傷, 至曰'勿拜勿敗'. 況此堂者, 賢祖之所藏修, 而諸先生之所留躅, 則宜諸君之不忍其泯沒也. 雖然, 堂雖成, 不有以守之, 幾何而不復爲寒煙蔓草而爲虎兔之場乎?"

於是, 諸君愀然大息曰: "然則守之, 宜如何?" 曰: "無他, 以處士之道守之而已." 使諸君, 各率其子弟與鄕之秀者, 日負笈于此, 讀處士之書, 而又月聚講焉. 由是而入而孝其父母, 出以敬其鄕黨, 修身而行義, 事君而盡忠, 則人將曰'此處士之敎', 而皆知溪堂之爲功也. 然則堂雖常存而蕪廢, 可也. 諸君曰: "然. 願以是爲溪堂之記." 遂書而歸之.

崇禎三周乙酉孟秋 安東 金元行記.

삼산현三山縣 남쪽 십여 리 떨어진 곳에 우뚝하게 치솟은 높고 큰 산이 있으니, 곧 금적산金積山이다. 금적산 자락에 시내를 끼고 생긴 마을이 있는데 서니촌西尼村이라 한다. 여기는 고故 처사 최 공崔公 흥림興霖이 은거했던 곳으로 지금은 그 후손들이 모여 살고 있다. 마을 뒤쪽을 따라서 조금 올라가면 그윽하게 골짝을 이룬 곳이 있으니 견심동堅心洞이라 한다. 그리고 골짜기가 끝나는 곳에 벼랑을 등진 채 폭포를 마주한 집이 있으니 계당溪堂이다. '계당'은 처사의 집이고, 처사는 그 집의 이름을 호號로 삼았다.

처사는 행실이 뛰어난 데다 일찍부터 고상한 포부를 지녔는데, 이 산에 들어와 보고는 경치가 그윽하고 세속과 멀리 떨어져 있는 것이 마음에 흡족하여 거기에 집을 짓고 살았다. 날마다 경전과 정주程朱의 책속에 파묻혀 문도들과 함께 경전을 외고 가르치기를 게을리하지 않았으며, 늙어 죽을 때까지 동구 밖으로 나가지 않았다. 원근에서 그의 풍모를 사모하는 이들이 적지 않았으니, 대곡大谷 성운成運, 남명南冥 조식曺植, 동주東洲 성제원成悌元 같은 당대의 뛰어난 선비들도 그와 교제하려 하였다. 때로 지팡이를 짚고 몸소 찾아가 머물면서 학문을 강론하고 연마하였고, 술잔을 기울이고 시를 읊으면서 즐거운 시간을 보냈다. 이 일은 지금까지도 아름다운 일로 전해지고 있으며, 여러 선생이 남겨 놓은 문집에서도 그 내용을 살펴볼 수 있다.

처사가 돌아가신 지 거의 이백 년이 흐르는 사이, 계당도 여러 번 허물어졌다. 세 번째 허물어졌을 때, 후손 몇 사람들이 안타까워하며 마음을 다해 새롭게 짓기 시작해서, 을유(1765)년 3월에 비로소 완공되었다. 이때 내가 우연히 보은 고을에 이르렀는데, 최씨 집안사람들이 나에게 한번 올라오라고 하였다. 나는 나무들이 우거진 푸르른 숲을 올려다보고, 흐르는 샘물에 귀 기울이기도 하고, 속리산을 바라보며 대곡의 자취를 물어 살피면서 「고반장考槃章[85]」을 읊조리다가 또 「자지곡紫芝曲」[86]을 노래하면서 서성이고 되돌아보며 차마 이곳을 떠나지 못했다.

이윽고 나는 여러 사람에게 말했다. "저 남국南國의 감당甘棠은 소백召伯이 잠깐 쉬어간 곳에 불과할 뿐입니다. 그런데도 소백의 덕을 사모하는 자들은 오히려 사람들이 상하게 할까 두려워 '휘지도 말고 꺾지도 말라勿拜勿敗[87]'고까지 했습니다. 하물며 이 집은 어진 선조가 은거하던 곳인 동시에 여러 선생이 머물렀던 곳이니, 이 집이 허물어지고 사라지는 것을 차마 그대로 두지 못하는 것은 당연합니다. 하

---

85 고반장(考槃章): 『시경』「위풍(衛風)」에 실린 시로, 어진 자가 세상을 피해 은거해서 사는 즐거움을 노래한 것이다.

86 자지곡(紫芝曲): 진(秦)나라 말기 상상(商山)의 사호(四皓), 즉 동원공(東園公) 당병(唐秉), 하황공(夏黃公) 최광(崔廣), 기리계(綺里季) 오실(吳實), 녹리선생(甪里先生) 주술(周術) 등이 진나라의 분서갱유(焚書坑儒)를 피해 상산에 숨어서 살았다. 후에 한혜조(漢惠祖)의 초빙을 거절하고 산속에서 자지(紫芝)를 캐 먹으면서 부른 노래이다. 〈고반장」과 마찬가지고 은자의 노래이다.

87 『시경』「감당(甘棠)」의 "무성한 감당나무를 자르지도 말고 휘지도 말라. 소백이 머무셨던 곳이니라.〔蔽芾甘棠 勿翦勿拜 召伯所說〕"라는 말에서 나온 것이다. 이 시는 주(周)나라 소백(召伯) 즉 소공(召公) 석(奭)의 덕정(德政)을 찬미한 것이다.

지만 이 집이 비록 재건되었다 하더라도 잘 지켜내지 못한다면, 얼마 안 가 다시 차가운 안개가 감싸고 덩굴풀이 무성히 뻗어 나올 것이고, 그렇게 되면 여우나 토끼들의 소굴이 되지 않겠습니까?"

이에 제군이 시름에 잠겨 크게 탄식하며 "그러면 어떻게 지켜야 하겠습니까?" 하고 묻기에, 나는 "다른 것이 없습니다. 처사의 도道로써 지켜나가면 됩니다. 가령 여러분이 각자 여러분의 자제와 고을에서 뛰어난 사람들과 함께 책 상자를 지고 이곳에 와서 날마다 처사의 책을 읽고 또 달마다 강연을 한다면, 이로 말미암아 그들이 집에 들어가서는 부모에게 효도하고 나가서는 고을 어른들을 공경할 것이며, 또 몸을 닦아 의를 행하며 임금을 섬겨 나라에 충성하게 될 것입니다. 장차 그렇게 된다면 사람들은 '이는 최 처사의 가르침이다.' 하면서 모두들 계당의 공을 알게 될 것입니다. 그러면 계당은 영구히 보존되어 폐허가 되지 않을 것입니다." 하였다. 그러자 제군이 "그렇습니다. 부디 이 내용으로 기문을 써 주십시오." 하였다. 마침내 이렇게 써서 주었다.

숭정崇禎 을유(1765)년 늦가을에 안동安東 김원행金元行 쓰다.

題溪堂唱酬帖後

계당을 읊은 화운시첩에 발문을 짓다

世固有隱德韜光, 而其名竟湮沒無稱者, 惟在子孫賢不賢如何耳. 故處士崔公庛身煙霞, 樂道邱壑, 築一堂於金積之下, 家於金積之下. 其間不五里而近山, 則三山之巨嶽也. 有瀑流從山之絕頂而下, 層爲五六而下三層最大, 匯爲澄潭. 有石伏於瀑左者爲五六處, 狀如穹龜, 間有蒼壁巨石唅呀, 洞門劈開, 眼界通豁, 俗離一面, 呈露在前.

廬山眞景, 不可無白鶴仙觀, 故處士架數椽於瀑之左岸 破天慳地秘之界, 殫鬼護神施之巧, 幽敻奇勝, 甲於三山, 而瀑沫濺枕, 魂夢亦淸. 時則有若東洲南冥兩先生相與往來, 期詡甚重, 花開月朗, 杖履聯翩, 琴書歗傲, 境與神會, 玩幾曲之飛瀑, 樂四時之光景, 高風逸韻, 眞令人俯仰慷慨而興感矣.

仙人一去, 黃鶴忽碎, 聞處士之風, 過處士之堂者, 莫不咨嗟詠嘆. 百餘年來, 漠然徒見山深而水淸矣. 今公之諸子孫鳩財修葺而新之, 蔚然改觀. 首揭兩先生酬唱之什, 溪山增輝, 棟宇照爛, 而雲叟(美湖)函丈序若詩, 又極發揮之, 闡揚之. 鄕之老少咸集, 而落其成, 詩以歌之. 於是乎, 處士公之潛德幽光, 無復餘蘊.

嗚呼! 其盛矣. 粧一帖要余有言, 不敢以不文辭, 然竊嘗聞之士君子大節, 不過出與處而已. 盖獨善兼濟, 其道雖殊, 其功等耳. 是以, 隨光之隱未必不及於皐夔, 雲臺之化不足多讓於麒麟. 然則處士公之棲遁巖穴, 不求當世, 淸芬雅致, 有足以持世敎, 而起頹俗, 至今百載之下, 像想如隔晨, 况視其

友而知其賢, 審所處而知所樂, 且其子孫之賢而眾多, 使公
之遺躅餘烈, 不至湮滅, 而雖樵叟牧兒, 皆知其爲處士公之
溪堂, 豈不休哉!

　嗚呼! 桑海不能無變嬗(遷), 則此堂之或興或廢, 亦其理
也. 其子孫之子孫, 又能隨其廢而興之, 如今日之爲, 則處士
之此堂, 其將與天壤廢矣. 昔范文正公記嚴子陵之祠, 而曰
"先生之風, 山高水長." 余於此, 亦以八字書之帖上而歸之.

　時崇禎三己丑, 暮春之下澣, 侍講院輔德昌原黃榦書.

　세상에는 덕을 숨기고 빛을 감추어서 그 이름이 알려지지 않은 사
람이 있는데, 생각해 보면 이는 자손들이 얼마만큼 어진가에 달려 있
기도 하다. 옛날 처사 최 공은 일찍이 아득한 노을 속에 몸을 숨기고
산골짜기에서 도의를 즐기면서 금적산 아래에 집을 지어서 살았다.
그곳에서 오 리 정도 떨어진 가까운 곳에 삼산三山이라는 큰 산이 있
었다. 산 정상에서 폭포수가 다섯, 여섯 층을 이루면서 흘러내렸는
데, 그 중 세 번째 층이 격차가 가장 컸으며, 또 여러 물길이 모여 하
나의 못을 이루었다. 폭포의 왼쪽에는 대여섯 개의 큰 돌덩이가 큰
거북이가 엎드린 모양을 하고 있었는데, 마치 그 사이에 푸른 옥돌들
을 머금고 있는 듯했다. 골짜기를 벗어나면 시야가 확 트이면서 속리
산의 한쪽 면이 눈 앞에 펼쳐진다.

　여산廬山[88] 같은 아름다운 경치에는 흰 학과 신선의 집이 없을 수
없다. 그래서 처사는 폭포의 좌측 언덕에 서까래를 세웠다. 하늘이
지극히 아끼고 땅이 숨겨놓은 경계를 깨뜨리고 신이 내린 재능으로
정교함을 다해 만들었다. 그 빼어난 경치는 그윽하고 기이하여 삼산

88　중국 장시(江西)성에 있는 산. 아름다운 경치로 유명하다.

에서도 손꼽힌다. 폭포의 물보라를 맞으면서 혼도 꿈도 맑게 느껴지게 될 때에, 처사는 동주와 남명, 두 선생과 교유하였는데 두 분이 기대하는 마음이 아주 컸다. 이들은 꽃이 피고 달 밝은 날에 지팡이 짚고 거닐며 거문고 뜯고 피리 불면서 절경에서 신선의 모임을 가졌다. 흩날리는 폭포를 감상하고 사계절의 아름다운 경치를 즐겼던 이들의 고상한 풍모와 빼어난 운치는 사람들의 마음에 감동을 불러 일으키기에 충분하였다.

신선들은 떠나고 황학도 홀연히 사라졌다. 하지만 처사의 풍모를 듣고 처사의 계당을 지나는 사람들은 누구나 감탄하며 시를 읊어 칭송하였다. 백여 년이 지난 지금, 막연히 깊은 산속에 흐르는 맑은 물만 보일 뿐이다.

이제 공의 여러 후손들이 재원財源을 모아서 보수하니, 계당이 눈부신 모습을 자랑하고 있다. 두 선생이 주고받은 시문을 처음으로 걸어두니, 시내와 산이 더욱 빛을 발하고 건물도 찬란하게 빛난다. 또한 운수雲叟 김원행金元行[89] 선생의 서문은 마치 한편의 시같아 계당의 모습을 지극히 드러내고 천명하였다. 고을 사람들 모두 모여서 준공식을 치르고, 그 모습을 시로 지었다. 이렇게 하여 숨겨졌던 처사공의 덕성이 그 그윽한 빛을 남김없이 드러내었다.

아아, 성대하도다! 하나의 첩帖을 만들면서 나에게 글을 부탁하는데, 감히 잘하지 못한다고 사양할 수가 없었다. 내가 듣기로 사군자士君子[90]의 큰 절개는 나아가고 물러서는 출처出處에 지나지 않을 따

---

89 김원행(金元行): 조선 후기의 학자. 문신. 1702~1772. 종조부 창집이 노론 4대신의 한 사람으로 사사되고 온 집안이 귀양가게 되자 어머니의 배소에 따라가 있으면서 『맹자』 등의 저서를 탐독하였다. 이후 조부와 아버지가 신원되고 계속 관직에 임명되었으나 사양하고 학문에만 열중하였다.

90 학문이 깊고 덕이 높은 사람.

름이라 했다. 대체로 홀로 자신을 닦는 독선獨善과 세상을 구하는 겸제兼濟의 이치는 비록 그 길은 다르지만, 그것이 이루는 바는 다르지 않다. 그렇기 때문에 고대의 은자인 변수卞隨[91]와 무광務光[92]이 요순堯舜의 훌륭한 신하인 고요皐陶[93]나 기夔[94]에 미치지 못하는 것은 아니다. 또한 운대雲臺가 기린각麒麟閣[95]에 그다지 양보할 것은 없다.

  그리하여 처사공은 산골짜기에 숨어 지내면서 세상의 명성을 구하지 않았다. 처사의 맑은 덕성과 높고 고아한 정취는 세상을 교화하고 풍속을 바로잡을 만하여, 백여 년이 지난 지금도 마치 어제 일과 같다. 더욱이 그의 벗을 보고 그의 어진 성품을 알 수 있고, 그의 처소를 보고 그가 즐기는 바를 알 수 있다. 그의 자손들 또한 현명한 사람이 많으니, 공이 남긴 자취와 위엄은 사라지지 않았던 것이다. 비록 땔나무를 하는 나무꾼이나 소 먹이는 아이라 할지라도 모두 처사공의 계당을 알고 있으니, 어찌 아름답지 않은가?

  아아, 뽕나무 밭이 변하여 푸른 바다가 된다는 상전벽해桑田碧海의 변화가 있듯이, 계당도 흥하기도 하고 쇠퇴하기도 하겠지만, 그것은 당연한 일이다. 대대손손 이어가면서 쇠퇴하면 다시 일으켜 세우면 되는 것이다. 마치 오늘날 새로이 계당을 중축한 것처럼만 한다면 처

---

91 상(商)나라 사람. 상의 탕왕이 하 나라의 걸을 토벌하기 위해 그를 찾아와 상의하였는데, 변수는 이를 치욕으로 느끼고 물에 뛰어들어 자살하였다.

92 하나라 사람. 하나라의 걸을 친 탕왕이 자신의 자리를 물려주려 하자 이를 거절하고 물에 뛰어들어 자살하였다.

93 고요(皐陶): 순(舜)의 신하. 법리에 통달하여 법을 세워 형벌을 제정하고 또 옥(獄)을 만들었다.

94 기(夔): 순 임금 때 전악(典樂)이 되어 주자(胄子), 즉 왕실과 경대부의 적자의 교육을 맡았던 신하이다. 어진 신하로 유명하다.

95 운대는 한나라 명제 때 공신을 추모하기 위해 초상을 그려 걸던 곳이고, 기린각은 한나라 선제 때 11명의 공신의 초상을 걸었던 곳이다.

사 공의 계당은 하늘과 땅과 더불어 사라지지 않을 것이다.

　일찍이 문정공文正公 범중엄范仲淹이 엄자릉嚴子陵의 사당을 기록하면서 "선생의 품성은 산처럼 높고 물처럼 유유하다."고 칭송한 바 있다. 나 또한 "선생지풍先生之風, 산고수장山高水長"이란 여덟 글자를 위에 쓰고 돌아간다.

　숭정崇禎 기유己丑(1630)년 3월 하순에 시강원侍講院 보덕輔德 창원昌原 황간黃榦이 적다.

溪堂遺稿 終 跋文

계당유고 발문

昔吾先王考記崔處士之溪堂也, 以讀處士之書勉其後孫而
余未及見其書. 其書今剞劂, 而行于世間, 跋於余, 余始讀其
書而知其人也. 處士之世今去二百有餘年, 高標逸韻, 固無
以知之, 而與大谷東洲南冥諸賢, 唱酬詩章, 講論經傳, 爲道
意之交, 則古人所謂視其所親者非耶.

噫! 彼三賢者, 顯於當時, 傳於後世, 而獨處士隱淪自晦,
名聲不聞於朝, 此安知非高於三賢遠矣. 嗚呼! 今其編帙, 雖
甚寂寥, 百世之下, 尙令人誦而傳之. 況爲其後孫者乎, 顧余
不肖不復敢爲說, 謹取王考當日之言伸誦而相與之勉.

上之三年癸亥秋七月, 安東金麟淳謹跋.

옛날 나의 선조께서 최 처사의 계당에 대한 기문記文을 지은 바 있
다. 처사가 남기신 글을 읽고 후손들을 북돋고자 하였지만, 나는 아
직 그 유고를 읽지 못했다. 그런데 그 책이 지금 출간되어 세상에 나
오게 되자 나에게 발문을 부탁하였다. 나는 이제야 유고를 읽게 되
고 처사라는 분을 알게 되었다. 처사께서 떠나신 지 이백여 년이 지
난 오늘, 그의 높은 품격과 뛰어난 운치를 알 수 없지만 대곡, 동주,
남명 등 여러 현인들과 시문을 주고받고 경전을 강론하면서 도의道
意로 사귀었으니, 옛 사람이 '그 사람을 알려거든 그 사람과 친한 이
를 보라'고 하지 않았던가.

아아! 저 삼현들은 이름이 당시에 알려졌고 후세에 전해지고 있는

분들이지만, 오직 처사만은 숨어 살면서 스스로 자취를 감추어서 명성이 조정에 알려지지 않았다. 그러나 알려지지 않았다고 어찌 그가 삼현보다 더 어질지 못하다고 할 수 있겠는가?

　오호라! 오늘 편집된 유고는 비록 그 양이 얼마 되지 않지만 백대의 먼 훗날에도 사람들의 입에 오르며 전해질 것이다. 하물며 그 후손이 건재하고 있음에랴. 돌아보건대 부족한 내가 다시 감히 무슨 말을 보태리오. 삼가 선조께서 당시에 하신 말씀을 널리 송독하는 것으로 서로 힘써 권하기를 바랄 따름이다.

　순조純祖 3년 계해癸亥(1803)년 7월, 안동 김인순金麟淳이 삼가 짓다.

　右(上)我先祖溪堂先生遺稿也. 昔我傍祖蓮亭公諱斗天, 始營登梓, 不幸草稿失火更未就, 其爲子孫之痛恨 久矣. 於是, 家君命不肖更謀蒐輯, 以壽其傳, 遂與族祖玭(妣)氏, 謹取家藏文字, 及其散見於諸賢文集者, 隨得隨錄, 就正於性潭師門, 圖所以剞劂而其鳩財劈劃, 卽族祖有箕氏於門內, 最居長者也. 嗚呼! 先生高蹈之徽迹, 已著於誌表, 此足以不朽, 小子何敢述焉.
　崇禎後三甲子仲春, 先生十一代孫學洙謹識.

　이상은 저의 선조 계당溪堂 선생의 유고이다. 옛날 저의 방계 조상이신 연정蓮亭공, 휘 두천斗天 선생께서 처음 출간을 계획하셨는데, 불행히도 초고가 불에 타버려 성사되지 못했다. 자손들이 이 일을 통한히 여긴 지 오래되었는데, 이에 부친께서 불초한 저에게 명하여 다시 선조의 문고를 가려 모아 후대에 전할 수 있도록 하셨다. 그리하여 종친의 외가 후손들과 더불어 가문에서 소장하고 있는 시문들과 여러 명현들의 문집 여기저기에 보이는 문장들을 발견하는 대로 수록했다. 성담性潭 송환기宋煥箕 선생에게 청하여 그 문하에 교정을 부탁하여 판각을 도모하고 또 재물을 모을 것을 계획하였는데, 이는 기씨箕氏 선생이 종친 가운데 어르신이시기 때문이다.

아아! 계당 선생의 높으신 덕행과 아름다운 자취는 이미 묘지와 묘표에 분명히 드러나 있으니, 그것만으로 영원히 전하기에 충분하니, 소자가 어찌 감히 기술하겠는가.

숭정崇禎 기원 후 3갑자甲子(1803) 2월에 선생의 11대 손 학수學洙가 삼가 짓다.

溪　堂　集

역주 계당집

寒水齋答聾溪李公書曰：“華陽小祠祭儀
依晦翁滄洲所定用紙版祭之，禮訖而燒除.”
渼湖與山水軒權公書曰：“朱子滄洲之祠，以先聖像主壁謁,
配位用紙牌.”
號譜云：“三池崔公諱澐字澐之，趙靜庵門人，與金沖庵相
友善，逸拜黃澗縣監，己卯禍作刑訊,全家徙江界而卒謫中.
宅有三池，故(世)號三池先生.〔號譜印本云故. 舍仲自京中
騰(謄)送耳〕

한수재寒水齋 권상하權尙夏가 농계聾溪 이수언李秀彦[1] 공에게 편지
를 보내 말하였다. “화양華陽의 작은 사당에 제사지낼 때에는 회옹晦
翁(주자)이 창주滄洲 사당에서 정한 지방紙榜으로 지냈다. 제례를 마
친 뒤에는 불살라 없앴다.”

미호渼湖 김원행金元行이 산수헌山水軒 권진응權震應 공에게 편지
를 보내 말하였다. “주자朱子의 창주滄洲 사당은 성인이신 공자의 초
상을 가운데 자리에 모셨다. 배위配位는 지방紙榜으로 사용했다.”고
했다.

호보號譜에 따르면, 삼지三池 최 공의 휘는 운澐, 자는 운지澐之다.
정암靜庵 조광조趙光祖의 제자로 충암沖庵 김정金淨과 가까이 지냈

---

1 이수언(李秀彦): 1636~1697. 조선 후기의 문신·학자이다. 소론이 송시열을 비난하자,
   그를 변호하다가 유배되었고, 대사헌으로 있을 때 소론 오도일을 탄핵하다가 전라도 관
   찰사로 좌천되었다.

다. 세상에 알려지지 않는 뛰어난 선비로 인정받아 황간黃澗 현령이 되었다. 기묘사화己卯士禍 때 고문을 받은 뒤 가족을 이끌고 강계江界로 갔다가 거기서 별세했다. 유배지의 집에 연못이 세 개 있어, 삼지 선생三池先生이라 불렸다. (호보에 이렇게 적혀 있다. 가운데 동생이 서울에서 등사해 보내준 것이다.)

號譜抄

호보號譜에서 발췌

- 溪堂諱興霖, 字賢佐, 和順人. 明宗朝, 棄世入報恩金積山下, 築溪瀑之上, 與大谷 南溟 東洲 諸賢 講討吟咏.
- 三池諱澐字〔澐之〕和順人. 靜菴門人, 早著學行, 十八被薦直拜知縣. 己卯被刑訊, 卒于謫中. 宅有三池, 世號"三池先生."
- 老谷諱漢功, 字慶許, 和順人. 世宗朝登科, 官止典翰.
- 守愚堂諱永慶, 字孝元, 和順人. 南溟高弟, 以孝行薦授六品官, 志操介廉, 行誼端方, 汝立獄辭連, 再瘐死獄中, 至今寃之.
- 松亭諱應龍, 字見叔, 和順人. 明宗魁科, 被將薦官止留守, 嘗遊松堂及退溪之門.

계당溪堂 선생의 휘는 홍림興霖이고, 자는 현좌賢佐다. 본관은 화순이다. 명종 때 세상을 등지고 보은 금적산 아래로 들어갔다. 폭포 위쪽에 집을 짓고 대곡 성운成運, 남명 조식曺植, 동주 성제원成悌元 등 여러 선비들과 함께 경전을 논하고 시를 읊었다.

삼지三池 선생은 휘가 운澐이고, 자는 운지澐之다. 본관은 화순이다. 정암 조광조趙光祖의 제자로 일찍이 학행으로 알려졌다. 18세에 추천을 받아 바로 현감이 되었다. 기묘사화 때 고문을 받고 유배지에서 별세했다. 집 주변에 연못이 세 개 있어서 '삼지 선생'이라 불렸다.

노곡老谷 선생은 휘가 한공漢功이고, 자는 경허敬許다. 본관은 화순이다.세종 때 과거에 급제했지만 벼슬이 전한典翰[2]에 머물렀다.

수우당守愚堂 선생은 휘가 영경永慶이고, 자는 효원孝元이다. 본관은 화순이다. 남명 조식의 뛰어난 제자였으며, 효행으로 추천을 받아 육품의 벼슬에 올랐다. 지조가 굳고 청렴하였으며 행실이 반듯하였으나, 후에 정여립鄭汝立[3]의 난에 연루되어 옥중에서 죽었는데, 지금 생각해도 원통하다.

송정松亭 선생은 휘는 응룡應龍이고 자는 견숙見叔이다. 본관은 화순이다. 명종 때 과거에 장원하고 장수로 추천되었으나 관직은 유수留守[4]에 그쳤다. 일찍이 송당 박영朴英과 교유하였으며 퇴계 이황李滉의 제자가 되었다.

---

2 조선 시대에, 궁중의 경서 등 문서를 관리하고 임금의 자문에 응하는 부서 홍문관에 속한 종3품 벼슬.

3 조선 중기의 역신(逆臣)(1546~1589). 자는 인백(仁伯). 정권을 잡으려는 야심으로 대동계(大同契)를 조직하고 모반을 꾀하다 탄로가 나자 도주하여 자살하였다.

4 조선 시대에, 수도 이외의 요긴한 곳을 맡아 다스리던 정이품의 외관(外官) 벼슬.

水雲崔先生奉安文

수운 선생 봉안문

於乎!	아아!
念昔吾鄉,	옛날 우리 마을에
德星垂燭.	덕성德星[5]이 비추고
眾賢萃止,	여러 선비들 모이니
蕙茁蘭馥.	난초 향기 가득하다.
於休先生,	아아, 선생이시여
卓矣其躅.	그 자취 우뚝하여라.
少小邁倫,	어릴 때부터 남달리
介操沈識.	지조 있으면서 학식이 깊으셨네.
涵揉以學,	학문으로 함양하여
內畜精博.	내면에 온축한 공부가 정밀하고 해박하였으며
蓄我經史,	경서와 역사를 배우면서
載耰載穫.	농삿일도 하셨네.
味道斯腴,	도의 경지를 맛보았고
芻豢非悅.	맛있는 음식은 즐기지 않으셨네.
何必青紫,	어찌 꼭 벼슬을 해야만
然後爲達.	출세하였다고 할까.
晚暮一出,	만년에 한번 나가

---

5 목성(木星).

綰黃之綬.	황간 현감이 되셨네.
滲在民髓,	백성들의 뼈에 사무친
侯澤不沫.	은택 없어지지 않았네.
嗟乎己卯,	아아! 기묘사화에
陽九之厄.	액운을 만나셨으니
善流何罪,	착한 사람이 무슨 죄가 있겠는가.
容護爲愿.	용서하고 보호해도 간특하다 하였네.
盡室以投,	온 집안 귀양 가니
風雷荒磧.	천둥 번개 치는 황량한 변방.
往而不還,	가서는 돌아오지 못했으니
尚忍言説.	차마 어찌 말로 할 수 있으랴!
偉哉仲翁,	위대하구나, 충암^{冲庵} 어른,
道義切磋.	도의道義를 갈고 닦으셨네.
皓月丹壁,	하얀 달빛 아래 붉은 절벽
杖屨如昨.	왕래하던 것이 엊그제 같은데
尚留聲詩,	지금도 시가 남아 있어
燭輝人目.	사람들의 이목을 빛나게 하네.
向風引領,	고풍을 우러러 목을 길게 빼고
尚欽芳郁.	오히려 선조 이름 흠모하누나

矧玆溪堂,　　　하물며 이 계당이랴

美哉隣德.　　　아름답도다, 덕 있는 이웃이여

左右函丈,　　　좌우에 스승 있어

若聆琴瑟.　　　마치 비파 소리 듣는 듯하였네.

翼翼筵楹,　　　우뚝한 자리와 기둥에

楚楚豆實.　　　깨끗한 제물로

祠享與幷,　　　사당에 함께 제사 드리니

禮貌有秩.　　　예의 바른 몸가짐이 질서정연하다.

彷彿靈英,　　　영령英靈이 내려오신 듯

瞻依如覿.　　　우러러 의지하니 보이는 것 같네.

一瓣明禋,　　　한 가닥 깨끗한 향을 사르니

虔告無斁.　　　변함없는 정성으로 고하나이다,

常享祝
상향축문

學博行敦　　　학문은 해박하고 행실은 돈후하였으며

身蹇道亨,　　　신운身運은 막혔으나 도는 형통하셨네.

與善同歸,　　　선한 사람들과 함께 돌아가셨으니

永垂光榮　　　그 영광 길이길이 전해지리라.

溪堂崔先生奉安文[6]

계당 최선생 봉안문

於乎!	아아!
顯允先生,	밝고 신실하신 선생께서는
得士之正.	선비의 바른 모습 얻으셨고
所事文學,	문학에 종사하시면서
所講賢聖.	성현의 경전을 강론하셨네.
知美之自,	아름다움이 어디서 오는지 알아
名德世敦.	명성과 덕망이 대대로 두터웠네.
醴泉靈芝,	예천禮泉과 영지靈芝가
有本有源.	근원이 있었다네.
基之以孝,	지극한 효성을 바탕으로
積内彪外.	안으로 쌓으니 밖으로 드러나네.
弱冠有志,	약관弱冠에 뜻을 세우고
期在遠大.	원대함을 기약하셨네.
青蛇歲丁,	을사년 사화士禍를 겪고는
慨時無奈.	어찌할 수 없는 시국을 개탄하시며
携書歸隱,	책을 싸들고
金積之陽.	금적산 남쪽으로 은거하셨네.
山下有溪,	산 아래 냇물 있고

---

6 이 글은 김희순(金羲淳)의 『산목헌집(山木軒集)』에도 수록되어 있다.

溪上有堂.　　　냇물 위에 집을 짓고

左琴右詩,　　　거문고와 시를 짝하며

終老徜徉.　　　늙도록 이 사이를 소요하셨네.

云誰與同,　　　누구와 함께하셨나

大谷東洲.　　　대곡 성운, 동주 성제원.

其交有道,　　　사귐에도 도가 있어

以義相投.　　　의기가 투합했네.

講之維何,　　　무엇을 강론하셨나

洛閩諸書.　　　정자程子와 주자朱子의 여러 서적들.

邁軸衡泌,　　　은둔하여 지내면서

軒裳土苴.[7]　　출세하는 것을 하찮게 여기셨네.

仰溯曠韻,　　　얽매임 없는 그 운치 우러러 흠모하니

高鳥游魚.　　　하늘을 나는 새와 헤엄치는 물고기로다.[8]

邈矣百年,　　　아득하게 백 년이 흘렀으나

芬馥有餘.　　　그 향기 남아 있다.

7　이 뒤에 문집에는 "仰溯曠韻 高鳥游魚"가 첨부되어 있으나, 『산목헌집(山木軒集)』에는
　　이러한 내용이 없다.

8　도잠(陶潛)의 시에 "구름을 쳐다보면 높이 나는 새 보기 부끄럽고, 물을 굽어보면 노니
　　는 물고기 보기 계면쩍다.〔望雲慚高鳥 臨水愧游魚〕"라는 말이 나온다.《陶淵明集 卷3
　　始作鎭軍參軍經曲阿作》

後生興感,	처사가 남긴 계당을 보며
處士遺居.	후생들도 감흥이 깊으니
懷哉顏巷,	그리워라! 오두막집에 살면서
愛此陶廬.	안빈낙도하는 안자顏子의 골목이여.
載屹新祠,	새로 사당을 우뚝 세우니
士林所諏.	사림이 의견을 모은 것이로다.
於焉妥侑,	이에 제향 올리는 제기는
籩豆孔修.	반짝반짝 닦여져 있네.
緬惟水雲,	길이 수운 선생을 그리니
同門同德.	같은 스승에 같은 덕성이구나.
是以從輿,	이로써 함께 제사를 지내니
有光疇昔.	옛날보다 더 빛이 나네.
密邇衆賢,	어진 이들을 가까이서 모시면서
相望磊落.	크나큰 명성 끊이지 않았구나.
流水閒雲,	유유히 흐르는 냇물과 구름은
四賢之躅.	사현四賢이 남긴 자취.
彷彿洋洋,	어렴풋이 강림하신 듯
俯仰如見.	아래위로 보이는 듯
尚冀永年,	부디 바라건데 영원히
啓佑無倦.	인도하고 도와주소서.

常享祝
상향축문

遯世無悶	세상을 피해 숨어 살면서도 근심이 없고
讀書求志	책을 통해 뜻을 추구하셨네.
仰服芳芬	꽃다운 향기 우러러 감복하며
百代虔事	대대로 경건히 제향 올립니다.

資憲大夫行大司憲原任藝文提學 世子佐列賓客金〇〇享製

자헌대부資憲大夫 대사헌 및 예문관 제학提學을 지낸, 세자를 보좌
하는 빈객 김〇〇가 제향하며 짓다.

溪堂卽事[9]

계당에서 즉흥으로 읊은 시

高山如大柱,	높은 산이 큰 기둥처럼
撑却一邊天.	한쪽 하늘을 떠받치고 있네.
頃刻未嘗下,	잠시도 내려 앉은 적 없으나
亦非不自然.	또한 이 모습 자연스러워라.

---

9 이 시는 남명(南冥) 조식(曺植)의 『남명집(南冥集)』에 실려 있다.

自悼[10]

스스로 서글퍼서

樂藁浮花不辨春,　　　하찮은 화초라[11]
　　　　　　　　　　봄조차 알지 못하다가

歸來方識歲寒人.　　　돌아와서야 지조있는[12] 사람임을
　　　　　　　　　　알았어라.

回頭自笑風波地,　　　머리 돌려 풍파 겪은 곳 생각하니
　　　　　　　　　　절로 우스워

閉眼聊觀夢幻身.　　　눈감고 애오라지 몽환의 이내
　　　　　　　　　　신세 바라보네

北牖已安陶令榻,　　　북창에 이미 도연명의 의자를 놓고[13]

西風還避庾公塵.　　　서풍 불 제 도리어 유공의 티끌을
　　　　　　　　　　피하려네.[14]

10　이 시는 송(宋)나라 동파(東坡) 소식(蘇軾)의 『동파집(東坡集)』에 〈차운왕정로퇴거견
　　기(次韻王廷老退居見寄)〉라는 제목으로 실려 있다. 맨 마지막 구절만 다르다.

11　원문의 '樂浪浮華'는 소식의 시에 '浪蕊浮花'라 되어 있는 것으로 보아 오기로 보인다.
　　낭예와 부화는 다 열매를 맺지 못하는 쓸데없고 하찮은 꽃이란 뜻으로, 자신을 겸손히
　　비유한 말이다.

12　논어 자한편(子罕篇)에 "날씨가 추워진 다음에야 송백이 뒤늦게 시든다는 것을 알 수
　　가 있다.[歲寒然後知松柏之後凋也]"는 말이 실려 있다. 곧 고난을 겪고서도 마음이 변
　　치 않는 지조있는 사람을 지칭한다.

13　도령(陶令)은 동진 시기 팽택현령을 지낸 도연명을 말한다.

14　유공(庾公)은 진(晉)나라 유량(庾亮)을 가리킨다. 왕도(王導)는 유량의 권세가 너무 중
　　한 것을 미워하여 항상 서쪽 바람이 불 때면 부채로 낮을 가리고 "원규(元規 유량의 자)
　　의 티끌이 사람을 더럽힌다." 하였다.

更搔短髮東南望,　　　　다시 짧은 머리를 긁적이며
　　　　　　　　　　　　동남쪽을 바라보니
柳絮楡錢不當春.　　　　버들개지, 느릅나무는[15]
　　　　　　　　　　　　아직 봄같지 않아라.

[集註] 此詩恐是寓意乙(而)巳

집주集注: 이 시는 아마 을사년의 뜻을 기탁한 것이다.

15　본문의 유전(楡錢)은, 3월에 느릅나무 꽃이 피고 그 열매가 옛날에 사용했던 얇은 동전
　　과 닮았다고 하여 유전(楡錢) 또는 유협전(楡莢錢)이라고 부른다.

和成大谷健叔 運 三首[16]

대곡 성운成運의 시에 화답하다

蒼蒼松柏滿山頭,	울창한 송백나무 산꼭대기에 가득하고
曄曄芝蘭到處幽.	찬란한 지초 난초 도처에 그윽하다.
相望十年今始會,	십 년을 바라보다 이제사 만나니
白雲流水摠開眸.	흰 구름 흐르는 물 모두 눈이 탁 트이네.

雨餘欲借雲窓眠[17]	서로 어울려 구름 낀 창가에서 잠들었고
顚倒肩輿小澗邊	수레가 작은 시냇가에 거꾸로 걸렸었지.
醉石[18]行尋幽趣味	취와계에서 그윽한 취미를 찾으니
春山滿目可忘年	봄산이 눈에 가득 나이조차 잊었다오.

---

16 실제로 2수만 실렸다.

17 『계당유고』에는 "兩與欲借雲憁眠"로 되어 있는데, '兩與'를 잘못 적은 듯하다. 번역은 '兩與'로 한다.

18 이 뒤에 '醉石卽今醉臥溪'라는 세주가 달려 있다.

酬曹南冥楗仲 植[19]

남명 조식에게 화답하다

分手金華外,　　　금화산에서 작별할 제

山峩水自流.　　　산은 높고 물은 절로 흘렀지요.

憐君貧到骨,　　　가엾게도 그대는 가난이 뼈에 사무치고

恨我雪盈頭.　　　한스럽게도 저는 백발이

　　　　　　　　머리에 가득하였지오.

碧樹初經雨,　　　푸른 나무에 막 비가 지나가고

黃花正得秋.　　　국화꽃은 정히 가을을 만났구려.

還山抱白月,　　　산으로 돌아가 밝은 달을 안고

魂夢付悠悠.　　　꿈속에 그리운 마음 부친다오.

高鳥依林麓,　　　높이 나는 새는 숲 기슭에 의지하고

游魚樂水深.　　　헤엄치는 물고기는 깊은 물 속을 즐기는 법.

泰山頹已矣,　　　태산이 이미 허물어졌으니

何處托吾心.　　　이 마음 어디에 기탁하나.

一時生也樂難任,　　한때 사는 것도 그 즐거움 감당하기 어려운데

況悉懇懃不棄心.　　하물며 은근하게 저버리지 않는 그 마음에랴.

西石東泉佳做處,　　서쪽 바위 동쪽 샘물 아름다운 곳에

夕陽依舊映楓林.　　석양은 예전처럼 단풍 숲을 비추건만.

---

19 『계당유고』에는 「和曹南冥 植 楗仲」으로 되어 있다.

再從姪守愚堂永慶銘 幷序[20]

재종질 영경의 수우당의 명 병서

愚可守乎? 聖人歎其不移. 愚不可守乎? 昌黎稱其夷道,
蓋不移之愚. 自暴者之所忍, 夷道之愚, 憤世者之所爲. 斯二
愚者, 皆君子所不欲也. 夫子稱顏子以如愚, 稱甯武子爲不
可及. 蓋顏子之愚, 愚於言而不愚於道者也. 甯子之愚, 愚於
世而不愚於身者也. 斯二愚者, 雖君子有所不避也.

今我從姪永(慶)也 嘗作堂以守愚揭其號. 夫愚之義, 有此
四者, 問其所安? 姪也居仁由義而言不非禮義, 則非自暴之
愚矣. 意者姪也之所守, 殆顏氏之愚乎. 飯疏水飮, 而不願人
之膏粱者. 庶幾一瓢之不改也. 聞人之善, 好之如珮蘭者. 庶
幾一善之服膺也. 至於用舍行莊(藏)[21]之際, 則永也嘗屢徵不
就, 視若浮雲然. 余嘗觀道德於前後, 省語黙於左右, 則堂銘
之作, 亦不至阿所好矣. 銘曰:

어리석음을 지킬 수 있는가? 성인은 변화시킬 수 없음을 탄식하였
다.[22] 어리석음을 지킬 수 없는가? 창려昌黎 한유韓愈는 그것을 오랑
캐의 도라고 했다. 변화시킬 수 없는 어리석음은 대체로 자포자기

---

20 이 문장은 〈守愚堂銘 幷序〉라는 동일한 제목으로 하수일(河守一)의 문집 『송정집(松
    亭集)』에 실려 있다.

21 용사행장(用舍行藏): 또는 '용행사장(用行舍藏)'으로 쓰이는 성어, '莊'은 '藏'과 통용
    됨. 『논어(論語)』「술이(述而)」 편에 나오는 구절로 쓰임이 있을 때 나아가고 쓰임이
    없을 때 은거해서 지냄을 말한다.

22 『논어』〈양화(陽貨)〉에 "오직 지극히 지혜로운 자와 지극히 어리석은 자만은 변화시킬
    수가 없다.(唯上知與下愚 不移)"라는 공자의 말이 실려 있다.

한 자들이 차마 하는 짓이며, 오랑캐의 도는 세상에 분개한 자가 하는 일이다. 이 두 가지 어리석음 모두 군자가 바라는 것이 아니다. 공자께서 '어리석은 듯하다'[23]고 안자顔子[24]를 칭찬했고, 영무자甯武子[25]의 어리석음에는 미칠 수 없다고 말하였다. 대개 안회의 어리석음은 말에 있어서 어리석은 것이지 도리에 있어 어리석은 것이 아니며, 영무자의 어리석음은 세상일에 어리석은 것이지 자신에게 어리석은 것이 아니다. 이 두 가지 어리석음은 비록 군자라도 피할 수 없는 것이다.

나의 종질 영경永慶이 일찍이 집을 짓고 '수우守愚'로 당호를 내걸었다. 어리석음의 뜻이 이 네 가지 중에 있을 터인데 묻노니 그 뜻이 어디에 있는가? 종질 역시 인仁에 거하고 의義에 따라 행동하며 말에는 언제나 예의가 있으니 자포자기한 자의 어리석음이 아니다. 생각건대, 종질이 지키는 바 역시 거의 안회의 어리석음에 가까울 것이다. 거친 음식을 먹고 물을 마시면서도 남의 맛있는 음식을 돌아보지 않았던 것은 안씨가 가난하면서도 낙도樂道를 고치지 않은 것에 거의 가까울 것이다. 다른 사람의 착한 점을 들으면 마치 난초를 차고 있는 것처럼[26] 좋아하니, 아마도 하나의 선善이 가슴에 새겨 있어

---

23 『논어』〈위정(爲政)〉에서 공자가 제자 안회를 칭찬하여, "내가 회와 함께 온종일 이야기하였으나 내 말에 이의를 제기하지 않아 어리석은 것 같더니, 물러간 뒤에 그 사생활을 살펴보았는데 그대로 행하니, 회는 어리석지 아니하구나.(吾與回言終日, 不違如愚, 退而省其私, 亦足以發, 回也不愚.)"한 데서 온 말이다.

24 안회(B.C.521~B.C.490). 중국 춘추 시대의 유학자. 공자의 수제자이다.

25 위나라의 대부 영유(甯兪). 『논어(論語)』「공야장(公冶長)」편에 "영무자는 나라에 도가 있으면 드러내고, 나라에 도가 있으면 어리석음을 보였다. 그 지혜는 따를 수 있으나, 그 어리석음은 따를 수 없다."라고 하였다.

26 초나라의 굴원이 쫓겨난 뒤에도 임금을 그리워하면서 난초를 허리에 차고 간언을 올렸던 고사가 있는데, 원문의 패란(佩蘭)은 고결한 지취를 의미한다.

그러할 것이다. 용사행장用舍行藏[27]에 있어서는 영경이 일찍이 나라에서 여러 번 불렀으나 나아가지 않았으니 부귀영화를 뜬구름과 다름없이 여겼다. 내가 일찍이 앞뒤에서 그의 도덕을 관찰하고, 옆에서 그가 말할 때나 침묵할 때나 움직일 때나 고요할 때를 살펴보건대, '수우당'이라 당명을 지었으니, 역시 좋아하는 사람이라고 해서 아첨하지는 않을 것이다. 다음과 같이 명銘한다.

蔚蔚雙檜,	검푸른 두 그루의 전나무
猗猗萬竿.	아름다운 만 그루의 대나무
中有一堂,	그 가운데 집 하나 있어
碩人之寬.	현인의 마음 넉넉하도다.
其守維何,	지키는 것이 무엇인가?
惟愚是樂.	오직 어리석음만이 즐거움이로다.
緬懷古人,	아득히 옛 사람을 회상하니
顔甯先獲.	안회와 영무자가 먼저 이 뜻을 터득하였도다.
偉哉我姪兮,	훌륭하구나, 나의 조카여!
曠世同符.	세대를 뛰어넘어 옛 사람과 똑같구나.
可愚而愚,	어리석은 듯하나 어리석지 아니하니
展也不愚.	진실로 어리석지 않음이여!

---

27 뜻을 얻어 세상에 도를 행하고, 물러나 은거하는 것을 말한다. 『논어(論語)』〈술이(述而)〉에 "쓰임을 받으면 행하고 버림을 받으면 숨는다.(用之則行, 舍之則藏.)"고 하였다.

祭成大谷文

대곡 성운成運[28]에 대한 제문을 추모하여

維年月日, 崔興霖代子知遠, 明遠, 敢昭告于司宰監正成
先生之靈.

유년유월에 최흥림은 아들 지원, 명원이를 대신 보내어 감히 사재
감정司宰監正[29] 성운 선생의 영령께 밝게 고합니다.

嗚呼哀哉!	아, 슬픕니다!
惟先生渾然天性,	선생께서는 천성이 혼연渾然하여
怡然自得.	편안하게 스스로 만족하면서
學尊孔孟,	학문은 공맹을 존숭하였고
心紹濂洛.	마음은 염락濂洛[30]을 계승하였지요.

---

28 성운(成運): 1497~1579. 본관은 창녕(昌寧). 자는 건숙(健叔), 호는 대곡(大谷). 선공
감부정(繕工監副正) 성세준(成世俊)의 아들이며, 어머니는 비안박씨로 사간 박효원
의 딸이다. 1531년(중종 26) 진사에 합격, 1545년(명종 즉위년) 성운의 형이 을사사화
로 화를 입자 보은 속리산에 은거하였다. 그 뒤 여러 차례 벼슬에 임명되었으나 취임하
지 않았다. 서경덕·조식·이지함 등과 교유하며 학문에 정진하였다. 성운이 죽자 선
조가 제문을 내려 애도하였으며, 뒤에 승지에 추증되었다. 저서에『대곡집(大谷集)』이
전한다.

29 사재감정(司宰監正): 조선시대 사재감(司宰監)에 두었던 정삼품(正三品) 관직.

30 염(濂)은 염계(濂溪)의 주돈이(周敦頤)를 가리키고 낙(洛)은 낙양(洛陽)의 정호(程顥)·정
이(程頤) 형제를 가리키는데, 모두 송대(宋代)의 저명한 성리학자(性理學者)이다. 염락
의 사람이란 그들의 학통을 이어 유학을 집대성한 주희(朱熹)를 가리키고, 무이산(武
夷山)은 주희가 정사(精舍)를 짓고 강학하던 곳이다. 여기서는 성리학에 조예가 깊었
던 갈암을 그에 빗대어 말한 것이다.

懷稟雪月,	타고난 성품은 눈과 달처럼 고결하고
操堅松竹.	지조는 송죽처럼 견고하여
生契簞瓢,	평생 거친 음식을 드시고
陋巷其宅.	누추한 시골에서 지내시면서
浮雲富貴,	부귀를 뜬구름같이 여기었으니
曷有人慾.	어찌 인욕이 있다 하리요?
時撫桐孫,	때때로 거문고를 어루만지고
咳唾珠玉.	주옥같은 글을 남기셨으며
造次顚沛,	위급한 상황에서도
操而不釋.	지조를 버리지 않으셨지요.
自陪先生,	선생을 모신 뒤로
怕我舊惡.	저는 예전에 저지른 잘못을 두려워하였으며,
欽若嚴師,	엄한 스승처럼 흠모하고
或省處獨.	때로 홀로 있을 때 반성하였지요.
泰山其頹,	이제 태산이 무너졌으니
吾將安適.	저는 장차 어디로 가야 하나요?
號天告憫,	하늘을 향해 민망함을 호소하나
蒼昊黙黙.	하늘은 묵묵히 말이 없네요.
叩地慟問,	땅을 두드리고 통곡하며 따져 물어도

地無所數.	땅은 대답이 없습니다.
追思陪辭,	모시고 다닐 때의 말씀을 이제 다시 생각하니
耳邊如昨.	어제인 듯 귓가에 쟁쟁합니다.
前年仲春,	작년 2월에 손잡고
執手說情.	속마음을 말씀하셨던 일
來同京洛,	함께 서울에 가서
居共一鄉.	한 고을에서 같이 묵기도 한 일,
動必齊鑣,	거동할 때마다 말머리를 나란히 하고
坐亦同床.	앉을 때에도 같은 자리에 앉곤 하였지요.
死後旅魂,	죽어서 떠도는 넋이라도
亦必同遊.	또한 반드시 함께 노닐자던
先生是言,	선생의 이 말씀이
昭在心頭.	마음 속에 분명하건만,
幽明永格,	이승과 저승으로 영원히 나누어졌으니
痛烈腸曲.	애간장이 끊어진 듯 아픕니다.
今後歲月,	지금부터
此身何托.	이 몸을 어디에 의지해야 할까요?
煢煢予予,	혈혈단신으로 외로이 남겨진 이 몸
顧影惻惻.	그림자조차 슬픕니다.

揮淚頻仰,　　눈물을 뿌리며 하늘땅 둘러보아도

天日無色.　　하늘에는 빛이 없습니다.

欽奠薄具,　　조촐한 제물을 올리오니

庶幾來格.　　부디 강림하여 흠향하소서.

嗚呼哀哉!　　아, 슬픕니다!

尚饗!　　흠향하소서!

題崔處士賢佐溪堂

時成東州, 曹南冥, 李土亭諸賢同焉 成大谷 諱運 字 健叔

최처시 현좌의 계당에 쓰다

당시 성종주, 조남명, 이토정 제현이 함께하다. 성대곡 휘 운, 자 건숙

一道飛泉聒石頭,	한 줄기 폭포수 시끄럽게 돌 위로 떨어지고
綠筠蒼檜鶴庭幽.	푸른 대나무, 푸른 노송나무에 학이 앉은 정원 고요하다.
望中忻得離山面,	눈앞에 속리산의 모습 보여 기쁜데
怕有行雲礙遠眸.	떠다니는 구름이 먼 시야 가릴까 걱정이다.
鑿破苔巖結構新,	이끼 낀 바위를 뚫어내고 새로이 집을 지으니
嶺雲松鶴鎭隨身.	고개 위의 구름, 소나무의 학들이 늘 곁에 있네.
洞門莫恨無來伴,	골짜기에 친구가 찾아오지 않아도 한탄하지 말자.
牕外靑山是故人.	창밖 푸른 산이 바로 친구라네.

題金積溪堂

금적산 계당을 읊다

石泉瑤珮耳便醒,	돌샘이 돌돌돌 귓가에 쟁쟁하고
靜里看山養性靈.	조용한 가운데 산 보며 성령을 기른다.
勝境招邀皆勝友,	빼어난 경치에 초대된 손님은 모두 좋은 벗들
乘酣弄筆動文星.	술 거나해서 붓 휘두르며 글재주를 자랑한다.

又 大谷

재차 짓다 대곡

憶昨南冥共被眠,　　추억하노니 옛날 남명과 한 이불 덮고 잤고

東洲同醉臥溪邊.　　동주도 함께 취해 냇가에서 누운 적 있었지.

重來攜手人誰在,　　이제 다시 왔는데 손잡을 사람 누가 있나

流水雲閑似昔年.　　흐르는 물, 한가로운 구름은 그 옛날과 같건만.

金積溪堂別楗仲 曹植

금적산 계당에서 건중과 작별하다 조식

金積雲深處,　　　금적산 구름 깊은 곳에서

送君雙涕流.　　　그대를 보내며 눈물이 줄줄 흐르네.

那堪千里別,　　　천 리 밖 이별을 어찌 견딜까

未解百年愁.　　　한평생 시름 아직 다 못 풀었는데.

松密宜藏鶴,　　　소나무 빽빽하면 학이 숨어들기 알맞고

波驚不着舟.　　　파도 거세어 배를 정착할 수 없네.

還山抱白月,　　　산에 돌아와 밝은 달을 품으니

塵夢付悠悠.　　　세속의 꿈은 이미 저 멀리 아득하도다.

用大谷韻呈賢佐曹南冥 諱植字健叔

대곡의 시에 차운하여 현좌에게 드리다 조남명 휘 식 자 건숙

之子相逢已白頭,　　우리 그대 만났을 땐 이미 백발

草堂聞說在深幽.　　깊숙한 곳에 초당이 있단 말 들었다오.

遊人解珮慚無分,　　나그네가 패물을 풀³¹ 인연 없음이 부끄러워

只依歸雲送遠眸.　　그저 돌아가는 구름에 기대어

　　　　　　　　　멀리 눈길만 보낸다오.

若水看來豆子新,　　군자의 사귐은 콩 싹 자라듯 새로운데

已君忘我我忘身.　　이미 그대 나를 잊었고 나조차

　　　　　　　　　이내 몸을 잊었다오.

草堂生契山千疊,　　천 겹 산속의 초당에서 살고 있으나

不是明時薄福人.　　그대는 태평한 시대에 복없는 사람은 아니라오.

31　당나라 때 하감(賀監)이 장안에서 이백을 만나자, 차고 있던 금거북을 풀어 술을 샀다
　　한다. 금거북은 당 나라 때에 관리들이 차던 장식물이다. 여기서는 상대방의 인물됨을
　　알아보고 극진히 대접함을 뜻한다.

和大谷韻兼示賢佐

대곡의 운에 화답하며 현좌에게도 보이다

踏破金華積,	금화산을 누비고 다니다
源頭第一流.	제일 근원지에 자리 잡았네.
地高群下衆,	지세 높아 뭇 산이 내려다 보이고
神遠片魂愁.	고명한 정신에 한 조각 넋이 시름겹다.
鄭鄭君家子,	점잖은 그대의 여러 아들들
招招我友舟.	내 친구의 배를 불러왔는데
此懷摸不得,	이 마음 가늠하기 어려워
來日定[32]悠悠.	훗날 틀림없이 그리우리라.

---

32 『남명집(南冥集)』에는 '正'으로 되어 있다.

寄題崔兄茅堂

七月崔起霖構堂報恩金積山中 興來僧示題詠索和. ○起字當作興
盧穌齋 諱 守愼 字 寡悔

최형의 초당에 시를 지어 보내다

(월에 최흥림이 보은의 금적산 속에 모당을 지어놓고 내게 오는 승려
를 통해 제영한 것을 보여주면서 화답을 요구했다. '起'자는 마땅히 '興'
으로 보아야 한다. 노소재 휘 수신, 자 과회

金積千年閟,	금적산 천 년 동안 숨겨져 온 곳에
茅堂一日開.	어느 날 갑자기 모당이 세워졌네.
淸愁滿臨水,	물을 내려다보니 맑은 시름 가득하고
遐想集登臺.	누대에 오르니 초연한 생각 일어난다.
壑靜雲長在,	골짝은 고요하여 구름이 늘 덮여 있으련만
林深鳥不來.	숲은 하도 깊숙해 새도 날아오지 않으리라.
陶公采分菊,	도공[33]은 일찍이 국화를 따서 나눠 주었고
朱老喫同梅.	주로[34]와는 일찍이 매실을 함께 먹었네.

---

33 도공(陶公): 동진(東晉)의 처사(處士) 도잠(陶潛)이다. 국화를 딴다는 것은 도잠이 국
화를 좋아하여 정원에 많이 심었고, 또 그의 〈음주(飮酒)〉에 "동쪽 울 밑에서 국화를
따고, 하염없이 남산을 바라보네.[採菊東籬下, 悠然見南山.]"라고 한 데서 온 말이다.
《陶淵明集 卷3》) 보은의 김태암(金泰巖) 노인을 도잠에 비유한 것으로 보인다.

34 주로(朱老): 두보(杜甫)의 이웃에 살던 주씨 노인이다. 두보의 〈절구사수(絶句四首)〉
첫 번째 시에 "집 서쪽에 죽순 기르느라 문을 딴 데로 내놓으니, 못 북쪽에 늘어선 산초
나무는 도리어 마을을 등졌네. 매실이 익거든 주로와 함께 먹기를 허락하고, 솔이 높거
든 완생과 마주해 담론을 하고자 하노라.[堂西長筍別開門, 塹北行椒却背村. 梅熟許同
朱老喫, 松高擬對阮生論.]"라고 하였다. 《杜少陵詩集 卷13》) 여기서는 보은의 성대곡
(成大谷)을 주로에 빗대서 한 말로 보인다.

(末二句以屬金, 成兩老 皆報恩人也.崔起霖 金泰巖 成運三人 (集:卽金泰
巖 成運)

(마지막 두 구절은 김金, 성成 두 노인에게 붙인 것인데, 두 노인은
모두 보은 사람이다. 최형은 곧 최기림崔起霖이고, 두 노인은 김태암
金泰巖, 성대곡成大谷이다.)

又 此疑珍島謫所吟

재차 짓다 이 시는 진도에 귀양 갔을 때 지은 듯하다.

老獄晨昏閉,	허름한 옥문은 조석으로 닫혀 있고
衰門表內開.	낡은 문짝은 안팎으로 다 열려 버렸네.
魂飄報恩界,	넋은 보은의 경계로 날아가고
淚盡望鄕臺.	눈물은 망향대에서 다 흘린다오.
白鶴山中去,	흰 학은 산중으로 돌아갔는데
秋風海上來.	가을바람은 해상으로 불어오누나.
無由剖巴橘,	파공의 귤[35]은 쪼개어 볼 길이 없거니와
何處覓仙梅.	어느 곳에서 선매[36]를 찾아본단 말인가.

家君居尙州化寧縣, 縣去報恩地三十餘里.

아버지께서 상주尙州 화령현化寧縣에 사시는데, 화령현에서 보은까지 거리는 겨우 30여 리이다.

---

35 파귤(巴橘): 옛날 파공(巴邛) 사람이 자기 귤 밭에 대단히 큰 귤이 있으므로, 이상하게 여겨 쪼개어 보니, 그 귤 속에 수염과 눈썹이 하얀 두 노인이 서로 마주 앉아 바둑을 두면서 즐겁게 담소를 나누고 있었는데, 그중 한 노인이 말하기를 "귤 속의 즐거움은 상산(商山)에 뒤지지 않으나, 다만 뿌리가 깊지 못하고 꼭지가 튼튼하지 못한 탓으로, 어리석은 사람이 따 내리게 되었다."라고 했다는 고사를 말한다.

36 선매(仙梅): 한(漢)나라 때 선인(仙人) 매복(梅福)을 가리킨다. 그가 남창위(南昌尉)로 있을 때 왕망(王莽)이 한나라를 찬탈하자 벼슬을 그만두고 처자를 버리고 홀로 홍애산(洪崖山)에 들어가 득도하여 신선이 되었다는 고사가 전한다. 여기서는 보은의 산중에 모당을 짓고 은거한 최홍림을 선인 매복에 빗대면서 그 역시 만날 길이 없음을 아쉬워한다는 뜻이다.

詩謝崔兄 與溪堂公爲戚再從

시를 지어 최형께 사례하다 소재는 계당공과 인척으로 재종

果滿橿籠酒滿瓶,　　버들 광주리엔 과일이 가득,
　　　　　　　　　　술병엔 술이 가득

老兄相贈慰羈停.　　노형께서 선물 주며
　　　　　　　　　　나그네를 붙들어 위로하네.

慈顔一箸情勝蜜,　　자애로운 얼굴로 권하는 젓가락엔
　　　　　　　　　　꿀보다 진한 정

客與三杯德更馨.　　손님에게 권하는 석 잔 술엔
　　　　　　　　　　덕이 더욱 향기롭다.

金積山邊雲淰淰,　　금적산 너머로 구름이 모여들고

槐安園裏日冥冥.　　괴안원[37]에 비치는 해는 저물어 어둑하구나.

不應未死長徒爾,　　죽지 않고 가는 먼 귀양살이만 마땅치 않을 뿐

天借攀遊與暮齡.　　늘그막에 그대들과 함께 노닐 시간
　　　　　　　　　　하늘이 빌려 주시리.

37　괴안원(槐安園): 당(唐)나라 때 순우분(淳于棼)이 홰나무의 남쪽 가지 아래에 누워 있
　　다가 잠이 들었는데, 꿈속에 괴안국(槐安國)에 가서 온갖 부귀영화를 누리다가 깨어 보
　　니, 홰나무 아래에 커다란 개미구멍이 있었다는 고사에서 온 것인바, 여기서는 시골에
　　서 한가로이 잠을 자며 여유롭게 지내는 곳을 말한다.

○按此詩見集三卷, 年月日未詳.

이 시는 노수신의 문집 권3에 보인다. 연월일은 알 수 없다. 실제로
문집의 詩 卷之五 수록되어 있다)

墓表

최 처사 묘표

在昔明廟之世, 一時高賢逸士, 往往伏於窮山絕壑, 遯世不
見知而不悔. 如成大谷, 曹南冥, 成東洲諸公, 至今談者誦
義不倦, 而溪堂處士崔公興霖, 又其人也. 其字賢佐, 和順
人. 麗朝有諱永濡, 守海州, 遇賊不屈, 投印於潭而(以)身殉
之. 邑人廟亨之, 累世不絕, 處士其後也. 曾祖諱漢禎, 吏曹
參議, 祖諱重淸, 廣興倉守, 考諱垓, 以學行名, 妣曰洪氏,
郡守汝舟女.

處士生以質粹好學, 動止儼然, 有有德者氣象, 事親以至孝
聞, 其居憂, 尤多人所不及. 處士以名家子, 文學行誼如此,
人莫不遠期之. 及喪畢, 纔踰弱冠矣. 慨然自傷早孤, 又見時
事可憂, 遂有隱居讀書之志, 自京師盡室, 入報恩之金積山
中, 愛其澗谷深邃, 築室而居焉. 自是專心爲己, 日吟哦經
傳, 涵濡道義, 與同志者講討以自樂, 暇則彈琴誦詩, 悠然忘
其身世, 終其身不出山外. 於是大谷, 南冥諸賢皆高之, 樂
與之來往, 留連山中. 人尙傳爲盛事. 萬曆辛巳, 壽七十六而
終, 葬縣西劍雲山負亥之原. 其配蔡氏, 司僕寺主簿諱致禎
之女, 先沒而祔焉.

余嘗遊三山, 一至所謂溪堂, 訪諸賢遺蹟, 爲之俯仰太息,
旣悲處士生而隱淪沒, 又無文字可傳幾何, 而不知有斯人
也. 昔者逸民, 作者之流, 幸而得聖人之筆, 表見於後世, 今
處士之高情遠韻, 豈必盡讓其人? 而顧寂寥 乃爾, 余惜其
不遇也.

處士有二男一女, 男長知遠次明遠, 皆以處士命遊大谷門, 有名行. 女適察訪李宜正. 側出行遠奉事省遠, 參奉思遠. 孫曰大仁贈掌樂正, 大益同中樞, 大復生員, 大榮宣傳官, 側出大坤大秀, 長房出, 大允判官, 側出大寬 大俊仲, 房出. 今其後孫復世有咸來, 請余爲表. 噫! 余豈其人也? 惟托名爲榮, 謹書之曰: "山高水長. 此崔處士之墓"云爾.

崇禎三周乙酉孟秋 金元行 撰 光山 金相肅 書

옛날 명종 때에 어질고 뛰어난 선비들은 이따금 세상을 피해 인적 드문 산골짜기에 숨어 살면서 알아주는 이가 없어도 후회하지 않았다. 그리하여 성대곡成大谷, 조남명曹南冥, 성동주成東洲 같은 분들은 지금까지도 그들의 의리를 칭송해 마지않고 있는데, 처사處士 계당溪堂 최흥림崔興霖 또한 그러한 분이다.

처사의 자는 현좌賢佐, 본관은 화순和順이다. 고려조에 휘 영유永濡가 있었는데 해주 목사를 지낼 때, 홍건적에 맞서 싸우며 굴복하지 않다가 관인官印을 못에 던지고 순사하였다. 고을 사람들은 사당에 그의 신위를 모시고 여러 세대에 걸쳐 제사를 지냈다. 처사 최흥림은 바로 그 분의 후손이다. 증조부는 휘 한정漢禎으로 이조 참의[38]를 지낸 바 있고, 조부는 휘 중청重淸으로 광흥창수廣興倉守를 지낸 바 있다. 부친은 휘 해垓로 학문과 덕행으로 유명했고, 모친은 홍 씨洪氏로 군수郡守 여주汝舟의 따님이다.

처사는 태어나면서부터 자질이 순수하고 학문을 즐겼으며 행동거지가 근엄하여 덕이 있는 사람의 기상을 띠고 있었다. 어버이를 지극한 효성으로 섬겨 명성이 났고, 더욱이 부모님 상을 당했을 때는 남

---

38 이조에 속한 정삼품의 당상관. 이조 참판의 바로 아래이다.

들이 따를 수 없는 점이 많았다. 처사는 명문가의 자손으로 문학과 행의가 이와 같았기에, 사람들이 모두 원대하게 될 것을 기대하였다. 하지만 상을 마치자, 겨우 약관의 나이에 일찍 어버이를 여읜 자신의 신세를 개연히 슬퍼하고, 또 당시의 시대적 상황이 근심스러움을 보고는 마침내 은거하여 독서하려는 뜻을 품었다. 이에 서울에서 식구들을 모두 이끌고 보은의 금적산으로 들어갔는데, 그곳의 깊은 계곡과 그윽한 정취를 좋아하여 거기에 집을 짓고 살았다.

이때부터 처사는 위기지학爲己之學[39]에 전념하여 날마다 경전을 낭송하고 도의道義를 함양하며, 뜻을 같이하는 자들과 어울려 강학하고 토론하여 즐거워하였고, 여가가 생기면 거문고를 연주하고 시를 읊어 자신의 신세를 까마득히 잊어서 종신토록 금적산 밖으로 나가지 않았다. 이에 대곡이나 남명과 같은 여러 어진 선비들이 그를 고상하게 여기고 기꺼운 마음으로 왕래하며 산속에서 오래 머물다 떠났는데, 사람들은 아직도 아름다운 일이라고 전하고 있다.

처사는 만력萬) 신사辛巳(1581, 선조 14)년 향년 76세에 돌아가셨고, 보은현 서쪽 검운산劍雲山 해좌亥坐의 언덕에 안장되었다. 그 부인 채 씨蔡氏는 사복시 주부司僕寺主簿 휘 치정致禎의 따님으로 처사보다 먼저 별세하였는데, 이때에 이르러 처사의 묘소에 합장合葬되었다.

내가 일찍이 삼산三山을 유람할 때, 계당에 들러 여러 어진 선비들이 남긴 자취들을 찾아본 적이 있었다. 처사가 살아서는 은거하였고 또 죽어서는 전할 만한 문자가 없어서, 사람들이 처사 같은 이가 있었다는 사실을 모르게 될 것 같아 크게 탄식하면서 슬퍼하였다. 옛날에 일민逸民과 작자作者의 부류는 다행히 성인聖人의 붓을 통해 후세

---

39 자신을 성찰함으로써 내적 성취를 목적으로 하는 공부.

에 알려지게 되는 경우가 있는데, 지금 처사의 고상한 정취와 고원한 운치가 어찌 반드시 그들보다 전부 못하겠는가. 그러나 이처럼 적막하니, 이에 나는 처사의 불우함을 안타까워하였다.

처사는 2남 1녀를 두었는데, 장남 지원知遠과 차남 명원明遠은 처사의 명으로 대곡의 문하에서 공부하였고, 명성과 행실이 있었다. 딸은 찰방察訪 이의정李宜正에게 출가했다. 측실側室 소생의 자식으로 봉사奉事 행원行遠과 참봉參奉 성원省遠, 사원思遠이 있다.

손자들로는 맏아들의 소생으로 장악원정掌樂院正에 추증된 대인大仁, 동지중부사同知中樞府事 대익大益, 생원生員 대복大復, 선전관宣傳官 대영大榮이 있었고, 측실 소생으로 대곤大坤, 대수大秀가 있었다. 둘째 아들의 소생으로는 판관判官 대윤大允이 있었으며, 측실 소생으로 대관大寬, 대준大俊이 있었다.

지금 처사의 후손 복세復世와 유함有咸이 찾아와서 나에게 처사의 묘표를 지어 달라 하였다. 아! 내가 어찌 처사의 묘표를 짓기에 합당한 사람이겠는가? 다만 처사께 나의 이름을 붙이는 것을 영광으로 생각하기에, 삼가 이렇게 쓴다. "산은 높고 물은 유유히 흐르는 이곳에 최 처사의 묘소가 있다네."

숭정崇禎 3주기 을유년(1765) 7월 김원행金元行이 짓고, 광산光山 김상숙金相肅이 쓰다.

溪堂墓誌銘 幷序 崇政大夫議政府右贊成兼世子貳師宋煥箕撰

계당묘지명 병서

公諱興霖字賢佐, 當明廟之世, 入報恩之金積山, 築室於其中, 扁以溪堂. 與同志諸賢, 講討以自樂, 徜徉而終其身. 當世號之以溪堂處士, 後人稱之曰溪堂先生. 嗚呼偉哉! 和順之崔, 以高麗烏山郡世基爲鼻祖, 至諱永濡, 守海州, 遇賊不屈, 投印鵁潭而殉之, 贈諡'忠節'公. 是後簪紳相承, 高祖諱士老大司成, 曾祖諱漢禎吏曹參議, 祖諱重淸廣興倉守, 考諱垓將仕郞, 有學行, 妣南陽洪氏, 郡守汝舟女.

公生於正德丙寅, 性質粹美, 動止凝重, 儼然有有德者氣象. 事親篤於誠孝, 及遭艱, 哀毀踰制, 制畢益忽忽無世念. 又見時事有滄洞之憂(卽指乙巳而言), 遂決意南下, 斂蹤山鄕, 愛其澗谷窈窕, 悠然有考槃之趣, 平居玩賾經傳, 或嘯咏以宣暢高情遠韻, 任運自適, 終不出洞門外. 時成大谷在鐘山, 成東洲莅本縣, 以道義相推許, 曹南冥亦嘗自智異山至, 與之留連相歡(尤庵所構大谷碑所云李東臯揖望氣報恩界云: 必有德星見於天者, 卽指此時此會, 而溪湖詩亦取用). 大谷詩所云 "憶昨南冥共被眠, 東洲同醉臥溪邊"者 卽其眞景也. 鄕里傳誦爲盛事焉.[40]

萬曆辛巳, 年七十六以七月十五日沒, 葬于縣西劍雲山之亥坐原. 配平康蔡氏, 主簿致禎之女, 先沒而祔. 有二男, 長

---

40 23쪽 b의 위쪽 여백에 다음과 같은 글귀가 적혀 있음: "梅龍庵先生所撰大谷碑云, 李東臯揖望氣報恩界云: 必有德星見天者卽指此時此會, 而溪湖詩德星亦取用於此. ○所謂'共被室' '四賢君' '醉臥溪'卽皆當日眞景也."

知遠次明遠, 俱遊大谷門, 文行早著. 一女適李宜正察訪, 側出男行遠奉事, 省遠參奉, 思遠. 孫男大仁贈掌樂正, 大益同中樞, 大復生員, 大榮宣傳官. 側出大坤, 大秀長房出, 大允判官, 次房出. 將仕郎厚培厚封 厚裁李壻出. 內外曾玄, 不能盡錄, 顯者曾孫虞濮宗海, 縣令壽海, 五代孫郡守東溟. 判官東逸 郡守東濟也.

嗚呼! 公之在世也, 人孰不慕其高風? 而如曹成三賢交契之篤, 益可以觀公德義矣. 淸陰金文正公(尙憲)所謂 "大谷不妄交, 惟與處士公交最善. 聞先生之風者, 可知處士之爲賢矣者, 豈不信哉? 今距公沒數百餘載, 遺躅所在, 淸芬不沫. 後人之所興感, 自不尋常. 金渼湖元行, 宋櫟泉明欽嘗到溪堂, 皆有筆蹟. 其曰 '共被室' '醉臥溪' '堅心洞'者, 誠不偶爾, 而渼湖所撰墓文, 益可諗夫今與後也. 今公十世孫德鎭托余以幽堂之誌, 顧非蕪辭所能闡揚而興慕之深, 亦何敢終辭, 銘曰:

嗟公高風, 綿邈莫攀, 疇玆古堂, 宛然考槃, 山中盛事, 百載誦傳,

對床連夜, 猗歟四賢, 有欲知公, 宜於斯觀, 我銘其藏, 以示無垠.

崇禎後三癸亥孟夏

(崇政大夫: 議政府右贊成兼世子貳師 成均館祭酒 經筵官宋煥箕[41]撰)

---

41 송환기(宋煥箕): 조선 정조~순조 때의 문신·학자. 본관은 은진(恩津). 송시열(宋時烈)의 5대손이며 송능상(宋能相)의 문인으로, 우찬성(右贊成) 등을 지냄. 학덕을 겸비하여 조야의 존경을 받았으며, 시문집으로『성담집(性潭集)』이 있음.

공의 휘는 홍림, 자는 현좌이다. 명종 때 보은에 있는 금적산에 들어와 집을 짓고 '계당'이라는 편액을 달았다. 뜻이 맞는 여러 어진 선비들과 경전 강론을 즐기다가 여기서 생을 마감하였다. 당시 사람들은 그를 '계당 처사'라고 불렀고 훗날 사람들은 그를 '계당 선생'이라 칭했다. 아아, 훌륭하도다!

화순 최씨의 시조는 고려 때의 오산군烏山君 세기世基이다. 휘 영유永濡가 해주 목사를 지낼 때, 홍건적에 맞서 싸우며 굴복하지 않다가 휴담鵂潭이라는 연못에 관인을 던지고 순사하였는데, 시호는 충절공이시다. 이후로 높은 벼슬을 하는 선조들이 이어졌는데, 고조는 휘 사로士老로 성균관 대사성을 지냈고, 증조는 휘 한정漢禎으로 이조 참의를 지냈으며, 조부는 휘 중청重淸으로 광흥창 수廣興倉守를 맡았다. 부친의 휘는 해垓로 장사랑將仕郎을 맡으신 바 있는데 학행이 넉넉하였고, 부인은 남양南陽 홍씨洪氏로 군수 여주汝舟의 따님이다.

공은 정덕 병인(1506)년에 태어났다. 본성이 순수하고 아름다웠으며 행동거지가 온건하고 중후하여 덕이 있는 자의 기품을 보이셨다. 정성으로 어버이를 섬겼으며, 부모의 상을 당했을 때 예를 갖추고 법도에 어긋나지 않았다. 탈상을 한 뒤에는 세상살이에 뜻을 두지 않았다. 또한 끊임없는 사화로 시대가 어지러움을 보고는 마침내 숨어 살기로 결심하고 남쪽으로 내려와 금적산에 들어갔다. 여울물 흐르는 아름다운 계곡에 집을 짓고 안빈낙도하며 살았다.

평상시 경전을 읽고 시를 읊어서 고상한 성품과 운취를 펼쳤으며, 운명에 맡기고 유유자적하며 죽을 때까지 금적산 밖으로 나가지 않았다. 그때 대곡 성운成運 선생은 종산에 살았고 동주 성제원成悌元은 보은 현감을 지냈는데, 이들은 도의로 사귀었다. 남명 조식曺植 선생 또한 일찍이 지리산에서 이곳까지 찾아와 함께 여러 날을 즐겁게 지냈다.(우암 송시열宋時烈이 지은 대곡 남명의 비문碑文에서 말하기를, 동고 이준경李浚慶이 보은의 경계를 바라보고는 "이곳에서 반드시 덕성이 있는 이가 세상이 나타날 것이다."고 했는데, 바로 처사를 가리켜 말한 것이다. 당시 이들의 모임은 미호 김원행金元行의 시에도 인용되었다.) 대곡 성운은 당시에 지은 시에서 "돌이켜 보면, 옛날 남명과 한 이불 덮고 잤고, 동주와는 함께 취해 냇가에 누웠었지."라고 했는데, 바로 이때의 모습을 노래한 것이다. 고을 사람들은 이들의 모임을 아름다운 일로 전하고 있다.

공은 만력 신사(1581)년 7월 15일 76세로 세상을 떠났고, 보은현 서쪽에 위치한 검운산劍雲山의 해좌亥坐의 언덕에 안장되었다. 부인 평강 채 씨平康蔡氏는 사복시 주부主簿 치정致禎의 따님으로 공보다 먼저 별세하셨는데, 이때에 공과 함께 합장되었다.

공은 슬하에 2남을 두었는데, 장남은 지원知遠이고 차남은 명원明遠으로 모두 대곡의 문하에서 공부했으며 일찌감치 문장과 행실로 세상에 알려졌다. 딸은 찰방察訪 이의정李宜正에게 출가했다. 측실 소생의 아들 봉사奉事 행원行遠, 참봉參奉 성원省遠, 사원思遠이 있다.

손자인 대인大仁은 장악원정에 추증되었고, 대익大益은 지중추부사를 지냈고, 대복大復은 생원이고 대영은 선전관이다. 측실 소생으로 대곤大坤, 대수大秀가 있다. 이상은 큰 아들 소생이다. 대윤大允은 판관인데 둘째 아들 소생이다. 장사랑 후배厚培, 후봉厚封, 후재厚栽는 사위 이의정의 소생이다. 내외의 증손자들을 일일이 기록할 수 없다. 이름난 사람으로는 증손 우후虞侯 종해宗海와 현령 수해壽海와 5대손 군수 동명東溟과 판관 동일東逸, 군수 동제東濟가 있다.

아아, 공이 살아계실 때에 그의 고상한 품격을 공경하고 사모하지 않는 사람이 없었다. 또한 공과 조식, 성제원 세 분의 교유를 보면 공의 덕과 의로움을 더욱더 잘 알 수 있다. 청음 김문정공尙憲께서 "대곡은 본디 함부로 교분을 맺지 않았지만 한 고을 안에서 처사와 가장 친하게 지냈다. 대곡 선생의 성품을 안다면 공의 어진 성품 또한 알 수 있을 것이다."라고 하였으니, 어찌 믿지 않을 수 있겠는가?

공이 돌아가신 지 수백 년의 세월이 흘렀지만, 아직도 옛 자취는 남아 있으며, 공의 아름다운 덕성 또한 전해지고 있다. 그렇기 때문에 후세 사람들이 느끼는 바가 많은 것도 심상한 일은 아닐 것이다. 미호 김원행, 역천 송흠명 두 선생께서 일찍이 계당에 이르러 글을 남기면서 '공피실共被室', '취와계醉臥溪', '견심동堅心洞'이라 한 것도 우연이 아니다. 또 김원행 선생이 지으신 묘갈명은 예나 지금이나 귀감이 될 만하다.

지금 공의 10세손 덕진德鎭이 나에게 처사의 묘지명을 부탁하는데, 보잘것없는 말로 공을 기리는 깊은 마음을 널리 알릴 수는 없겠지만, 감히 끝까지 마다할 수가 없어 다음과 같이 명을 짓는다.

嗟公高風,	아! 공의 높은 풍모
綿邈莫攀.	면면히 이어져 따를 길 없는데
巋兹古堂,	이 높은 계당에서
宛然考槃.	유유자적 도를 즐기셨구나[42]
山中盛事,	산속에 있었던 아름다운 일들
百載誦傳.	오래도록 칭송하였네.

---

42 고반(考槃): 현자가 은거하는 집이나 또는 은거하는 즐거움을 이른다. 『시경』「위풍(衛風)」 고반(考槃)에 "고반이 시냇가에 있으니 훌륭한 분이 한적하게 거처하네. 홀로 잠자다 깨어나 길이 잊지 않으려 맹세하네.(考槃在澗, 碩人之寬. 獨寐寤言, 永矢弗諼.)"라고 하였는데, 주석에 "고(考)는 '이루다', 반(槃)은 '한가히 노닐다'"라고 하였다.

對床連夜,	침상을 마주하고 밤새 노닐었으니
猗歟四賢.	훌륭하다, 네 선비여!
有欲知公,	최 공을 알고자 한다면
宜於斯觀.	마땅히 이를 보면 될 것이리.
我銘其藏,	내가 숨은 덕행 기록하여
以示無垠.	끝없이 만세에 고하노라.

숭정崇禎 기원 후 세 번째 계해癸亥(1803) 늦은 봄에 숭정대부崇政大夫 의정부議政府 우찬성右贊成 겸 세자이사世子貳師[43] 성균관제주成均館祭酒 경연관經筵官 송환기宋煥箕가 짓다.

---

43 조선시대 세자시강원에 속한 종일품 벼슬.

題溪堂唱酬帖後 黃榦

계당을 읊은 화운시첩에 발문을 짓다 황간

世固有隱德韜光, 而其名竟湮沒無稱者, 惟在子孫賢不賢如何耳. 故處士崔公脆身煙霞, 樂道邱壑, 築一堂於金積之下, 家於金積之下. 其間不五里而近山, 則三山之巨嶽也. 有瀑流從山之絕頂而下, 層爲五六而下三層最大, 匯爲澄潭. 有石伏於瀑左者爲五六處, 狀如穹龜, 間有蒼壁巨石唅呀, 洞門劈開, 眼界通谿, 俗離一面, 呈露在前.

廬山眞景, 不可無白鶴仙觀, 故處士架數椽於瀑之左岸 破天慳地秘之界, 殫鬼護神施之巧, 幽敻奇勝, 甲於三山, 而瀑沫濺枕, 魂夢亦清. 時則有若東洲南冥兩先生相與往來, 期詡甚重, 花開月朗, 杖履聯翩, 琴書歡傲, 境與神會, 玩幾曲之飛瀑, 樂四時之光景, 高風逸韻, 眞令人俯仰慷慨而興感矣.

仙人一去, 黃鶴忽碎, 聞處士之風, 過處士之堂者, 莫不咨嗟詠嘆. 百餘年來, 漠然徒見山深而水清矣. 今公之諸子孫鳩財修葺而新之, 蔚然改觀. 首揭兩先生酬唱之什, 溪山增輝, 棟宇照爛, 而雲叟(美湖)函丈序若詩, 又極發揮之, 闡揚之. 鄕之老少咸集, 而落其成, 詩以歌之. 於是乎, 處士公之潛德幽光, 無復餘蘊.

嗚呼! 其盛矣. 粧一帖要余有言, 不敢以不文辭, 然竊嘗聞之士君子大節, 不過出與處而已. 盖獨善兼濟, 其道雖殊, 其功等耳. 是以, 隨光之隱未必不及於皐夔, 雲臺之化不足多讓於麒麟. 然則處士公之棲遯巖穴, 不求當世, 清芬雅致, 有足以持世敎, 而起頹俗, 至今百載之下, 像想如隔晨, 況視其友而知其賢, 審所處而知所樂, 且其子孫之賢而眾多, 使公之遺躅餘烈, 不至湮滅, 而雖樵叟牧兒, 皆知其爲處士公之溪堂, 豈不休哉!

嗚呼! 桑海不能無變嬗(遷), 則此堂之或興或廢, 亦其理也. 其子孫之子孫, 又能隨其廢而興之, 如今日之爲, 則處士之此堂, 其將與天壤廢矣. 昔范文正公記嚴子陵之祠, 而曰 "先生之風, 山高水長." 余於此, 亦以八字書之帖上而歸之.

時崇禎三己丑, 暮春之下澣, 侍講院輔德昌原黃榦書.

세상에는 덕을 숨기고 빛을 감추어서 그 이름이 알려지지 않은 사람이 있는데, 생각해 보면 이는 자손들이 얼마만큼 어진가에 달려 있기도 하다. 옛날 처사 최 공은 일찍이 아득한 노을 속에 몸을 숨기고 산골짜기에서 도의를 즐기면서 금적산 아래에 집을 지어서 살았다. 그곳에서 오 리 정도 떨어진 가까운 곳에 삼산三山이라는 큰 산이 있었다. 산 정상에서 폭포수가 다섯, 여섯 층을 이루면서 흘러내렸는데, 그 중 세 번째 층이 격차가 가장 컸으며, 또 여러 물길이 모여 하나의 못을 이루었다. 폭포의 왼쪽에는 대여섯 개의 큰 돌덩이가 큰 거북이가 엎드린 모양을 하고 있었는데, 마치 그 사이에 푸른 옥돌들을 머금고 있는 듯했다. 골짜기를 벗어나면 시야가 확 트이면서 속리산의 한쪽 면이 눈 앞에 펼쳐진다.

여산廬山[44] 같은 아름다운 경치에는 흰 학과 신선의 집이 없을 수 없다. 그래서 처사는 폭포의 좌측 언덕에 서까래를 세웠다. 하늘이 지극히 아끼고 땅이 숨겨놓은 경계를 깨뜨리고 신이 내린 재능으로 정교함을 다해 만들었다. 그 빼어난 경치는 그윽하고 기이하여 삼산

---

44 중국 장시(江西)성에 있는 산. 아름다운 경치로 유명하다.

에서도 손꼽힌다. 폭포의 물보라를 맞으면서 혼도 꿈도 맑게 느껴지게 될 때에, 처사는 동주와 남명, 두 선생과 교유하였는데 두 분이 기대하는 마음이 아주 컸다. 이들은 꽃이 피고 달 밝은 날에 지팡이 짚고 거닐며 거문고 뜯고 피리 불면서 절경에서 신선의 모임을 가졌다. 흩날리는 폭포를 감상하고 사계절의 아름다운 경치를 즐겼던 이들의 고상한 풍모와 빼어난 운치는 사람들의 마음에 감동을 불러 일으키기에 충분하였다.

신선들은 떠나고 황학도 홀연히 사라졌다. 하지만 처사의 풍모를 듣고 처사의 계당을 지나는 사람들은 누구나 감탄하며 시를 읊어 칭송하였다. 백여 년이 지난 지금, 막연히 깊은 산속에 흐르는 맑은 물만 보일 뿐이다.

이제 공의 여러 후손들이 재원財源을 모아서 보수하니, 계당이 눈부신 모습을 자랑하고 있다. 두 선생이 주고받은 시문을 처음으로 걸어두니, 시내와 산이 더욱 빛을 발하고 건물도 찬란하게 빛난다. 또한 운수雲叟 김원행金元行[45] 선생의 서문은 마치 한편의 시같아 계당의 모습을 지극히 드러내고 천명하였다. 고을 사람들 모두 모여서 준공식을 치르고, 그 모습을 시로 지었다. 이렇게 하여 숨겨졌던 처사공의 덕성이 그 그윽한 빛을 남김없이 드러내었다.

아아, 성대하도다! 하나의 첩帖을 만들면서 나에게 글을 부탁하는데, 감히 잘하지 못한다고 사양할 수가 없었다. 내가 듣기로 사군자士君子[46]의 큰 절개는 나아가고 물러서는 출처出處에 지나지 않을 따름이라 했다. 대체로 홀로 자신을 닦는 독선獨善과 세상을 구하는 겸

---

45 조선 후기의 학자 · 문신(1702~1772). 신임사화로 일가가 모두 유배되었을 때에 요행히 모면하여, 학문에만 힘썼다.

46 학문이 깊고 덕이 높은 사람.

제兼濟의 이치는 비록 그 길은 다르지만, 그것이 이루는 바는 다르지 않다. 그렇기 때문에 고대의 은자인 변수卞隨[47]와 무광務光[48]이 요순堯舜의 훌륭한 신하인 고요皐陶[49]나 기夔[50]에 미치지 못하는 것은 아니다. 또한 운대雲臺가 기린각麒麟閣[51]에 그다지 양보할 것은 없다.

그리하여 처사공은 산골짜기에 숨어 지내면서 세상의 명성을 구하지 않았다. 처사의 맑은 덕성과 높고 고아한 정취는 세상을 교화하고 풍속을 바로잡을 만하여, 백여 년이 지난 지금도 마치 어제 일과 같다. 하물며 그의 벗을 보고 그의 어진 성품을 알 수 있고, 그의 처소를 보고 그가 즐기는 바를 알 수 있다. 그의 자손들 또한 현명한 사람이 많으니, 공이 남긴 자취와 위엄은 사라지지 않았던 것이다. 비록 땔나무를 하는 나무꾼이나 소 먹이는 아이라 할지라도 모두 처사공의 계당을 알고 있으니, 어찌 아름답지 않은가?

아아, 뽕나무 밭이 변하여 푸른 바다가 된다는 상전벽해桑田碧海의 변화가 있듯이, 계당도 흥하기도 하고 쇠퇴하기도 하겠지만, 그것은 당연한 일이다. 대대손손 이어가면서 쇠퇴하면 다시 일으켜 세우면 되는 것이다. 마치 오늘날 새로이 계당을 중축한 것처럼만 한다면 처사 공의 계당은 하늘과 땅과 더불어 사라지지 않을 것이다.

---

47 상(商)나라 사람. 상의 탕왕이 하 나라의 걸을 토벌하기 위해 그를 찾아와 상의하였는데, 변수는 이를 치욕으로 느끼고 물에 뛰어들어 자살하였다.

48 하나라 사람. 하나라의 걸을 친 탕왕이 자신의 자리를 물려주려 하자 이를 거절하고 물에 뛰어들어 자살하였다.

49 고요(皐陶): 순(舜)의 신하. 법리에 통달하여 법을 세워 형벌을 제정하고 또 옥(獄)을 만들었다.

50 기(夔): 순 임금 때 전악(典樂)이 되어 주자(冑子), 즉 왕실과 경대부의 적자의 교육을 맡았던 신하이다. 어진 신하로 유명하다.

51 운대는 한나라 명제 때 공신을 추모하기 위해 초상을 그려 걸던 곳이고, 기린각은 한나라 선제 때 11명의 공신의 초상을 걸었던 곳이다.

일찍이 문정공文正公 범중엄范仲淹이 엄자릉嚴子陵의 사당을 기록하면서 "선생의 품성은 산처럼 높고 물처럼 유유하다."고 칭송한 바 있다. 나 또한 "선생지풍先生之風, 산고수장山高水長"이란 여덟글자를 위에 쓰고 돌아간다.

숭정崇禎 기유己丑(1630) 3월 하순에 시강원侍講院 보덕輔德 창원昌原 황간黃榦이 적다.

溪堂遺藁序

계당유고 서문

三山之金積山下, 有巋然溪堂, 於行路指點中 乃昔處士崔公攸芋也. 遺躅所在淸芬未沫, 瞻聆攸及, 孰不誦慕而興感. 惟其文蹟, 屢經兵燹, 散失無徵, 甚爲敎後人所傷惜矣.

當時諸名賢, 如成大谷, 東洲, 曹南冥, 相從遊之間, 其書牘之往復, 詩章之唱酬, 果當如何? 而至若閒居中, 多少記述吟詠, 亦豈無可觀者也. 凡其咳唾之遺, 在簡篇者, 固可使人愛玩不釋, 而今未見其遺稿刊行, 可勝歎哉!

公之雲仍惟泯沒是懼, 有此擴拾, 而編摩詩文, 爲十餘篇, 而附錄, 亦若干條, 儘可謂一臠知全鼎矣. 而其始終徽躅, 有足徵焉(合), 維玆一稿之出, 不亦善乎!

噫! 朱夫子序諸賢之文, 必先序其爲人, 今余於此, 不須序其文也, 而亦嘗撰公幽堂之誌, 猥見錄於稿後矣. 遂書之如此 以不孤公後承諸君問序之意云爾.

崇禎後三癸亥 季夏 德殷 宋煥箕 序

삼산현 금적산 아래에 계당이 우뚝하게 자리 잡고 있는데, 산길을 따라 올라가다보면 보이는 곳이 바로 옛날 처사 최 공께서 지은 것이다. 발자취가 남겨진 곳에 아름다운 향기가 전해져서 보고 들은 사람이라면, 누구라도 칭송하고 사모하여 마음에 감동이 일어나지 않을 수 없다. 그러나 공의 문적이 거듭된 병화兵火를 거치면서 흩어지고 없어져서 기록을 징험할 길이 없어 후세 사람을 매우 애석하게 하였다.

당시의 여러 명현인 대곡大谷 성운成運, 동주東洲 성제원成悌元, 남명南冥 조식曹植 같은 분들과 서로 종유할 때에 주고받은 서간문과 창수한 시편은 과연 어떠하였을까? 그리고 한가로이 머물면서 저술한 다소의 음영吟詠 또한 어찌 볼 만하지 않으랴? 무릇 공의 아름다운 시문이 서책에 남아 있다면 진실로 사람들이 아끼고 음미하여 손에서 놓지 않을 터인데, 지금껏 그 유고가 간행된 것을 보지 못했으니, 참으로 한탄스럽다.

공의 후손들이 공의 글이 없어질까 걱정되어 이렇게 십여 편의 시문을 모아서 편집하고 약간의 부록을 달았으니, 이른바 '고기 한 점만 맛봐도 온 솥 안의 국물맛을 알 수 있는[52]' 것이라 할 수 있다. 아울러 시종일관 아름다운 자취는 충분히 징험할 만한 것인데, 이렇듯 원고가 세상에 나왔으니 또한 얼마나 좋은 일인가?

아, 주자朱子는 제현諸賢들의 서문序文을 지을 때 반드시 그 사람의 인품을 먼저 서술하였는데, 지금 내가 서문을 짓지는 않지만 일찍이 공의 묘지명을 찬한 적이 있고, 외람되게 유고 뒤에 실려 있다.

숭정崇禎 기원 후 세 번째의 계해癸亥(1803)년 6월에 은진殷津 송환기宋煥箕[53]가 삼가 쓰다.

---

52 《회남자(淮南子)》〈설림훈(說林訓)〉에 "한 점의 고기를 맛보면 솥 안의 고기 전부의 맛을 알 수 있다.〔嘗一臠肉而知一鑊之味〕"라고 하였다. 계당의 글이 대부분 병란에 소실되어 남은 글이 많지 않지만 그것만으로도 계당의 글을 파악하기에 충분하다는 말이다.

53 송환기(宋煥箕): 1766-1807. 조선후기 문신, 학자. 본관 은진, 자 자동(自東), 호 심재(心齋). 송시열의 5대손으로 시호는 문경(文敬)이다. 문집에 『성담집(性潭集)』이 전한다.

溪堂遺稿跋

계당유고 발문

昔吾先王考記崔處士之溪堂也，以讀處士之書勉其後孫而
余未及見其書．其書今剞劂，而行于世間，跋於余，余始讀其
書而知其人也．處士之世今去二百有餘年，高標逸韻，固無
以知之，而與大谷東洲南冥諸賢，唱酬詩章，講論經傳，爲道
意之交，則古人所謂視其所親者非耶．

噫！彼三賢者，顯於當時，傳於後世，而獨處士隱淪自晦，
名聲不聞於朝，此安知非高於三賢遠矣．嗚呼！今其編帙，雖
甚寂寥，百世之下，尚令人誦而傳之．況爲其後孫者乎，顧余
不肖不復敢爲説，謹取王考當日之言伸誦而相與之勉．

上之三年癸亥秋七月，安東金麟淳謹跋．

옛날 나의 선조께서 최 처사의 계당에 대한 기문記文을 지은 바 있
다. 처사가 남기신 글을 읽고 후손들을 북돋고자 했음이지만, 나는
아직 그 유고를 읽지 못했다. 그런데 그 책이 지금 출간되어 세상에
나오게 되자 나에게 발문을 부탁하였다. 나는 이제야 유고를 읽게 되
었고 처사라는 분을 알게 되었다. 처사께서 떠나신 지 이백여 년이
지난 오늘, 그의 높은 품격과 뛰어난 운치를 알 수 없지만 대곡, 동
주, 남명 등 여러 현인들과 시문을 주고받고 경전을 강론하면서 도의
道意로 사귀었으니, 옛 사람이 '그 사람을 알려거든 그 사람과 친한
이를 보라'고 하지 않았던가.

아아! 저 삼현들은 이름이 당시에 알려졌고 후세에 전해지고 있는

분들이지만, 오직 처사만은 숨어 살면서 스스로 자취를 감추어서 명성이 조정에 알려지지 않았다. 그러나 알려지지 않았다고 어찌 그가 삼현보다 더 어질지 못하다고 할 수 있겠는가?

오호라! 오늘 편집된 유고는 비록 그 양이 얼마 되지 않지만 백대의 먼 훗날에도 사람들의 입에 오르며 전해질 것이다. 하물며 그 후손이 건재하고 있음에랴. 돌아보건대 부족한 내가 다시 감히 무슨 말을 보태리오. 삼가 선조께서 당시에 하신 말씀을 널리 송독하는 것으로 서로 힘써 권하기를 바랄 따름이다.

순조純祖 3년 계해癸亥(1803) 7월, 안동 김인순金麟淳이 삼가 짓다.

金積溪堂重修時呈文 崇禎十二年

洪時挺 宋時壽 宋基學 宋基德 安應龜 安應寅 安應庚 朴商皓 朴商逸 朴商翼 李廷玩 李廷瑚 李廷琬 洪禹民 洪武民 金得洙

금적산 계당을 보수할 때 올린 정문呈文[54] 숭정 12년

홍시정 · 송시수 · 송기학 · 송기덕 · 안응구 · 안응인 · 안응경 · 박상호 · 박상일 · 박상익 · 이정윤 · 이정호 · 이정완 · 홍우민 · 홍무민 · 김덕수

八十多士(多不盡錄)呈文曰, 民等, 所居之地, 金積山中, 有別區幽僻處, 林壑之奇絶, 泉石之淨潔, 正宜幽人逸士棲息之所也. 昔者處士崔先生, 構築精舍於其間, 且聚學徒, 講磨古書, 深藏自修, 年旣積矣. 一時名賢碩德之士, 無不往來交遊, 而亦有曹南溟, 成大谷, 成東洲, 盧蘇齋諸先生, 參尋於水石之間, 考槃雲月, 討論經文, 吟詠賦詩, 後人傳誦, 載在三先生文集中矣. 惜乎! 溪堂公之歿, 已百有餘年之久, 而子孫董能世守, 舊堂雖存, 屋瓦腐敗, 棟宇將頹, 若以因循等棄, 不克修治, 則將使樵童牧豎, 嘯歌蹢躅於其中. 而昔賢之遺風故跡, 從此而泯沒無傳. 豈不可悲也哉!

民等茲與隣人之子弟欲向學業者, 合力鳩財, 始營八九間書室於昔人之遺址. 且爲賢者藏修之所. 而民等, 本以貧寠之人, 財綿力薄, 不克成就, 樑棟之材, 雖得搆架, 而瓦椽之役, 時未訖功, 役粮盡竭. 因此, 欲散, 使已建之木, 過夏而不葺, 必爲霖雨所朽破, 九仞之功一簣而虧, 則豈不可惜哉! 云云.

---

54 정문(呈文): 백성이 관청에 진정(陳情)하기 위해서 바치는 글.

팔십여 선비(많아서 일일이 적지 않음) 글을 올려 말씀 드립니다.

저희가 살고 있는 곳인 금적산 속에는 경치가 그윽하고 외진 곳이 있습니다. 수풀 우거진 산골짜기가 기이한 모습을 이루고 바위 사이로 맑은 물이 흐르고 있어, 세속을 피해 도를 닦으려는 선비들이 깃들어 살 만한 곳입니다. 일찍이 처사 최 공께서 이곳에 정사精舍를 짓고 학도를 모아 옛 성현의 글을 가르치고, 깊이 숨어서 자신을 닦으셨는데, 세월이 이미 오래되었습니다. 그 당시 이름난 어진 이들과 큰 덕을 지닌 선비들 가운데 오가며 사귀지 않은 이가 없었고, 남명 조식, 대곡 성운, 동주 성제원, 소재 노수신 등 여러 선생들께서도 산수를 찾아와 구름과 달빛 아래서 즐기며 경전을 논하고 시를 지은 바 있습니다. 이 사실은 훗날 사람들에게 전해지고 있으며, 관련 기록은 세 분의 문집에 수록되어 있습니다.

참으로 안타깝습니다. 계당공이 돌아가신 지 이미 백여 년, 자손들은 대대로 옛 집을 지켜 왔습니다. 옛 집의 건물은 비록 남아 있지만, 기와가 썩고 서까래가 허물어져 이대로 두다가는 수리하더라도 재생할 수 없게 될 것입니다. 그렇게 되면 땔나무하고 소먹이는 아이들이 그곳에서 휘파람을 불며 오르내리게 될 것이니, 다시는 옛 명현의 유풍과 자취를 찾아볼 수 없게 될 것입니다. 이 어찌 슬프지 않겠습니까.

이에 저희들은 이웃의 자제들 가운데서 학업에 힘쓰고자 하는 이들과 힘을 합쳐 경비를 모아, 먼저 옛 터에다 여덟아홉 칸의 서실을 지어 어진 이들이 모여서 은거하며 공부하는 곳으로 만들고자 합니다. 하지만 저희들이 워낙 가난한 백성이라 재물을 많이 모으지 못하다 보니 건물을 다 지을 수 없게 되었습니다. 기둥과 들보로 집의 틀은 갖추었으나 기와를 덮는 일은 아직 마치지 못했는데, 노역에 쓸

양식이 모두 고갈된 상태입니다. 이로 인해서 사람들이 흩어지려 합니다. 이미 세운 기둥과 들보를 여름이 지나도록 덮지 않는다면 반드시 비에 젖어 기존 공사까지 망치게 될 것입니다. 그렇게 되면 많은 사람들이 힘을 모아 시작한 일이 하루아침에 허물어질 것입니다. 어찌 애석하고 또 애석하지 않겠습니까. [55]

---

55 이 글 하단에 다음과 같은 글이 첨부되어 있다.
　　題辭曰 碩人考槃之風, 復見重修於百年之後, 志可想矣, 事甚盛矣. 爲其邑倅者, 豈無作新之心乎云云.
　　제사(관청의 답변): 현인께서 한가히 소요하시던 풍모를 백 년 뒤에 다시 지어진 계당에서 볼 수 있겠구나. 그 뜻을 짐작할 수 있고 또한 그 일은 아주 성대한 것이다. 고을 수령으로 어찌 새롭게 하고자 하는 마음이 없으랴?

溪堂先生遺事 先生七世孫 起和 撰

계당선생 유사 선생의 7세손 기화가 지음

余嘗披閱于古書 至南溟曹先生遺稿 及大谷成先生文集, 其中, 有贈崔賢佐詩有<題崔處士溪堂韻>者焉. 其賢佐, 卽我先祖字, 其溪堂, 卽我先祖軒號也. 三復遺篇, 雙涕俱下而第觀贊美先祖之意, 溢於兩先生言表之間. 噫! 苟非我先祖造道之極, 先生其何能推許之至此也? 仍念我先祖平生, 生而容貌卓異, 聰又殊凡. 及長, 志操堅確, 行誼高潔, 爲學, 必究性理之源, 律已, 必修仁孝之道, (而)成東洲, 張旅軒, 盧蘇齋, 趙龍門諸賢, 討論乎經傳之文, 涵泳乎禮義之敎者, 年有所雅矣. 而一語一黙(墨)竟爲兩賢之所推獎, 則其淵源道義之深, 觀於此可想.

噫! 公之家世, 炬燦於累代, 公之材藝, 拔萃於今古, 以公之門蔭, 爵祿之可求, 而不願乎富貴, 以公之文詞, 功名之可期, 而不取其顯榮.

嘉靖年間, 隱居三山, 跡遍於金積山水之麗, 而溪山泉石可以爲閑人棲息之所, 因築精舍於其間, 追碩人在澗之風, 考槃於雲月之域, 取濂溪溪字之義名其堂曰溪堂. 避世喧煩, 不求聞知, 專務講學, 周程朱文, 無不博涉. 而日誦<小學>書四卷, 時講大學傳經義, 窮理研精, 反躬踐案. 且聚門徒, 誦說不倦. 曹(植)成(運)二賢, 於是乎聞名而至, 參尋於水石之間, 講磨乎天人之理. 成東洲, 盧蘇齋, 崔守愚諸賢. 互相遊詠於斯, 一時諸名士, 唱酬之韻, 和答之文, 亦不知其何限. 而皆稱曰溪堂處士云云, 則處士之號, 實非偶然也.

蔭公之日，以處士二字銘之於碑文者，豈無所由然而然也.
是以，金清陰先生贊公之賢，於府君之子諱(宣務郎)誌文曰:
"湖之西，報恩縣有處士崔公，與成大谷同世，大谷不妄交，在
一鄉與處士公交最善. 仍交之於曹南溟成東洲趙龍門，後知其
賢，皆與爲友. 至今聞四先生之風者，亦能知處士之爲人也.

噫! 金先生百世之宗師，而有如是美公之德，則府君行，卓
乎不可尚已. 噫! 府君後，溪堂灰燼，宣務郎公，俯仰起感，
萬曆丙午，依舊復立，終老於斯.

厥後，崇禎年間，余之王考諱斗文(號蓮亭) 嗣先祖之德，襲
名賢之趣，藏修舊堂，講勸後學，同郡人宋參奉 安參奉 朴上
舍諸公 慕古人之風，創設改建，構於斯遊於斯，因爲鄉黨之
書塾矣. 不幸，中年，舊堂又頹，而古礎陳迹，尚此依然. 仍
雲後來，鳩財召匠，重建草廬於溪山寂寞之濱，扁其舊額，幸
保其先祖之遺躅，而至於遺薰，兵火荐臻，文籍蕩失，名賢之
文蹟，已散於前，先祖之遺事不傳于後. 余於是也追遠興感，
諸賢之所詠，行於世者，搜索而探之. 先祖之遺躅，傳於後者，
隨聞而述之. 此其大略，而猶不足以盡公之平生，而姑忘僭
越，如是記之.

내가 일찍이 옛 서적을 살펴보는 중에 남명 조식 선생의 유고와 대
곡 성운 선생의 문집을 읽었는데, 그 가운데 최현좌崔賢佐에게 준다
는 〈제최처사계당운〉이란 시가 있었다. 여기서 말하는 현좌는 곧 우
리 선조의 자字이고, 계당은 곧 우리 선조의 집에 붙인 이름이다. 시
를 거듭 읊다보니 어느새 눈물이 주르륵 흘러내렸다. 우리 선조를 찬
미하는 두 선생의 뜻이 글자 사이에 흠뻑 배어 있었다. 아아! 선조께
서 지극히 도를 닦지 않으셨다면 어찌 두 선생께서 이토록 높이 칭송

하셨겠는가?

우리 선조의 삶을 살펴보니, 그분은 태어나면서부터 용모가 뛰어났을 뿐만 아니라 총기 또한 남보다 훨씬 뛰어나셨다. 장성하여서는 지조가 굳고 품행과 도의가 높고 깨끗하셨다. 학문을 할 때는 반드시 성리학의 근본을 탐구하셨고, 또 인仁과 효孝의 이치로 자신을 다스리셨다. 또한 동주 성제원成悌元, 여헌 장현광張顯光, 소재 노수신盧守愼, 용문 조욱趙昱[56] 등 여러 어진 이들과 경전의 문장을 토론하고 예의禮義의 교화에 대해 오래 침잠하셨고, 해마다 아름다운 모임을 가지셨다. 남명과 대곡 선생이 선조의 말씀과 행동을 높이 칭찬하신 것도 선조가 지닌 학문의 연원과 도의道義의 깊이 때문이었음을 알 수 있다.

아아! 공의 가문은 여러 대에 걸쳐 빛났으며, 공의 재예才藝는 고금을 통틀어 비할 바 없었다. 공은 문음門蔭으로 높은 작록爵祿[57]을 받을 수 있었으나 부귀를 돌아보지 않으셨다. 또한

공은 문사文詞로 공명功名을 기약할 수 있었으나 높은 지위와 영화를 얻으려 하지 않으셨다. 가정嘉靖[58] 연간에 삼산에 은거하여 아름다운 금적산 곳곳에 두루 자취를 남기셨다. 또 산골짜기의 샘물과 바위 사이가 한가한 사람의 은거지로 좋다고 여겨 그 사이에 집을 짓고는 덕이 높은 현인의 풍모를 좇아 구름과 달빛 아래에서 한가히 소

---

56 조욱(趙昱, 1498~1557): 본관은 평양(平壤), 자는 경양(景陽), 호는 보진재(葆眞齋)·용문 등이며, 시호는 문강(文康)이다. 일찍 조광조(趙光祖)·김식(金湜)의 문하에 들어가 공부했고 1519년 기묘사화(己卯士禍)에 연루되었으나 나이가 어려 화를 면했다. 그 뒤 지평의 용문산에 은거하며 후학을 가르쳐 용문 선생으로 불렸다. 시문(詩文)과 서화(書畫)에 능하였고, 서경덕(徐敬德), 이황(李滉), 김안국(金安國) 등 당대의 명사와 교유하였다. 문집에 《용문집(龍門集)》이 있다.

57 작록: 관작(官爵)과 봉록(俸祿)을 아울러 이르는 말.

58 가정: 중국 명나라 세종 때의 연호(1522~1566).

요하는 공간으로 삼으셨다. 송나라 주돈이周敦頤의 호 염계濂溪에서 '계'자의 뜻을 따서 당호로 삼고 '계당溪堂'이라 하셨다.

공은 세상의 시끄러움을 피해 살면서 남이 알아주기를 바라지 않고 학문 연구에만 힘쓰셨으며, 주돈이, 정호程顥와 정이程頤, 주희朱熹의 글들을 널리 읽으셨다. 또한 매일 『소학小學』 네 권을 낭송하셨고, 때로는 『대학大學』의 전傳과 경經의 뜻을 강론하거나 이치를 탐구하고 정밀하게 연구하면서 몸소 실천에 옮기고자 하셨다. 또한 문도들을 모아 성인의 말씀을 가르치는 데 게을리하지 않으셨다.

조식과 성운 두 분이 계당 선생의 명성을 듣고 찾아와 산수山水 사이에서 노닐며 하늘과 사람의 이치를 강학하셨다. 동주 성제원과 소재 노수신 그리고 수우 최영경崔永慶 등도 이곳에서 더불어 노닐었다. 또한 한때의 여러 명사들과 시를 창수唱酬하고 글을 화답하였는데, 이 또한 끝이 없었다. 시문들에서는 모두 공을 가리켜 '계당 처사'라 불렀다. 이로 볼 때 처사의 호 '계당'은 우연한 것이 아니었다.

공의 장례를 치를 때, '처사'라는 두 글자로 명을 지어 비문에 새겼으니 그 또한 연유가 있다. 이 때문에 청음淸陰 김상헌金尙憲 선생께서 공의 어짊을 칭찬했다. 부군의 아들 휘 선무랑宣務郎의 묘지문墓誌文에서 "충청도 보은현에 처사 최 공이 있었는데 대곡 성운과 동시대 사람이다. 대곡은 함부로 벗을 사귀지 않는데, 한 고을에서 처사 공과 망년의 벗으로 가장 가깝게 지냈다.[59] 이로 인해 남명 조식曹植, 동주 성제원成悌元, 용문 조욱趙昱 등과도 사귀게 되었으며, 오래지 않아 그의 어짊을 알고 모두 그와 벗이 되었다. 이제 네 분 선생의 풍모를 알게 되면 또한 처사 공의 됨됨이를 알 수 있을 것이다."라고 했다.

---

59 『계당유고』에는 "대곡과 망년지교를 맺다(大谷忘交)"로 되어 있다.

아! 오랜 세월 사람들의 존경을 받아온 김상헌 선생께서 이처럼 공의 덕을 찬미하실 만큼 부군의 행실은 더없이 탁월하셨다. 아! 부군께서 돌아가신 이후 계당이 불에 타 재가 되었는데, 선무랑宣務郎[60]공이 사람들의 마음을 불러 모아 만력萬曆 병오(1606)년에 다시 계당을 세우고 이곳에서 노년을 보내셨다. 그 뒤로 숭정崇禎[61] 연간에 할아버지 휘 두문斗文(호는 연정蓮亭)께서 선조의 덕을 계승하고, 그 정취를 이어받아 계당에서 학문에 전심하면서 후학들을 가르치셨다. 같은 고을에 사는 송 참봉宋參奉, 안 참봉安參奉, 박 진사 등 여러 사람과 함께 고인의 기품을 흠모하여 이곳을 재건축하고 여기서 노닐면서 고을의 글방으로 삼았다. 불행하게도 중년에 계당이 다시 허물어졌지만, 그래도 옛날의 초석과 흔적은 그대로 남아 있었다.

이에 후손들이 재물을 모으고 장인을 불러와 계산의 고요한 물가에 다시 초가집을 짓고 옛 당액堂額을 걸어두니 다행스럽게도 선조의 유적이 보전될 수 있었다. 그러나 유고는 병화를 여러 번 거치면서 모두 소실되었다. 또한 명현名賢의 문집도 이미 없어져 선조의 행적이 후세에 전해지지 않았다. 이에 선조를 추모하는 마음이 있어 여러 어진 이들이 읊은 것 가운데서 세상에 떠다니는 것을 알아보고 찾고, 또 선조의 유적 가운데서 후세에 전하는 것은 듣는 대로 기록하였다. 일이 대충 이러하지만, 공의 평생을 다 기록할 수가 없다. 분수에 넘치는 일임을 잠시 잊고 이렇게 기록한다.

---

60 선무랑(宣務郎): 조선시대 종6품 하계(下階) 문신의 품계를 말한다.
61 숭정: 중국 명나라의 마지막 황제 의종(毅宗) 때의 연호(1628~1644).

重建時開基祝文 崇禎後十二年

綾城 具鳳瑞撰 字景輝 号洛洲

중건할 때 터를 닦는 축문 숭정 기원 후 12년

능성(綾城) 구봉서(具鳳瑞: 자 景輝, 호 洛洲)가 짓다.

溪堂舊墟,	계당의 옛터에
鞠爲茂草.	잡초가 무성하여 황폐하지만
先祖先賢,	선조와 선현들이
杖屨其所.	이곳에 노닐었었네.
白石離離,	여기저기 널려 있는 흰 바위
綠水悠悠.	유유히 흐르는 푸른 물줄기
尚帶往迹,	아직 옛 자취를 간직하고 있는데
幾番春秋.	몇 번의 봄가을 맞이했던가.
雲仍起感,	후손들 느낀 바 있어
鳩財重營,	재물을 모아 재건하니
同聚火計,	함께 기획한 지
不日期成.	얼마 안 되어 새롭게 일어섰구나.
掌兹土祇,	이 땅 관장하는 토지신이시여
庶賜陰隲.	음덕을 베풀어주소서.
俾無魔戲,	마귀에 희롱당하는 일 없도록
保千億吉.	천만년 복을 누리게 해 주소서[62]

---

62 이 글의 아래에 다음과 같은 글귀가 첨부되어 있다.

　　重建上當着溪堂二字此當入銲. 중건(重建)이란 두 글자에 '계당(溪堂)'이란 두 글자를

상단에 덧붙인 말:

重建上當着溪堂二字此當入錚

중건重建이란 두 글자에 '계당溪堂'이란 두 글자를 넣어서 간행해야
한다.

넣어서 간행해야 한다.

重建時上樑文 西河 任相周撰 字幼輔兼中樞

계당 중건 때 쓴 상량문 서하 임상주(任相周) 자 幼輔 겸 中樞

天慳地秘, 必待遯世之高踪, 水麗山明, 詎無築室之賢士.
念彼尼鹿之淸澗, 政宜碩人之幽捿. 處士崔公, 諱興霖 字賢
佐, 百歲高標 爲大谷先賢之推許, 一代淸望, 致蘇齋相公之
欽嘆. 際膠漆於陳盆, 一鶴高飛於塵外, 樂簞瓢於顔巷 獨星
孤明於雲間.

玆卜一丘名疆, 乃構數間精舍, 扁以溪字, 盖慕濂翁光霽之
襟, 洞曰堅心, 斯符羲經介石之訓. 從之者誰也? 朋僚成東
洲, 曹南冥先生. 德可以觀乎? 志操嚴子陵陶元亮遺躅, 爰
居爰處, 共討仁義禮智之方, 將翱將翔, 所履孝悌忠信之道,
矧又幽溪之風物, 尤合隱士之盤旋. 背負金積崇高之山, 儼
乎壁立之氣象, 面對西尼平曠之野, 豁然海濶之胸襟. 牕前
竹松, 含翠之晩節卓卓, 階下蘭菊, 流芳之盛馥霏霏. 釣魚採
薇, 爵祿視浮雲之過, 誦詩習樂, 鄕黨仰北斗之高.

不幸梁木之先摧 居然堂基之又火. 三山諸子奉遺蹟而咨
嗟. 一方愚泯撫虛垈而悼惜. 中間舊墟之重拓, 前後斯堂之
再成. 眼前突兀之休, 幾稱孝子孫事業, 澗上考槃之樂, 不墜
賢父祖名聲. 堂久百年, 那免崩圮之患, 事邀六代, 恐無葺修
之人. 嗟前功之盡隳, 孰承肯構之美, 而故迹之日晦, 徒爲鞠
茂之場. 何幸克肖之諸孫, 乃有改建之盛擧. 啓樫剔柘, 依然
坤坐艮向之原, 築礎立楹, 宛是山回水抱之勢. 梁桷縹緲, 高
揭二字之華題, 墻壁輝煌, 克修屢世之闞典. 門屛肅穆, 若先
祖衣履之盤桓, 階庭幽深, 如前賢杖履之臨訪. 嗟幾年臺榭

之久廢. 得今日棟宇之復興. 溪瀑橫前瀧瀧, 舊日之餘響, 巖松擁後湣湣, 昔時之淸風. 悲慕遺孫, 愛若魯閟之靈殿. 攀遊後學, 視如召憩之甘棠. 材瓦維新, 有光重建之前事. 板檻依舊, 無疆千載之永傳. 雲仍繩繩於克家, 絃誦洋洋於入室.

斯騰短律, 庸贊徽音:

兒郎偉抛梁東, 溪邊颯颯有淸風金山巀嶪青松老 處士高名傳不窮

兒郎偉抛梁西, 蒼山夜月子規啼 堂乎燒盡何年火 古迹凄凉無可稽

兒郎偉抛梁南, 公子公孫重建菴 久久百年頹落盡 遺墟鞠草令人慚,

兒郎偉抛梁北, 雲仍十世能成屋 溪山花鳥摠如前 采楠依然二字額

兒郎偉抛梁上, 若睹先生携几杖 郁郁芝蘭非不佳 獨憐飛瀑高千丈

兒郎偉抛梁下, 階其白石屋其瓦 子孫世守而堅心 絃誦洋洋頻掃洒.

伏願上樑之後, 災同火燒, 福如水涌, 傳家之淸白克繼, 咸曰崔門之昌, 養德之聲, 蹟不驟, 皆稱名祖之後. 淸溪汩汩, 聞其聲而興懷, 小堂迢迢, 入此戶而起慕. 隣里朋友之咸聚, 舊時之詩禮是崇. 遠近親族之同居, 前人之孝友必蹈. 每思此堂之嘉號, 永保先祖之遺風.

하늘이 지극히 아끼고 땅이 감추어 온 곳은 반드시 은둔하여 고고하게 지내는 은사를 기다린다. 산 높고 물 맑은 곳이라면 집 짓는 어진 선비가 어찌 없겠는가. 저 사슴이 노니는 맑은 시내를 생각하면,

대인의 그윽한 거처로 마땅하다.

처사 최 공은 휘가 홍림이고, 자는 현좌이다. 백 년에 한 번 있을 만한 고상한 기풍으로 대곡大谷 성운成運 선생도 인정하였다. 또 한때 명망을 높이 떨쳤던 소재穌齋 노수신盧守愼 또한 흠모하고 감탄하였다. 이익만을 따르는[63] 시대에 한 마리 학으로 높이 날아 속세를 떠났다. 안자처럼 안빈낙도安貧樂道하였으며, 홀로 외로운 별이 되어 구름 사이에 빛났다.

여기 산수가 수려한 언덕에 터를 잡아 몇 칸의 정사精舍를 짓고, '계계溪' 자로 편액을 달았으니 염계 주돈이의 '광풍제월光風霽月[64]'의 인품을 흠모했기 때문이다. 또한 골짜기의 이름을 '견심堅心'이라 한 것은 『역경』[65]에 나오는 굳세고 곧다는 '개석지훈介石之訓'[66]의 뜻을 가져온 것이다. 누가 처사를 따랐나? 친구였던 성동주 선생, 남명 조식 선생이었다. 이것으로 처사의 덕행을 볼 수 있다. 또한 처사의 지조는 엄자릉嚴子陵[67], 도원량陶元亮[68]의 자취가 있다고 할 만하였다.

여기에 살면서 인의예지仁義禮智의 법도를 함께 토론하였고, 한가로이 이리저리 노닐면서 효제충신孝悌忠信의 이치를 실천하고자 했

---

63 『주자어류(朱子語類)』 권123 〈진군거(陳君擧)〉에 "진동보(陳同父)는 이욕(利慾)의 아교와 칠이 엉긴 단지 속에 있다.〔同父在利欲膠漆盆中〕"라는 말을 원용한 표현이다.

64 '비가 갠 뒤의 맑게 부는 바람과 밝은 달'이라는 뜻으로, 마음이 넓고 쾌활하여 아무 거리낌이 없는 인품을 비유적으로 이르는 말.

65 원문의 '羲經'은 역경(易經)의 별칭이다. 복희씨가 처음 팔괘(八卦)를 그었다는 전설에 의해 이렇게 부른다.

66 『주역』 〈예괘(豫卦)〉에 "견고함이 돌과 같아서, 과거의 잘못을 하루가 지나지 않아 제거해 버리나니, 정하고 길하니라.(介于石 不終日 貞吉)"라고 하였다.

67 동한의 엄광(嚴光)을 말한다. 같이 공부했던 유수가 광무제가 되었지만 그는 벼슬을 사양하고 산에 은둔하였다.

68 진나라 도원명. 원량은 도연명의 자이다.

다. 게다가 그윽한 냇물의 경치는 참으로 은사들이 노닐 만하였다. 높디높은 금적산을 뒤에 두고 있어 기상은 우뚝 선 절벽 같이 엄숙하고, 넓디넓은 서니西尼[69]의 들판을 마주하고 있어 마음 속 생각은 바다처럼 확 트여 있다. 창밖의 송죽은 푸르러 늦게까지 변치 않은 절개로 우뚝하고, 섬돌 아래 난초와 국화는 무성하게 피어 은은한 향기가 가득하다. 낚시를 하고 고사리를 따면서, 벼슬살이를 한낱 지나가는 뜬구름으로 여겼고, 시를 읊고 예악禮樂을 익히니, 고을에서 북두성처럼 높이 공경하고 받들었다.

불행하게도 선생께서 돌아가시자 계당의 터에 또 불이 났다. 삼산의 여러 제자들은 타고 남은 모습을 한탄하였고, 고을의 백성들도 폐허를 어루만지며 슬퍼하고 애석하게 여겼다. 그 사이 옛터를 넓혀서 계당을 다시 세웠다. 눈앞에 계당이 우뚝하게 솟자, 효성스런 자손들의 사업은 몇 번이나 칭찬을 받았다. 물가에서 은자가 즐기는 즐거움을 마련하였으니[70], 어진 선조들의 명성을 떨어뜨리지는 않았다.

건물은 백 년이 지나 무너지는 우환을 면하기 어려웠고, 6대를 거치면서 보수할 사람이 없어질 것을 우려하게 되었다. 공들여 지은 건물이 다 무너지게 된 것을 탄식하였지만, 누가 옛 건물을 보수하여 그 아름다움을 이어갈 수 있을까. 옛 자취 날로 사라져 이제는 한갓 잡초만 무성한 곳이 되었다. 다행히 훌륭한 여러 후손들이 계당을 재건하는 큰일을 시작했다. 계당 주변의 능수버들, 산뽕나무를 캐내니

---

69 보은에 있는 지명이다.

70 원문의 '고반(考槃)'은 『시경』〈고반(考槃)〉에 "그릇 두드리며 언덕에서 노래하니 대인이 은거하여 사는 곳이로다. 혼자 잠들고 일어나는 생활이지만 길이 맹세코 남에게 알리지 않으리라(考槃在陸, 碩人之軸, 獨寐寤宿, 永矢弗告.)"에서 나온 것으로, 은자가 생활하는 즐거움을 뜻한다.

예나 지금이나 곤좌간향坤坐艮向[71]의 언덕 그대로다. 주춧돌과 기둥을 세워놓으니, 완연히 산이 두르고 물길이 감싸는 형세이다. 대들보와 서까래 사이로 '계당溪堂'이라는 두 글자를 새긴 화려한 표제를 높이 걸어두고, 담과 벽이 휘황하니, 전대에 빠뜨렸던 예법을 후손들이 잘 닦았다고 하겠다. 집안이 엄숙하고 화목하니 마치 선조께서 의관을 갖추어 입고 다니는 듯하며, 섬돌과 정원이 그윽하고 깊으니 마치 선현들의 행차가 찾아올 듯하다.

계당이 오랫동안 폐허로 있음을 탄식했는데, 오늘 드디어 새로운 건물이 세워졌다. 콸콸 흐르는 계곡과 폭포수는 옛날 그대로의 울림이고, 바위를 두른 소나무와 불어오는 맑은 바람 역시 예전처럼 시원하다. 슬피 흠모하던 후손들은 계당을 노魯나라 영광전靈光殿처럼[72] 사랑하였고, 후학들은 마치 주周나라 소백召伯[73]이 쉬던 팥배나무 바라보듯 하였다.[74] 재목과 기와는 중건하기 이전보다 빛나고, 마룻장과 난간은 옛 것 그대로 천백년 동안 영원히 전할 것이다. 공의 후손도 번성하여 가업을 잇고, 글 읽는 소리는 계당에 흘러넘칠 것이다.

여기에 짤막한 시를 읊어 아름다운 덕음德音을 도울까 한다.

71　곤좌 간향(坤坐艮向): 곤방(坤方)을 등지고 간방(艮方)을 향한 좌향. 서남쪽에서 동북쪽으로 향한 좌향.

72　영광전(靈光殿): 한 경제(漢景帝)의 아들인 공왕(恭王)이 산동성 곡부(曲阜)에 건립한 궁전. 후한(後漢) 왕연수(王延壽)가 지은 '노영광전부서(魯靈光殿賦序)'에 "서경(西京)의 미앙(未央)과 건장(建章) 등 궁전이 모두 파괴되어 허물어졌는데도, 영광전만은 우뚝 홀로 서 있었다.[靈光巋然獨存]"라는 글이 있다.

73　소공 석(召公 奭). 서주의 정치가이자, 연나라와 소나라의 초대 군주. 제 태공, 주공 단과 함께 주나라를 개국한 공신들 중 한 사람이다.

74　『시경(詩經)』「소남(召南)」참조. "무성한 팥배나무, 자르지 마라 베지도 마라, 소백님이 머무시던 곳."이라는 시구가 있다.

兒郎偉抛梁東,　　어영차! 떡을 대들보 동쪽으로 던지게나,

溪邊颯颯有淸風,　계곡에서 맑은 바람 불어오네.

金山巀嶪靑松老,　금적산 높고 푸른 소나무 늙었네.

處士高名傳不窮.　처사의 높은 명성 영원히 전하리.

兒郎偉抛梁西,　　어영차! 떡을 대들보 서쪽으로 던지게나.

蒼山夜月子規啼,　푸른 산, 달뜬 밤에 소적새 우는구나.

堂乎燒盡何年火,　 언제 계당은 불에 타버렸나?

古迹凄凉無可稽.　처량한 가운데 옛 자취 찾을 길 없구나.

兒郎偉抛梁南,　　어영차! 떡을 대들보 남쪽으로 던지게나,

公子公孫重建菴,　공의 후손들 새롭게 계당을 세운다네.

久久百年頹落盡,　백 년의 긴 시간에 다 퇴락하여

遺墟鞠草令人慚.　옛터에 잡초만 무성하여 부끄러웠네.

兒郎偉抛梁北,　　어영차! 떡을 대들보 북쪽으로 던지게나,

雲仍十世能成屋,　십세의 후손들이 새롭게 집을 지으니,

溪山花鳥摠如前,　골짜기에는 예와 같이 꽃피고 새가 날아들고,

采楠依然二字額.　단청한 서까래의 편액 글자 빛나는구나.

兒郎偉抛梁上,　　어영차! 떡을 대들보 위쪽으로 던지게나,

若睹先生携几杖,　마치 지팡이 짚고 있는 선생을 보는 듯,

郁郁芝蘭非不佳,　지란지란 같은 자제들 그지없이 아름답고

獨憐飛瀑高千丈.　천길 높이의 폭포수 사랑한다네.

兒郎偉抛梁下,　　어영차! 떡을 대들보 아래쪽으로 던지게나,

階其白石屋其瓦,　계단은 흰 돌이요 집은 기와라

子孫世守而堅心,　자손들이 굳센 마음으로 대대로 지키니

絃誦洋洋頻掃洒.　자주 청소하며 글소리 낭랑하기를.

삼가 원하옵건대, 들보를 올린 후에는 재앙이 불과 함께 태워지고 복은 물과 같이 솟게 하소서. 가문에 전해오는 청백淸白함 계승하여, 모든 사람들이 "최 씨 집안 성하네."라고 말하기를. 또한 덕을 기른 높은 명성 떨어지지 않게 해 주어 조상의 후예를 모두 칭송받도록 하소서.

졸졸 흐르는 맑은 냇물소리, 그 소리 들으면 그리워하는 마음을 일으키고, 집이 깊고 깊으니 문으로 들어서면 조상 흠모하는 마음을 일으키기를. 이웃의 벗들이 모여서 옛적의 시례詩禮를 숭상하고, 멀고 가까운 친족이 함께 살며, 선조의 효도와 우애는 반드시 따르기를. 이 계당의 아름다운 호칭을 매양 생각하며 선조가 남긴 모습 영원히 보전하게 하소서!

溪堂記文 雲叟金元行撰 字伯春官祭酒
乙酉三月十四日來訪溪堂五月還渼湖精舍七月製送

계당기문 운수 김원행(자 伯春, 벼슬에 祭酒)이 찬술하다.
을유(1765)년 3월 14일 계당을 방문하여 5월에 미호정사로 돌아갔으
며, 7월에 지어서 보내다.

　三山縣之南十里, 有山崒然而高大者曰 "金積". 金積之趾,
有抱溪而爲村者曰"西尼". 故處士崔公諱興霖所隱, 而其子孫
多居焉. 由村之背而稍上, 有窈然而爲洞者曰"堅心洞". 盡而有負
崖臨瀑而築者曰"溪堂". 溪堂者, 處士之所, 仍以爲號者也.
　處士行誼出人, 又夙抱高尚, 入此山, 愛其境界幽絶, 爲堂而
處其中, 日沈潛經傳, 以及洛閩之群書, 與其徒誦說不倦, 至老
死, 足不出洞外. 遠近多慕其風, 如大谷, 南冥, 東洲諸先生,
皆一世高賢, 而無不願爲之交, 往往杖屨相訪, 留連講磨, 飮酒
賦詩以爲樂. 至今山中傳爲盛事. 其見于諸先生遺文, 可考也.
　自處士沒幾二百年, 而溪堂亦屢毀, 而至于三矣. 爲其雲仍
者幾人相與興感, 殫心經紀而重新之, 今乙酉三月, 堂始成
焉. 時余偶至縣齋, 諸崔氏要余一登. 余乃仰觀積翠, 俯聽流
泉, 粤瞻離嶽, 問大谷之遺墟, 而誦考槃之章, 歌紫芝之曲,
爲之徘徊睠顧而不能去.
　旣而告諸君曰: "彼南國之甘棠, 不過召伯一時之所憩耳.
然而思召伯之德者, 猶恐人之或傷, 至曰'勿拜勿敗'. 況此堂
者, 賢祖之所藏修, 而諸先生之所留躅, 則宜諸君之不忍其
泯沒也. 雖然, 堂雖成, 不有以守之, 幾何而不復爲寒煙蔓草
而爲虎兎之場乎?"

於是, 諸君愀然大息曰: "然則守之, 宜如何?" 曰: "無他, 以處士之道守之而已." 使諸君, 各率其子弟與鄉之秀者, 日負笈于此, 讀處士之書, 而又月聚講焉. 由是而入而孝其父母, 出以敬其鄉黨, 修身而行義, 事君而盡忠, 則人將曰'此處士之敎', 而皆知溪堂之爲功也. 然則堂雖常存而蕪廢, 可也. 諸君曰: "然. 願以是爲溪堂之記." 遂書而歸之.

崇禎三周乙酉孟秋 安東 金元行記.

삼산현三山縣 남쪽 십여 리 떨어진 곳에 우뚝하게 치솟은 높고 큰 산이 있으니, 곧 금적산金積山이다. 금적산 자락에 시내를 끼고 생긴 마을이 있는데 서니촌西尼村이라 한다. 여기는 고故 처사 최흥림崔興霖 공이 은거했던 곳으로 지금은 그 후손들이 모여 살고 있다. 마을 뒤쪽을 따라서 조금 올라가면 그윽하게 골짝을 이룬 곳이 있으니 견심동堅心洞이라 한다. 그리고 골짜기가 끝나는 곳에 벼랑을 등진 채 폭포를 마주하고 지은 집이 있는데, 이곳이 계당溪堂이다. '계당'은 처사의 집이고, 처사는 그 집의 이름을 호號로 삼았다.

처사는 행실이 뛰어난 데다 일찍부터 고상한 포부를 지녔는데, 이 산에 들어와 보고는 경치가 그윽하고 세속과 멀리 떨어져 있는 것이 마음에 흡족하여 거기에 집을 짓고 살았다. 날마다 경전과 정주程朱의 책속에 파묻혀 문도들과 함께 경전을 외고 가르치기를 게을리하지 않았으며, 늙어 죽을 때까지 동구 밖으로 나가지 않았다. 멀고 가깝고 간에 그의 풍모를 사모하는 이들이 적지 않았다. 대곡 성운成運, 남명 조식曺植, 동주 성제원成悌元 같은 당대의 뛰어난 선비들도 그와 사귀려 하였다. 종종 지팡이 짚고 몸소 찾아가 며칠씩 머무르며 학문을 강론하였으며 술잔을 기울이고 시를 읊으면서 즐기었다. 이 일은 지금까지도 아름다운 일로 전해지고 있으며, 여러 선생이 남겨 놓은 문집에서도 그 내용을 살펴볼 수 있다.

　처사가 돌아가신 지 거의 이백 년이 흐르는 사이, 계당도 여러 번 허물어졌다. 세 번째 허물어졌을 때, 후손 몇 사람이 안타까워하며 마음을 다해 새롭게 짓기 시작해서, 을유(1765)년 3월에 비로소 완공되었다. 이 때 내가 우연히 보은 고을에 이르렀는데, 최씨 집안사람들이 나에게 한번 올라오라고 하였다. 나는 나무들이 우거진 푸르른 숲을 올려다보고, 흐르는 샘물에 귀 기울이기도 하고, 속리산을 바라보며 대곡의 자취를 물어 살피면서 〈고반장〉[75]을 읊조리다가 또 〈자지곡〉[76]을 노래하면서 서성이고 되돌아보며 차마 이곳을 떠나지 못했다.

　이윽고 나는 여러 사람에게 말했다. "저 남국南國의 감당甘棠은 소백召伯이 잠깐 쉬어간 곳에 불과할 뿐입니다. 그런데도 소백의 덕을 사모하는 자들은 사람들이 상하게 할까 두려워 '휘지도 말고 꺾지도 말라勿拜勿敗.'고까지 했습니다. 게다가 이 집은 어진 선조가 은거하던 곳인 동시에 여러 선생들이 머물렀던 곳이니, 이 당이 허물어지고 사라지는 것을 차마 그대로 두지 못하는 것은 당연합니다. 하지만 당이 비록 재건되었다 하더라도 잘 지켜내지 못한다면, 얼마 안 가 다시 차가운 안개가 감싸고 넝쿨풀이 무성히 뻗어 나올 것이고, 그렇게 되면 여우나 토끼들의 소굴이 되지 않겠습니까?"

75　고반장(考槃章): 『시경(詩經)』「위풍(衛風)」에 실린 시로, 어진 자가 세상을 피해 은거해서 사는 즐거움을 노래한 것이다.

76　자지곡(紫芝曲): 진(秦)나라 말기 상상(商山)의 사호(四皓), 즉 동원공(東園公) 당병(唐秉), 하황공(夏黃公) 최광(崔廣), 기리계(綺里季) 오실(吳實), 녹리선생(甪里先生) 주술(周術) 등이 진나라의 분서갱유(焚書坑儒)를 피해 상산에 숨어서 살았다. 후에 한혜조(漢惠祖)의 초빙을 거절하고 산속에서 자지(紫芝)를 캐 먹으면서 부른 노래이다. 〈고반장〉과 마찬가지고 은자의 노래이다.

이에 제군이 시름에 잠겨 크게 탄식하며 "그러면 어떻게 지켜야 하겠습니까?" 하고 묻기에 나는 이렇게 말했다. "다른 것이 없습니다. 처사의 도道로써 지켜나가면 됩니다. 가령 여러분들이 각자 여러분의 자제와 고을에서 뛰어난 사람들과 함께 책 상자를 지고 이곳에 와서 날마다 처사의 책을 읽고 또 달마다 강연을 한다면, 그들이 집에서는 부모에게 효도하고 밖에서는 고을 어른들을 공경할 것이며, 또 몸을 닦아 의를 행하며 임금을 섬겨 나라에 충성하게 될 것입니다. 장차 그렇게 된다면 사람들은 '이는 최 처사의 가르침이다.' 하면서 모두 어르신의 공을 알게 될 것입니다. 그리하면 계당은 영구히 보존되어 폐허가 되지 않을 것입니다." 하였다. 그러자 사람들이 "그렇습니다. 부디 이 내용으로 기문을 써 주십시오."하여서, 마침내 이렇게 써서 주었다.

숭정崇禎 을유(1765)년 늦가을에 안동安東 김원행金元行 쓰다.

尋崔處士溪堂感吟

최처사 계당溪堂을 찾아가서 감회를 읊다

處士高風遠,	처사의 높은 풍도 아련하기도 하여라
雲林靜窈然.	구름 걸린 숲 그윽하여 정적이 감도네
曾聞德星聚,	덕성이 모였단 소문 들은 지 오래지만
猶見瀑泉懸.	떨어지는 폭포수는 지금도 보이는구나.
石老題詩處,	시를 써놓은 돌은 오래되었고
巖疑卜築年.	바위 보니 집 지은 해 궁금해지네
新亭[77]看突兀,	새로 지은 우뚝한 집을 보니
知有後人賢.	후인에 현인들 있었음을 알게 하네.

祭酒公長子履安公, 爲報恩宰. 祭酒公之縣齋, 因到溪堂, 題四韻詩, 而又書堂額及醉臥溪三字，共被室三字, 高山仰止四字, 而又製堂記. 履安公, 解綏[纓]還家時, 又訪溪堂, 終日說話.

좨주祭酒공의 맏아들 김이안金履安 공이 보은 현감이 되었는데, 좨주공이 고을 관아에 왔다가 계당에 이르러서 율시 한 수를 짓고 또 당액堂額과 '취와계醉臥溪' 세 글자, '공피실共被室' 세 글자, '고산앙지高山仰止' 네 글자를 쓰고 또 계당의 기문을 지었다. 김이안金履安 공이 관직을 그만두고 집으로 돌아갈 적에 재차 계당에 들러 종일 이야기를 나누었다.

---

77 『미호집』에는 '당(堂)'이 '정(亭)'으로 적혀 있다.

敬次大谷先生韻 廣陵安保奭 字希召年八十一乙丑生

대곡大谷 성운成運 선생의 시에 삼가 차운하다

광릉 안보석(安保奭) 자 희소(希召), 나이 81세, 을축년(1685) 생

鶴唳松壇喚客眠,　　솔숲 언덕에 학이 울어 나그네 잠을 깨우고
溪堂風月浩無邊.　　계당의 풍경은 끝없이 넓도다.
莫言杖屨千秋遠,　　옛 자취가 멀리 천년이나 되었다고 말하지 말라.
遺句吟來似隔年.　　남긴 시구 읊조리자니 작년과 같으니.

懸瀑飛湍揖石頭,　　쏟아지는 폭포수 여울져 바위 밑으로 떨어지고
松陰翳日景幽幽.　　솔 그늘이 해를 가려 경치가 깊고 그윽하여라.
山門高闢東風外,　　산문은 높게 열려 바람 밖에 있는 듯한데
離嶽屏巖共入眸.　　속리산과 구병산이 한눈에 들어오누나.

一谷深窈窕,　　골짜기 깊숙하고 그윽하여
可居隱者流.　　은자가 들어와 살 만하다.
考槃前躅遠,　　은거한 지난 자취는 오랜 세월 지났고
撫古後人愁.　　옛일을 회상하는 후인은 시름겹다.

溪有盧山瀑,　　계곡에는 여산의 폭포가 있는데
春無漁子舟.　　봄인데도 고기잡이배가 없구나.
當時仁智樂,　　당시 산수의 즐거움 있었건만
把視白雲愁.　　흰 구름 바라보며 시름겨워 하노라.

松聲寥亮醉眠醒,　솔바람 소리 시원하여 취한 잠이 깨노니
人傑元來鍾地靈.　인걸은 원래 신령스런 땅에 모인다네
昔日幽棲今復古,　옛날 은거하던 곳 이제 다시 복원되고
溪山留照少微星.　계곡과 산엔 여전히 소미성[78]이 비춘다.

舊址溪堂告就新,　옛터에 계당을 새로 짓는다는 말 듣고
多年病客始抽身.　오랜 앓던 나그네 이제야 몸을 끌고 왔구나.
前賢杖屨盤旋地,　선현들의 자취 남아 있는 이곳
付與千秋景仰人.　오랜 세월 경모하던 사람들에게 남겨 주었네.

---

78 소미성(少微星): 별 이름이다. 사대부의 지위에 해당하는 별로 처사성(處士星)이라고
   도 한다.

登崔處士溪堂次大谷韻[79] 德隱宋康錫(普叔參奉)雲谷

최처사의 계당에 올라 대곡 성운 선생의 시를 차운하다

덕은 송경석(宋康錫) 자(字) 보숙(普叔), 참봉. 호(號)는 운곡(雲谷)

遠哉懷大隱,	아련히 큰 은자隱者를 그리워하는데
人去水空流.	사람은 떠나고 강물만 부질없이 흘러간다.
一代芝蘭契,	그 시대 지란芝蘭[80]의 교유를 맺었던 곳
百年花鳥愁.	백 년의 세월 지나 꽃과 새도 시름겨워한다.
石疑商岸局,	바위는 상산商山[81]의 바둑판인가.
春憶武陵舟.	봄은 무릉武陵[82]의 배를 떠올리게 한다.
有後且堂構,	후손들이 있어 잘 계승하니
遺風悠更悠.	선조의 기풍 더욱 더 오랫동안 전해지리라.

---

79 『계당유고』에 "登溪堂次大谷韻"로 되어 있다.

80 지란지교(芝蘭之交). 지초와 난초의 교제라는 뜻으로, 벗 사이의 맑고도 고귀한 사귐을 이르는 말.

81 동원공, 녹리선생, 기리계, 하왕공 네 사람이 진시황의 학정을 피해 들어간 곳. 네 사람은 이 산에 은둔해 영지만을 먹으며 바둑을 두며 지냈다고 한다. 상산사호(商山四皓).

82 무릉(武陵): 도연명의 「도화원기(桃花源記)」에 나오는 지명으로 이 세상을 떠난 별천지를 이르는 말이다.

又次韻昌原黃運河 字○○官都正

또 운을 빌리다 창원 황운하(黃運河) 자(字) ○○, 관직은 도정이다.

溪堂卽處士公考槃之地, 而諸賢杖屨之逍遙之所. 年來頹
痹不修, 每想高躅爲之詠歎. 崔氏諸人, 茸以新之, 要作一會
甚盛事也. 予會赴焉, 謹次大谷韻.

계당溪堂은 처사 최 공이 은거하던 곳이며, 또한 여러 현인들이 지
팡이를 짚고 거닐던 곳이다. 근래에 허물어졌는데도 수리를 하지 않
고 있어, 매번 고상한 자취를 떠올리며 시를 읊어 탄식했다. 최씨 가
문의 사람들이 이제 새로 짓고 모임을 갖고자 하니, 참으로 성대한
일이다. 내가 마침 그곳에 갔기에 삼가 대곡 성운成運 선생의 시에
차운한다.

銀河疑落曲欄頭,	굽은 난간에 은하수가 떨어지는 듯
躑躅花開鳥語幽.	철쭉꽃 피어나고 새소리 그윽하다.
試問賢人何處去,	묻노니, 현인들은 어느 곳으로 갔는가
白雲流水霧中眸.	흰 구름과 흐르는 물을 안개 속에서 본다.

小構百年今更新,	백 년 된 작은 집 지금 새로 지으니
此間宜住水雲身.	이 사이에 뜬구름 같은 이내 몸 맡길 만하네.
巖阿叢桂留淸馥,	바위 언덕과 계수나무 숲엔 맑은 향기 남아 있어
邈矣塵寰詠碩人.	세속과는 아득히 먼 여기서 현인을 노래한다.

又次大谷先生韻

또 대곡 성운成運선생의 시에 차운하다

홍주해(洪疇海), 외가 7세손, 주부(主簿)

醉夢人間誰獨醒,　　취하여 잠든 사람 가운데 누가 홀로 깨었는고
至今遺址護山靈.　　지금 남은 터는 산신령이 지키고 있는데.
神交冥漠棲雲閣,　　정서적 교유하던 분들 높은 누각에 머물렀었지
空憶當時聚德星.　　덕성이 모인 그 시절을 부질없이 떠올린다.

逸士高標遠,　　은자의 높은 기상 고원한데
山空水自流.　　산은 공허하고 물은 절로 흐른다.
苔紋迷藥竈,　　아롱진 이끼 속에 약 달이던 부뚜막 묻혀 있고
松韻筮塵愁.　　솔바람 소리에 속세의 시름 씻어낸다.
歲月悲華鶴,　　흘러간 세월에 화표華表의 학을 슬퍼하고[83]
風花老壑舟.　　바람과 꽃은 골짜기의 배와 함께 늙었다.
斯堂今日會,　　오늘 이 집의 모임은
不獨興悠悠.　　흥이 그윽할 뿐만이 아니구나.

---

83 화표(華表)의 학을 슬퍼하고: 한대(漢代)에 영허산에서 신선술을 배워 학으로 변한 요
동의 정령위를 말하는 것이다. 정령위는 한나라 때 요동 사람으로 영허산에서 신선술
을 배워 신선이 된 사람이다. 전설에 정령위가 신선술을 배워 학으로 변신하고 요동의
성문에 있는 화표주에 앉으니, 사람들은 아무도 그를 알아보는 이가 없었으며, 한 소년
이 활을 당겨 쏘려 하자 마침내 날아 공중을 배회하며 말하기를 "이 새는 정령위인데
집 떠나 천 년 만에 이제야 돌아왔네. 성곽은 예와 같은데 사람은 다르구나. 어찌 신선
술을 배우지 않고 무덤만 저렇게 즐비한가(有鳥有鳥丁令威, 去家千年今始歸. 城郭如
故人民非, 何不學仙塚纍纍.)"라 했다.

更吟一絕

다시 절구 한 수를 읊다

飛瀑颭風綠樹齊,	쏟아지는 폭포수에 바람 나부끼고 푸른 나무 가지런한데
林堂生色舊幽棲.	숲속 집 옛 은거지에 빛이 나도다.
南溟寂矣東洲遠,	남명은 적막하고 동주도 멀리 떠났는데
大谷雲深處士溪.	대곡의 깊은 구름은 처사의 계곡에 닿아 있네.

謹次大谷先生韻 恩津 宋永源(字愼汝)

대곡 성운成運 선생 시에 삼가 차운하다
은진(恩津) 송영원(宋永源)(자(字) 신여(愼汝))

　昔處士崔公, 隱居于金積山下西尼村, 嘗築溪堂於家後深
谷而棲息焉. 時成大谷, 東洲, 曹南溟諸公, 亦嘗來往, 與
之倘佯, 皆名賢也. 盖聞綠曲幽僻, 而離山露面於雲霄, 岩石
層開而淸流作瀑於上下, 眞勝界也. 但立遠堂毁, 遂成荒廢,
諸賢遺跡, 令人興感. 余每欲一見而未果, 頃者, 處士公六世
孫崔友士初來見, 因謂曰吾先祖處士公溪堂, 壞廢已久, 而
今始重搆. 雖未及了, 當亦足以登覽, 子盍來見? 余曰諾. 吾
素慕處士公之淸德, 諸賢遊賞之地, 願見亦宿矣. 今聞堂之
重建, 敢不樂赴? 及其期會, 冒雨而往, 則羣賢咸集, 亦一
勝會. 已而陰雨初霽, 夕陽在山, 同其群賢, 緣溪上下, 奇巖
異瀑, 儘非塵間也. 崔友, 又示大谷先生溪堂什數篇, 要余和
之, 余奉翫數四, 不覺爽然, 不以不文辭, 謹步其韻奉呈, 一
笑而覆瓿幸甚.

　옛날에 처사 최 공이 금적산 아래 서니촌西尼村에 은거하면서 일찍
이 집 뒤의 깊은 골짜기에 계당溪堂을 짓고 머무셨다. 이 때 대곡 성
운成運, 동주 성제원成悌元, 남명 조식曺植 공이 일찍이 오셔서는 함
께 노닐었는데 모두 이름난 현인들이셨다. 들자니, 깊숙한 곳으로 굽
어 들어가면 구름 낀 하늘에 속리산俗離山이 모습을 드러내고, 암석
이 층층이 펼쳐지며 맑은 물줄기가 상하로 폭포를 만들어낸다니 참
으로 빼어난 경치다. 다만 세운 지 오래되어 집이 훼손되고 거의 황

폐해져 가니 여러 선비들이 남긴 자취가 사람들로 하여금 감회를 불러일으킨다.

나도 한번 보려 했지만 그렇게 하지 못하였다. 얼마 전 처사 계당 최흥림崔興霖 공의 육세손인 친구 최사초가 방문하고 말하기를, "저의 선조 처사공의 계당이 훼손된 지 오래되었는데 지금 비로소 재건하고 있습니다. 비록 아직 공사를 다 마치지는 못하였으나 올라와서 둘러보기엔 충분하니 와서 보지 않겠습니까?"라 하였다. 이에 나는 "그리하겠소이다. 내 본디 오래 전부터 처사 최흥림 공의 맑은 덕을 흠모하고 제현들이 유람하던 곳을 보고 싶었습니다. 지금 계당을 재건한다는 얘기를 듣고 어떻게 감히 안 갈 수가 있겠습니까? 기꺼이 가겠습니다." 약속 한 날이 되어 비를 무릅쓰고 갔는데 여러 현인들이 모두 모였다. 이 또한 하나의 좋은 모임이었다.

조금 뒤에 비구름이 막 걷히고 석양이 산에 비치자 그 자리에 있던 여러 사람들과 함께 시내를 따라 오르내렸다. 기이한 암석과 폭포가 있어, 참으로 세속에서 볼 수 있는 풍경이 아니었다. 친구 최씨가 또 대곡 성운成運 선생과 계당 최흥림 선생의 시 몇 편을 보여주고 나에게 운을 맞춰 화답하는 시를 지어 달라 하였다. 삼가 몇 수를 감상하니 나도 모르게 상쾌해져서, 글을 못한다고 사양할 수가 없었다. 이에 삼가 그 운을 따라 지어 바치니, 한번 웃고 장독덮개로나[84] 쓴다면 매우 다행일 것이다.

---

84 장독 뚜껑은 《한서(漢書)》 양웅전(揚雄傳)에 "유흠(劉歆)이 양웅이 지은 법언(法言)을 보고 '왜 세상에서 알지도 못하는 글을 이토록 애써 지었을까. 나중에는 장독 뚜껑밖에 되지 않을 것 같다.' 했다." 하였다. 대개 자기의 저술을 겸칭(謙稱)하는 말이다.

四賢遺躅此山頭,　　네 현인들의 자취 남은 이 산꼭대기에는

飛瀑淸流曲曲幽.　　쏟아지는 폭포와 맑은 강물이

　　　　　　　　　　굽이굽이 그윽하다.

今我登臨眞趣足,　　지금 내가 올라와 보니 정말로 정취가 흡족하고

奇形隨處摠開眸.　　괴이한 형상들은 가는 곳마다

　　　　　　　　　　두 눈을 번쩍 띄게 한다.

又次曹南溟韻

또 남명 조식 선생 시에 차운하다

山有千尋屹,	산은 천 길만큼 높이 솟고
溪宜九曲流.	계곡은 아홉 굽이로 흐른다.
考槃當日樂,	은거하던 그때는 즐거웠으나
廢水百年愁.	버려진 강가에 긴 세월 시름겹다.
肯搆人誰落,	닦아놓은 가업을 누가 떨어뜨릴까.
遺芬我自舟.	남은 향기는 우리가 배에서 실어왔네.
從知文憲在,	이로써 예법이 남아 있음을 알았으니
絃誦意還悠.	글 읽는 소리에 생각이 더욱 그윽해지네.

山禽帶雨喚春眠,	빗속에 산새들이 봄 잠을 깨워서
起訪飛泉到谷邊.	일어나 폭포를 찾아가고자 골짜기에 이르렀네.
借問溪堂重建地,	묻노니, 계당이 중건된 이 땅에
諸賢游賞在何年.	여러 현인들이 어느 해에 함께 놀며 즐겼던가.

世人皆醉孰能醒,	세상 사람 모두 취했는데 누가 깨어 있나
處士高名動地靈.	처사의 높은 명성은 신령스런 땅을 감동시킨다.
從遊更有三賢在,	종유하던 곳에 또 세 현인이 있었으니
欽仰當年聚德星	당시에 덕성들이 모인 일을 우러러 사모한다.

溪堂次大谷先生韻五首 西河任相周

계당에서 대곡 성운成運 선생의 시에 차운하다 5수

서하(西河) 임상주(任相周)

山光雲影摠如眠,	산색과 구름 그림자 모두 잠든 듯한데
惟有清湍噴石邊.	오직 맑은 여울만이 바위 옆에서 솟아오르네.
今日盤旋吾輩事,	오늘 이리저리 거니는 것이 우리들의 일인데
先賢講討在何年.	선현들이 강론하고 토론한 건 언제 일인지.

又次吟

또 차운하다 읊다

雲霧濛濛一屋新,　　안개가 자욱한 이곳에 새로 지은 집 한 채

登臨還似畫中身.　　올라서니 오히려 그림 속의 모습같네.

南溟大谷盤桓地,　　남명과 대곡이 거닐던 곳

處士高風起後人.　　처사의 높은 풍모가 후인들을 분발시킨다.

大谷當年醉獨醒,　　대곡 선생은 당시에 취한 사람 중에 홀로 깨었고

東洲昔日濟羣靈.　　동주 선생은 지난 날 여러 백성 구제했네.

溪堂一夕金蘭合,　　계당 선생은 하룻저녁에 금란의 교우를 맺었으니

知是三山耀德星.　　삼산에 덕성이 빛나고도 남았겠네.

琴笛新亭下,　　새로 지은 집에선 거문고 피리 소리 들리고

淙淙一水流.　　한 줄기 시내가 졸졸 흐른다.

溪林自生色,　　계곡과 숲은 절로 빛이 나고

花鳥更無愁.　　꽃과 새는 다시 근심이 없다.

名勝此山界,　　경치 빼어난 이 산 끝에

風波幾處舟.　　풍파를 피한 배가 몇 척이었나.

前賢介石操,　　옛 현인의 기개와 절조는 돌처럼 단단했으니

徽躅百年悠.　　빛나는 자취 오랜 세월 길이 남으리라.

又吟七律以寄感意

또 칠언 율시를 읊어 감회를 부치다

西尼深谷有溪堂,　　서니촌 깊은 골짜기에 계당이 있어

此日登臨感意長.　　이날 올라보니 감회가 하염없어라.

山雨飛泉流石上,　　산 비에 흩날리는 폭포수는 돌 위로 흐르고

春風芳草亂階傍.　　봄바람에 향기로운 풀들은 섬돌 옆에 어지럽다.

四賢杖屨今無處,　　네 어진 이들의 자취는 지금 이곳에 없고

萬木雲烟獨在崗.　　수많은 나무와 안개만이 홀로 산에 있을 뿐.

撫古徊徨不能去,　　옛날을 떠올리며 떠나지 못해 배회하는데

三年城外已斜陽.　　삼년성 너머 이미 석양이로세.

奉次黃丈七絶韻

황 씨 어른의 칠언절구의 시에 받들어 차운하다

名嶽泰泰望裡齊,	높고 높은 명산 가지런히 보이고
昔年高士此堂棲.	지난날 고상한 선비가 이 집에 살았었지.
滿山花鳥無人管,	온 산의 꽃과 새들은 돌보는 이 없고
百世猶傳一曲溪.	백세토록 전하는 것은 한 굽이 계곡뿐.

雲叟訪溪堂有詩故次韻

운수 김원행金元行이 계당을 방문하여 시를 지었기에
차운하다

突兀生顔色,	빛깔들이 선연히 되살아나고
溪堂乃宛然.	계당 예전 모습 그대로이네.
牕開名嶽聳,	창을 열면 이름난 산이 솟아 있고
階靜丈湫懸.	섬돌 고요한 곳엔 한 길 폭포 걸려 있다.
春物猶三月,	봄날의 경치는 아직 삼월인데
仙筇倏百年.	신선의 지팡이는 백년 세월 훌쩍 지났구나.
登臨仁智樂,	올라오니 산수의 즐거움 진진하여
今日更儒賢.	오늘 더욱 유자의 기풍이 있어라.

崔處士溪堂謹次大谷先生韻商山 朴振道(字貫之進士)

최 처사의 계당에서 대곡 성운成運 선생 시에 삼가 차운하다 상산(商山) 박진도(朴振道) 자 관지(貫之), 진사이다.

公當何世與誰眠,	공은 언제 누구와 함께 잠이 드셨나.
同醉羣賢枕一邊.	여러 현인들과 함께 취해 강가에 누우셨네.
大往小來天欲老,	군자가 가고 소인이 와서[85] 천운이 쇠하려는데
古堂顏色又今年.	오래된 계당의 빛깔은 올해도 똑같구나.
處士何人此澗頭,	처사는 어떤 사람이길래 이 계곡의 물가에서
二三其友共淸幽.	몇 명의 현인들과 맑고 그윽한 경치 함께 했을까.
有是賢孫且肯搆,	어진 자손들이 남아서 가업을 이어가니
後來觀者皆新眸.	뒤에 와서 보는 사람들 모두 시야가 새로워진다.

聞慣溪堂見又新,	익히 계당을 들었지만 와 보니 또 새로워라
當年閒臥水雲身.	당시 뜬구름같은 몸을 맡겨 한가로이 누웠었지.
有朋大谷南溟在,	처사의 벗은 대곡과 남명
其樂如今想主人.	그 즐거움 지금도 남아 주인을 떠올리게 한다.

---

85 《주역》〈비괘(否卦)〉에 "군자의 곧음이 이롭지 않으니, 대가 가고 소가 오기 때문이다.〔不利君子貞 大往小來〕" 하였는데, 여기서 대(大)는 군자를, 소(小)는 소인을 의미하니, 군자가 물러가고 소인이 득세하는 비색한 시운을 말하는 것이다.

又吟一絕

또 절구 한 수를 읊다

南溟大谷又東洲,	남명, 대곡 그리고 동주 선생은
處士溪堂幾共遊.	처사 계당 선생과 몇 날을 함께 노닐었나.
酬酢聯篇留宇宙,	주고받은 시편이 우주에 길이 남고
當年遺躅月千秋.	당시의 자취 또한 천추 그래로라.

次雲叟丈席韻

운수 김원행金元行 어르신의 시에 차운하다

碩人曾在澗,	일찍이 덕 높은 선비가 이 계곡에 있었는데
遺躅尙依然.	남긴 자취는 아직도 그대로다.
苔遇新春掃,	이끼는 새봄을 맞아 사라졌지만
堂因舊額懸.	집에는 예전 그대로 편액이 걸렸네.
德星聚何世,	덕성이 모인 날 언제였던가.
淸韻記當年.	맑은 운치의 시편들이 그때를 기록했다네.
斜日登臨處,	석양녘에 올라선 이곳에서
長吟亦後賢.	길게 읊는 이 또한 후대의 현인이구나.

溪堂暮春之會次大谷先生韻 二首

늦봄 계당의 모임에서 대곡 성운成運 선생의 시에 차운
하다 2수

春岑屹立濃如眠,　　우뚝 선 봄날의 산봉우리 깊이 잠든 이곳은
聞說前賢着此邊.　　전날의 현인들이 머물렀던 곳이라 한다.
停驂欲問當時事,　　말을 세우고 당시의 일을 물으려 하는데
飛瀑聲中過百年.　　쏟아지는 폭포소리 속에
　　　　　　　　　　백 년의 세월이 흘렀다고 한다.

悲吟落日立山頭,　　해질녘 산 정상에 서서 구슬피 읊노라니
綠柳芳花處處幽.　　푸른 버들 향기로운 꽃이 곳곳에 그윽하다.
先生氣節曾何似,　　선생의 기개와 절조 일찍이 누가 비슷했었나
雲壯高峰入遠眸.　　운장대雲藏臺[86] 높은 봉우리 저 멀리 보인다.

86　운장대(雲壯臺): 혹은 문장대(文藏臺)라고도 한다. 충청북도 보은군과 경상북도 상주
　　시 사이에 있는 산으로 속리산에 딸린 높은 봉우리이다.

溪堂重修後次雲叟詩一首大谷詩二絶朴致遠

字士邁, 年八十六, 判尹. 先生六世孫婿

계당을 중수한 후에 운수 김원행金元行 선생의 시 한 수 와 대곡 성운成運 선생의 절구 두 수에서 차운하다

박치원(朴致遠) 자 사이(士邁), 나이 86세, 판윤이다. 선생의 6세손 사위이다.

溪堂誰更構,	계당溪堂을 누가 다시 지었나.
金積氣嵬然.	금적산의 기운 우뚝하구나.
處士風如昨,	처사의 풍모는 어제와 같고
少微星尚懸.	소미성少微星[87] 아직도 걸려 있다.
煙霞增舊色,	노을빛은 옛 모습을 보태어 주는데
棟宇煥今年.	계당은 올해 더욱 환하도다.
雲叟題楣語,	운수 선생께서 기문記文을 지으셨으니
猗歟繼四賢.	아름답구나, 네 현인의 덕행을 이어가도다.
處士風高堂又新,	처사의 풍격風格 고결하고 집 또한 새로운데
蒼崖翠壁昔藏身.	푸른 암석 푸른 벽이 지난 세월 그 몸을 가렸었네.
浮雲富貴皆虛耳,	뜬구름같은 부귀야 모두 부질없는데
桑海乾坤幾碩人.	흘러가는 세월 속 덕망 높은 선비 몇이었나.

---

87 소미성: 태미성(太微星) 서쪽에 위치한 별자리로 처사성(處士星)이라고도 한다. 처서 또는 은사를 가리킨다.

併世諸賢尚讓頭, 　세대를 함께한 여러 현인들이

　　　　　　　　　오히려 첫 자리를 양보하는데

採芝仙去谷蘭幽. 　지초 캐던 신선 떠났어도

　　　　　　　　　골짜기 난초는 그윽하여라.

清風百世令人感, 　맑은 풍모는 오래도록 사람들을 감동시켜

滌我塵襟刮我眸. 　속세의 옷깃 씻어주고 눈을 닦아준다.

世仰嚴陵釣又耕, 　낚시하고 밭 갈던 엄광[88]을

　　　　　　　　　세상에서 우러르는 것은

不官高節動西京. 　관직을 마다하는 굳은 절개로

　　　　　　　　　한나라를 감동시켰기 때문.

千秋留在祠堂記, 　오랜 세월 동안 사당에 기문 남아 있으며

范子文章亦有聲. 　범중엄의 문장에도 또한 그의 명성 남아 있네.

　老漢欲以數行語述崔處士溪堂重修顚末, 而文拙病篤　竟未
能焉, 廼以范文正所作, 嚴陵祠堂記末, 雲山蒼蒼, 江水泱
泱. 先生之風, 山高水長數句語, 又歌而詠之. 仍書與處士七
代孫有鼎. 三清老逋[甫]謹稿.

　내가 몇 줄의 말로 최 처사 계당을 재건하게 된 전말을 서술하려
하였으나 문장 실력이 졸렬하고 병이 심해 끝내 마치지 못하였다. 이

88　엄릉(嚴陵): 이름은 엄광(嚴光), 호가 자릉(자릉)인데 또는 엄릉(陵)라고 부르기도 함.
　　한(漢) 광무제(光武帝)가 황제로 즉위했다는 소식을 듣고 부춘강(富春江) 가에 숨어서
　　낚시질 하며 은거했던 사람.

에 문정공 범중엄范仲淹이 지은 「엄릉사당기嚴陵祠堂記」 말미의 "구름 낀 산은 푸르고, 강물은 출렁이네. 선생이 남긴 풍모 산과 같이 높고 강물과 같이 길이 전해지네."와 같은 몇 마디 말을 적고 또 노래하고 읊은 후, 처사 최흥림崔興霖 선생의 7대손 유정有鼎에게 글을 써서 보내었다. 삼청노포가 삼가 짓는다.

溪堂重修後, 忘拙敢以三絕, 奉呈于僉君子安下. 昌原黃㭐
(字子成)

계당溪堂을 중수한 후에 졸렬한 솜씨를 잊고서 세 절구를 지어 여러 군자들께 삼가 바친다.
　창원 황무黃㭐(자는 자성子成이다.)

溪堂刱設問何年,　　계당을 처음 지은 해가 언제였었나.
棟楠重新瀑水邊.　　폭포수 가에 새로 집을 짓는다.
天爲高人開此洞,　　하늘이 고상한 선비를 위해 이 골짜기를 열어주어
幽居正合會先賢.　　은거하기 좋은 곳으로 선현들이 모여 들었네.

堂後靑山堂下溪,　　계당 뒤로는 푸른 산, 아래에는 맑은 계곡.
先賢當日與雲栖.　　선현들은 그날 저 구름과 함께 머물렀네.
遺風百年今猶在,　　그들의 유풍은 백 년이 흘러 지금도 살아있으니
山自高高水自西.　　산은 절로 높고 높으며
　　　　　　　　　　물은 절로 서쪽으로 흐른다.

次諸益韻

여러 친구들의 시에 차운하다

步往堅心洞,   견심동으로 발길을 옮겼다가

携朋醉臥溪.   취와계로 벗들을 이끌었네.

層層岩左右,   겹겹이 쌓인 암석 좌우에 즐비하고

谷谷水東西.   골짝마다 물줄기가 이리저리 흐른다.

右詠醉臥溪   또 취와계를 읊는다.

謹次溪堂韻恩津宋洙源 字景時

「계당시」에 삼가 차운하다 은진(恩津) 송주원(宋洙源) 자 경시(景時)

高節金山老, 높은 절개를 가진 금적산의 어르신

淸風玉瀑流. 맑은 기품은 옥 같은 폭포가 흐르는 듯.

珪璋隨手玩, 노련한 솜씨로 아름다운 문장 지어 즐거운데

花鳥上眉愁. 꽃과 새를 보자니 두 눈썹에 시름이누나.

雲似歸巢鶴, 구름은 둥지로 돌아가는 학과 같고

巖疑臥水舟. 암석은 물가에 정박한 배인 듯하다.

遺基今肯築, 남은 터에 지금 새롭게 집을 지으니

堂○鎭悠悠. 계당은 항상 그윽하구나.

東洲同醉南溟眠, 동주 선생과 남명 선생이 함께 취해 잠들었는데

大谷看山高詠邊. 대곡 선생은 산을 보며 곁에서 크게 읊조렸네.

淸節主人崔處士, 깨끗한 절개를 가진 주인 최 처사

至今文藻記當年. 지금까지도 문장으로 당시의 일을 기록하네.

千古芳名世耳醒, 천고의 아름다운 명성이 사람들 귀에 쟁쟁하고

長留陳跡護山靈. 오랜세월 남은 자취는 산신령이 지켜준다.

賢孫肯搆開新面, 어진 자손들이 중수하여 새 모습을 열었으니

怳見林邊聚德星. 덕성들이 모였던 숲을 보는 듯하다.

金積遺墟古澗頭, 금적산의 남은 터 옛 시냇가에 있는데

千年地僻一春幽. 오랜 세월 후미진 땅에 봄기운 그윽하다.

佳朋暇日班荊話, 좋은 벗과 한가로운 날 담소를 나누다가[89]

却憶前賢共拭眸. 문득 선현들을 추억하며 함께 눈을 닦는다.

古墟新室築, 옛 터에 새 집을 지으니

幽趣更依然. 그윽한 정취 다시 그대로구나.

壁潤烟霞跡, 젖은 벽엔 안개의 자취 남아 있고

林晴日月懸. 맑게 갠 숲엔 해와 달이 걸려 있다.

鳥鳴同醉磵, 함께 취했던 산골 물가엔 새가 지저귀고

人想考槃年. 사람들은 처사가 은거했던 그날을 떠올린다.

雲叟臨題額, 운수 어르신이 이곳에 오셔서 당액을 쓰시니

光前有後賢. 옛 현인을 빛내는 후세의 현인이 남아 있구나.

共被成陳迹, 이불을 함께 덮은 일 묵은 자취가 된 곳에

披襟坐數人. 가슴을 터놓고 몇 사람과 앉아 있노라니

山水無今古, 산수는 예나 지금이나 다름없지만

清韻聽更新. 맑은 기풍은 들을수록 더욱 새로워진다.

89　반형(班荊): 옛 친구를 만나 기쁨을 표현할 때 쓰이는 말. 초(楚) 나라의 오거(伍擧)와
　　채(蔡)의 성자(聲子)가 정(鄭)의 교외에서 만나 형초(荊草)를 깔고 앉아서 옛 이야기를
　　나눈 고사에서 유래했다.

共被室韻

공피실을 읊은 시에 차운하다

前賢共被室,　　옛 현인들 이불을 함께 덮었던 이 방
今夜會心人.　　오늘 밤 마음 맞는 사람들이 있구나.
明燭看華額,　　밝은 촛불이 화려한 당액을 비추니
煌煌字益新.　　찬란한 글자들이 더욱 새롭다.

임유보任幼輔

溪堂來後學,　　계당에 후학들이 모였는데
遺躅想前人.　　남은 자취가 옛 사람들을 떠올리게 하네.
共被曾何世,　　이불을 함께 덮은 날이 언제였었나?
楣扁面面新.　　당액堂額은 면면이 새롭기만 하다네.

박관지朴貫之

溪堂落成後謹次大谷先生韻 五首完山崔益和 字致敬進士

계당 중수를 마친 후 삼가 대곡 성운成運 선생의 시에 차운하다 5수 완산 최익화(崔益和) 자(字)는 치경(致敬)이요 진사이다.

三山之金積麓東北有堅心洞, 洞泉穿石而流三十步許成瀑, 瀑傍巖回成臺. 故處士崔公, 築堂於其上而主是洞. 成大谷, 東洲, 曹南溟三先生, 并杖屨戻止, 而有唱酬詩, 傳至于今. 今去公殆二百年, 文獻失傳, 公之事行, 世不得其詳. 第念公之世, 當乙巳士禍之餘, 當時之士, 燭幾遲逝而淺其迹, 如虗菴者, 往往有之矣. 公生於其時, 超然自屛於窮山泉林之下, 則可認其志意所存矣. 又大谷, 南溟爲我東逸民之首, 而樂與公從遊, 則可想其臭味相合. 欲知公者, 觀於此二条足徵, 何必文獻乎哉? 余自入峽來, 聞是洞而飽公名矣. 年前一入洞中, 時則公堂已不可見, 而茆屋三數架, 比丘居之 敗砌荒庭, 草深三丈矣. 惟高山壁立, 逝泉玉潔, 有可以響像雲月之標, 獨自徘徊沈吟, 感慨而歸矣. 今公之六世孫復世氏, 慨然先蹟之蕪歿, 與諸宗人謀而搆堂之風軒煥室, 奐焉維新, 不但溪山動色. 又將聚會後進, 而羣居講習於斯, 繼自今. 居是堂而功業者, 安知無慕公風而興起者耶? 噫噫盛矣! 堂成之日, 鄉士友少長咸集而賀, 爭次大谷諸先生詩以志之, 余亦側其會者, 不敢以詩拙辭, 聊次其韵.

삼산현의 금적산 동북쪽에 견심동堅心洞이 있다. 그 골짜기의 샘물이 바위 사이로 흘러서 삼십 보쯤에서 폭포를 이루고, 폭포 옆에는 바위가 둘러서 대臺를 이룬다. 처사 최흥림崔興霖 공이 그 위에 집

을 짓고서 이 골짜기의 주인이 되었다. 대곡 성운成運, 동주 성제원成
悌元, 남명 조식曺植 세 선생이 함께 왕래하며 이곳에 이르렀는데, 이
분들이 수창한 시가 지금까지 전해진다. 공이 떠난 지 거의 이백 년
이 흐른 지금, 문헌들이 사라져 공의 행적을 세상 사람들이 상세하게
알 수가 없다.

다만 공의 세대를 생각해보건대, 을사사화(1545)를 당하고 난 뒤
당시의 선비들은 멀리 떠나 그 자취를 감추었는데 허암 정희량鄭希
良[90]과 같은 자들도 종종 있었다. 공은 그 세대에 태어나 현실을 아랑
곳하지 않고 깊은 산속에 은거하였으니 그 뜻이 어디에 있었는지 알
수 있다. 또 대곡과 남명 선생은 우리나라 재야에 묻혀 사는 일민[91]의
영수로서 공과 노닐기를 좋아하였는데, 이를 보면 취향이 서로 잘 어
울렸음을 알 수 있다. 공을 알고자 할 때 이 두 가지만 잘 살피면 충
분할 터이니, 굳이 꼭 문헌의 기록만을 고집할 필요는 없다.

나는 이 산에 들어오고 나서 이 골짜기의 소문을 들었고, 공의 이름
을 익히 알게 되었다. 몇 년 전에 골짜기 안에 한번 들어 온 적이 있
는데, 그때 공의 집은 이미 볼 수 없었고 초가 몇 칸에 여승이 살고
있을 뿐이었다. 또 무너진 섬돌과 거친 정원엔 풀이 세 발이나 자라
있었다. 오직 우뚝이 서 있는 높은 산과 옥같이 깨끗한 샘물만이 구

---

90 허암(虛庵): 정희량(鄭希良, 1469~?)의 호. 그의 자는 순부(淳夫), 본관은 해주(海州),
    시호는 문양(文襄)이다. 김종직의 문인으로 연산군 3(1497)년에 예문관대교(藝文館待
    敎)에 보직되어 임금에게 시사(時事)를 바로잡는 소(疏)를 올린 바 있고, 이듬해에 성
    종실록(成宗實錄) 편찬에 참여하였다. 무오사화(戊午士禍) 때 사초문제(史草問題)로
    윤필상(尹弼商) 등에게 탄핵받고 의주로 귀양 갔다가 다시 김해로 이배되었다. 연산군
    10(1504)년 사면되었으나 관직에 복귀하지 못했다. 성격이 강건하고 시문에 능했으며
    음양학(陰陽學)에도 밝았다. 문집에 '허암집(虛庵集)'이 전한다.
91 일민(逸民): 학문과 덕행이 있으면서도 세상에 나서지 아니 하고 민간에 파묻혀 지내는
    사람.

름과 달 같은 고고한 품격을 드러내고 있을 뿐이었다. 홀로 이리저리 거닐고 속으로 읊조리다가 슬픈 느낌으로 돌아갔다.

지금 공의 6세손 복세復世씨가 선조의 자취가 사라지는 것을 탄식하며 여러 종친들과 도모하여 마루와 방을 수리하니 집이 찬란하게 빛나고 새로워졌다. 계곡과 산의 모습만 바뀐 것이 아니었다. 또 장차 후진들을 모아 이곳에 머물게 하면서 강론하고 공부하는 일을 계속해 나갈 것이라 하니, 여기서 공부할 사람 중에 반드시 공의 기풍을 사모하여 뜻을 세울 사람이 있을 것이다. 아아, 성대하구나! 계당이 완성된 날, 고을의 선비와 벗들과 늙은이 젊은이가 모두 모여 하례하고, 대곡 등 여러 선생의 시에 다투어 차운하여 시를 지어 기록했다. 나 또한 그 모임에 참석한 자로서 감히 졸렬한 말로 시를 쓰지 않을 수 없기에 그 시에 차운한다.

曲曲圓磯可枕眠,	굽이굽이 둥근 바위는 베고 잘 만하고
雨餘山色綠無邊.	비온 뒤 산색은 끝 모르게 푸르다.
認得前賢閑意思,	선현의 한가로운 뜻 알겠거니
滿庭幽草尚年年.	뜰 가득한 풀빛은 오히려 해마다 그윽하다.
溪岑依舊棟椽新,	계곡과 봉우리는 옛 모습인데 계당이 새로워졌다
處士何年此隱身.	처사는 어느 해에 여기에 은거했었나.
不須更問道高下,	도가 높은지 낮은지를 묻지 마라.
大谷南溟爲故人.	대곡, 남명 선생이 친구였나니.
金華山下瀑泉頭,	금화산 아래 폭포 끝
苔石烟蘿小洞幽.	이끼 낀 돌, 안개 속 넝쿨에 작은 골짜기 그윽하다.

遭遇高風崔處士,　　고결한 풍격의 최 처사를 만나니

至今光景動人眸.　　지금 이곳의 광경이 사람들 눈길을 끈다.

倚杖風溪塵夢醒,　　지팡이 짚고 바람 부는 계곡에 있자니

　　　　　　　　　　속세의 꿈이 깨어

百年前躅問山靈.　　백 년 전 자취를 산신령에게 묻는다.

殘花岸石須珍護,　　시든 꽃과 강가의 바위는 모두 그대론데

林下當時聚德星.　　저 숲에선 당시에 어진 이들이 모였었지.

窈窕排巖谷,　　깊숙이 늘어선 골짜기 바위에선

澄寒瀉玉流.　　맑고 찬 옥 같은 물줄기 쏟아진다.

客來林雨細,　　객이 오자 숲속엔 가랑비 내리고

人去洞雲愁.　　사람이 떠난 골짜기엔 구름만 시름겹네.

蕙古餘薰室,　　난초 오래되어 향기로운 방에 남아 있고

松深漏作舟.　　소나무 깊은 곳엔 만들던 배가 가라앉는다.

清風生晩壑,　　저물녘 골짜기에 맑은 바람 불어오니

百世思悠悠.　　오래 전 그날이 떠올라 생각이 그윽하다

又次雲叟先生韻以寓溪堂

또 운수 김원행金元行 선생의 시에 차운하여 계당에 부치다

舊隱山猶在,	옛날 은거하던 산 아직 남아 있고
新修屋翼然.	새로 수리하니 집이 날아갈 듯 우뚝하다.
濯餘淸澗瀉,	발 씻던 그곳엔 맑은 산골 물이 쏟아지고
耕處白雲懸.	밭 갈던 곳엔 흰 구름이 걸려 있다.
杖屨歸三老,	왕래하던 세 어른 돌아갔고
林花落百年.	숲의 꽃은 떨어진 지 이미 오래.
滔滔馳末路,	말세로 도도하게 치닫는 이때
悵望古之賢.	쓸쓸히 옛날의 현인을 떠올린다.

敬次溪堂韻竹溪安錫璋 字 寶卿

계당의 시에 삼가 차운하다 죽계 안석장 자 보경(寶卿)

昔賢共被斯堂眠, 옛 현인들 이 집에서 한 이불 덮고 잠들고
杖屨同遊古磵邊. 지팡이 짚고서 같이 옛 시냇가를 거닐었었지.
可是諸君能肯搆, 여러 군자들 가업을 잘 계승하여
重新突兀又今年. 금년에 새로 우뚝하게 지었구나.

當年處士隱巖頭, 당시 처사가 은거하던 바위 위에
遣鶴爭山境最幽. 학들이 산을 다투니 경치가 참으로 그윽하다.
留世芸篇起後學, 세상에 남긴 문적 후학을 흥기시키고
一枝明月洗塵眸. 가지 위의 밝은 달은 때 묻은 눈을 씻어낸다.

何年住處士, 처사가 머물던 때 언제였었나
此地聚名流. 이곳에 빼어난 분들 모였었다.
訪蹟幽泉咽, 옛 자취 찾아오니 그윽한 샘물소리 울리고
守山古鶴愁. 산을 지키는 오래된 학이 시름겹다.
南溟暎異草, 남명의 자취는 기이한 풀에 비치고
大谷泛虛舟. 대곡은 빈 배를 띄웠네.
公是三賢友, 공은 바로 세 현인의 벗
樹聲與共悠. 명성은 그들과 함께 유구하리.

溪堂感吟月城金復慶 字季初崇禎丙戌端陽後二日

계당에서 감회를 읊다

월성 김복경(金復慶) 자 계초(季初), 숭정 병술(1646)년 단오 후 2일

龍亡虎逝已多年,　　　용과 호랑이가 죽고 떠난 지[92] 이미 여러 해
奇勝空留此洞天.　　　빼어난 풍경만 부질없이 이 골짜기에 남아 있다.
大谷南溟連袂日,　　　대곡 선생과 남명 선생이 손잡고 함께하던 날
論心講道與斯賢.　　　이곳의 현인과 마음을 논하고 도를 강론했었지.

山靜水流急,　　　　　고요한 산속 여울물 흐르는 곳엔
凜然處士風.　　　　　늠름한 처사의 풍모가 서려 있다.
今來能報債,　　　　　지금에야 비로소 빚 갚을 수 있으니
名勝盡吾東.　　　　　빼어난 경치는 우리 동방에서 최고였네.

雲山蒼蒼石頭頭,　　　구름 낀 산 푸릇푸릇, 암석은 울퉁불퉁
眞興滔滔曲曲幽.　　　도도한 참된 흥취 굽이굽이 그윽하다.
古宅文藻留壁上,　　　오래된 집 벽 위에 문장 남아있어
令人叙聾拭昏眸.　　　여기저기서 사람들의 흐린 눈을 닦게 한다.

92　동파(東坡) 소식(蘇軾)이 구양수(歐陽脩)에 대한 제문(祭文)에 "비유하면 깊은 산과 큰
　　못에 용이 죽고 범이 떠나가면 온갖 변괴가 다 나타나 미꾸리와 드렁허리가 춤을 추고
　　여우와 살쾡이가 울부짖는 것과 같다.〔譬如深山大澤 龍亡而虎逝 則變怪百出 舞鰌鱔而
　　號狐狸〕" 하였는데, 이후 훌륭한 인물의 죽음을 용망호서(龍亡虎逝)에 비유하였다.

敬次大谷先生韻 永山金恒重 字汝瞻僉中樞

대곡 성운成運 선생의 시에 삼가 차운하다

영산 김항중(金恒重) 자 여첨(汝瞻), 첨중추

金積溪堂, 卽處士先生考槃之所也. 當時, 大谷, 東洲, 南溟諸先生, 相與講磨歌詠, 其音韻昭載於遺集. 其遺躅宛然於溪石, 眞曠世之稀覯也. 況今先生肖孫, 肯搆舊堂而新之, 渼湖丈席之盡日遊觀, 一方長少之後先來集, 山花澗草, 倍生光色. 登斯堂而悠然有高山仰止之思. 於是乎謹次大谷先生韵, 敬呈溪堂諸君子案下.

금적산의 계당은 바로 처사 최흥림 선생께서 은거하던 곳이다. 당시에 대곡 성운成運, 동주 성제원成悌元, 남명 조식曹植등 여러 선생들께서 함께 학문을 강론하고 연마하였으며 노래하고 시를 읊었는데, 그 시가 유집遺集에 그대로 남아 있다. 그들의 자취 또한 계곡과 바위에 그대로 남아 있으니 참으로 오랜 세월 드문 감상거리이다. 하물며 지금 선생의 후손들이 기꺼이 옛집을 새로 짓고, 미호 김원행金元行 어르신께서 진종일 노닐고 감상하셨을 뿐만 아니라, 그 고을의 사람들이 모두 모이니 산과 계곡의 꽃과 풀조차 더욱 생기있다. 이 집에 오르면 유연히 높은 산처럼 우러르는[93] 생각을 가지게 된다. 이에 대곡 선생의 시에 삼가 차운하여 공손히 계당의 여러 군자들 앞에 바친다.

---

93 높은 덕을 앙모한다는 뜻이다. 《시경》에, "높은 산을랑 우러러볼지요, 환한 길을랑 가리로다[高山仰止 景行行止]." 의 구절에서 가져온 것이다.

松下盤桓枕石頭,　　소나무 아래 거닐다가 돌을 베고 누우니

四賢高趣轉淸幽.　　네 현인의 고결한 풍취 더욱 맑고 그윽해진다.

祗今遺迹宛如舊,　　지금 남기신 자취 예전 모습 그대로이니

洒落溪邊拭喜眸.　　깨끗한 계곡에서 기쁘게 눈을 닦는다.

想像諸賢共醉眠,　　여러 현인들이 함께 취하여 잠드셨던
　　　　　　　　　　모습을 떠올리며

飛瀑聲中翠石邊.　　푸른 암석 쏟아지는 폭포 소리 속에 서 있다.

晩生縱未接淸範,　　늦게 태어나 맑은 풍모 접하진 못하지만

風物依然記昔年.　　경치는 그대로 지난날을 기억하고 있구나.

世人皆醉獨能醒,　　세상 사람들 모두 취하였어도 홀로 깨었으니

天爲吾東鍾地靈.　　하늘이 나라를 위해 신령스런 땅을 모았구나.

莫道芳華今已歇,　　꽃다운 모습 지금 사라졌다 말하지 말라.

名高山岳炳如星.　　이름 높은 산악은 여전히 별처럼 빛나니.

風光依舊舊堂新,　　풍광은 예전 그대로나 옛집이 새로워

怳接當年遯世身.　　당시 은둔하던 모습을 대하는 듯하여라.

吾儒今日相歡意,　　우리 유생들이 오늘 서로 기뻐하게 된 것은

爲有肖孫肯搆人.　　가업을 계승한 훌륭한 자손들 있기 때문이네.

先生不可見,　　선생을 볼 수 없는데

溪石水空流.　　바위 사이 계곡물은 부질없이 흐른다.

大老頻論道,　　대곡 어른이 자주 도를 논하던 곳이요

溟翁共滌愁.　　남명 어른이 함께 시름을 씻어내던 곳.

岑丘如止鳥,　　산은 마치 멈춰있는 새처럼 서 있고

世路視輕舟.　　세상 길은 가벼운 배에 견줄 수 있다.

緬憶當年事,　　당시의 일들을 아스라이 추억하다가

徘徊我思悠.　　배회하니 생각이 아득해진다.

敬次雲叟先生韻

운수 김원행金元行 선생의 시에 삼가 차운하다

鶴去松空老,　　　학 떠난 소나무 부질없이 늙어가는데

蘭薰室歸然.　　　난향 가득한 계당 우뚝 서 있다.

遺蹤溪石宛,　　　남은 자취는 계곡의 바위에 그대로 있고

碩德日星懸.　　　큰 덕은 해와 별같이 높이 걸려 있네.

地廢空三影,　　　황폐해진 땅에 세 분의 그림자[94] 텅비었으니

雲愁過百年.　　　구름 짙게 낀 이곳은 백 년의 세월 흘렀구나.

堂新臨杖屨,　　　새로 지은 집에 지팡이 짚고 올라서니

曠世感賢賢.　　　현인을 현인으로 대하였던[95]

　　　　　　　　세상 드문 일에 감동하네.

94　원문의 '삼영(三影)'은 원래 이백(李白)의 시 〈월하독작(月下獨酌)〉에 "잔 들어 밝은 달 맞으니 그림자를 대하매 세 사람이 되었네.[擧杯邀明月, 對影成三人.]" 한 데서 온 말로, 잔속에 비치는 모습과 달에 비치는 그림자에 자신을 합하여 셋이 됨을 말한 것이다. 여기서는 대곡 성운, 남명 조식 그리고 동주 성제원 이 세 사람을 가리킨다.

95　《논어》〈학이(學而)〉에 "어진 이를 어진 이로 대하되, 여색을 좋아하는 것처럼 해야 한다.[賢賢易色]"라는 자하(子夏)의 말이 나온다.

謹步溪堂壁上韵本倅朴準源平叔

戊申四月來遊 潘南人號錦石

「계당벽상시溪堂壁上詩」에 삼가 차운하다

이 고을(보은)의 현감 박준원(朴準源) 평숙(平叔) 무신(1788)년 4월에 유람하다. 반남(潘南) 사람으로 호가 금석(錦石)이다.

碩人嘉遯地,	덕망 높은 선비가 기꺼이 은둔했던 곳
蓮軸尚依然.	살던 집은 여전히 그대로네.
高躅江山僻,	고상한 자취는 궁벽한 강산에 남아 있고
清詞日月懸.	청아한 시구는 해와 달처럼 걸려 있네.
成曹同一世,	성제원, 조식 두 선생과 같은 시대에 살았으니
巢許伴千年.	소부, 허유[96]와 더불어 천년의 짝이 되었네.
自愧縻塵累,	스스로 부끄러운 것은 세속에 얽매여
未遑繼四賢.	미처 네 분을 따르지 못하기 때문이네.

　聞溪堂重建甚盛事也. 喜而有作, 贈崔兄調元仍呈僉戚侍
乙酉中浣.

　계당을 다시 세웠다는 소식을 듣고 이는 참으로 아름다운 일이라 생각했다. 기뻐서 김에 시를 지어 최조원崔調元 형에게 주고 또한 어르신들께 바친다. 을유 중순

96　허유(許由)는 중국의 요임금이 천하를 주겠다고 하자, 더러운 말을 들었다고 하여 잉수 이강(潁水江) 물에 귀를 씻었으며, 소부(巢父)는 허유가 귀를 씻은 더러운 물을 소에게 먹일 수 없다고 하여 소를 끌고 돌아갔다고 한다. 부귀영화를 마다하는 사람을 비유적으로 이르기도 한다.

洪疇海汝範 洗馬 先生外七世孫

홍주해 여범의 시 세마는 선생의 외 7세손이다.

何處良朋至,	좋은 벗은 어디서 왔는가.
幽人水一方.	은자는 물가 한쪽에 거처하였네.
空傳麗澤地,	학문을 닦던 곳만 부질없이 전해오는데
誰奏聚賢祥.	현인들이 모이는 상서로운 징조는 누가 이루었을까.
雲物今猶古,	경치는 예나 지금이나 그대로인데
歲數露幾霜.	세월은 얼마나 흘렀나.
清秋霽月夜,	맑게 개인 가을 달밤에
聽子說溪堂.	선생들께서 계당에서 나눈 이야기를 듣는다.

邈矣堅心洞,	아득하구나, 견심동
何年處士鄉.	처사가 머물던 때는 언제였었나.
隣祠猶故友,	이웃의 사당은 오랜 친구인 듯한데
遺址但虛堂.	옛터엔 다만 빈 집만 남았을 뿐.
自在三山屹,	절로 삼산의 사이에 우뚝이 서 있고
清冷一澗長.	맑고 찬 시냇물 한줄기만 한없이 흐른다.
長吟愁不見,	길게 읊조리며 근심해도 볼 수 없으니
矯首立蒼茫.	머리를 들고 서서 아득한 풍경을 바라본다.

舊觀還棟宇,　　　계당의 옛 모습을 복원하고

空谷闢榛荒.　　　빈 골짜기에 무성한 잡초를 제거하였다.

花拂衿紳影,　　　꽃은 선비들 옷자락에 하늘거리고

春融翰墨光.　　　봄은 빛나는 문장에 무르녹네.

雲仍誰克肖,　　　후손 가운데 누가 정말 닮았나.

懿德後應昌.　　　훌륭한 덕은 후대에 마땅히 크게 일어나지.

倘許彌甥隱,　　　혹시라도 외손들의 은거가 허락된다면

吾將復此堂.　　　내 장차 다시 이 집을 복원하리라.

次大谷先生韻一首 南陽洪相宜 縣監

대곡 성운成運선생의 시 한 수에 차운하다 1수

남양 홍상의(洪相宜) 현감

小堂風物燴然新,	작은 집의 풍경이 훤하게 새로워져서
天餉林泉自在身.	하늘이 준 숲과 샘에 이 몸을 맡긴다.
山中故事應相續,	산속의 옛일은 마땅히 서로 이어가겠지만
講道論書有幾人.	도를 강론하고 글을 논할 사람 몇 사람일까?

處士遺基百年存,	처사께서 남기신 터 오랫동안 보존되었고
肯堂令譽有賢孫.	가업을 이은 영예로운 후손들도 남아 있다.
溪山不改登臨地,	계곡과 산은 변함없이 오르던 곳
文藻依依未可諼.	글 솜씨 여전하여 아직도 잊을 수 없다.

一麾前歲過衡門,	작년에 부임하여 이곳을 다녀갔는데
薖軸翛然出世氛.	얼핏 세속을 벗어나 은거한 것 같았지.
秋風倍憶三山好,	가을바람에 삼산의 즐거움 더욱 생각나니
火棗如瓜倘我分.	오이같은 대추가[97] 혹 내 분수인가 한다.

---

[97] 화조(火棗)는 선인(仙人) 안기생(安期生)이 먹던 오이 크기의 대추를 말하는데, 그 과일을 먹으면 우화(羽化)하여 하늘을 날 수 있다고 한다.

溪堂會席, 甚盛事也, 而余以未赴爲恨. 今因崔君汝安聞溪堂顚末, 不以拙辭率爾和呈. 惟以托名於諸賢之後爲幸爾. 光山 金樂升(字 兼善)

계당의 모임은 참으로 성대한 일이었는데, 내가 가지 못해 한스러웠다. 이제 최여안崔汝安 군을 통해서 계당에 얽힌 이야기를 듣고서, 졸렬한 글이라고 사양할 수가 없어 경솔히 화답하여 올린다. 오로지 제현의 후손 이름 뒤에 붙이는 것을 다행으로 여긴다.

광산 김낙승金樂升, 자 겸선兼善

誰撰溪堂記,	계당의 기문記文 누가 지었나.
披回一爽然.	한 번 훑어보니 마음이 상쾌해진다.
風淸從古灑,	맑은 바람 예로부터 깨끗하였고
月白至今懸.	밝은 달은 지금도 하늘에 걸려 있다.
流水無停日,	흐르는 시냇물 쉬는 날 없고
長松不記年.	낙락장송 나이 얼마인지 모르겠다.
四老今何去,	네 분 어른은 지금 어디로 떠났는가?
山空水自流.	산은 비어 있고 물은 절로 흘러간다.
雲烟猶舊態,	구름과 안개는 옛 모습 그대론데
魚鳥摠餘愁.	물고기와 새는 모두 남은 시름 있어라.

丘壑容高轍,　　언덕과 골짜기는 고결한 행차 받아들였고

乾坤挾釣舟.　　하늘과 땅은 고기잡이배를 끼고 있네.

肯堂知有後,　　가업을 이어나간 후손이 남아 있으니

風韻定悠悠.　　풍류와 운치는 참으로 아득하구나.

谷老溟翁講道新,　　대곡, 남명 어르신과

　　　　　　　　도를 강론하던 곳이 새로운데

天山上九樂肥身.　　천산 상구의[98] 의미대로 즐거이 은둔하였네.

遺堂咫尺吟筇晩,　　계당이 지척인데 늦게까지

　　　　　　　　읊조리며 거닐다가

自笑迷途老却人.　　길 잃고 늙어가는 내 신세 스스로 비웃는다.

寒溪石上白雲眠,　　차가운 계곡 바위 가에 흰 구름 떠 있고

古木蒼藤落照邊.　　오래된 나무 푸른 덩굴에 석양이 비친다.

杖屨餘香猶不歇,　　지난 자취의 남은 향기가

　　　　　　　　아직 사라지지 않은 채

長敎詞客詠當年.　　긴 세월 시객詩客들에게 그때를 읊게 한다.

---

98 '천산(天山)'은 《주역(周易)》의 돈괘를 가리킨다. 돈괘의 상구(上九)에 "여유 있는 은둔
　이니, 이롭지 않음이 없다.[肥遯, 无利.]"라고 하였다.

溪堂暮春之會, 謹以大谷先生韻 光山金遠升 字士通

3월에 계당에서의 모임에서 대곡 성운成運 선생의 시에 삼가 차운하다 광산 김원승(金遠升) 자는 사통(士通)

處士曾居此,	처사가 일찍이 이곳에 머무셨으니
高名百代流.	높은 이름 백대 동안 흘러 전해진다.
雲深宜美號,	구름 깊은 곳이라 아름다운 이름 마땅하고
境僻少塵愁.	궁벽한 곳이라 세속의 근심 적구나.
只有廬山瀑,	다만 여산廬山의 폭포가 있을 뿐
不通宦海舟.	벼슬길로 통하는 배는 없구나.
肯堂賢裔在,	가업을 잇는 어진 후손이 있어
遺業至今悠.	선조의 유업 지금까지 길이 이어진다.

金積山中大野頭,	금적산 산속 큰 들판 어귀
有堂蕭灑景深幽.	깊고 그윽한 경치 속에 정결한 계당이 있네.
松風巖瀑皆依舊,	솔바람 부는 암석과 폭포 모두 옛 모습과 다름없고
古老遺蹤驚俗眸.	옛 어진 이들이 남긴 자취가 세속의 눈을 놀라게 한다.

堂會謹次大谷先生韻 二首 綾城具廷尹聖任

계당에서의 모임에서 대곡 성운선생의 시에 차운하다

2수 능성 구정윤(具廷尹) 자 성임(聖任)

新搆屹然枕石頭,　　새로 지은 집 돌머리 위에 우뚝하게 서 있고

澗松園竹境偏幽.　　시냇가 소나무와 정원의 대나무 풍경 그윽하네.

四賢勝會何年事,　　네 현인의 성대한 모임 언제 일이었나.

落日虛亭送遠眸.　　해질녘 빈 정자에서 멀리 눈길을 보내네.

地僻正宜高士眠,　　구석진 땅은 은자가 잠들기에 적당하고

滿山蒼翠興無邊.　　온 산이 푸르니 흥취가 끝이 없다.

循階瀄瀄淸流瀉,　　섬돌 돌아 콸콸 쏟아지는 맑은 물줄기

風物依依閱幾年.　　경치는 여전한데 몇 년이나 지났나.

謹次崔處士溪堂重修韻 牟陽吳見世(進士)

최 처사의 계당을 재건하며 쓴 시에 삼가 차운하다

모양(牟陽) 오현세(吳見世)(진사)

高人嶽降地,　　　고결한 분이 큰 산의 기운을 내려 받은 곳에[99]

麗水活源流.　　　맑은 물이 원류에서 흘러나온다.

智炳龍蛇蟄,　　　지혜가 밝으니 용과 뱀이 숨어버리고[100]

盟堅猿鶴愁.　　　맹세가 군건하니 원숭이와 학이 근심한다.[101]

薰蘭資谷室,　　　대곡의 방에서 감화를 받았고

學海共溟舟.　　　학문의 바다에선 남명의 배와 함께하였네.

賢裔遺址新,　　　어진 후예들이 옛터를 새로 닦자

賓吟往事悠.　　　빈객이 지난 일을 아득히 읊조리네.

---

99 큰 산의…곳에: 위대한 인물의 탄생은 산천과 하늘이 주관한다는 말로, 『시경』「숭고(崧高)」에 "산악이 신을 내려 보후(甫侯)와 신후(申侯)를 내셨도다.[維嶽降神 生甫及申]" 하였다.

100 용과 뱀이 숨어버리고: 요임금 당시부터 홍수가 심하여 용과 뱀이 넘쳐나 사람들이 나무 위나 굴속에서 살았는데 순임금 때 명령을 받은 우임금이 치수사업을 하여 홍수를 다스리고 용과 뱀을 숲으로 몰아낸 일을 말한다. 우임금의 지혜를 본받았음을 의미한다.(『孟子』〈梁惠王下〉 9章)

101 원숭이와 학이 근심하네: 공치규의 〈북산이문〉에서 "향초로 엮은 장막이 텅 비자 학은 밤마다 원망의 울음을 울고, 산인이 떠나고 없자 새벽의 원숭이가 놀라서 눈물을 흘린다.[蕙帳空兮夜鶴怨 山人去兮曉猿驚]"라는 구절이 나온다. 주옹(周顒)이 해염현의 현령으로 나갔다가 임기가 끝나고 돌아오려고 하자 공치규가 거절의 의사를 내비치면서 쓴 글로, 위 구절[蕙帳空兮夜鶴怨 山人去兮曉猿驚]에서는 맹세를 어기고 나간 주옹에 대해 원망하고 슬퍼하는 공치규 자신의 마음을 원숭이와 학을 빌어 표현하였다. 즉, 맹세를 어기면 학과 원숭이가 슬퍼하고 원망할 만큼 맹세를 군건히 하여 산수 속에 은거한 것을 표현한 것이다.

堂築金崗地盡頭,　　금적산 산자락에 계당이 지어지니

地因人勝更深幽.　　사람으로 인해 명승지 된 곳 더욱 깊고 그윽하다.

遺風餘韻騰嘉客,　　남기신 풍모와 운치가 훌륭한 분들에게 전달되니

神契百年宛拭眸.　　백 년의 신교神交 참으로 눈 씻고 보게 한다.

欲夢軒羲白日眠,　　태고시절[102] 꿈꾸고자 대낮에 자는데

兩賢高節在那邊.　　두 현인의 높은 절개는 어느 곳에 있나.

淸詞又闡淸翁手,　　청신한 시편이 또 청옹의 손에서 펼쳐지고

肯搆雲仍永萬年.　　후손들이 가업을 이으니 만년토록 영원하리라.

獨於斯世喚醒醒,　　홀로 이 세상에서 잠든 이들을 깨우니

人傑元來鍾地靈.　　인걸人傑은 원래 신령스런 땅에 모인다네.

君子攸廬君子撰,　　군자가 머문 곳에서 군자들이 글을 지었으니

溪堂重照聚賢星.　　계당은 다시 모인 어진 별들을 비추어주네.

102　헌희(軒羲)는 중국 전설상의 제왕인 헌원씨(軒轅氏)와 복희씨(伏羲氏)를 가리킨다.

又次雲叟先生韻

또 운수 김원행金元行 선생의 시에 차운하다

少微降彩古,	소미성少微星[103] 빛이 떨어진 지 오래
生晩語悠然.	늦게 태어나 말만 아련하다.
邃迹奇巖着,	아득한 자취 기암에 서려 있고
高名霽月懸.	높은 이름 비 갠 날 맑은 달에 걸려 있네.
水傳同趣日,	물은 같이 즐기던 날 전해주고
山記獨捿年.	산은 홀로 살던 때를 기억한다.
肯搆雲仍在,	가업을 이어받은 후손들이 있어
攀楣賀列賢.	현액을 걸어두고 여러 현인들을 기려 본다.

---

103 소미성(少微星)은 처사성(處士星)으로, 소미성이 희미하거나 떨어지면 인간 세상의
처사(處士)가 죽는다 한다.

次醉臥溪韵

취와계 시에 차운하다

累閱滄桑變,	상전벽해 몇 번이나 겪었어도
不移處士溪.	처사의 계곡은 바뀌지 않았구나.
追思同醉志,	함께 취하던 뜻을 추억해보니
靜僻擅湖西.	고요하고 후미지기론 호서에서 으뜸이구나.

次共被室韻

공피실 시에 차운하다

同心又共被,	마음을 같이하고 또 함께 자던 곳
薫室表賢人.	향기로운 방에서 현인을 추억하네.
重煥仍華額,	거듭거듭 빛나는 화려한 현액들
高風百世新.	높은 풍격은 백세토록 새로우리.

謹次大谷先生韻……○○○

삼가 대곡 성운成運선생의 …… 시에 차운하다 ○○○

處士高風邈,	처사의 고상한 기풍 아득한데
山空水自流.	산은 비어 있고 물은 절로 흘러간다.
地逢人傑勝,	땅은 인걸을 만나 더욱 빼어나고
樓入暮雲愁.	저문 구름 속 누각 모습 수심겨워라.
不見鞭羊石,	은거하며 머물던 곳[104] 보이지 않고
難尋架壑舟.	산에 걸려 있던 배 찾기 어렵구나.
呼兒更酌酒,	아이를 불러 다시 술 따르게 하니
斜日意悠悠.	석양에 이 마음 아득하여라.

---

104 편양석(鞭羊石): 양치면서 앉아 있는 돌. 머물던 곳이라는 말로, 산 속에서 은거하던
곳을 뜻한다.

謹次溪堂重修韻 閔 堪 士原

계당을 중수한 후에 지은 시에 삼가 차운하다

민집(閔堪) 자 사원(士原)

草堂因舊築,　　　초당은 옛 모습 그대로 지어지고

綠水擁溪流.　　　푸른 물은 계당을 둘러싸고 흐른다.

花落蒼巖古,　　　꽃이 떨어진 푸른 바위 옛 모습이고

山空白鶴愁.　　　빈산에는 흰 학이 근심스럽다.

尚嫌通世路,　　　세속의 길 통하는 것 싫어했고

還恐引漁舟.　　　어부의 배를 끌고 오는 것 두려워했어라.

杖屨今安在,　　　왕래하던 자취 지금 어디 있는가

遊人感意悠.　　　노닐던 사람 아득히 감회에 젖는다.

春日溪堂喚客眠,　　봄날 계당에서 객이 잠에서 깨니

鳥啼花落古巖邊.　　옛 바위 가에 새 울고 꽃 떨어지네.

先賢杖屨追遊地,　　선현들이 왕래하고 노닐던 곳 따라 거닐어보니

依舊靑山已百年.　　청산은 옛 모습 그대로인데 이미 백 년이 흘렀구나.

處士高名在上頭,　　처사의 높은 이름은 계당 위에 있고

烟霞一面故山幽.　　안개 낀 집 한쪽에는 오래된 산이 그윽하다.

登臨完是盤旋所,　　높이 올라보니 참으로 선현들이 거닐던 곳

離嶽風光入遠眸.　　속리산의 풍광이 저 멀리 눈에 들어온다.

敬次大谷先生韻呈于溪堂後學昌原 黃仁榮榮之

대곡 선생의 시에 삼가 차운하고 계당에 바친다

후학 창원 황인영(黃仁榮) 자 영지(榮之)

築室溪爲號,	집 짓고 계당이라 이름하니
先生古隱流.	선생은 옛날 은자의 무리
天慵耽僻趣,	느긋한 천성에 그윽한 정취 좋아하고
野性脫塵愁.	야인의 성품으로 속세의 근심 벗으셨네.
大谷時移榻,	대곡께서 때로 여기로 오시고
南溟或棹舟.	남명께서 간혹 배를 저어 오셨네.
祗今陳迹宛,	지금도 묵은 자취 완연히
留與後思悠.	후인에게 남겨져 감회가 깊어라.

舊墟重建舊堂新,	옛터에 다시 지어서 낡은 집이 새로워졌다.
聞道琴書可安身.	도를 듣고 거문고 타고 책 읽으며 편히 쉴 만하구나.
莫恨聖朝遺碩德,	태평한 시대에 큰 현인을 버렸다 한스러워 말게나
天將淸福餉斯人.	하늘이 맑고 한가로운 복을 이 사람에게 내려줄 테니.

講罷松壇鶴共眠,	강론 마친 송단에 학이 함께 잠들었고

先賢當日此溪邊.　　선현이 당시에 여기 계당에 계셨다는데

依稀景物今誰管,　　아득한 옛날의 풍경들 지금 누가 관리하는가.

肯搆來孫百後年.　　백 년 지난 지금 후손들이 잘 이어간다네.

堂留南麓水源頭,　　남쪽 산기슭 물가에 계당이 있어

滿壑風光這處幽.　　온 골짜기 풍광이 이곳에 그윽하다.

欲問諸賢邁軸樂,　　여러 현인들 은거하며 지내던 즐거움
　　　　　　　　　　물어보려하니

苔巖無語感人眸.　　이끼 낀 바위가 말없이 사람을 감동시키네.

敬次溪堂韻 竹溪安龜濟

계당 선생의 시에 삼가 차운하다 죽계(竹溪) 안귀제(安龜濟)

非堂爲美昔賢眠,　계당이 아름다운 이유는
　　　　　　　　　 옛 현인이 묵어서가 아닌데

況復遺篇在架邊.　하물며 남긴 시들이
　　　　　　　　　 책장에 남아 있기 때문이랴.

百世高風何處仰,　백 대에 전하는 고상한 풍모는
　　　　　　　　　 어느 곳에서 우러를까.

水長山卓萬斯年.　물 길고 산 높은 이곳에서
　　　　　　　　　 만 년 동안 이어지네.

古堂深在碧山頭,　옛집이 푸른 산 위에 있는데
松老風淸水石幽.　노송에 맑은 바람 불고 물과 돌은 그윽하네.
知有後人能肯搆,　가업을 이을 만한 후손이 있음을 알겠거니
美哉輪奐暎双眸.　크고 아름답구나[105], 두 눈에 비치는 계당.

處士今何去,　처사는 지금 어디로 갔는가
堂高溪自流.　집은 높고 시냇물은 절로 흘러간다.

105　진 나라 헌문자(獻文子)가 집을 짓자, 장로가 송축하여 이르기를, "아름답다, 윤이여.
아름답다, 환이여.〔美哉輪焉 美哉奐焉〕" 하였다. 윤은 집이 높고 큰 것을 이르고, 환
은 물건이 많음을 이른다. 이 때문에 윤환(輪奐)은 집이 크고 아름다움을 이르는 말로
사용한다.

山空猿鶴怨,　　　빈산에선 원숭이와 학이 원망하고

波咽鷺鴟愁.　　　물소리 요란한 곳에선

　　　　　　　　백로와 올빼미 시름겹다.

松老孫公宅,　　　소나무 늙은 곳은 손공의 집이요[106]

月虛陸子舟.　　　조각달은 육자의 배라[107]

雲林長寂寞,　　　구름 낀 수풀은 오래토록 적막하고

曠感意悠悠.　　　떠나간 옛 사람에 대한 감회는

　　　　　　　　더욱 아득하여라.

106　손공택(孫公宅): 손공은 형설지공(螢雪之功)으로 유명한 중국 진나라 때의 손강(孫康)을 가리킴. 손강이 어려운 가운데 집에서 열심히 공부한 것을 빌어 소나무가 늙어 가는 계당에서 열심히 공부하였다는 것을 비유한 것이다.

107　육자주(陸子舟): 다승(茶聖) 육우(陸羽)의 배를 가리킴. 육우는 왕의 부름을 받았지만 관직에 욕심이 없어 거절하고, 차에 대한 관심이 많아 여기저기의 강을 돌아다니며 차(茶)에 적합한 물을 찾아다녔음. 여기서는 세속에서 물러나 은거하며 학문을 닦았던 계당을 육우에 비유한 것으로 보인다.

敬次大谷先生韵, 呈于溪堂以寓感意 竹溪安達濟

대곡 선생의 시에 삼가 차운하여 계당에 바쳐 느낀 바를 부치다 죽계(竹溪) 안달제(安達濟)

群賢同醉臥雲眠,　　여러 현인들 함께 취해 구름 속에 자던 곳

幽夢時豪小瀑邊.　　작은 폭포에 옛 현인들 어렴풋이 꿈에 보이는 듯

寂寞龍泉三尺獻,　　적막하게 세 척의 용천검 빛 뻗친 곳에[108]

塵留遺跡幾經年.　　속세에 남겨진 유적은 몇 년이나 되었는가.

一世名賢聚壑頭,　　한 시대의 이름 높은 선비들 골짜기에 모여

聯床耽趣洞天幽.　　함께 누워 즐기니 이 골짜기 그윽하네.

蕭條異代營新築,　　쓸쓸한 후대에 계당이 새로 지어지니

玉瀑聲中淚濕眸.　　흰 폭포 쏟아지는 중에 눈물을 흘린다.

丹丘瑞鳳聚,　　단구[109]에 상서로운 봉황이 모여들어

同醉臥淸流.　　함께 취해 맑은 물가에 누웠네.

108　진(晉)나라 때 충신 장화(張華)가 일찍이 두성과 우성 사이에 자주색 빛이 솟는 것을 보고, 뇌환(雷煥)을 보내 풍성현(豊城縣)의 옛 옥사에서 용천(龍泉)과 태아(太阿) 두 명검을 얻은 고사가 있다. '적막한 산 속에서 용천검의 빛이 솟았다'는 구절은 계당에 용천검의 자색 빛이 솟았다는 말, 즉 여러 어진 이들이 머무른 곳에서 신이한 빛이 비쳐졌음을 표현한 것이다.

109　단구(丹丘): 밤이나 낮이나 항상 밝은 땅으로, 선인(仙人)이 산다는 전설적인 지명이다. 굴원(屈原)의 「원유(遠遊)」에 "우인을 따라 단구에서 노닒이여, 죽지 않는 옛 고장에 머물렀도다.(仍羽人於丹丘兮, 留不死之舊鄕.)"라는 표현이 있기 때문에 이렇게 말한 것이다. (『楚辭』卷5)

跡古溪泉咽,　　　　자취가 오랜 곳에는 시냇물 소리만 울려 퍼지고

山空猿鶴愁.　　　　빈산에는 원숭이와 학이 근심하네.

榻留彭澤筆,　　　　팽택의 글은 의자에 남아 있고[110]

門泊范公舟.　　　　범공의 배는 문 앞에 정박해 있네.[111]

諸子能無忝,　　　　여러 자손들 손색이 없어

新營冑構悠.　　　　새로 계당을 지어 유업을 길이 이어가네.

草深揚子宅,　　　　양웅의 집[112]에는 풀이 무성한데

人古水長流.　　　　사람이 떠난 지 오래여도 물은 길이 흘러간다.

110　팽택의 글은 걸상 위에 있고: 도연명이 팽택의 현령(縣令)을 지냈기 때문에 바로 도연
　　명의 호칭으로 쓰이기도 한다. 계당의 시풍이 도연명과 비슷하여 계당의 글을 팽택의
　　글에 빗댄 것이다.

111　범공의 …있네: 송나라 범공은 범중엄(范仲淹). 범중엄의 아들은 범요부(范堯夫)이
　　다. 범요부는 이름은 순인(純仁), 자는 요부(堯夫)이며, 벼슬은 관문전태학사(觀文殿
　　太學士)에 이르렀다. 범중엄은 요부를 시켜 고소(姑蘇)에서 보리 5백 섬을 운반해 오
　　게 했는데, 요부가 배에 보리를 싣고 단양(丹陽)에 도착했을 때, 범중엄의 친구 석만
　　경(石曼卿)을 만났다. 당시 석만경은 돈이 없어 부모의 장례를 두 달 동안이나 치르지
　　못하고 있었다. 요부가 보리를 모두 주고 빈 배로 돌아오자 아버지 범중엄이 흡족해
　　했다고 한다. (『영재야화(冷齊夜話)』卷10) 여기서는 범중엄과 석만경의 우정과 같은
　　계당과 대곡, 남명 등 선생들의 우정이 있다는 것을 말하는 것이다.

112　양웅의 집: 양자(楊子)는 전한 때의 양웅을 가리킴. 당시 한나라는 왕망이 권력을 찬
　　탈하고 황제가 되어 정치적 암흑기를 걷고 있었는데, 이에 양웅은 치사하고서 귀향하
　　여 저술에 힘썼다. 이에 몇몇 시에서 은거하여 지내는 사람의 집을 楊子宅으로 표현
　　하는 경우가 있다.

玉瀑尙奇色,　　　옥 같은 폭포에 기이한 빛 남아 있고

松欄帶舊愁.　　　소나무 난간은 묵은 시름 안고 있어라.

鶴歸雲揚榻,　　　학이 돌아가니 양웅의 걸상에 구름이 끼고[113]

龍逝月虛舟.　　　용이 떠나니 빈 배에 달빛이 비친다.[114]

胃搆開新面,　　　다시 지은 계당 새 모습 드러내니

諸君用意悠.　　　여러 군자들의 뜻이 깊구나.

113　학이 돌아갔다는 것은 화표학귀(華表鶴歸) 일화를 빌어 와 계당선생이 하늘로 돌아간
　　　것을 가리켰다. 양웅의 걸상에 구름이 낀다는 것은 주인 잃은 책상에 부질없이 구름
　　　만 낀다는 것을 말한다.

114　용은 용반(蟠龍: 땅에 웅크린 용으로 출세 이전의 사람을 가리킴)을 뜻하는 것으로 보
　　　이는데, 용이 떠났다는 것은 관직에 나서지 않았지만 큰 재주를 지녔던 계당이 세상
　　　을 떠났다는 것을 표현한 것으로 보인다. 빈 배에 달이 비친다는 것은 사현이 타고 놀
　　　던 배를 타던 사람들이 모두 세상을 떠나고 달빛만 비친다는 것을 표현한 것이다.

謹次雲叟先生所詠溪堂韵 鷺洲 李思儼

운수 김원행 선생이 계당을 읊은 시에 차운하다

아주(鷺洲) 이사엄(李思儼)

百代修藏址,	백대에 걸쳐 학문을 닦던 곳
高山立儼然.	높은 산 의젓하게 서 있다.
道心欄月在,	도심道心은 난간을 비치는 달에 있고
幽意澗虹懸.	은자의 흥취는 시냇가 무지개에 걸려 있구나.
堂古皇明世,	옛집은 명나라 때 지어졌고
風清乙巳年.	맑은 풍격은 을사년부터 시작되었네.
感吟溟老集,	남명집을 읽고 느낌을 노래하고
簪盍仰三賢.	모인 이들은 삼현三賢을 우러른다.[115]

---

115 잠합(簪盍): 원문은 '잠합(簪盍)'으로 '합잠(盍簪)'의 의미이다. 『주역(周易)』「예괘
(豫卦) 구사(九四)」에 "벗들이 모여들리라.(朋, 盍簪)" 하였고, 본의(本義)에 "잠은 모
임이고 또 빠름이다(簪, 聚也, 又速也.)"라고 한 데서 유래하여 뜻 맞는 이들이 서로들
빨리 달려와 회합함을 말한다.

溪堂敬次大谷先生韻 後學 廣陵 安行得 仲德

계당에서 대곡 성운成運 선생의 시에 삼가 차운하다

후학 광릉 안행득(安行得) 자 중덕(仲德)

處士盤桓地,	처사가 서성이던 땅에
新堂枕碧流.	새 집이 푸른 물 위에 서 있다.
穿林尋舊躅,	숲을 헤치며 옛 자취 찾다가
掬瀑滌塵愁.	폭포수 움켜 마시고 속세의 근심을 씻어낸다.
山老商顏草,	산은 오래 되어 상안산의[116] 풀이 무성하고
溪通九曲舟.	시냇물에는 구곡의 배가 떠다닌다.
後人多感意,	후인들은 느낌과 생각이 많아
幽興自悠悠.	그윽한 흥취가 절로 아득하다.

澗曲逍遙石上眠,	시냇물 굽이 따라 거닐다 돌 위에 잠드니
前賢幽趣水雲邊.	옛 현인의 그윽한 흥취가 물가에 남아 있다.
今來欲問千秋事,	이제와서 천추의 옛일을 물어보려는데
花鳥春容似昔年.	꽃피고 새우는 봄의 경치는 옛날과 같구나.

---

116 상안산(商顏山): 섬서성 상현(商縣) 동쪽에 있는 산 이름이다. 진나라 말기에 어지러
운 세상을 피하여 네 사람의 은자가 은거했던 곳이다. 그 은자는 동원공(東園公)·하
황공(夏黃公)·녹리선생(甪里先生)·기리계(綺里季)로, 모두 수염이 희었기 때문에
상산사호(商山四皓)라고 한다.

携朋扶老入山頭,　　　　벗과 함께 노인을 부축하여 산골짜기 들어서니
流水巖花曲曲幽.　　　　흐르는 물 바위의 꽃이 굽이굽이 그윽하다.
離嶽屛嶂來遠照,　　　　속리산 구병산이 저 멀리 보이고
蘿風踈雨夕陽眸.　　　　담쟁이에 이는 바람과 성긴 빗방울에
　　　　　　　　　　　　석양이 보인다.

溪堂蕭灑古墟新,　　　　맑고 깨끗한 계당이 옛터에 새로 지어졌는데
俗客登如羽化身.　　　　속인이 올라오니 마치 신선이 된 듯하다.
簾雨棟雲春藹藹,　　　　주룩주룩 내리는 비,
　　　　　　　　　　　　큰 구름 속에 봄기운 가득하고
滿山風物上遊人.　　　　온 산의 봄 풍경 속에 노니는 사람 있어라.

一入仙庄醉夢醒,　　　　한번 선생의 집에 들어가 취해 자다 깨어
白雲深處詠芝靈.　　　　백운 깊은 곳에서 현인[117]들을 읊어 본다.
諸賢杖屨何年所,　　　　여러 현인들 거닐던 것은 어느 해의 일이었나.
想得南山聚德星.　　　　남산에 덕성이 모인 일을 생각해 본다.

117　지령(芝靈): 지초와 난초를 말하는데, 현인들을 가리킨다.

敬次溪堂大谷先生韵 後學廣陵安趾煥致明

계당 선생과 대곡 선생의 시에 삼가 차운하다

후학 광릉 안지환(安趾煥) 자 치명(致明)

處士盤旋地,	처사가 거닐던 땅
名留老瀑流.	오래된 폭포수에 이름 남아 있다.
土懷千古感,	땅은 천고의 감회를 품고 있고
雲帶百年愁.	구름은 백 년의 시름을 띠고 있다.
可遯幽人跡,	은자의 자취 숨길 만한 곳에
豈通漁子舟.	어찌 어부의 배를 들일까.
後昆能改築,	후손들이 다시 고쳐 지었기에
登望意悠悠.	올라서 바라보니 생각이 아득해진다.

謹次先賢溪堂韵

先生外裔孫朴致弘, 適來于此, 見舊堂之重建, 坐溪石感舊事, 忘其僭越, 搆拙謹稿.

선현 계당의 시에 삼가 차운하다

선생의 외손인 박치홍(朴致弘)이 마침 이곳을 지나다가 옛집이 중건되는 것을 보고서 시냇가 돌에 앉아 옛일을 생각하다가 주제넘게도 졸렬한 글을 엮어 삼가 쓰다.

先生餘舊址,	선생이 남긴 옛 터
境僻又溪流.	땅은 구석지고 또 시냇물이 흐른다.
老石盤桓迹,	오래된 돌에 거닐던 자취 남아 있어
吾儒曠感愁.	우리 선비들 옛 감회에 젖어 시름겹다.
重看山築室,	산에 지은 집 다시 바라봐도
誰謂壑移舟.	누가 골짜기의 배를 옮겼다고[118] 하겠나.
爲做三春會,	봄날 모임을 마련하여
憑欄興倍悠.	난간에 기대니 흥취가 몇 배나 그윽하다.
携朋共臥做閑眠,	벗을 이끌고 함께 누워 한가로이 잠드니
石上鳴泉入枕邊.	돌 위에 울리는 샘물소리 머리맡에 들어온다.

---

118 산에 쌓은 집 ~ 옮겼다고 하였는가.: 『장자(莊子)』 「대종사(大宗師)」에 "대체로 산골 짝에 배를 숨겨두고 연못 속에 산을 숨겨두고는 안전하다고 여긴다. 그러나 한밤중에 힘센 자가 짊어지고 달아나도 어리석은 사람은 알지 못한다.〔夫藏舟於壑, 藏山於澤, 謂之固矣. 然而夜半, 有力者負而走, 昧者不知也.〕"라고 하였다. 이 말은 알지 못하는 사이에 사물이 변화한다는 것을 의미하는데, 여기서 '누가 골짜기의 배를 옮겼다고 하였는가.'라고 하는 말은 새로 지어진 계당의 모습을 봄에 그 모습이 옛날과 같다는 것을 비유하여 말 한 것이다.

雲叟題詩兼寫額,	운수 선생께서 시를 짓고 현액까지 쓰셨으니
前賢美事又今年.	선현의 아름다운 일이 올해에도 펼쳐지는구나.
別是溪山勝,	물과 산 유달리 빼어난데
新堂更屹然.	새로 지은 집이 또 우뚝하구나.
老松巖下立,	노송은 암석 아래 서 있고
古瀑石頭懸.	오래된 폭포는 바위에 걸려 있다.
誰不尋遺迹,	누가 유적을 찾지 않으랴
人多感昔年.	옛날 일에 감동한 사람 많도다.
幽情雲叟得,	그윽한 정이 담긴 운수 선생의 시 얻어
題額詠前賢.	현액에 적어두고 선현을 노래하네.

崇禎一百三十八年乙酉四月日, 仁川後人聖薇居士李孝思君, 則再拜奉呈于溪堂座前曰: "噫! 溪堂之刱, 景初朔, 喚多士之永準(彩)華茂, 斯知碩人之居, 鄒魯可期, 吾道之講, 盲聾可免, 苟不自力于工夫且道, 何面於處士. 惟寸積銖累之不怠, 或高山景行之可幾, 是爲吾輩本圖. 願從諸賢共勉, 更願溪堂重刱之後, 壑遁虺蛇, 林無虎豹 而塵氛隔斷, 水益淸, 而山益高, 沈潛經史, 晝有爲, 宵有得, 家絃戶誦之風, 入孝出悌之俗, 於是而作, 於是而成, 其爲吾黨之幸, 將何如? 余於研玉之下, 有此續貂之詩, 宲爲狂易, 而不自揣量, 拙語倡酬, 還不勝汗悚於溪湖丈席. 又不覺羞愧於君子座前, 然未必無小補於後學童蒙之一嗤之資云爾.

숭정 138년 을유(1765)년 4월 모일에 인천 후인 성미거사聖薇居士 이효사李孝思가 두 번 절하고 삼가 계당 앞에 바치고 다음과 같이 아뢴다.

"아! 계당이 지어진 것은 2월 1일이었습니다. 그때 부른 이들 중에 영민하고 준수한 선비들이 많아 빛나고 아름다웠습니다. 이를 통해 덕 있는 현인의 거처에서 공맹孔孟을 기약할 수 있으며, 유학을 강론하여 소경과 귀머거리를 벗어날 수 있음을 알았습니다. 참으로 스스로 공부나 도에 힘쓰지 않으면 처사에게 무슨 낯이 있겠습니까? 오직 게을리하지 않고 조금씩이라도 쌓아나가야 높은 산을 우러러보듯 큰 길에 다니듯[119] 할 수 있으니, 이것이 우리들이 본래 꾀해야 할 바입니다. 여러 현인들을 좇아 함께 힘쓸 수 있기를 바라며, 계당이 새로 지어진 후에는 골짜기에 구렁이가 없고 숲에 호랑이나 표범이 없으며 속세의 기운이 끊어지고, 물이 더욱 맑아지며 산이 더욱 높아지길 바랍니다. 또한 경전과 사서에 침잠하여 낮에는 일하고 밤에는 공부하여, 집집마다 글을 읽는 풍속이 생기고, 효도와 공경의 풍속이 여기서 시작되고 또 이루어진다면 우리 고을의 행운이 될 것입니다. 그러면 저희는 장차 어떻게 해야 합니까. 제가 선현들이 남긴 훌륭한 글[120]에 이 졸렬한 시를 이으니[121] 실로 제정신이라 할 수 없지만, 그래도 헤아리지 않고 졸렬한 말로나마 창수倡酬합니다. 미호 김원행金元行 선생께는 식은땀이 날 정도로 황송하기 이를 데 없습니다. 또 군자 앞에서 절로 부끄러워지지만, 반드시 후학들과 어린아이들이 한번 비웃는 대상이 됨으로써 작은 도움이나마 되고자 합니다."

---

119 《시경(詩經)》〈거할(車舝)〉에 "높은 산처럼 우러르고 큰 길처럼 따라간다.〔高山仰止 景行行止〕"라는 구절에서 온 말로, 고인의 큰 덕행(德行)을 흠모한다는 뜻이다.

120 연옥(研玉): 전현이 남긴 시구를 말한다.

121 속초(續貂): 남이 하다가 남긴 일을 이어서 함을 스스로 낮추어 이르는 말이다.

處士溪堂翫不眠,　처사의 계당 완상하다 잠들지 못하니

古今風月覺無邊.　고금의 풍월이 끝없음을 알겠다.

幽人每自增淸激,　은자는 매번 스스로 더욱 맑고 깨끗해지니

此語順傳萬億年.　이 말 모름지기 오래도록 전해야 한다.

大谷天高肯俯頭,　대곡은 하늘같이 높아도 기꺼이 고개를 숙였고

東洲波潤道無幽,　동주는 파도같이 넓어 그 도가 끝없이 깊었고

南冥萬里深難測,　남명은 만 리로 깊이를 헤아리기 힘들고

處士淸風喜入眸.　처사의 맑은 기풍은 기쁘게 눈에 들어온다.

溪堂重刱一時新　계당이 중수되어 단번에 새로워지니

自此吾儂得庇身　이로부터 우리들이 몸 둘 곳을 얻었다.

却向高門多謝意　그대 집안에 감사한 마음 많으니

因期共作聖賢人　다 함께 성현이 될 것을 기약하자.

求道多賢籍,　도를 구하려니 좋은 서적이 많고

洗心有瀑流.　마음을 씻으려니 폭포수가 있구나.

一遊懷萬善,　한번 돌아보니 온갖 착한 마음 품게 되고

每翫去千愁.　감상할 때마다 온갖 근심 사라지네.

易撫淸溪石,　맑은 시냇가의 돌은 만지기 쉽지만

難扡慾海舟.　욕심이라는 바다의 배는 끌기가 어렵지.

猗歟崔處士,　훌륭하시다, 최 처사!

願學我懷悠.　배우기를 원하는 나 생각이 많아지네.

處士盤桓地,	처사가 거닐던 곳
古來久寂然.	예로부터 오랫동안 조용했네.
舊溪新刱搆,	옛 시내에 새로 집 지어지고
高額玉題懸.	높이 걸린 현액에 옥 같은 글씨 걸려 있네.
締始壯今日,	처음의 웅장함을 오늘까지 이어가니
流傳欲萬年.	유전하여 만 년 동안 잇고자 하네.
此非私意遂,	이는 사사로운 뜻으로 이룬 것이 아니라
寔賴古今賢.	진실로 고금의 어진 이들에게 의지한 것이네.

又吟

또 읊다

每自仙區翫,	신선의 세계에서 노닐 때마다
愛玆處士寬.	처사의 관대함을 사랑한다.
夏陰盈胯痒,	여름 그늘 무성하여 정강이에 한기가 돌고
宵魄掛松閒.	밤에는 넋이 소나무에 걸려 한가롭다.
颮颯山前爽,	가을바람 쇄쇄 불어 산 앞에 시원하고
砅砰砌底寒.	부딪치는 냇물에 징검다리 밑이 차구나.
如斯奇絶景,	이같이 빼어난 경치
莫使俗儈看.	속세의 천한 이들에게는 보여주지 말길.

溪堂會敬次先賢韻 光山金益升汝謙

계당의 모임에서 삼가 선현의 시에 차운하다

광산 김익승(金益升) 자 여겸(汝謙)

溪堂誰所作,	계당은 누가 지었나.
處士大名流.	처사 같은 큰 명사들이지.
金積高山仰,	높은 금적산 올려다보니
白雲千古愁.	천고의 흰 구름 시름겹다.
飛瀑如銀漢,	쏟아지는 폭포수 은하수 같으니
莫是繫仙舟.	여기가 신선의 배를 매어둔 곳이 아니겠나.
祖業賢孫繼,	조상의 사업을 어진 자손들이 이으니
崔門餘慶悠.	최씨 가문의 남은 경사는 길이 이어지리.

謹次先賢韻及雲叟先生韻 溪堂先生外七世孫金州李績汝凝稿

선현의 시와 운수 김원행金元行선생의 시에 삼가 차운하다

계당 최흥림(崔興霖)선생의 외가 7세손 금주 이적여(李績汝)가 쓰다.

三山之南, 有聖薇, 山之下, 有堅心洞, 洞裡有奇巖異瀑,
實非人界, 天作而地藏之, 以遺其人. 昔我溪堂先生, 以遯
世大隱, 隱於斯, 堂於斯, 厭飫於山水之間, 而晦其行, 不求
知. 當是時也, 惟成大谷, 東洲, 蘇齋, 南溟諸先生, 特以
道義之交, 相應相求 而爛漫從遊於水石之濱, 道以論心, 詩
以詠懷, 時人皆猗歟而歎曰 德星聚, 至今稱誦章章, 盖地得
其人而實有光輝矣. 世遠人亡, 堂且壞毀, 林泉之寂寞, 幾多
年哉. 先生之諸孫, 因起感而經營舊堂於先生杖屨之地, 越
一年而成之. 於是焉鄕黨之丈老及隣鄕之善士, 聞先生之舊
堂成, 洋洋焉, 于于焉, 來而觀之者, 不期而幾數百. 始知先
生之風, 愈久而不泯也. 時且春雨初霽, 夕陽在西, 瀑流灑
灑, 巖花灼灼. 長者杖而先, 少者徐而後, 逍遙乎巖石之上,
瀑泉之邊, 想處士之高躅, 詠大谷之淸詩, 依然如先生之在
座 僉君子因次大谷先生韻語, 和而歌之, 其味趣之淸冷, 不
可與聽吹竹彈絲敲金擊石之比也. 余亦在其中, 不敢以不文
辭, 玆搆拙句而可以資具眼者一笑耳.

  삼산의 남쪽에 성미산聖薇山이 있고, 산의 아래에는 견심동堅心洞
이 있으며, 골짜기 안에는 기이한 바위와 빼어난 폭포가 있는데, 여
기는 실로 인간세계가 아니라, 하늘이 만들고 땅이 보관하여 그 사람
에게 남긴 것이다. 옛날 우리 계당 최흥림崔興霖 선생은 세상을 피한
뛰어난 은자였다. 선생은 여기에 은거하고 또 여기에 집을 짓고, 산

수 사이에서 흡족하게 지내면서, 그 행실을 감추어 알려지기를 바라지 않았다. 이때에 오직 대곡 성운成運 선생과 동주 성제원成悌元 선생, 소재 노수신盧守愼 선생과 남명 조식曺植 선생 같은 여러 선생께서 특별히 도의로써 사귀고, 서로 통하고 서로 구하면서 의견을 주고받았으며, 시냇가를 함께 노닐며 도로써 마음을 논하고 시로써 회포를 노래하였다. 그래서 당시 사람들이 모두 감탄하면서 "덕성德星들이 모였다."고 하였다. 지금까지도 칭송이 자자하니, 이 땅은 그 분 덕택에 찬란히 빛나게 된 것이다. 세월이 오래 흘러 사람 자취 없어지고 집도 무너져, 숲과 시내가 적막해졌으니 얼마나 많은 해가 지난 것일까? 선생의 여러 자손들이 이에 느낀 바 있어 선생의 자취가 있는 땅에 옛 집을 새로 짓기 시작했는데, 1년이 지나서 완성되었다. 이에 고을의 어른들과 이웃 마을의 착한 선비들이 선생의 옛집이 완성되었다는 소식을 듣고 기뻐하는 자들이 많았으며, 기약하지 않아도 와서 보는 이가 거의 몇 백이나 되었다. 이제 비로소 선생의 풍취가 오랜 세월이 흘렀음에도 사라지지 않았음을 알게 되었다.

이때 또 봄비가 비로소 그쳐 석양이 서쪽으로 지고 있었고, 폭포수가 콸콸 쏟아지고 암석의 꽃들이 예쁘게 펴 있었다. 어른들은 지팡이를 짚고 앞서가고 젊은이들은 천천히 뒤에 따라가며 바위 위와 폭포 주변, 냇가를 거닐며 처사의 고상한 자취를 느끼고 대곡 선생의 맑은 시를 읊조리니 마치 선생께서 이 자리에 계신 듯하였다.

그리하여 모든 군자들이 대곡 성운 선생의 시를 차운하여 화답하고 노래하니 그 청량한 맛이 피리를 불고 현악기를 퉁기고 쇠북을 두드리며 돌을 두드리는 것을 듣는 것과 비교할 수가 없었다. 나 또한 거기 있으면서 감히 글을 못한다고 사양할 수 없어 졸렬한 시구를 읊었으니, 안목 있는 이가 한번 비웃을 거리를 제공할 따름이다.

松古苔巖老鶴眠,　　오래된 소나무와 이끼 긴 바위에
　　　　　　　　　　늙은 학이 잠자고
舊堂新茸小溪邊.　　작은 시냇가에 옛 당이 새로 지어졌네.
大谷東洲遊憩地,　　대곡, 동주 선생 노닐고 쉬던 땅에
吾鄕佳會又今年.　　우리 고을의 아름다운 모임이 올해 또 열렸구나.

堅心洞在聖薇頭,　　성미산 산자락에 견심동이 있는데
巖瀑溪雲曲曲幽.　　바위 폭포와 시내의 구름이 굽이굽이 그윽하다.
處士何年淸德隱,　　처사는 어느 해에 맑은 덕으로 은거하였었나.
只留風物洗人眸.　　다만 남은 풍물만이 사람들의 눈을 씻어주는구나.

處士曾居此,　　처사께서 일찍이 여기에 사셨는데
山明潔水流.　　산 밝은 곳에 깨끗한 물이 흐르고 있다.
詩書閑養道,　　시서詩書로 한가로이 도를 기르고
朋友與忘愁.　　벗들과 어울리며 근심을 잊으셨다.
春去簞瓢巷,　　단표[122]의 누추한 시골에 봄은 가고
歌殘九曲舟.　　구곡의 배에서 노랫소리 끊어졌네.
舊堂今更築,　　옛 집이 지금 다시 지어지니
風月正悠悠.　　풍월이 정말로 그윽하구나.

122　공자(孔子)가 이르기를, "어질도다, 안회여. 한 도시락밥과 한 표주박의 물로 누추한
　　 시골에서 살자면, 다른 사람은 근심을 견디지 못하거늘, 안회는 도를 즐기는 마음을
　　 바꾸지 않으니, 어질도다, 안회여.[賢哉回也 一簞食一瓢飮 在陋巷 人不堪其憂 回也不
　　 改其樂 賢哉回也]" 한 데서 온 말이다.《論語 雍也》

醉臥溪 (雲叟先生, 以東洲同醉臥溪邊之意, 名其溪曰 醉臥溪, 書刻于溪石, 其後詩以詠之. ●蓋按家狀, 則已自溪堂時, 有共被室, 醉臥溪, 堅心洞, 四賢之名, 而至溪湖時, 題刻也.)

취와계醉臥溪 [운수 김원행金元行 선생이 "동주 성제원成悌元선생이 함께 취해 시냇가에 눕네."라는 뜻을 가지고 그 시내를 '취와계'라 이름 짓고, 시냇가의 돌에 글자를 새기고서 그 뒤에 시를 써서 읊었다.) ● 가장家狀을 살펴보건대, 이미 계당 최흥림崔興霖 선생 때부터 '공피실'과 '취와계', '견심동', '사현석' 등의 이름이 있었고, 돌에 새긴 것은 미호 김원행金元行 선생 때에 이르러서이다.

不識天時變,	계절이 변하는지도 모르고
行尋醉臥溪.	취와계를 찾아 나선다.
徊徨歸不得,	이리저리 배회하다 돌아가지 못하였는데
山日已傾西.	산의 해는 이미 서쪽으로 기울고 있구나.

박진도朴振道(진사進士)

二三同志士,	뜻을 같이하는 두세 명의 선비가
從容醉臥溪.	취와계에서 조용히 노닌다.
盤桓還復坐,	여기저기 다니다가 다시 돌아와 앉았는데
不知日欲西.	어느새 해가 서쪽으로 지고 있네.

임상주任相周

醉臥曾何世, 취해 누웠던 때 언제런가

悠悠此洞溪. 이 골짜기의 그윽한 계곡에서

俳佪且曠感, 배회하며 또 아득한 선현을 생각하다가

却忘山日西. 문득 해가 서산으로 기우는 것도 잊었네.

송세원宋洗源

雲淡風輕日, 구름 맑고 바람 가벼이 부는 날에

重尋醉臥溪. 다시 취와계를 찾았다.

濯彼潺湲水, 졸졸 흐르는 물에 씻고 있는데

不覺日之西. 어느덧 해가 서쪽으로 기울고 있구나.

박기대朴器大

短筇三四老, 단장을 쥔 서너 명의 노인

先賢醉臥溪. 취와계에서 노닐던 선현들이네.

遲遲盤石上, 반석 위에서 머뭇거렸더니

隨陰東復西. 그림자 따라 동쪽에서 다시 서쪽으로 가네.

이적李績

敬次大谷先生韻 永山金錫範仲倫(進士)

대곡 성운成運 선생의 시에 삼가 차운하다

영산 김석범(金錫範) 자 중윤(仲倫). 진사

離山餘麓聖薇頭,	속리산 기슭 성미산 자락에
處士堂邊雲水幽.	처사의 계당 가에 구름과 물이 그윽하다.
佇立斜陽尋舊迹,	석양 아래 우두커니 서서 옛 자취 찾으니
依依風物悦人眸.	아련한 경치가 사람들을 기쁘게 한다.

晝共詩書夜共眠,	낮에 함께 시서를 즐기고 밤에 함께 자며
東南杖屨此溪邊.	동주, 남명 두 선생이 이 계곡에서 노닐었다네.
休言碩德今難見,	덕 있는 현인을 지금 보기 어렵다 말하지 말라,
講道高蹤宛昨年.	도를 강론하던 높은 자취 완연히 작년과 같으니.

樂山當日結廬新,	어진 이가[123] 그 날 오두막집 새로 지으니
僻處豈徒獨善身.	궁벽한 곳에서 어찌 홀로 자신만 돌보겠나.[124]
多賀雲孫仍舊葺,	후손들이 옛 모습대로 짓는 것 크게 축하하며
佇看他日繼賢人.	훗날 현인의 뜻 이어가길 바라며 서 있네.

---

123 논어에 "어진 이는 산을 좋아하고 지혜로운 이는 물을 좋아한다.[仁者樂山 智者樂水]"
    라 하였다.

124 《맹자》〈진심 상(盡心上)〉제9장에 "곤궁해지면 자기의 몸 하나만이라도 선하게 하
    고, 뜻을 펴게 되면 온 천하 사람들과 그 선을 함께 나눈다.〔窮則獨善其身, 達則兼善
    天下.〕"라고 하였다.

堅心蕭洒洞,　　　　맑고 깨끗한 견심동에

松老水空流.　　　　소나무는 늙어가고 물은 부질없이 흐른다.

石黛諸賢迹,　　　　돌 검푸른 곳에 여러 현인의 자취 있고

山含曠世愁.　　　　산은 오랜 세월 근심을 머금고 있다.

潔身超物累,　　　　몸을 깨끗이 하여 세상의 더러움을
　　　　　　　　　　초월하고서

歌採笑漁舟.　　　　채지가採芝歌[125]를 부르며
　　　　　　　　　　어부의 배를 비웃는다.

欲問當時事,　　　　당시의 일을 물으려 하나

烟雲四望悠.　　　　안개 속에서 사방 바라보니 시름겹다.

125　채지가(採芝歌): 악부금곡(樂府琴曲) 가사 가운데 「채지가(採芝歌)」가 있는데, 이는
　　　상산사호(商山四皓)가 진 시황의 폭정을 보고 상산에 은거하며 부른 노래이다. 『高士
　　　傳 四皓』

敬次任生員丈韻

임 생원 어르신의 시에 삼가 차운하다

吟筇此日到溪堂,	오늘 지팡이 짚고 시 읊으며 계당에 오르니
往事迢迢細路長.	지나간 일 아득하고 길은 좁고 길다.
檜木影孤蒼壁上,	노송나무 그림자 푸른 벽 위에 외로이 있고
澗流聲咽蓽門傍.	시냇물은 사립문 옆에서 졸졸 흐른다.
地開金積幽深洞,	금적산 그윽하고 깊은 골짜기에서 땅이 열리고
窓對離山次第崗.	창문으론 속리산의 늘어선 산등성이를 마주한다.
愛看諸賢遺蹤宛,	여러 현인들이 남긴 완연한 자취 즐겁게 보는데
冠童六七立斜陽.	어른과 아이 예닐곱이 석양 아래 서 있다.

謹次先賢韻 永山金錫五

선현의 시에 삼가 차운하다 영산 김석오(金錫五)

小屋翼然澗水頭,　시냇가에 작은 집 우뚝하게 서 있으니
金華山色倍淸幽.　금적산의 산색 두 배로 맑고 그윽해진다.
肖孫更搆宜堪賀,　훌륭한 자손들이 다시 집 지은 일 축하할 만하고
昔日遺蹤宛在眸.　옛날에 남긴 자취 완연히 눈앞에 있다.

四賢不可見,　사현四賢은 볼 수 없는데
石老瀑泉流.　돌은 늙고 폭포수는 흘러간다.
遺躅亞今宛,　남은 자취는 지금도 완연하니
浮生感古愁.　무상한 인생에 옛날을 생각하니 시름겨워라.
松筠待鳳鶴,　소나무와 대나무는 봉황과 학을 기다리고[126]
揭厲識方舟.　강을 건너는 일에는 배를 알아야 한다.[127]
地廢餘薰室,　황폐한 땅에 향기로운 방이 남아 있어
遐稀我思悠.　멀고 아득한 옛 일에 생각이 많아진다.

126　계당 옆의 송균(松筠). 봉학은 4현을 가리키는 말. 즉, 계당 옆의 송균이 4현을 기억,
　　혹은 그리워한다는 말이다.
127　게려(揭厲)의 강물: 그다지 깊지 않은 강물이라는 뜻이다. 『시경(詩經)』 「패풍(邶風)」
　　포유고엽(匏有苦葉)에 "허리띠에 찰 정도로 물이 깊으면 입은 채로 건너가고, 물이 무
　　릎 아래 정도로 차면 바지를 걷고 건너간다.[深則厲, 淺則揭]"라는 말이 있다.

又次前韻 永山 金錫疇

또 앞의 시에 차운하다 영산 김석주(金錫疇)

憶昔諸賢共醉眠,　옛날 여러 현인들 함께 취해 잠든 일 생각하면
考盤淸興正無邊.　은거지의 맑은 홍취 정말로 끝이 없다.
新堂屹立山如舊,　예나 다름없는 산에 계당이 새로 우뚝 서고
巖石依俙卜築年.　암석은 어렴풋이 집 짓던 때 그대로구나.

蒼松之下泌泉頭,　푸른 소나무 아래 비천泌泉128의 물가
杖屨曾同此地幽.　그윽한 이곳에서 지팡이 짚고 함께 거닐었었지.
高風邈矣今何見,　고상한 기풍은 아득하니 지금 어디서 볼 수 있나.
崒兀金山但入眸.　우뚝 솟은 금적산만 눈에 들어온다.

舊堂今搆感懷新,　옛 집이 이제 지어지니 감회가 새롭다.
遯世當年德潤身.　은둔한 당시에 덕으로 몸을 빛나게129 하였겠지.
喜有肖孫能述祖,　기쁘게도 어진 자손들은 조상의 가업을 계승하고
風光留待樂山人.　그때 풍광 남아서 어진130 사람을 기다린다.

128　형문과 비천: 형문(衡門)과 비천(泌泉)은 은자가 지내는 곳을 말한다. 『시경(詩經)』「진
　　풍(陳風)」「형비(衡泌)」에 "형문의 아래 한가히 지낼 만하고, 비천이 양양하니 굶주림
　　을 달랠 만하네.〔衡門之下, 可以棲遲; 泌之洋洋, 可以樂飢.〕"라는 말에서 유래했다.
129　《대학장구》전 6장에 "부유함은 집을 윤택하게 하고 덕은 몸을 윤택하게 한다.〔富潤
　　屋 德潤身〕" 하였다. 여기서는 계당의 덕이 봄바람과 같이 온화했음을 형용하였다.
130　《논어》〈옹야(雍也)〉의 "지혜로운 이는 물을 좋아하고 어진 이는 산을 좋아한다.〔知
　　者樂水 仁者樂山〕"라는 구절이 있다.

先賢遊憩地,	선현이 노닐고 쉬던 곳에
飛瀑抱山流.	쏟아지는 폭포가 산을 안고 흐른다.
松老留陳迹,	늙은 소나무엔 묵은 자취 남아 있고
雲深洗客愁.	구름 깊은 곳에선 나그네 시름 씻어낸다
共翔千仞鳳,	함께 천 길을 날던 봉황이[131]
還勝五湖舟.	도리어 오호五湖의 배[132]보다 낫구나.
遺址今新築,	남은 터에 지금 새로 집을 지으니
風光自此悠.	풍광이 이로부터 길이길이 이어지리.

---

131 천 길을 나는 봉황: 원문의 '천인봉황(千仞鳳凰)'은 천 길 하늘 높이 나는 봉황으로, 재
덕(才德)이 출중한 군자를 비유. 한(漢)나라 가의(賈誼)의 「조굴원문(弔屈原文)」에
"봉황이 천 길 높이 낢이여, 덕이 빛남을 보고 내려오도다.[鳳凰翔于千仞兮, 覽德輝而
下之.]"라고 하였는데, 여기에서 온 말이다. (『文選』卷60「弔屈原文」)

132 오호주(五湖舟). 범예(范蠡)가 공을 이룬 뒤에 미인 서시(西施)를 싣고 오호(五湖)에
서 배를 타고 떠났다.

敬次任丈韻

임씨 어르신의 시에 삼가 차운하다

處士何年築此堂,	처사는 어느 해에 이 집을 지었나
雲林高臥道心長.	구름 낀 숲에 고상하게 누우니 도심道心이 자라란다.
軒車視芥囂塵外,	시끄러운 세상 밖에서 벼슬을 가벼이 보고
猿鶴爲隣水石傍.	물과 돌 옆에서 원숭이와 학을 이웃한다.
洞號堅心操見確,	골짜기를 견심堅心이라 하여 지조와 견식을 굳게 하고
工臻畚畚積如崗.	삼태기 흙을 부어 나가니 산과 같이 쌓인다.
新齋依舊生顔色,	새로 지은 집 옛날과 같은 모습을 띠니
况若土墻復向陽.	흙벽을 대하고 섰다가 다시 볕을 향하는 듯하다.[133]

---

133 토장향양(土墻向陽):『회암집(晦庵集)』권10「차범석부제경복승개창운(次范碩夫題
景福僧開窓韻)」에, "어제 흙담에 얼굴을 대하고 섰다가, 오늘 아침 해를 향해 대나무
창문 열었네. 이 마음 도와 같이 막힘이 없다면, 밝고 어두움이 어찌하여 오고 가겠는
가?[昨日土墻當面立, 今朝竹牖向陽開. 此心若道無通塞, 明暗如何有去來?]"라고 읊었
다. 계당이 새로 세워짐에 다시 마음이 열린 듯하다는 뜻이다.

敬次先賢韻 永山金錫八

선현의 시에 삼가 차운하다 영산(永山) 김석팔(金錫八)

舊堂新搆壓溪頭,	시냇가에 옛집을 새로 지으니
雲水蒼蒼一倍幽.	구름 낀 물 푸르러 한층 더 그윽하다.
想像巖邊同醉臥,	바위 옆에 함께 취해 잠든 모습 상상하니
德星應聚對青眸.	덕성德星이 응당 모여 반갑게 대했겠지.

四賢何處見,	사현四賢을 어디서 볼 수 있을까.
遺址但溪流.	남은 터에는 다만 시냇물만 흐르는데.
瀑如吞恨咽,	폭포는 마치 한을 머금은 듯 오열하고
山似帶嚬愁.	산은 마치 찡그린 듯 근심하고 있구나.
幾耽智仁樂,	산수의 즐거움을 얼마나 즐겼나.
遐超宦海舟.	벼슬의 바다에 띄운 배를 멀리 뛰어넘었네.
肖孫能更搆,	어진 자손이 다시 잘 지으니
高趣古今悠.	높은 흥취 고금에 길이 이어가리라.

衫松新月好,	삼나무 소나무에 걸린 초승달 예쁜데
溪堂會幾人.	계당에 모인 사람 몇이었나.
談古論今坐,	고금을 논하며 앉아 있으니
幽興漸看新.	그윽한 흥취는 점점 새로워진다.

박기대朴器大(ㅇㅇ韻)(ㅇㅇ운)

謹次雲叟先生韻 李績

운수 김원행金元行선생의 시에 삼가 차운하다 이적(李績)

人去溪堂古,	사람이 떠나고 계당마저 오래되어
雲林久寂然.	구름 낀 숲이 오랫동안 적막하다.
高風山獨在,	고상한 풍모는 이 산에 홀로 남아 있고
遺躅月猶懸.	지난 자취는 달같이 높이 걸려 있다.
大老來何夕,	큰 어른들 오신 일이 어느 저녁 일이런가
雲翁又此年.	운옹雲翁[134]이 또 이 해에 왔었지.
況玆珍重筆,	더구나 이 보배롭고 귀한 글씨는
百世彰前賢.	백세토록 선현을 빛내리라

---

134 운수 김원행을 말한다.

謹次大谷先生韻 金錫老

대곡 성운成運선생의 시에 삼가 차운하다 김석노(金錫老)

舊堂新刱舊溪頭, 옛 집을 옛 시냇가에 새로 지었는데

風物依俙碧洞幽. 경치 아련하고 푸른 골짜기 그윽하다.

想像四賢遊憩日, 사현四賢이 노닐고 쉬던 날들 생각하면

一面離山喜入眸. 저 멀리 속리산이 기쁘게 눈에 들어온다.

又次雲叟丈席韻

또 운수 김원행金元行 어르신의 시에 차운하다

處士考槃地,	처사가 은거하던 땅
淸標久寂然.	맑았던 그 모습 오래도록 적막하여라.
雲愁山自屹,	구름은 근심스러운데 산은 절로 높고
巖老瀑空懸.	바위는 늙었는데
	폭포는 부질없이 걸려 있다.
遺躅宛今日,	남은 자취 지금도 완연하고
風光似昔年.	풍광도 옛날과 비슷하구나.
小堂仍舊葺,	작은 집은 옛 모습 그대로 지었기에
歎賞賀諸賢.	감탄하며 여러 현인께 하례한다.

丁亥春登覽溪堂因感先賢遺事 全州 李楘

정해년 봄에 계당에 올라 둘러보다가 선현이 남긴 일에 감회가 있어 전주 이목(李楘)

逝者如斯水,	가는 것이 이 물과 같구나.[135]
潺潺九曲流.	졸졸 아홉 굽이에서 흐른다.
雲林留舊約,	구름 낀 숲에 옛날의 약속이 있으니
花鳥莫新愁.	꽃과 새는 새로이 근심하지는 말게.
飛瀑層層玉,	쏟아지는 폭포는 층층이 쌓인 옥과 같고
危樓泛泛舟.	높이 솟은 누각은 둥둥 떠다니는 배와 같다.
先生何處見,	선생을 어디에서 볼 수 있을까.
高趣此間悠.	높은 흥취만이 이 사이에 넉넉하구나.

老檜蒼藤雨欲眠,	늙은 노송나무, 푸른 등나무에 비 그치려 하는데
歸然古宅小溪邊.	높이 솟은 고택은 작은 냇물 가에 있다.
世間名利看如土,	세간의 명예와 이익을 흙 보듯이 하던
雲水閑情已百年.	산수 속의 한가로운 정 이미 백 년이나 되었구나.

---

135 사자여사부(逝者如斯夫): 공자(孔子)가 일찍이 냇가에서 흐르는 냇물을 가리켜 이르기를 "가는 것이 이와 같구나, 주야로 쉬지 않는구나.〔逝者如斯夫, 不舍晝夜!〕"라고 한 데서 온 말인데, 이는 곧 잠시도 멈추지 않는 도체(道體)의 본연(本然)을 감탄한 것이다. (『논어』「자한(子罕)」)

不動溪山霽色新,　변하지 않는 시내와 산에 비 개어
　　　　　　　　색이 새로운데

何年此地以投身.　어느 해에 이 땅에 몸을 맡겼었나.

絃歌舊俗今尙在,　거문고 타고 노래하던 옛 풍속은
　　　　　　　　지금도 남아 있지만

盡是先生去後人.　모두 선생 떠난 뒤의 사람들이네.

謹次大谷先生韻 上黨後人 韓尙弼

대곡 성운成運 선생의 시에 삼가 차운하다 상당후인 한상필

先生遊憩地,　　　　선생이 노닐고 쉬던 땅

山屹小溪流.　　　　우뚝한 산에 작은 시냇물 흐른다.

醉興奇巖臥,　　　　취기가 일어나 기암에 누웠는데

堅心老檜愁.　　　　견심동에 늙은 노송나무 시름겹다.

日隨商嶺榻,　　　　날마다 상산商山의 고개를 따라

　　　　　　　　　　걸상을 마주하다가

時共李膺舟.　　　　때때로 이응의 배를 함께 타네.[136]

撫古盤桓立,　　　　옛날을 생각하며 배회하다 서니

白雲千載悠.　　　　흰구름은 천 년 동안 그윽하구나.

白雲飛繞玉峰頭,　　흰 구름 날아 옥 같은 봉우리를 둘렀고

綠檜蒼松玩轉幽.　　푸른 노송나무 푸른 소나무 구경하니

　　　　　　　　　　더욱 그윽해진다.

背牖披襟因納爽,　　북쪽 창에서 옷깃 헤치고서 시원한 바람 맞으면

離山風景豁双眸.　　속리산의 풍경이 시원하게 두 눈에 들어온다.

136　이응의 배: 후한의 이응(李膺)은 자가 원례(元禮)인데, 사람들이 그의 영접을 받기만
해도 "용문에 올랐다.〔登龍門〕"고 자랑할 정도로 명망이 높았다. 그 뒤에 곽태가 고
향에 돌아가려 하자 강가에 나와 전송한 제유(諸儒)의 수레가 수천 대나 되었는데, 오
직 이응과 곽태 두 사람이 한 배를 타고 건너갔다. 그 자리에 온 모든 빈객들이 이를
보며 신선과 같다고 찬탄하면서 부러워했다고 한다. 흔히 이곽선주(李郭仙舟)라는
고사로 전한다. (『後漢書』卷68「郭泰列傳」)

林溪石澗轉時新,　　수풀 우거진 돌 틈의 시내는 때에 따라 새롭고

恠鳥閑雲自襲身.　　괴이한 새와 한가로운 구름이 절로 다가온다.

崒嵂靑山千仞立,　　높디높은 청산 천 길 높이로 서 있는데

偃蹇眞態似高人.　　도도한 참 모습 고상한 사람과 비슷하구나.

塵客來時罷鶴眠,　　속인이 와서 학의 잠 깨우고

重新高閣石溪邊.　　돌 시냇가에 높은 누각 새로 세운다.

樑頭華額看猶美,　　들보머리의 화려한 현액 볼수록 아름답고

先生遺蹟感千年.　　선생의 남은 자취 천년을 감동시킨다.

謹次大谷先生韻 生員許豪

대곡 성운 선생의 시에 삼가 차운하다 생원 허호(許豪)

爲訪此堂溯澗頭,	이 집을 찾으러 시냇가로 거슬러 오니
百年遺韻水長流.	백 년 유풍이 물과 함께 길이 흐른다.
看松猶勝前人竹,	소나무 보니 앞 사람의 대나무보다 빼어나고
笑對南山喜拭眸.	웃으며 남산을 마주하고 기쁘게 눈을 닦는다.

小溪開數仞,	작은 시냇물 몇 길이나 열려 있고
風古山同屹.	고즈넉한 풍경 산과 함께 우뚝하다.
亭孤月共愁,	집은 외로이 달과 함께 근심하는데
只留遺世鉢.	다만 대대로 전하는 계통만 남아 있다.
未試濟川舟,	냇물을 건널 배 시험해 보지 못하여
欲問雲無語.	물어보려 하니 구름은 말이 없구나.
斜陽喚鶴悠,	석양에 학을 부르며 유유자적하니
莫是釣臺流.	이는 바로 낚시터의 무리 아니겠나.

敬次大谷先生韻處士公 (先生)六世孫復世 字士初 丁亥生

대곡 성운成運 선생의 시에 삼가 차운하다

처사의 육세손 복세(復世) 자는 사초(士初). 정해년 생이다.

築室考槃地,	집 짓고 은거하던 땅에
飛泉噴玉流.	폭포수가 옥을 뿜듯이 흐른다.
遺墟自生色,	유허가 저절로 빛나니
孱裔始無愁.	잔약한 후손들 비로소 근심이 없어진다.
可採靈芝草,	영지초를 캘 만하지만
肯從漁子舟.	기꺼이 어부의 배를 따른다.
順看壁上筆,	가만히 벽 위의 글자를 보니
華藻意悠悠.	화려한 글에 뜻이 아득해진다.

金山秀出醉溪頭,	금적산은 취와계가 빼어난데
一局名區自在幽.	한 구역 이름난 땅이 절로 그윽하다.
天爲高賢開此洞,	하늘이 고상한 현인을 위해 열어주신 이 골짜기
獨留風物聳人眸.	홀로 남은 경치들이 사람들을 놀라게 한다.

想像諸賢共醉眠,	여러 현인 함께 취해 잠든 모습 상상해보니
吾先同臥此溪邊.	우리 선조 이 냇가에 같이 누우셨겠지.
猗歟往事誰傳說,	아름답구나! 지난 일 누가 전할까
猶有瓊編鎭百年.	그래도 귀한 글이 남아 백 년을 지키고 있네.

敬次雲叟丈席韻

운수 김원행金元行어르신의 시에 삼가 차운하다

吾祖盤桓地,	우리 선조 거닐던 땅
先生獨悵然.	선생 홀로 슬퍼하셨네.
瓊篇續前美,	옥 같은 글이 앞 시대의 아름다움을 이어
華額合高懸.	화려한 현액과 함께 높이 걸어두었다.
德立開來學,	덕이 세워지니 후학들을 열어주고
言深戒少年.	훌륭한 말씀은 젊은이들에게 경계가 되네.
諸孫多感激,	여러 자손들 많이들 감격하니
從此益尊賢.	이로부터 현인을 더욱 높이리라.

敬次大谷先生韻 先生七世孫有鼎

대곡 성운 선생의 시에 삼가 차운하다 선생 7세손 유정(有鼎)

處士吾先祖,	처사는 우리 선조인데
曾爲隱士流.	일찍이 은자의 무리에 드셨다.
冥翁同枕臥,	남명 어르신과 함께 베고 누우셨고
谷老共歡愁.	대곡 어르신과 함께 기뻐하고 근심하셨지.
工鍊丹田玉,	공부는 단전丹田의 옥처럼 단련하고
心疎宦海舟.	마음은 벼슬 바다의 배 멀리 하셨다.
傳家兼孝友,	집안에 효도와 우애를 겸하라 전해주셨으니
後裔感懷悠.	후손들의 감회가 더욱 깊어진다.

敬次雲叟先生韻 <small>溪堂先生七世孫德鎭字順汝</small>

운수 김원행金元行선생의 시에 삼가 차운하다

계당 최흥림(崔興霖)선생 7세손 덕진(德鎭)자 순여(順汝)

先祖盤桓地,	선조께서 거닐던 땅
遺墟尚完然.	남은 터는 아직도 옛날 그대로다.
溪長銀瀑掛,	시냇물 길게 흘러 은하수 걸린 듯하고
洞邃石門懸.	골짜기는 깊어 석문을 걸어둔 듯.
古蹟非今日,	옛 자취 오늘과 같지 않지만
新堂似昔年.	새로 지은 계당은 옛날과 같구나.
家聲宜勿墜,	집안의 명성 떨어뜨리지 말게나
將看子孫賢.	장차 현명한 자손을 보리라.

訪溪堂感吟 邑主李侯定鎭

계당을 방문하여 감회를 읊다 고을 원님 이정진(李定鎭)

連流上石徑,　　　흐르는 물 따라 돌길 올라가니

花落草萋萋.　　　꽃잎은 떨어지고 풀만 무성하다.

境僻塵無累,　　　후미진 땅은 한 점의 먼지 없고

林深鳥自啼.　　　깊은 숲속에 새소리만 들린다.

高風百年在,　　　고결한 풍격은 백 년 동안 있었지만

遺躅幾人題.　　　남은 자취에 시를 지은 사람 몇이나 되나.

欲識先生趣,　　　선생의 아취雅趣 알고자 한다면

須看醉臥溪.　　　모름지기 취와계를 보아야 하리.

謹次凄字韻 崔有綱

'처凄'자 운의 시에 차운하다 최유강(崔有綱)

先賢遊憩地,　　　　선현께서 노닐던 땅에서

欽仰我心凄.　　　　우러러 사모하는 내 마음 처연하기만 하다.

有意林花落,　　　　뜻 있는 숲속의 꽃잎은 지고

多情夕鳥啼.　　　　저녁 새가 다정하게 지저귄다.

共被堂爲號,　　　　공피共被를 집 이름으로 삼고

堅心洞又題.　　　　견심堅心을 골짜기의 이름으로 지었네.

講磨宜此地,　　　　강론은 여기서 하는 게 마땅하겠지.

幽興踏春溪.　　　　그윽한 흥취로 봄 계곡 거닌다.

寄題崔兄茅堂

최 형의 계당에 시를 지어 보내다

金積千年閟,	금적산 천 년 동안 숨겨져 온 곳에
茅堂一日開.	어느 날 갑자기 모당이 세워졌네
淸愁滿臨水,	맑은 근심 가득 안고 강으로 가서
遐想集登臺.	누대에 모여 올랐던 때를 아득히 생각한다.
壑靜雲長在,	골짜기 고요한 곳엔 구름이 늘 덮여 있으련만
林深鳥不來.	숲은 하도 깊숙해 새도 날아오지 않네.
陶公釆分菊,	도연명은 일찍이 국화를 따서 나눠 주었고[137]
朱老喫同梅.	주자는 일찍이 매실을 함께 먹었네.[138]
老嶽晨昏閉,	오래된 산악은 아침저녁으로 닫혔는데
衰門表內開.	낡은 문은 안팎으로 다 열려 있네.
魂飄報恩界,	넋은 보은의 경계로 날아가고
淚盡堅鄕臺.	눈물은 망향대에서 다 흘린다오

---

137 도공은 동진(東晉)의 처사(處士) 도잠(陶潛)이다. 국화를 딴다는 것은 도잠이 국화를 좋아하여 정원에 많이 심었고, 또 그의 〈음주(飮酒)〉에 "동쪽 울 밑에서 국화를 따고, 하염없이 남산을 바라보네.[採菊東籬下, 悠然見南山.]"라고 한 데서 온 말이다.

138 주로는 두보(杜甫)의 이웃에 살던 주씨 노인이다. 두보의 〈절구사수(絕句四首)〉 첫 번째 시에 "집 서쪽에 죽순 기르느라 문을 딴 데로 내놓으니, 못 북쪽에 늘어선 산초 나무는 도리어 마을을 등졌네. 매실이 익거든 주로와 함께 먹기를 허락하고, 솔이 높 거든 완생과 마주해 담론을 하고자 하노라.[堂西長筍別開門, 塹北行椒却背村. 梅熟許 同朱老喫, 松高擬對阮生論.]"라고 하였다.

白鶴山中去,	흰 학은 산중으로 돌아갔는데
秋風海上來.	가을바람은 바다 위에서 불어온다.
無由剖巴橘,	이유 없이 파공巴公의 귤을 쪼개 보는데[139]
作處覓仙梅.	어느 곳에서 신선의 매화를 찾아본단 말인가[140]

---

139 옛날에 파공 사람이 자기 귤원(橘園)에 대단히 큰 귤이 있었는데, 이를 이상하게 여겨 쪼개어 보니, 귤 속에 수미(鬚眉)가 하얀 두 노인이 서로 마주 앉아 바둑을 두면서 즐겁게 담소를 나누고 있었다. 그중에 한 노인이 말하기를 "귤 속의 즐거움은 상산의 네 노인에 뒤지지 않으나, 다만 뿌리가 깊지 못하고 꼭지가 튼튼하지 못한 탓으로, 어리석은 사람이 따 내릴 수가 있었다.[橘中之樂, 不減商山, 但不得深根固蒂, 爲愚人摘下耳.]"라고 하였다. 《玄怪錄 卷3》 여기서는 보은(報恩)에 거주했던 김태암, 성대곡 두 노인을 귤 속의 두 노인에 빗대면서 그들을 알현할 길이 없음을 아쉬워한다는 뜻이다.

140 선매(仙梅)는 한대(漢代)의 선인(仙人) 매복(梅福)을 가리킨다. 그가 남창위(南昌尉)로 있을 때 왕망(王莽)이 한나라를 찬탈하자 벼슬을 그만두고 처자를 버리고 홀로 홍애산(洪崖山)에 들어가 득도하여 신선이 되었다는 고사가 전한다. 여기서는 보은의 산중에 모당을 짓고 은거한 최기림을 선인 매복에 빗대면서 그 역시 만날 길이 없음을 아쉬워한다는 뜻이다.

溪堂寂寞無人往遊, 心常慨然. 邑主李侯一日往見, 詠短律, 故奉次其韻. 任相周 作

계당이 적막하고 돌아보는 사람이 없어 마음이 항상 불편하였다

고을 원님 이후[李定鎭]가 하루는 가서 보고는 짧은 율시를 읊었기에 그 운을 받들어 차운하다. 임상주(任相周)가 짓다.

古亭人不到,	오래된 정자에 사람이 오지 않고
山徑草萋萋.	산속 오솔길엔 잡초만 무성하다.
階寂空花落,	섬돌 적막한 곳에 꽃은 부질없이 떨어지고
簷深鳥自啼.	처마의 깊숙한 곳에서 새들만 우는구나.
共衾先哲詠,	함께 자던 선현들의 시와
攀額後賢題.	높이 걸려 있는 후현들의 작품.
皂盖臨蒼壁,	고을 원님[141]의 수레가 푸른 절벽에 이르니
光生瀧瀧溪.	콸콸 흐르는 냇물에 빛이 반짝인다.

---

141 조개(皂盖): 흑색의 수레 덮개라는 뜻으로, 지방 장관을 가리킨다. 『후한서』 「여복지상(輿服志上)」에 "중 2000석과 2000석은 모두 수레 덮개를 흑색으로 한다.〔中二千石二千石皆皂盖〕"라고 하였다. 군수(郡守)는 녹봉이 2000석이다.

與諸益會溪堂感吟 戊子六月初伏

여러 벗들과 함께 계당에 모여 느낀 바 있어 읊는다

무자년(1768) 6월 초복

眞率溪堂會,	진솔한 계당의 모임에서
嘯吟好友同.	좋은 벗과 함께 읊어 본다.
却忘當世事,	지금 세상일 잊어버리고
迥溯古人風.	거슬러 올라 옛사람의 풍모 따른다.
鳥語喧如訴,	새소리는 하소연하듯 시끄럽고
泉聲聽欲聾.	폭포소리 들으니 귀먹으려 한다.
呼兒且進酒,	아이 불러 술 따르게 하니
山色有無中.	산색은 있는 듯 없는 듯.

박관지朴貫之[142]

勝地忘身老,	경치 좋은 곳에서 자신을 잊은 노인
年年與友同.	해마다 벗들과 함께했네.
石溪生活水,	바위의 계곡물은 활기찬 물을 뿜어내고
烟樹進淸風.	안개 낀 나무는 맑은 바람 내어온다.
洞號看賢筆,	골짜기의 이름에선 현인의 필적을 보고
塵愁喜我聾.	세상 근심에 귀먹은 것 기뻐한다.

---

142 박관지(朴貫之): 박진도(朴振道, 1711~?)로, 본관은 상주(尙州), 자(字)는 진도이다.
1754년(영조30) 증광시 생원에 3등으로 합격하였다.

何由挾經傳,　　　무슨 이유로 경전을 끼고서
講讀此山中.　　　이 산중에서 강독을 하는가?

임유보任幼輔

歲歲溪堂會,　　　해마다 계당에 모여
聯翩我輩同.　　　나란히 우리들이 함께하였네
本非偸漫興,　　　본디 멋대로 흥에 겨워한 게 아니라
爲是慕高風.　　　고결한 풍격을 흠모하기 때문.
山色頻開眼,　　　아름다운 산색에 자주 눈을 뜨고
世情忽若聾.　　　세속의 사정 따위 듣고자 하지 않는다.
平生蕭洒意,　　　평생 꿈꾸었던 맑고 깨끗한 뜻
在此水雲中.　　　이 강물과 구름 속에 있구나.

김여첨金汝瞻

褦襶猶忘熱,　　　세상물정 모르니[143] 오히려 더위를 잊고
仙區與友同.　　　신선의 구역에서 벗과 함께하네.

---

143 내대(褦襶): 내대자(褦襶子)라고도 하는데 미욱해서 분수를 모르는 자를 말한다. 『고
　　문원(古文苑)』에 실린 삼국 시대 위(魏) 나라 정효(程曉)의 '조열객시(嘲熱客詩)'에
　　"저기 저 내대자 보소, 무더위 속에 남의 집을 찾아다니네.[只今褦襶子 觸熱到人家]"
　　라는 표현이 있다.

濯纓醉溪水, 　취와계의 물에 갓끈을 씻고

露頂俗離風. 　속리산의 바람에 이마를 드러내네.

樽酒何妨醉, 　한 잔 술에 취하면 어떠리.

世情正欲聾. 　속정俗情에 귀막으려 하네.

最憐古賢躅, 　옛 현인의 자취 가장 사랑하니

多在此山中. 　이 산속에 많이도 있구나.

　　　　　　　　　　　　　　　박상천朴象天

溪堂今日會, 　오늘 계당에 모이니

蕭洒不謀同. 　계획하지 않았는데도 모두 깨끗하네.

忽若忘塵世, 　홀연히 세속을 잊은 듯하고

依然慕古風. 　의연히 옛 풍모를 사모하네.

啼禽能有意, 　지저귀는 저 새도 생각이 있겠지만

流水故教聾. 　흐르는 물이 짐짓 귀를 막아 주는구나.

更進一盃酒, 　다시 한 잔의 술을 건네니

醉吟此洞中. 　이 골짜기 안에서 취하여 읊조리세.

　　　　　　　　　　　　　　　최복세崔復世

共被閑齋會,　　공피실의 한적한 모임에

年年老少同.　　해마다 늙은이 젊은이들이 함께하였네.

一山乾淨地,　　온 산의 맑은 땅에서

先哲考槃風.　　지혜로운 옛 어른들은 은거의 풍취를 이루었네.

隱德心常慕,　　은자의 덕을 마음속으로 항상 흠모하여

塵愁耳欲聾.　　속세의 시름엔 귀 막으려 한다.

詩書留舊篋,　　시서가 옛 상자 속에 남아있으니

宜講此堂中.　　이 집에서 강론하는 것이 마땅하지.

최호인崔好仁

年年金積會,　　해마다 금적산에 모이니

佳客兩三同.　　가객들 여럿이 함께한다.

石帶群賢跡,　　암석엔 뭇 현인의 자취 남아 있고

軒淸處士風.　　집은 처사들의 풍취를 맑게 한다.

身遊雲裡景,　　몸은 구름 속 경관에 노닐고

耳喜世間聾.　　귀는 세속의 소리 막혀 즐겁구나.

昔日詩書禮,　　지난 날 시서와 예를

頻論此洞中.　　자주 이 골짜기에서 논하였었지.

이명한李明漢

入山招隱日,　　　산에 들어와 은자를 부르던 날

托契幾人同.　　　몇 사람이 함께 사귀었네.

堂古南溟被,　　　오래된 집에서 남명 선생과 이불을 함께 덮었고

水長大谷風.　　　길게 흐르는 물에는 대곡 선생의 풍취가 서려 있다.

詩書看不厭,　　　시와 문장은 아무리 보아도 싫증나지 않고

名譽聽如聾.　　　명성과 칭송은 귀먹은 체하였네.

文酒又今世,　　　지금 또 다시 글 짓고 술 마시니

幽閑集在中.　　　그윽하고 한적한 운치 이 속에 다 모였구나.

최유강崔有綱

緣溪一路上山頭,　　한 줄기 시냇길 따라 산꼭대기로 오르는데

結構高堂興獨幽.　　높게 지은 계당, 그 흥취 홀로 그윽하다.

賴有後賢留正筆,　　어진 후손 덕분에 바른 글귀 남아

光前楣額映人眸.　　전현들을 빛내는 편액들이 사람들 눈에 비치네.

최유강崔有綱

堂卽我先祖處士公隱屛考槃之地也. 年來癈而不修, 爲子
孫悲感之情, 尤無可言. 庚辰秋, 一門諸族隨力鳩財, 甲申春
創議改建, 乙酉春斷手. 故遠近士林章甫, 齊會登覽, 便成勝
會. 曰感吾先祖遺蹟, 披閱成大谷曹南溟遺詩, 而互相次韻.
其後春暮, 渼湖雲叟金先生, 自縣齋登臨覽新堂之重修, 感
前賢之高趣, 因作四韻詩, 又書堂額及高山仰止四字, 共被
室, 醉臥溪六字, 而又作堂記以贈, 翌年春揭刻. 非但古堂之
重光, 喜見溪山之生色. 登斯堂, 油然有感舊之情, 姑忘僭
越, 謹次遺韻耳. 溪堂先生十世孫德鎭.

계당은 우리 선조 처사 공께서 은거하며 지내시던 곳이다. 근래에
버려져서 수리하지 못하자 자손들의 슬픈 마음은 더 말할 것도 없었
다. 경진(1760)년 가을에 온 집안의 여러 일가들이 형편에 따라 재물
을 모았고, 갑신(1764)년 봄에 개건하자는 이야기가 비로소 나왔으
며, 을유(1765)년 봄에 마침내 완성되었다. 원근의 유생들이 일제히
모여 올라보니 성대한 모임이 되었다. 우리 선조께서 남기신 자취에
감동하고, 대곡 성운成運선생, 남명 조식曹植선생의 시를 찬찬히 열
람하고서는 서로 차운하였다.

그 후 늦봄에 미호渼湖 운수 김원행金元行 선생이 관아에서 올라와
새로 지은 계당의 모습을 보고는 옛날 어진 이들의 고아한 풍취에 감
동하였다. 그리고 사운四韻의 시를 짓고, 또 계당의 편액과 '고산앙
지高山仰止' 네 글자와 '공피실共被室, 취와계醉臥溪' 여섯 글자를 쓰
고, 또 계당의 기문記文을 지어서 증정하였다. 이듬해 봄에 글자들을
새겨서 걸었다. 비단 옛날 계당이 거듭 빛났을 뿐만이 아니라 계곡과
산에 빛이 나는 것을 기쁘게 볼 수 있었다. 계당에 오르자 옛 정취에

푹 빠지게 되어 주제넘음을 잊고서 남기신 시에 삼가 차운한다.

　계당 최흥림崔興霖선생 10세손 덕진德鎭.

金積堅心洞,　　　금적산 견심동에

高堂近瀑流.　　　높은 집 가까이 폭포가 흐른다.

昔聞詩禮講,　　　옛날에 시와 예를 강론했단 소문 들었는데

今見水雲愁.　　　지금은 시름겹게도 물과 구름만 보인다.

世仰山林德,　　　세상은 숨어 사는 선비의 은덕隱德을 받들지만

波殘學海舟.　　　세파는 배움의 바닷배를 부순다.

新楣題舊額,　　　새집 문 위에 옛 편액 쓰니

鳳月復悠悠.　　　경치가 다시 아련하구나.

小堂重結舊山頭,　　오래된 산기슭에 작은 집을 다시 지으니

巖下飛泉曲曲幽.　　바위 아래로 쏟아지는 폭포수 굽이굽이 그윽하다.

昔日諸賢遊憩地,　　지난 날 여러 현인들이 거닐며 쉬던 곳에서

後來多士拭靑眸.　　후세의 많은 선비들 반가운 눈길[144]로 보네.

144　청모(靑眸): 청안(靑眼). 반가워하는 눈빛을 의미한다. 진(晉) 나라 완적(阮籍)이 달갑
　　지 않은 사람에게는 백안(白眼)을 보이고 반가운 사람에게는 청안(靑眼)을 보였던 고
　　사에서 유래한 것이다.

次雲叟先生韻 (先生八世孫好仁)

운수 김원행金元行 선생의 시에 차운하다
[선생의 8세손 호인(好仁)]

先生臨古址,	선생께서 옛터에 오시자
林壑亦忻然.	숲과 골짜기 또한 즐거워하네.
德有高山重,	선생의 덕이 높은 산처럼 중후하여
人瞻北斗懸.	사람들이 북두성처럼 우러른다.
墨花新舊額,	먹으로 쓴 글씨는 옛 편액에 새롭고
詩汁詠當年.	시편들은 그 당시를 읊는다.
因感淸陰誌,	청음 선생의 묘지명에 감동하였으니
光前有後賢.	앞 세대 빛내는 일 후현들에게 달려 있네.

用然字韻呈邑宰金公[145]

'연然'자 운을 써서 고을 원님 김이안 공께 바치다

我侯三世贊吾先,	고을 원님 삼대 동안 우리 선조를 기리니
不獨文章共炳然.	문장만 함께 빛나는 것이 아니다.
德望古今山斗仰,	덕망은 예나 지금이나 태산북두처럼 추앙받고
徽言前後日星懸.	아름다운 말은 앞뒤로
	해와 별같이 높이 걸려있다.
雲翁筆揭臨堂日,	운수雲叟 어른의 필적이 계당에 모신 날 걸렸고
淸老恩深誌墓年.	청음淸陰 어른의 은혜는
	묘지명 짓던 해에 깊었다.
又有妥忠高閣上,	타충각妥忠閣이 또 높다랗게 있고
重修文記美前賢.	중수기문重修記文은 선현을 찬미한다.

---

145 김이안(金履安): 1722~1791. 본관은 안동(安東). 자는 원례(元禮), 호는 삼산재(三山
    齋). 상헌(尙憲)의 후손으로 창협(昌協)의 증손자, 원행(元行)의 아들이다.

又次任(生員)韻

또 임 생원의 시에 차운하다

壁立高山此一堂,	높은 산처럼 우뚝 선 이 계당에
八世修藏感意長.	8대 동안 은거하였으니 감개가 무량하다.
前賢杖屨如臨座,	선현들의 행차가 자리에 있는 듯하고
先祖神靈若在傍.	선조의 신령 마치 곁에 계신 듯하다.
舊迹聲留飛瀑水,	옛날의 자취와 명성 폭포수에 남아 있고
新楣生色白雲崗.	새로운 편액은 백운 낀 산에 빛난다.
煌煌大筆樑頭煥,	찬란한 큰 글씨는 들보머리에서 빛나고
竹牖今朝復向陽.	오늘 아침 대나무 창문을 열고 해를 향하네.[146]

四賢曾共被,	일찍이 네 현인이 함께 잤으니[147]
交契出凡人.	보통사람보다 뛰어난 분들과 사귀었었지.
今夜論心地,	오늘 밤 마음을 논하던 이곳에
遺風況復新.	남겨 놓은 풍취風趣가 다시 새롭다.
共被室韻	공피실운

---

146 『회암집(晦庵集)』권10 「차범석부제경복승개창운(次范碩夫題景福僧開窓韻)」에, "어
   제 흙담에 얼굴을 대하고 섰다가, 오늘 아침 해를 향해 대나무 창문 열었네. 이 마음
   도와 같이 막힘이 없다면, 밝고 어두움이 어찌하여 오고 가겠는가?昨日土牆當面立,
   今朝竹牖向陽開. 此心若道無通塞, 明暗如何有去來?"라고 읊었다.

147 사현(四賢): 남명(南溟) 조식(曺植), 대곡(大谷) 성운(成運), 동주(東洲) 성제원(成悌
   元), 계당(溪堂) 최흥림(崔興霖)을 가리킨다.

謹次大谷成先生韻 先生七世孫有綱

대곡 성운成運 선생의 시에 삼가 차운하다 선생 7세손 유강

山與武夷起,　　　산은 무이武夷[148]와 함께 일어났고

溪連濂洛流.　　　계곡은 염락濂洛[149]과 이어져 흐른다.

好修違世態,　　　수양하기 좋아한 성품 세태와는 맞지 않아

卜隱鮮塵愁.　　　은거할 곳 잡아 세속의 시름 벗어났네.

欲採靈芝草,　　　영지를 캐고자 하여

將招瀜海舟.　　　맑은 기운의 배를 불러 띄우려 하네.

寥寥千載下,　　　쓸쓸한 천고의 세월 뒤에

引古我懷悠.　　　옛일을 떠올리자 정회가 아득해지네.

千年遺址結廬新,　천 년 된 옛터에 집을 새로 지으니

白水蒼山可隱身.　맑은 물 푸른 산, 몸을 숨길 만하다.

遯世高標誰復繼,　세속을 피한 높은 기상 누가 다시 이어갈까.

待他別界後來人.　별천지에서 뒤에 올 사람 기다린다.

遯世何年醉夢醒,　세속을 피한 지 몇 년이나 되어야

　　　　　　　　　취한 꿈을 깨려나.

148　무이(武夷): 무이산(武夷山)은 주희가 정사(精舍)를 짓고 강학하던 곳이다.

149　염락(濂洛): 염(濂)은 염계(濂溪)의 주돈이(周敦頤)를 가리키고 낙(洛)은 낙양(洛陽)의 정호(程顥)·정이(程頤) 형제를 가리키는데, 모두 송대(宋代)의 저명한 성리학자(性理學者)이다.

閑中日月問山靈.　　한가한 세월을 산신령에게 묻는다.

寂然人去堂猶在,　　사람 떠난 적막한 곳에 계당이 아직 남아 있어

照後令名炳日星.　　후세에 전하는 훌륭한 명성

　　　　　　　　　　해와 별처럼 빛나는구나.

閑雲流水愛無眠,　　한가한 구름 흐르는 강물

　　　　　　　　　　사랑스러워 잠 못 드는데

依舊風烟若簡邊.　　예전과 같은 풍경 어디에 있는가.

隨柳訪花頻到此,　　버들 따라 꽃 찾아 자주 이곳에 오는데

前賢幽趣又今年.　　선현의 그윽한 풍취 올해도 남아 있구나.

又次任(生員)韻

또 임 생원의 시에 차운하다

青春作伴上溪堂,	푸른 봄날 짝을 지어 계당에 오르니
溪柳林花谷短長.	계곡엔 버들이, 숲엔 꽃들이,
	골짜기는 길었다 짧았다 하네.
看書小室層崖裡,	층층 벼랑 속 작은 집에서 책을 보는데
棲鶴孤松眾草傍.	학이 깃든 외로운 소나무 무성한 풀 가에 있네.
古蹟岩餘仙去榻,	옛 자취 깃든 바위는 신선 떠난 걸상이고
高山雲鎖鳳鳴崗.	높은 산 구름 낀 곳은 봉황이 울던 산이구나.
徊徨此地人誰在,	이곳을 배회하던 이 그 누가 남아 있는가.
寂莫衡門掩夕陽.	적막한 사립문은 석양 속에 닫혀 있네.

謹次邑主李侯所詠溪堂韻 朴致弘

고을 원 이 공李公이 읊은 「계당시溪堂詩」에 삼가 차운하다

박치홍(朴致弘)

先生一去後,	선생이 한번 떠난 뒤
春草幾萋萋.	봄풀은 몇 번이나 무성했었나.
水豈無心潔,	물은 어찌 그리 무심히도 맑고
鳥能有意啼.	새는 뜻이 있어 우는가.
堂高雲叟詠,	운수雲叟 어른의 시가 계당溪堂에 높이 걸리고
巖煥使君題.	사신使臣의 시는 바위에서 빛나네.
肯構賢孫在,	가업을 잇는 훌륭한 자손들 있어
新楣尚舊溪.	편액은 새로워도 계곡은 옛 모습이다.

謹次先賢韻 并序 先生八世孫好仁

선생의 시에 삼가 차운하다 병서 선생의 8세손 호인

溪堂卽我先祖棲息之所也, 先賢從遊之地矣. 中爲雲烟草木之場而創修者三, 今於乙酉春, 處士公後裔言者人, 鳩工落成, 會以爲娛. 雲賢在座, 少長咸集, 眞可謂山林間一勝事也. 于時, 春和景明, 勝賞萬千, 不可無詩. 詠雲叟公興感前賢之躅, 詩且爲記, 以述舊事. 尤不勝後人之感而和者, 多矣. 余亦側末, 攬時撫古, 續之以數章詩律. 固知僭竊, 而聊序感慕懷云爾.

계당은 우리 선조께서 지내시던 곳이요, 선현들이 노닐던 곳이었다. 중간에 안개 낀 초목으로 황폐하게 된 적이 있었다가 집을 새로 지은 것이 세 번이다. 금년 을유(1765)년 봄에 처사공의 후손 여럿이 장인들을 모아 완공을 하고서 모여 즐겼다. 이 자리에 후손들도 참석하여 노소老少가 모두 모였으니, 참으로 산림 간에 있었던 일 가운데 가장 훌륭한 일이라고 할 만하였다.

그날은 봄이 따스하고 햇살이 밝아 빼어난 경치가 수만 가지여서 시를 짓지 않을 수가 없었다. 운수 김원행金元行 선생께서 옛 현인들의 자취에 감흥을 일으켜 시를 짓고 또 기문을 지어 옛 자취를 서술하였다. 후손들 중에도 감회를 이기지 못하여 화답한 사람이 아주 많았다. 나 또한 말석末席에서 옛날의 자취를 더듬어 이어서 몇 편의 시문을 지었다. 진실로 분수에 맞지 않는 줄 알지만 오로지 감회와 사모의 뜻을 펼칠 따름이다.

遺慕金積下,　　흠모의 마음 서려 있는 금적산 아래

飛瀑玉層流.　　쏟아지는 폭포는 옥이 떨어지는 듯.

一代盤桓跡,　　그 당시 은거하던 자취를 보니

百年曠感愁.　　백 년 뒤에 태어난 것이 아쉬워 서글프게 하네.

石壇宜講道,　　석단은 도를 강론하기 좋은데

學海孰回舟.　　학문의 바다에서 누가 배를 돌렸나.

舊額扁新戶,　　새로 지은 계당에 옛 편액 다시 걸어두니

今來興轉幽.　　지금 그 흥취 도리어 그윽하구나.

金華流水水西頭,　　금적산의 강물은 서쪽으로 흘러가고

依舊林泉境僻幽.　　숲과 샘물은 예전 같고 외진 경치는 그윽하다.

此日雲孫重建屋,　　오늘 후손들이 새로이 집을 지으니

百年陳迹感雙眸.　　백 년의 묵은 자취 두 눈을 감동시킨다.

嵂岸春岑靜似眠,　　높은 언덕과 봄 산은 잠든 듯 고요한데

舊堂重構小溪邊.　　계당이 작은 냇가에 새로 지어졌다.

南冥大谷從遊後,　　남명, 대곡 선생이 노닐고 난 뒤

啼鳥聲中問昔年.　　새 울음소리 들으며 옛 일을 묻는다.

巖瀑庭松雨後新, 　바위 사이 폭포와 뜰 안의 소나무 비 갠 뒤 새로워

短筇忙展任隨身. 　짧은 지팡이 짚고 되는대로

　　　　　　　　　몸을 맡겨 바삐 돌아다니네.

此間不但風烟好, 　여기는 경치만 좋은 것이 아니라

昔日考盤碩德人. 　옛날 큰 덕을 지닌 사람들 숨어 살았었지.

誰招勝友醉還醒, 　누가 좋은 벗들을 초대하여 취하고 깨었었나?

此地先生養性靈. 　이곳은 선생께서 성령을 기르던 곳.

冥漠神交今百載, 　아득한 옛날의 정신적 교류, 이제 백 년이 지나

只看徽躅炳如星. 　별처럼 빛나는 아름다운 자취만 보이는구나.

敬次雲叟先生韻 先生八世孫好敬

운수 김원행 선생의 시에 삼가 차운하다 선생 8세손 호경

先祖逍遙處,　　선조가 거닐던 곳에

光臨豈偶然.　　찾아오신 것이 어찌 우연일까.

德容山岳立,　　덕이 있는 용모는 산악이 우뚝 선 듯

明訓日星懸.　　밝은 가르침은 해와 별이 드리운 듯.

地重題詩石,　　땅이 중요해진 것은 시를 돌에 새기고서고

堂高揭額年.　　집이 높아진 것은 편액을 걸어둔 때부터라네.

淸陰遺誌在,　　청음 선생께서 묘지명 남기시고

雲叟繼先賢.　　운수 선생께서 선현을 이으셨구나.

又次任丈韻

또 임 어르신의 시에 차운하다

踏花隨柳上溪堂,	꽃 밟고 버들 따라 계당에 올랐는데
山自高高水自長.	산은 절로 높디높고 물은 절로 길구나.
數字華楣蒼壁右,	몇 글자 화려한 편액 푸른 벽 옆에 있고
三春紅樹碧溪傍.	봄 단풍나무가 푸른 시냇가에 서 있다.
傷心杖屨尋何處,	서글퍼라, 함께 노닐던 그곳 어디서 찾을런가
無語風光宛舊崗.	말 없는 풍광은 옛 산 그대로구나.
仰感前賢全盛事,	선현의 성대한 일 우러러 감동하는데
堅心洞古但斜陽.	견심동은 석양에 비쳐 더욱 예스러워라.

感吟 先生九世孫奎煥

감회를 읊다 선생의 9세손 규환(奎煥)

先祖遺堂僻且幽,	선조께서 남기신 계당 외지고 그윽한데
考盤當日四賢遊.	은거하던 그 당시에 네 현인이
	함께 노닐었다지.
詩書講討蘇齋友,	소재[150]와 함께 시서詩書를 토론했고
杖屨逍遙大谷儔.	대곡과 짝하여 지팡이 짚고 거닐었다네.
張老淸談傳盛事,	장씨 노인의 청담淸淡[151]이 성대한 일 전하고
曹公醉墨憶風流.	조 공의 취흥에 젖은 글[152] 풍류를
	떠올리게 한다.
雲翁寓慕千秋地,	운수 어른이 오래된 이 땅을 사모하여
特字華扁小閣留.	특별히 화려한 편액 써서 작은 누각에 남겼네.

---

150 노수신(盧守愼)의 호. 노수신(1515~1590)은 자는 과회(寡悔), 본관이 광주로 조선 중
기 문신, 학자. 을사사화 때 이조좌랑에서 파직되어 귀양 갔었고, 선조(宣祖) 즉위 후
에는 우의정, 좌의정을 거쳐 영의정에 올랐다. 문집에 『소재집(蘇齋集)』이 있다.

151 청담(淸淡): 세속적인 이야기가 아닌 무위자연(無爲自然)의 고상한 말을 이른다. 여기
서는 남명과 소재 등 벗들이 계당에 모여 시를 지어 자연을 노래한 고사를 가리킨다.

152 취묵(醉墨): 취중에 시화(詩畫) 등을 쓰고 그리는 것을 이른 말이다.

謹次雲叟韻 後孫有大

운수 김원행 선생의 시에 삼가 차운하다 후손 유대(有大)

百代吾先蹟,	백 년 된 우리 선조의 자취
有光誰使然.	빛이 나는데 누가 그렇게 하였을까.
家聲肯構在,	집안의 명성은 가업을 잘 계승하는 데[153] 달려 있고
紹述一心懸.	선대의 일을 밝힘은 마음 모으는 데 달려 있다.
德彰首論日,	맨 처음 논의한 날에 덕이 드러났고
堂新蓄財年.	재물 모은 해에 계당이 새로워졌으니
豈嫌無事功,	어찌 공적이 없음을 꺼릴까
庶不愧前賢.	거의 선현에 부끄럽지 않을 것이리.

---

153 긍구(肯構): 긍당긍구(肯堂肯構)의 준말로 가업을 이어받아 발전시키는 것을 비유한 말이다. 『서경(書經)』 「대고(大誥)」에 "만약 아버지가 집을 지으려 하여 이미 그 설계까지 끝냈다 하더라도, 그 자손이 집터도 닦지 않으려 하지 않는다면 어떻게 집이 완성되기를 기대할 수 있겠는가(若考作室, 旣底法. 厥子乃弗肯堂, 矧肯構.)"라는 구절에서 왔다.

登金積溪堂感吟 先生外八代孫驪興閔光迪

금적산의 계당에 올라 감회를 읊다
선생의 외팔대손 여흥(驪興) 민광적(閔光迪)

先生遺躅宛留堂,　　선생의 남은 자취 계당에 완연한데

是處山高水又長.　　이곳은 산 높고 물 또한 길다.

境僻堅心深洞裡,　　궁벽한 견심동 골짜기 깊숙하고

巖奇醉臥小溪傍.　　시냇가 옆 취와라 쓴 바위 기이하다.

高風特立庭前檜,　　고결한 풍모는 뜰 앞에 우뚝이 서 있는
　　　　　　　　　　회화나무 같고

幽趣重圍屋後崗.　　그윽한 정취는 집 뒤 겹겹이 둘러싼
　　　　　　　　　　산등성이 같아라.

想得諸賢遊賞地,　　제현들이 노닐며 감상하던 곳을 생각하다

悠然忘返倚斜陽.　　석양에 기대어 아득히 돌아갈 생각을 잊었네.

謹次大谷韻四絶一律 雲叟公一律 朴上舍一律 并小序 德殷宋徵圭聖三謹稿

대곡 성운成運 선생의 절구 4수와 율시 1수, 운수 김원행金元行 공의 율시 1수, 박진사의 율시 1수에 삼가 차운하다 덕은 송징규 성삼이 삼가 쓰다.

欽聞玆舍自髫頭,	이 집에 대해서는 더벅머리 시절부터 들었지만
今日登臨果僻幽.	오늘에야 오르니 과연 궁벽하고 그윽하구나.
磵石林雲依舊地,	시냇가의 돌과 숲속 구름은 옛 모습 그대로인데
爲尋遺躅洗塵眸.	옛 자취 찾으려고 먼지 낀 눈을 비빈다.

堂名雖久結惟新,	계당의 이름 오래지만 지은 것은 새로운데
恨未今留處士身.	한스럽게도 지금 처사는 계시지 않네.
大谷南溟誰復致,	대곡 남명 두 선생 중 누구를 다시 부를까?
臨風興感動傍人.	바람결에 감흥이 일어 옆 사람도 감동시킨다.

誰與同酣誰與眠,	누구와 함께 취하고 누구와 함께 잠들었나.
當時閒樂想無邊.	당시의 한가한 즐거움 생각해도 끝이 없다.
依然舊舍臨溪在,	옛집은 냇가에 그대로 있는데
欲夢群賢已百年.	현인을 꿈꾸지만 이미 백 년의 세월 흘렀어라.

山色溪聲宿酒醒,　　산색과 계곡물 소리에 묵은 취기 달아나고

塵愁蕭散喚心靈.　　세속 시름은 흩어지고 마음을 환기시킨다.

肯將地勝論徽躅,　　빼어난 경치를 즐기며

　　　　　　　　　아름다운 자취를 논하니

魂氣分明化列星.　　영혼은 분명히 무수한 별 되었으리.

氣像瞻金積,　　　　기상은 금적산을 보는 듯하고

襟懷俯玉溜.　　　　가슴 속 회포는 맑은 물을 굽어본다.

固多三老蹟,　　　　참으로 많은 세 어른의 자취

摠入百年愁.　　　　백 년의 시름이 모두 들어가 있다.

孤檜懸瓢樹,　　　　외로운 노송나무는 표주박 거는 나무요

奇巖避暑舟.　　　　기이한 암석은 더위 피하는 배로구나.

誰能陪鼎坐,　　　　누가 모셔서 셋이 앉을 수 있을까?

生晩恨悠悠.　　　　뒤늦게 태어남에 한스런 마음만 늘어난다.

溪堂雖久矣,　　　　계당이 비록 오래나

物色尚依然.　　　　풍경은 아직도 여전하다.

密通雙崖合,　　　　두 벼랑 사이는 좁아졌다 넓어졌다 하고

高低二水懸.　　　　두 갈래 물줄기 높고 낮게 걸려 있네.

蹟留如昨日,　　　자취가 어제처럼 남아 있는데

人去問何年.　　　사람이 떠난 날은 언제였던가.

一嘯聊興慕,　　　휘파람 불며 사모하는 마음 일으키니

雲翁亦後賢.　　　운수雲叟 어른 또한 후세의 현인이구나.

一筇霱雨至,　　　지팡이 짚고 비 맞으며 계당에 이르니

諸伴訪溪同.　　　여러 벗들도 함께 계곡을 방문했네.

不返遼陽鶴,　　　요양의 학은 돌아오지 아니하고

空留瀨水風.　　　허유가 귀 씻던 자리만 부질없이 남아 있다.[154]

立祠宜顯道,　　　사당을 세워 도를 드러내기에 적당하건만

出語孰開聾.　　　말씀으로 누가 몽매함 깨워줄 것인가?

先輩多文墨,　　　선배들은 많은 글을 남겼는데

都非是論中.　　　그 모두 강론 속에 있지는 않구나.

154　영수풍(瀨水風): 요(堯) 임금이 일찍이 허유(許由)에게 천하를 양도(讓與)하겠다고
　　　하자 허유가 그 말을 듣고는 자기 귀를 더럽혔다 하여 영수(潁水)에 가서 귀를 씻었
　　　다는 고사가 전한다. (『莊子』「逍遙遊」)

敬次溪堂韻 先生外八代孫晉陽姜在文謹稿

계당溪堂선생의 시에 삼가 차운하다
선생의 외8대손 진양(晉陽) 강재문(姜在文)이 삼가 쓰다.

沿溪遂曲訪源頭，　　계곡물 따라 굽이굽이 근원을 찾아가니

木石參差鎖洞幽．　　들쭉날쭉 나무와 돌이 그윽한 골짜기에 막혔네.

有屋翼然臨玉瀑，　　계당이 옥 같은 폭포에 우뚝 서 있어

却敎塵客爽心眸．　　속세의 나그네 눈과 마음 상쾌하게 한다.

十年重到棟橡新，　　십년 만에 다시 오니 건물이 새로워

想像先生舊隱身．　　선생이 예전에 은신했던 때를 떠올린다.

彷佛典刑何處得，　　어렴풋한 그 모습 어디서 얻을까?

從心傷慕異諸人．　　마음속으로 슬퍼하고 그리워하는 것이
　　　　　　　　　　남다르다.

聖薇山靜也如眠，　　성미산은 잠든 듯이 고요한데

下有飛瀑繞堂邊．　　아래에 세찬 폭포수 계당을 둘러 흐른다.

處士高風從此見，　　처사의 고결한 풍취 이곳에서 보니

宜君愛護萬斯年．　　선생에 대한 애호愛護는
　　　　　　　　　　만년토록 이어가리.

孰與當年共醉醒，　　그 옛날 누구와 더불어 취하고 깨었던가?

依依遺躅問峯嶺．　　어렴풋이 남아 있는 자취를 봉우리에 묻노라.

南冥大谷東洲去,   남명, 대곡, 동주 선생 모두 떠나고

這裡因無聚德星.   이곳에 덕성德星이 모이는 일이 더는 없네.

象外雙崗合,   세속 밖에서 두 산이 합하고

堂前二澗流.   집 앞엔 두 줄기 여울물이 흐른다.

會文喧欲樂,   글을 통해 모여서는[155] 즐겁게 떠들고

究道黙如愁.   묵묵히 시름하는 듯 도를 탐구하였네.

迹遍春風屐,   봄바람 속 나막신 자취가 두루 미치고

人空夜雪舟.   부질없이 눈 내린 밤에 배[156] 타는 사람 있어라.

此間希末照,   여기서 고인이 남긴 풍모 사모하여

俛仰意悠悠.   쳐다보고 굽어보자니 회포 끝없어라.

---

155   원문의 '회문(會文)'은 '이문회우(以文會友)'를 줄인 말로《논어》〈안연(顏淵)〉에 "군자는 학문으로써 벗을 모으고, 벗으로써 인을 돕는다.[君子, 以文會友, 以友輔仁.]"라고 보인다.

156   원문의 설주(雪舟)는 벗을 찾아감을 뜻하는 말이다. 진(晉)나라 왕자유(王子猷)가 산음(山陰)에 살면서 눈 내리는 밤, 불현듯 섬계(剡溪)에 있는 벗 대안도(戴安道)가 생각나서 작은 배를 타고 찾아갔다가 정작 그곳에 도착해서는 문 앞에서 다시 돌아오기에 그 까닭을 물었더니, "내가 본래 흥에 겨워 왔다가 흥이 다하여 돌아가는 것이니, 대안도를 보아 무엇 하겠는가." 하였다고 한 고사가 있다. 여기서는 대곡, 남명, 동주 등 현인들의 우정을 빗대어 표현한 것이다.

敬次溪堂韻 後學閔光胤謹稿

계당 선생의 시에 삼가 차운하다 후학 민광윤이 삼가 쓰다.

歸然堂獨立,	우뚝한 계당이 홀로 서 있어
展也碩人流.	진실로 덕망 높은 선비의 유풍이다.
剩取逍遙地,	선현들이 노닐던 곳 두루 살펴보며
任他湏洞愁.	끝없는 근심[157] 일어도 개의치 않네.
雲深宜藥竈,	구름 깊은 이 골짜기 약 달이는
	부엌 두기 좋지만
花落怖漁舟.	꽃이 떨어지니 고기잡이 배 올까 두렵다.[158]
想像懷無已,	선현을 떠올리니 생각이 끝없는데
還家一夢悠.	집에 돌아오니 한바탕 꿈처럼 아득하다.
聞風人有立,	어진 기풍을 듣고 일어선 사람 있어[159]
入洞意悠然.	골짜기에 들어서니 생각이 끝없다.
志節松筠老,	지조와 절개는 오래된 송죽같이 변함없고
精神水月懸.	정신은 수월水月처럼 맑게 걸려 있도다.

---

157 홍동((湏洞)은 연속된다는 뜻으로, 두보(杜甫)의 〈자경부봉선현영회(自京赴奉先縣詠懷)〉 시에 "근심의 끝이 종남산과 가지런하여, 연속되는 근심을 걷을 수가 없네.[憂端齊終南 鴻洞不可掇]" 한 데서 온 말이다.

158 "깊은 숲속은 …… 고기잡이 배 올까 두려워라.": 무릉도원(武陵桃源)을 찾아가는 어부가 있었는데, 다시 그런 일이 있어 세상에 알려질까 두렵다는 뜻이다.

159 "그 기풍을 …… 있었나니": 『논어』에 "어진 사람은 다른 사람도 서게 해 준다.[仁者己欲立而立人]"는 구절이 있다.

詩留曾和韻,　　　시가 남아 있어 일찍이 화답하고

堂凡更修年.　　　계당은 다시 고치고 수리하였네.

有德宜交德,　　　덕 있는 사람은 마땅히 덕 있는 사람과 사귀니

巍巍共被賢.　　　함께 이불 덮고 자던 현인

　　　　　　　　　훌륭하고 훌륭하도다.

遊溪堂謹次壁上韻 德殷宋煥謙持國六拙齋參奉

계당에서 노닐며 「벽상시壁上詩」의 시에 삼가 차운하다

덕은(德殷) 송환겸(宋煥謙) 지국 호(號)는 육졸재(六拙齋), 참봉

阿有碩人藚,	산속 덕 있는 선비가 은거하던 곳에
芳名永世流.	아름다운 이름이 영원히 흘러 전하는구나.
林泉皆舊躅,	수풀과 샘에 예전의 자취 남아 있고
花鳥尙餘愁.	꽃과 새들은 여전히 남은 시름 있어라.
山僻人非俗,	산이 깊어 사람 속되지 않고
溪喧檻似舟.	냇물소리 시끄러워 난간이 배 같구나.
今遊成宿願,	오늘의 유람으로 숙원을 이루었건만
終夜意悠悠.	밤새도록 생각은 아득하기만 하다.
所懷人不見,	그리운 사람 어디로 갔는가
臨水却愀然.	물가에 서 있자니 도리어 쓸쓸해지네.
商嶽芝歌遠,	상산사호의 자지가紫芝歌160는 아득히 멀고
桐臺釣月懸.	동대桐臺161에서 낚아 올리던
	달만이 걸려 있다.

---

160 상악지가(商嶽芝歌): 자지가(紫芝歌)로, 은자(隱者)의 노래를 뜻한다. 진(秦)나라 말
기에 난세를 피하여 은거했던 상산사호(商山四皓)가 불렀다는 노래이다. 그 가사에
"막막한 상락 땅에 깊은 골짜기 완만하니, 밝고 환한 자지로 주림을 달랠 만하도다.
황제와 신농씨의 시대 아득하니, 내 장차 어디로 돌아갈거나. 사마가 끄는 높은 수레
는 그 근심 매우 크나니, 부귀를 누리며 남을 두려워하느니 차라리 빈천하더라도 세
상을 깔보며 살리라.〔漠漠商洛, 深谷威夷. 曄曄紫芝, 可以療飢. 黃農邈遠, 余將安歸.
駟馬高蓋, 其憂甚大. 富貴而畏人, 不若貧賤而輕世.〕" 하였다.
161 동대(桐臺): 한나라 광무제 때의 은자 엄자릉(嚴子陵)이 낚시를 하던 곳이다.

家聲今九世,　　집안의 명성은 지금 구대까지 이어졌고

餘韻後千年.　　그 여운은 천 년 동안 이어지리라.

不問知公德,　　공의 덕 아느냐 묻지 마라.

從遊摠是賢.　　함께 노닐던 이들이 모두 현인이었으니.

辛未暮春之下澣, 金堤守李翊會左輔, 以新恩陪其伯眉本倅靖會安度氏, 榮歸于金華. 曰遊溪堂, 盡日觴詠. 申好善祖鄉, 李樹敏孔茂, 黃基晙公稷, 凡十人同焉.

신미년(1811) 늦봄 끝자락에 김제 군수 이익회李翊會[162] 좌보左甫가 과거에 급제하여 그의 형 보은 현감 이정회李靖會[163] 안도安度[164]를 모시고 영광스럽게 금화金華로 돌아왔다. 그리하여 계당에서 노닐며 진종일 술잔을 주고받으며 시를 읊었다. 신호선申好善 조향祖鄕과 이

162　이익회(李翊會,1767~1843): 조선 후기의 문신. 본관은 전의(全義). 자는 좌보(左甫), 호는 고동(古東). 1811년(순조 11) 문과에 급제, 벼슬은 승지(承旨)에 이르렀으며 동지사(冬至使)로 연경(燕京)에 다녀왔다. 글씨에 능하여 산청(山淸)의 삼우당(三憂堂) 문익점(文益漸)의 신도비(神道碑)·순조갑오립(純祖甲午立)을 지었다.

163　이정회(李靖會,1751~1821): 조선후기의 문신. 본관은 전의(全義). 자(字)는 여도(汝度), 효정공(孝靖公) 이정간(李貞幹)의 14대손이며 청강(李濟臣)의 8대손이다. 청주목사(淸州牧使)와 돈녕부도정(敦寧府都正)을 지낸 이낙배(李樂培)의 아들이며 사헌부 대사헌(司憲府大司憲)을 지낸 이익회(李翊會)의 형이다. 부평부사(富平府使), 진주목사(晋州牧使)를 역임하였다.

164　'안도(安度)'는 아마 이정회의 자(字)인 '여도(汝度)'의 오기(誤記)인 듯하다.

수민李樹敏 공무孔茂와 황기준黃基畯 공직公稷 등 모두 열 사람이 함께하였다.

崔氏園亭久未尋,　최씨 뜰의 정자 오랫동안 찾지 않았다가
鶯花三月好登臨.　꾀꼬리 울고 꽃피는 삼월에
　　　　　　　　　즐거이 올라왔네.
數椽堂構傳來遠,　몇 간의 계당 전해진 지 오래
一壑烟霞坐處深.　안개 짙은 깊은 골짜기에 있구나.
筇屨頓生遺世意,　지팡이 짚고 거니니 문득 은둔할 뜻 생기고
琴書想像入山心.　거문고 타고 글 쓰니 입산할 마음만
　　　　　　　　　떠오른다.
看吾白髮還多事,　내 머리 백발이지만 오히려 일은 많아서
慚愧前賢板上吟.　전현前賢의 현판 시를 읊으니
　　　　　　　　　부끄러워진다.

　　　　　　　　　　　행북杏北 이안도李安度

緣溪一路共幽尋,　계곡 따라 한 길로 함께
　　　　　　　　　깊은 골짜기 함께 찾아가면서
溪水淸泠倦或臨.　계곡물 맑고 시원하여
　　　　　　　　　피곤하면 물가에 쉬기도 한다.

誰遣佳人空谷在,　　누가 어진 이를 빈 골짝에 있게 했을까.

尙留芳躅小堂深.　　골짜기의 계당엔 아직도

　　　　　　　　　아름다운 자취 남아 있는데.

落花啼鳥緣春事,　　봄날이라 꽃은 떨어지고 새는 지저귀고

老石穹林長道心.　　오래된 돌과 깊은 숲은 도심道心을

　　　　　　　　　길러주네.

濁酒上顏山日暮,　　서산 해질녘에 탁주 마셔 얼굴은 불콰하고

穿雲橫吹作龍吟.　　구름 뚫고 나가는 대금소리 용울음이구나.[165]

　　　　　　　　　　　　　　매산梅散 이좌보李左輔

閒居多病懶追尋,　　한가한 삶 속에 병이 많아 찾아오지 못하다가

爲愛溪山暇日臨.　　계곡과 산 좋아하여 짬 내어 올라왔네.

蘸水花香春色晚,　　물에 젖은 꽃향기에 봄빛이 저무는데

滿林鳥語小堂深.　　새소리 가득한 숲속에 아담한 집이

　　　　　　　　　깊이 있네.

165　용음(龍吟): 용음은 용의 울음소리란 뜻으로, 이백(李白)의 청취적(聽吹笛) 시에 의하
　　면 "바람이 불어 종산을 감아 도니, 일만 구렁이 다 용의 울음소리로다.(風吹繞鍾山
　　萬壑皆龍吟)" 하여, 본래는 젓대 소리를 형용하는데 이 밖에도 시인들은 흔히 대로 만
　　든 여러 가지 관악기 소리나, 또는 소나무에 부는 바람소리까지도 모두 이렇게 형용
　　한다.

荒蹊抵有樵童丹,　　거친 오솔길에는 초동樵童의
　　　　　　　　　　단심丹心만 남아 있고

篆跡空留處士心.　　전서篆書 글씨에는 부질없이
　　　　　　　　　　처사의 마음만 남아 있구나.

憐我年來詩肺渴,　　몇 년 사이 시 창자가 말라붙은
　　　　　　　　　　이 몸을 슬피 여기고는

强隨人勸費長吟.　　억지로 사람들의 권유에 밀려
　　　　　　　　　　길게 읊어 본다.

　　　　　　　　　　　　　　황공직黃公稷

忽聞春盡强行尋,　　봄이 지났다는 소식 듣고 억지로 찾아가니
一朶賜花又共臨.　　한 송이 어사화御賜花[166]가 또 함께한다.
酒煮同人情不薄,　　술 데우는 동호인들 정이 깊고
角吹引瀑響愈深.　　뿔피리 소리와 폭포 소리 깊은 곳에
　　　　　　　　　　울려 퍼진다.

166　사화(賜花): 어사화(御賜花). 문과 또는 무과에 급제한 사람에게 임금이 하사하던 조
　　화(造花)이다. 사모 뒤에 꽂고서 3일 동안 거리를 다녔다. 이는 과거에 급제한 사람이
　　풍악을 울리며 거리를 돌면서 좌주(座主), 선진자(先進者), 친척들을 찾아보던 일과
　　같은 것이다.

肯隨桃李媚春色,　　어찌 도리화 따라 봄빛에 아양 떨겠는가.

了與松蘿養道心.　　다만 솔숲과 더불어 도심道心을 기른다.

好事元來魔戲有,　　좋은 일엔 늘 귀신의 장난 있으니

不知何日更同吟.　　어느 날에나 다시 함께 읊어 볼까.

최사종崔士宗

선생의 11대손 학수先生十一代孫學洙

尋院後謹次壁上韻

금화서원을 방문한 후 「벽상시壁上詩」의 시에 삼가 차운하다

先生去後地,	선생께서 떠난 이곳엔
巖室獨歸然.	계당만이 홀로 우뚝하다.
毘護瓊岑聳,	옥 같은 봉우리 높이 솟아 계당을 비호하고
天慳玉溜懸.	하늘도 아끼는 옥류玉溜가 걸려 있다.
靜冲同被褐,	정암靜庵, 충암冲庵과 같이 갈옷 입고서[167]
溟谷共忘年.	남명南冥, 대곡大谷과 함께
	망년의 벗이 되었네.
臨水無言立,	말없이 물가에 섰는데
朋來幾古賢.	벗으로 온 사람들이 옛날 어진 이에 가깝구나.

창녕昌寧 성재원成在元 관여觀汝

洞僻山逾迥,	골짜기 궁벽하니 산은 더욱 먼데
舞雩風洒然.	무우舞雩[168]의 바람 시원하구나.

---

167 《노자》 제70장에 "성인은 겉에는 갈옷을 입고 속에는 보옥을 품는다.〔聖人被褐懷玉〕" 하였다. 여기서는 대개 선비들이 가난하게 살면서도 속으로는 자부심이 대단하다는 뜻으로 인용한 것인 듯하다.

168 무우: 옛날 기우제를 지내던 제단 이름이다. 『논어』 「선진」에 "공자(孔子)가 제자들에게 각자 소견을 이야기해 보라고 하였다. 그러자 증점(曾點)이 말하기를, '늦봄에 봄옷이 지어지면 관자(冠者) 5, 6인, 동자(童子) 6, 7인과 함께 기수(沂水)에 가서 목욕한 다음에 무우(舞雩)에서 바람을 쏘이면서 시를 읊고 돌아오겠습니다.'"라고 하였다.

溪花如是臥,　　　　계곡의 꽃은 원래 그랬듯이 누워 있는데

巖瀑不勝懸.　　　　바위의 폭포는 흐르지 않는다.

杖屨輕千里,　　　　지팡이 짚고 천 리 길을 가벼이 거닐고

絃歌曠百年.　　　　거문고 노래 소리도 백 년 동안 끊어졌다.

坐來盧室白,　　　　빈방에 앉아 있으니 흰빛이 비추고[169]

堂構幾人賢.　　　　계당을 지은 몇 명의 어진 이들이여.

　　　　　　　　　월성月城 이집호李集灝 경순景淳

星霜幾度閱,　　　　세월이 몇 해나 지나도

薖軸尚依然.　　　　은거하던 집은 아직도 여전하구나.

典型山引靜,　　　　옛 일은 산과 함께 고요하고

風韻水長懸.　　　　옛 풍치는 물과 함께 유장하구나.

流觴寄晚興,　　　　술잔을 띄워 해질녘의 흥취를 부치고

聯袂摠忘年.　　　　소매 잡고 노는 사이 나이를 잊고

　　　　　　　　　벗이 되었지.

夕陽無限意,　　　　석양에 드는 생각 끝이 없어

169　허실백(盧室白):『장자』「인간세(人間世)」에 "저 뚫린 벽을 보면 빈방 안에 흰빛이 있고, 거기에는 길한 징조가 깃들어 있다.(瞻彼闋者, 虛室生白, 吉祥止止.)"고 한 구절에서 인용한 것이다.

盍簪仰先賢. 　서로 모여 앉아 선현을 사모한다.

선생의 11대손先生十一代孫

최학수崔學洙 사종士宗

高山方仰止, 　바야흐로 덕있는 선현을 사모하노니[170]

遺躅尙依然. 　남은 자취 아직도 여전하구나.

氣象雲烟鎖, 　기상은 안개 속에 서려 있고

襟期水月懸. 　가슴 속뜻은 물속에 비친 달에 걸려 있다.

絃歌曾幾日, 　거문고 타면서 노래 부른 것 언제였던가.

邁軸已多年. 　은거한 지 이미 많은 세월 지났구나.

肯構堂如舊, 　계당溪堂을 옛날같이 짓는 것은

祇應屬後賢. 　다만 후현들의 몫이라네.

170　원문의 '고산앙지(高山仰止)'는 존경할 만한 선현(先賢)을 사모할 때 쓰는 표현이다.
《시경(詩經)》 소아(小雅) 차할(車舝)에 "저 높은 산봉우리 우러러보며, 큰길을 향해
나아가노라.[高山仰止 景行行止]"라는 말이 나온다.

甲申流火月留做溪堂因次壁上韻 永山金禹濬 謹稿

갑신년(1764) 7월 계당에 머물며 공부하다가 「벽상시
壁上詩」에 차운하다 영산永山 김우준金禹濬이 삼가 쓰다

金谷最深處,	금적산 골짜기 가장 깊은 곳
千巖正窈然.	수많은 암석들 참으로 그윽하다.
曠襟雲水白,	탁 트인 가슴은 구름과 물같이 밝고
高標日星懸.	고결한 풍격은 해와 별과 같이 걸려 있다.
石老行盃地,	오래된 바위에서 술잔을 나누고
堂高說講年.	높은 계당에서 강론하던 때.
後生無限感,	후생들의 감동이 무한하니
當世幾人賢.	당세에 현인은 몇이나 있었을까?

盤旋自先去 綾城具現謹稿

조상 때부터 거닐던 곳 능성 구현(具現)이 삼가 쓰다.

盤旋自先去,	조상 때부터 거닐던 곳
泉石摠居然.	샘물과 돌 모두 그대로구나.
德望青山立,	덕성과 명망은 청산처럼 우뚝하고
貞操白日懸.	절개와 지조는 밝은 해가 높이 걸린 듯하다.
筇鞋聯一代,	지팡이 짚고 나막신 신고서
	한 시대를 어울렸는데
薖軸敻千年.	은거하던 곳은 천 년 동안 아득하구나.
龍去雲仍在,	훌륭한 조상은 떠나고 후손은 그대로 남아
寥寥說古賢.	쓸쓸히 옛 어진 이들을 말하네.
先生九世孫	선생의 9세손

金華祠講堂上樑文

금화사 강당 상량문

伏以鄕貫之祭里社, 朝家所以闡斯文, 書院之有講堂, 士林所以明吾道, 於焉藏修有所, 于以瞻聆維新. 伏惟水雲溪堂兩先生, 道德崇深, 節義卓犖, 志同而事異, 彼一時此一時, 學邃而行高, 祖如是孫如是. 罹己卯之士禍, 辨取捨於熊魚, 爲乙巳之名賢, 付經綸於漁釣. 一代淸望, 致趙文正金冲庵之欽歎, 百世高標, 爲成東洲曺南溟之推許. 是所謂淸風灑於六合, 孰不曰正氣鍾於一門? 詠鵬鳥於西州, 成仁取義, 友麋鹿於南峽, 立懦廉頑, 睠玆一區山水之鄕, 寔是兩賢杖屨之所. 山分鞭羊之峀, 想淸芬之在玆, 士有愛烏之情懷, 德音而如昨. 天慳地秘, 允合俎豆之奉安, 物換星移, 久爲樵牧之指點. 京鄕之公議自在, 宰相發揮, 春秋之享禮將行, 宗匠贊美. 爰修屢百年曠典, 又構數三架黌堂, 旣經旣始. 盖取庚坐甲向之原, 有輪有奐, 庶覩日就月將之效. 階前飛瀑, 尙識放四海之淵源, 戶外層峰, 可見立千仞之氣像, 而世敎豈曰少補? 剔士論咸歸大同, 升堂入室, 共討仁義禮智之方, 啓鑰抽關. 所履孝悌忠信之道. 夫奚但一方之爲觀感. 抑亦爲四隣之作新, 誦詩讀禮, 悉遵白鹿之遺規, 背山臨流, 傍採靑鳥之眞訣. 始也鄕黨貿貿之擧, 龍起乎虎逝之歎. 今焉絃誦洋洋, 將見鳶飛魚躍之化, 恭陳短頌, 助擧脩樑.

삼가 아룁니다.

고을에서 마을의 토지 신에게 제사 지내는 것은 조정에서 유학을 널리 펼치려는 까닭이요, 서원에 강당이 있는 것은 선비들이 우리의 도道를 밝히기 위해서입니다. 은거하여 공부할 곳이 있었으니, 여기서 보고 들으니 더욱 새롭습니다.

엎드려 생각해보니, 수운水雲[171] 계당溪堂 두 선생은 도덕이 높고 깊었고 절의가 우뚝하였습니다. 뜻은 같으나 사적이 다른 것은 그때는 그런 한 때였고 이때는 이러한 때였기 때문입니다. 학문이 깊고 행실이 높았으니 할아버지는 이러했고 손자 또한 이러했습니다.

기묘사화己卯士禍에 걸려 의리와 이익에서 취사取捨[172]를 분명히 구별했습니다. 을사사화乙巳士禍 때의 명현이 되어 경륜經綸은 낚시질하는 것이었습니다.[173] 그 시대의 맑은 명망으로 조 문정공趙文正公과 김충암金冲庵이 감탄한 바 있습니다. 길이길이 전해질 풍모를 갖추어 성동주成東洲, 조남명曹南冥이 받들어 칭찬한 바 있습니다. 이것이 이른바 '맑은 기풍이 천지 사방을 씻어내는'[174] 것이니 누가 바른 기운이 한 가문에 모였다고 하지 않겠습니까?

---

171 수운(水雲): 조선 중기의 학자 최운(崔雲)의 호. 계당(溪堂) 최흥림(崔興霖)의 선조로, 삼지(三池)라는 호도 썼다. 황간현감(黃澗縣監)으로 있다가 기묘사화(己卯士禍)로 고향에 살다가 강계(江界)에 귀양되었다가 거기서 죽었다.

172 웅어(熊魚): 곰발바닥[熊掌]과 물고기 음식 중에 택일하라면 물고기보다는 웅장을 택한다는 말로서, 생사(生死)의 선택에 있어 구차히 살기보다 떳떳하게 의리(義理)를 따라 죽는 것을 택하는[捨生取義] 비유로 쓰인다.

173 어조(漁釣): 은퇴하여 초야에서 산수를 즐기는 것을 말한다. 『한서(漢書)』卷100「서전(敍傳)」상(上)에 "하나의 골짜기에서 낚시하면 만물이 그 뜻을 어지럽히지 못하고, 하나의 언덕에서 소요하면 천하가 그 낙을 바꾸지 못한다[漁釣於一壑,則萬物不奸其志,棲遲於一丘,則天下不易其樂.]"라는 말이 나온다.

174 이태백의 시에 "맑은 바람 육합(六合)을 씻어내니, 아득한 그 기상 감히 오를 수 없네[清風洒六合, 邈然不可攀.]라는 구절이 있다.

서쪽 고을 강계江界에서 귀양살이하였는데, 인仁을 이루고 의義를 취했습니다. 남쪽 산골짝에서 고라니와 사슴을 벗 삼았으며, 나약한 사람을 일으켜주고 모진 사람을 청렴하게[175] 만들었습니다.

이 한 지역을 돌아보건대, 산수 좋은 고을은 실로 두 어진 이가 자취를 남긴 곳입니다. 산은 편양암鞭羊庵[176]이 있는 골짜기에서 갈라졌기에 맑은 기운이 있음을 생각하게 됩니다. 선비는 까마귀를 사랑하는 정이 있다는데[177], 덕음德音이 어제인 듯합니다. 하늘이 아끼고 땅이 감추어왔으니 선생의 신주神主를 받들어 모시기에 진실로 알맞으나, 세월이 흘러 오랫동안 나무꾼과 목동들이 가리키는 곳이 되었습니다.

서울과 지방에 자연 공의公議가 생기고 재상이 의리를 발휘하여 봄가을에 제향의 예를 장차 거행하려 하니, 유림의 종장이 찬미하였습니다. 이에 여러 백 년 빠뜨렸던 전례典禮를 거행하게 되고 세 칸의 강당을 짓게 되었습니다.

이에 경좌庚坐 갑향甲向의 언덕에 터를 잡으니, 높다랗고 아름다워 일취월장日就月將하는 효과를 볼 것 같습니다. 섬돌 앞의 날리는 폭포는 사방 바다에까지 이르는 근원임을 알 수 있으며, 창밖으로 보이는 층층의 봉우리는 천길 벼랑 같아 우뚝한 기상을 볼 수 있습니다. 그러니 세상 사람들을 교화하는 데 자그마한 보탬이 된다고 어찌 말할 수 있겠습니까? 하물며 선비들의 논의조차 크게 하나로 귀결되었습니다.

---

175 맹자가 "백이(伯夷)의 풍도를 들은 자는, 완악한 지아비는 청렴해지고 나약한 지아비는 입지(立志)하게 된다." 한 말을 인용한 것이다.

176 편양암(鞭羊庵): 조선 중기 슬여 언기(彦機)가 거처하던 암자. 언기는 서산대사의 제자이다.

177 선비는 …… 있나니: 그 사람을 사랑하면 그 지붕위의 까마귀도 사랑스럽다는 말이 있다(愛屋及烏). 어진이를 사랑하면 그와 관계된 모든 것을 사랑하게 된다는 말이다.

마루에 올라 방에 들어가 함께 인의예지仁義禮智의 방법을 토론하였으며, 자물쇠 열고 빗장 뽑는 것은[178] 효제충신孝弟忠信의 도道를 실천하는 것입니다. 이것이 어찌 한 지방에서만 보고 느끼는 것이겠습니까? 사방 인근에서도 이로 인해 새로워질 것입니다. 『시경詩經』을 읽고 『예기禮記』를 읽어 백록동서원白鹿洞書院의 남긴 법도를 따르고[179], 산을 등지고 흐르는 물을 앞에 둔 것을 보니 풍수의[180] 참된 비결을 두루 채택했습니다.

처음에는 고을의 어리석은 행동으로 훌륭한 인물들이 다 떠나버렸구나[181] 하고 탄식하였으나 지금은 글 읽는 소리가 가득 울려 퍼지니 솔개가 날고 물고기가 뛰는[182] 등 천지의 조화를 볼 수 있게 되었습니다. 삼가 짧은 노래를 불러 긴 들보를 들어 올리는 것을 도우렵니다.

---

178 학문을 하는 요체를 밝혀 후학들을 계도한 것을 말한다.

179 백록동유규(白鹿洞遺規): 주희(朱熹)가 만든 백록동서원의 규약으로, 그 내용은 첫째는 부자유친 등 오륜의 조목, 둘째는 널리 배운다는 '박학지(博學之)' 등 학문하는 순서, 셋째는 말을 충직하고 진실되게 하라는 '언충신(言忠信)' 등 수신(修身)의 요결, 넷째는 의리를 지키고 이익을 꾀하지 말라는 '정기의 불모기리(正其義,不謀其利)' 등 사무 처리의 요결, 다섯째는 자신이 원치 않는 것을 남에게 베풀지 말라는 기소불욕물시어인(己所不欲 勿施於人)' 등 대인 관계의 요결 등으로 구성되어 있다.

180 원문의 '청오(靑鳥)'는 《금낭(錦囊)》과 함께 대표적인 풍수지리서로 꼽히는 책 이름인데, 지관(地官)의 뜻으로 쓰이기도 한다.

181 소식(蘇軾)의 〈제구양문충공문(祭歐陽文忠公文)〉에서 구양수의 죽음에 대해 "비유하자면 깊은 산, 큰 못에 용이 죽고 범이 떠나면 온갖 변괴가 나와 미꾸라지와 두렁허리가 춤추고 여우와 살쾡이가 울부짖는 것과 같다.〔譬如深山大澤 龍亡而虎逝 則變怪雜出 舞鰍鱔而號狐狸〕" 하였다.

182 《중용장구》 제12장의 시(詩)에서 '솔개는 날아 하늘에 다다르고 물고기는 연못에서 뛰어논다.〔鳶飛戾天 魚躍于淵〕'라고 하니, 이는 천지의 도가 상하로 밝게 드러나 있음을 말한 것이다.

阿郎偉抛樑東,　　　　어영차! 대들보 동쪽으로 떡을 던집니다.

離嶽屛岑聳碧空,　　　속리산俗離山과 구병산九屛山이

　　　　　　　　　　 푸른 하늘에 솟았군요.

却怕工程虧一簣,　　　한 삼태기 흙이 모자라 공사를

　　　　　　　　　　 망칠까 두려우니,

請君須問主人翁.　　　그대여, 모름지기 주인에 물어보소서.

阿郎偉抛樑西,　　　　어영차! 대들보 서쪽으로 떡을 던집니다.

化仁江上夕陽低,　　　화인강 위로 석양이 낮게 드리우고

春來聞道多風浪,　　　봄이 왔건만 풍랑이 많다는데

或恐津頭失路迷.　　　혹 나룻터에서 길을 잃고 헤맬까 두렵습니다.

阿郎偉抛樑南,　　　　어영차! 대들보 남쪽으로 떡을 던집니다.

屯德山光碧似藍,　　　둔덕산 빛이 쪽빛처럼 푸르군요.

想得嚴嚴之氣像,　　　우뚝한 기상을 생각하나니,

旁人且莫等閑瞻.　　　곁의 사람이여 대수롭지 않게 보지 마시길.

阿郎偉抛樑北,　　　　어영차! 대들보 북쪽으로 떡을 던집니다.

上有列星皆拱極,　　　하늘에 뭇 별들이 모두 북극성을 향합니다.

看取人臣一片心,　　　신하의 일편단심을 보아야 하니

不論進退但憂國.　　　진퇴는 말할 것도 없이 오로지

　　　　　　　　　　 나라만 걱정해야지요.

阿郞偉抛樑上,　　　어영차! 대들보 위로 떡을 던집니다.

恢廓靑天白日朗,　　넓고 넓은 푸른 하늘 해가 밝습니다.

君子持心當若斯,　　군자가 마음을 간직하기를

　　　　　　　　　　마땅히 이렇게 해야지요.

莫將氛翳靈臺障.　　좋지 않은 기운으로 마음을

　　　　　　　　　　덮지 말아야 합니다.

阿郞偉抛樑下,　　　어영차! 대들보 아래로 떡을 던집니다.

汨㶁鳴泉無晝夜,　　콸콸 흐르는 샘물은

　　　　　　　　　　밤낮으로 쉬지 않습니다.

我欲沿流溯本源,　　흐르는 물을 따라

　　　　　　　　　　근원지로 거슬러 올라가려 하니,

誰言水是無情者.　　물은 감정이 없는[183] 것이라고

　　　　　　　　　　누가 말했습니까?

　伏願上樑之後, 世道亨泰, 士風蔚興, 尊王道而黜霸功。不失士君子心法。先德行而後文藝。無負古聖賢模楷。辨義理則縷析毫分。道問學則銖累寸積。雲叟之忠貞大節。尊仰之如斗如山。溪翁之潛德幽光。追慕焉爲師爲表。庶幾後賢之有作。毋爲前修之所羞。乙亥三月初三日。承仕郞前恭陵參奉德殷宋煥謙製.

183　소식(蘇軾)의 시에, "청산은 약속이 있는 양 길이 문에 당해 있고, 유수는 아무 뜻 없이 절로 못으로 들어가네.[靑山有約長當戶 流水無情自入池]" 하였다.

엎드려 바라건대, 상량한 뒤로 세상의 도리가 바르고 태평하며, 선비의 기풍이 왕성하게 일어나기를, 왕도王道를 높이고 패도覇道의 공을 내쫓아 사군자士君子가 마음의 법을 잃지 않기를, 덕행을 먼저 하고 문예를 나중으로[184] 하여 옛 성현들의 모범을 저버리지 마십시오. 의리를 분별하면 터럭이나 실 끝처럼 세밀히 분석하고, 학문을 인도하면 조금씩 공력을 쌓아갈 것입니다.

수운水雲 선생의 커다란 충성과 정절貞節을 북두성이나 태산처럼 존숭하고, 계당 선생의 숨은 덕과 그윽한 빛을 사표師表로 우러러 받들어야 합니다. 후세 어진 이가 일어나기를 바라며, 앞 시대에 덕을 닦으신 분들에게 부끄러움이 되지 않기를 바랍니다.

을해(1765)년 3월 3일에, 승사랑承仕郎 전 공릉참사恭陵參事 은진殷津 송환겸宋煥謙이 삼가 짓다.

184　유지(劉摯, 1030~1098)는 북송 때의 학자이다. 자손들에게 행실이 먼저요 문예는 나중이라고 가르쳐 늘 경계하기를 "선비는 마땅히 기국(器局)과 식견을 급선무로 여겨야 할 것이니, 한번 문인으로 불리게 되면 볼 것이 없게 된다.〔其敎子孫 先行實 後文藝 每日 士當以噐識爲先 一號爲文人 無足觀矣〕"라고 하였다 한다.

金華祠事實記

금화사 사적을 기록하다

　三山郡之南, 有金積山, 其下洞府幽, 復水石清瀅, 有祠焉曰金華. 卽三池谿堂兩崔先生, 妥靈之所, 而金華祠三字, 鰲村丈席葦也. 三池先生又號水雲, 己卯名賢也. 竊惟國朝文治興盛於己卯, 而士類彙征, 至治可興. 當是時也, 先生與趙靜庵金冲庵諸賢, 志同道合, 倡明程朱之學, 期回唐虞之治, 而莫不以先生爲間世偉人. 冲庵以詩贈之曰 微風澹靈碧, 暄日靜園籬, 寂寂空牕下, 端居有所思. 其期詡之重, 氣味之合, 槩可知也. 其學問精深, 節義卓犖, 早登薦剡, 出監黃澗, 牛刀少試, 驥步未展, 識者之恨, 已不可言, 而不幸羣小側目, 士禍滔天, 先生自容護善類, 酷被刑訊, 盡室投荒, 遠謫江界, 備嘗艱險, 而夷然自樂. 有九死靡悔之志, 無一毫幾微之色, 苟非其所養之正, 所守之確, 能如是耶. 其後, 黃澗江界之人, 追思不已, 有建祠腏享之議, 蓋黃爲其遺愛之地, 江爲其吟鵬之所故也. 溪堂先生, 卽三池先生之從曾孫也. 以名家子, 早志爲己之學. 溫雅精粹, 德器渾成. 逮夫乙巳之際, 士禍之慘甚於己卯. 先生無意居京洛間, 遂有謝世長往之志, 携眷入此山, 愛其山深洞僻, 泉甘土肥. 仍築室而居焉. 自號曰溪堂居士, 每良辰勝日, 倘佯泉石間, 往往彈琴詠詩. 小宣暢其壹欝, 終其身, 弗出洞門外. 蓋韜光晦彩, 不求人知, 而視世之所屑者, 不啻如草芥也. 是以, 人見其幽貞之樣, 灑落之致, 而至其遊心經籍, 翫索義理, 不知老之將至, 則知者鮮矣. 嘗有自悼詩曰 北牖已安陶令榻, 西風還避

庾公塵, 更搔短髮東南望, 柳絮楡錢不當春. 又曰 手掬清波
飮, 曁襟冷似氷, 平生塵垢累, 洗得十分澄. 是時 大谷成先
生僑居鍾山, 東洲成先生來莅本郡, 南溟曺先生, 亦聞風而
自智異山來, 爲對床連夜話, 迭相酬唱, 契誼深摯. 大谷有詩
曰 憶昨南冥共被眠, 東洲同醉臥溪邊. 清陰金先生嘗曰 大
谷不妄交, 惟與處士公, 交最善. 可知其爲賢. 是以 櫟泉宋
先生 題其洞門曰堅心洞. 渼湖金先生及心齋宋先生, 發揮闡
揚於誌碣文字, 靡有餘蘊, 照人耳目, 豈不盛矣哉. 夫兩先
生, 世有先後, 跡有顯晦, 而其造道成德, 容有不同. 然亦有
自殊轍, 而同歸者, 後之尙論者, 其必有以知之也. 凡入此山
而登此祠者, 苟能慕池翁之履險不拙, 有銀山銕壁之象, 想
溪老之遯世無悶, 有清氷白玉之操. 讀兩先生之書, 誦兩先
生之詩, 觀感於是, 興起於是, 則庶幾其有得於瞻依尊奉之
實矣. 三池先生, 諱澐, 字濡之. 溪堂先生, 諱興霖, 字賢佐.
以鄕先生祭於社之義, 士林之間, 已有俎豆之議, 而因循未
果矣. 至甲戌年間, 溪堂先生後孫德鎭, 因已發之論, 擧未遑
之事, 詢謀僉同, 遠近響合, 呈狀于地主與道伯, 至于春曹,
皆蒙聽施, 始克竣事, 鷔村丈席, 製享禮祝, 山木軒金尙書,
撰奉安文, 一祠之內, 祖孫同享, 百世之下, 公議始伸, 盡記
其事實, 立石于廟庭乎. 玆敢不顧僭妄, 錄其顚末, 仰告于當
世立言之大君子, 伏願俯賜一言之重, 以詔後世, 則斯文世
道之幸, 當如何哉.

　삼산군의 남쪽에 금적산金積山이 있다. 그 아래 그윽한 산골, 물 맑
은 곳에 사당이 있는데 금화사金華祠라 부르는 곳이다. 이곳이 바로
삼지三池·계당溪堂 두 최 선생의 영령을 모신 곳이다. '금화사金華

祠'란 세 글자는 오촌鰲村 송치규宋穉圭 어른의 필적이다.

삼지三池 최운崔澐 선생의 다른 호는 수운水雲으로 기묘명현[185]의 한 사람이다. 살펴보면, 조정의 문치文治가 기묘년(1519)에 흥성하여 선비들이 모여 나라를 제대로 다스릴 수 있었다. 당시에 선생과 정암 조광조趙光祖, 충암 김정金淨 등 여러 현자들이 뜻을 같이하고 도를 같이 하여 정주程朱의 학문을 드러내 밝히고 요순堯舜의 다스림으로 회귀할 것을 기약하였으니, 모두들 선생을 세간의 큰 인재라 여겼다.

충암 김정金淨 선생이 준 시에, "미풍은 맑고 고요한 물 위에 불어 오고, 따스한 햇살은 고요한 정원 울타리 안에 내리쬐네. 쓸쓸한 빈 창 아래에서, 단정히 앉아 생각에 잠기네."라 하였음을 보면 얼마나 큰 기대를 하였고, 또 뜻이 얼마만큼 서로 맞았는지 대략 알 수 있다. 학문이 정밀하고 깊었으며 절의 또한 우뚝하고 높아, 이른 나이에 천 거되어 황간黃澗 현감으로 나갔었다. 그러나 큰 재주를 조금 시험해 보았을 뿐 천리마의 기량을 펼치지 못한 것이 학식 있는 사람들의 한 이 된 것은 말할 것도 없다. 또 불행히도 소인배들이 시기하여 사화 士禍가 일어나 천하가 도탄에 빠지자, 선생이 옳은 분들을 옹호하였 다가 형벌과 신문을 혹독히 받고는 온 가족을 거느리고 변두리로 옮 겨 멀리 강계江界에 귀양을 가게 되는 등 온갖 험난함을 두루 맛보았 음에도 선생은 태연히 즐거워하였다. 아홉 번을 죽어도 후회하지 않 는 뜻을 지니고서 꺼리는 기색을 조금도 보이지 않았다. 진실로 함양 한 바가 바르고, 지키는 바가 확고한 자가 아니라면 어찌 이와 같을 수 있겠는가?

---

185 기묘명현(己卯名賢): 1519년(중종 14) 11월 조광조(趙光祖)·김정(金淨)·김식(金湜) 등 신진사류가 남곤(南袞)·심정(沈貞)·홍경주(洪景舟) 등의 훈구 재상에 의해 화를 입은 사건을 기묘사화라 하고 이 사건으로 희생된 사람을 기묘명현이라 일컫는다.

그 후에 황간과 강계 지역의 사람들이 끊임없이 추모하고 사당을 건립하여 신주를 모시자는 논의를 하였는데, 그 이유는 대개 황간은 선생의 자애가 남은 땅이고 강계는 올빼미를 읊조리며[186] 귀양살이 하던 곳이기 때문이다.

계당 최흥림崔興霖 선생은 바로 삼지 최운 선생의 종중손이다. 명가의 자제로서 일찍이 자신을 수양하는 학문에 뜻을 두어 맑고 온화하며 정밀하고 순수하였으며, 덕과 기량이 잘 어우러졌었다. 을사년(1545)에 이르자 사화士禍의 참혹함이 기묘년보다 심하였다. 선생은 서울에 머물 생각을 버리고, 마침내 속세를 등지고 멀리 떠날 뜻을 두어 가족들을 이끌고 이 산에 들어왔다. 산과 골짜기가 깊고 구석졌으며, 샘물이 달고 토지가 비옥함을 사랑하여 집을 짓고 거처하면서 스스로 부르기를 '계당거사溪堂居士'라 하였다. 매번 좋은 날이면 개울과 바위 사이를 거닐고 종종 거문고를 타고 시를 읊으면서 조금이나마 그 답답한 마음을 풀려 하였으며, 돌아가실 때까지 골짜기 밖을 나서지 않았다. 대개 광채를 숨기고서 남들이 알아주길 구하지 않았으며, 세상이 달갑게 여기는 것들을 초개草介와 같이 여겼다. 이 때문에 사람들이 그 그윽하고 올곧은 모습과 지극히 맑고 깨끗한 모습은 보았을지언정, 선생이 경서에 마음을 쓰고 의리義理를 힘써 찾으며 장차 늙어가는 줄도 몰랐던 모습은 아는 이가 드물다. 일찍이 자신을 애도하는 시에 이르길 "북쪽 창가엔 도연명의 의자를 놓고, 가을바람에 권력자들의 괴롭힘을 피해보네. 다시 짧은 머리를 긁적이며 동남쪽을 바라보니, 버들개지, 느릅나무는 아직 봄같지 않아라." 라 하였고, 또 이르길 "손으로 맑은 물결 움켜 마시니, 흉금이 얼음처

186 올빼미 읊조리며: 한(漢)나라 문학가 가의(賈誼)가 장사왕(長沙王)의 사부(師傅)로 좌천되어 갔는데, 집에 올빼미가 날아들어 「복조부(鵩鳥賦)」를 읊었다.

럼 차가워라. 평생의 세상 티끌, 십분 맑게 씻기었네."라 하였다. 이
때 대곡 성운成運 선생이 종산鍾山에 거처하고 있었고, 동주 성제원
成悌元 선생이 삼산군三山郡을 다스렸었다. 남명 조식曹植선생 또한
풍문을 듣고 지리산智異山에서 와서 침상을 마주하고 밤새 이야기
를 이어가며 서로 술을 따라 마시고 친분을 두텁게 다졌다. 대곡 성
운 선생이 시를 짓기를 "추억하노니 옛날 남명과 한 이불 덮고 잤고,
동주도 함께 취해 냇가에서 누운 적 있었지."라 하였다. 청음 김상헌
金尙憲 선생이 일찍이 말하길 "대곡 성운은 함부로 사귀질 않았는데,
오직 처사공과의 사귐이 가장 좋았다."라 하였으니 그 어짊을 알 수
있다. 이 때문에 역천 송명흠宋明欽선생이 그 동문洞門 이름을 '견심
동堅心洞'이라 하였다. 미호 김원행金元行 선생과 심재 송환기宋煥箕
선생이 묘지와 묘갈에서 남김없이 모두 드러내어 사람들의 눈과 귀
를 밝혀주었으니, 어찌 아름다운 일이 아니겠는가?

　저 두 선생께서는 시대가 전후로 다르고 자취 또한 드러내고 숨긴
차이가 있어, 그 도에 통달하고 덕을 이룬 것이 같지 않아 보인다. 그
러나 다른 자취로부터 출발하여도 같은 곳으로 돌아오는 경우도 있
으니 후세에 옛일을 논하는 사람들은 반드시 알 수 있을 것이다. 무
릇 이 산에 들어와 이 사당에 오른 사람들이 만약 험난한 여정에도
굴하지 않은 삼지 선생의 은산철벽銀山鐵壁 같은 기상을 흠모하고,
세상을 피해서 숨어 살며 근심을 떨쳤던 백옥처럼 맑은 계당 선생의
절개와 지조를 상상하며, 두 선생의 글을 읽고 두 선생의 시를 외우
며 이에 감동하고 이에 의로운 뜻을 일으킬 수 있다면, 거의 우러러
의지하고 높이 받들 만한 참된 모습을 얻게 될 것이다.

　삼지 선생의 휘는 운澐이요 자는 운지澐之이다. 계당 선생의 휘는
홍림興霖이요 자는 현좌賢佐이다. 고을의 선생을 사당에서 제사지낸

다는 의미에서 일찌감치 사람들 사이에서 제사를 지내자는 의논이 있었으나 주저하며 이루지 못하였다. 갑술(1814) 연간에 계당 선생의 후손 덕진德鎭이 이미 나온 논의에 따라, 여유가 없어 하지 못했던 일을 실행하니 당시 묻고 상의했던 이들이 모두 동의하였고 멀고 가까운 이들이 치하했다. 이에 따라 고을 원과 감사에게 문서를 올렸고, 예조에까지 올라가 모두 그대로 시행하라는 허락을 받고서야 비로소 일을 마칠 수 있었다. 오촌 송치규 어르신께서 향례亨禮의 축문을 지으시고 산목헌山木軒 김희순金羲淳 상서께서 봉안문奉安文을 쓰셨다. 조손祖孫이 함께 한 사당에 모셔지고, 백세의 뒤에 공의公議가 비로소 펼쳐지게 되었으니 어찌 그 사실을 기록하여 묘정에 비석을 세우지 않을 수 있겠는가?

내가 감히 분수에 넘치는 일임을 돌아보지 않고 그 전말을 기록하여 당세의 글 잘하는 큰 어르신들께 우러러 고한다. 바라건대 한 마디 귀중한 말씀을 굽어 내리시어 후세의 사람들을 가르치신다면 유학과 세상도리에 다행이 아니겠는가?

春曹題辭

예조에서 보낸 제사[187]

池翁之危忠苦節, 溪老之流風逸韻, 可以聳士林, 而勸邦
俗. 一區妥靈之所, 万代興慕之地, 祠樣享儀, 宜備而不宜
簡. 在本邑仰止之誠, 何間於章甫. 一採公議, 惕念擧行, 宜
當向事.
右丁丑九月日, 山木軒金羲淳, 爲禮曹判書時, 題辭.

삼지三池 최운崔澐의 높은 충성과 굳은 절개, 계당溪堂의 풍류와 빼
어난 시문은 사림을 일으키고 지방의 풍속을 인도할 만하다. 위패를
봉안奉安하여 제사지내는 사당은 만 대의 흠모를 일으키는 땅이다.
사당의 모양과 향례의 예의와 절도는 마땅히 두루 갖추어져야 하며
간략히 해서는 안 된다. 본 읍에서 끝없이 우러러보는 정성이 어찌
유생들과 차이가 있겠는가? 여러 사람들의 논의를 모아 정성스러운
마음으로 거행하는 것이 이치에 맞을 것이다.
축년(1817) 구월 모일에 산목헌山木軒 김희순金羲淳이 예조판서 시
절에 지은 제사이다.

187　제사(題辭): 조선시대 관부에 올린 민원서의 여백에 쓰는 관부의 판결문 또는 처결문
을 말한다.

巡營題辭

순영[188]의 제사

三池遠謫, 名并己卯之賢, 溪堂隱德, 眠共南溟之被. 一門
之心法相傳, 百世之公議不泯, 祠宇卒創, 儀文未備, 宜乎多
士之呈是書也. 今此禮堂之題, 意亦有在, 生徒保奴, 一依他
祠之例, 以此意報于本官, 施行爲旀, 祠下洞民, 雜役蠲免,
亦依例爲之, 宜當向事.
　右戊寅三月日, 權尙爲道伯時, 題辭.

　삼지三池 최운崔澐 선생이 멀리 귀양가게 되어 기묘명현과 이름을
나란히 하였고 계당溪堂 최흥림崔興霖 선생은 은덕隱德을 지니고서
남명南冥 조식曺植 선생과 이불을 함께 덮고 잤다. 한 가문의 심법心
法이 대대로 전해져 오랫동안 여러 논의가 끊이지 않았다. 마침내 사
당은 세워졌으나 의식과 예절이 아직 갖추어지지 않았으니 많은 선
비들이 이 글을 바치는 것이 마땅하다. 지금 예조판서께서 글을 쓰신
뜻 또한 이에 있다. 생도와 보노保奴[189]들은 다른 사당의 의례에 따를
것이다. 이런 뜻으로 본관에 보고하였기에 시행하며, 사당 아래 동민
들에게 잡역을 면해주는 것은 또한 전례에 따르는 것이니 마땅히 일
을 행하여라.
　무인년(1818) 삼월 모일에 권상權尙이 도지사 때 지은 제사이다.

188　순영: 조선시대 각 도의 감사(監司: 觀察使, 從二品)가 정무(政務)를 보던 관아(官衙)
　　이다. 당시에는 감사가 문무(文武)의 실권(實權)을 쥐고 있었으므로, 감사가 있는 영
　　문(營門)이라는 뜻에서 감영(監營)이라고 부르게 된 것이다.
189　보노(保奴): 서원 등에 소속되어 잡역에 종사하던 하인을 가리킨다.

設院初本官題辭

서원을 설립한 초기에 본관에서 보낸 제사

前賢之所推詡, 後學之所敬仰, 若是深切, 詢謀僉同, 倣古
遵行, 尙云晩矣. 今此腏享之擧, 復孰曰不可? 令人欽歎之
不暇矣. 保直守護之節, 當商量多少, 成完文以給, 向事.
右甲戌八月 尹烈爲本官時 題辭

전현들이 추대하고 칭송한 바와 후학들이 공경하고 높이 받드는
바가 이처럼 깊고 절실하므로 논의에 모두 찬동하여 옛날의 행적들
을 본뜨고 따랐으나 오히려 늦었다 할 수 있다. 지금 이 향사享祀를
거행하는데 누가 다시 안 된다고 하겠는가? 사람들로 하여금 흠모와
감탄을 금치 못하게 한다. 보직保直[190]들이 해야 할 절차는 마땅히 그
많고 적음을 헤아려 확인서[191]를 지어 보내주니 그대로 행하도록 하
여라.

갑술년(1814) 팔월 윤열尹烈이 본관에 부임했을 적에 지은 글이다.

190　보직(保直): 보노(保奴)와 같이 서원에서 일하는 사람들을 가리킨다.

191　완문(完文): 조선시대 관부에서 향교·서원·결사(結社)·촌·개인 등에게 발급하는
　　확인문서이다.

請香燭時春曹題辭

향촉을 청했을 때 예조에서 보낸 제사

以兩賢之忠節道學, 春秋禮享, 尙未官封, 大是欠典也. 公議不泯, 多士之請封祭需, 夫孰曰不可, 而祀典極重, 如非賜額書院, 則自有朝令, 例不敢封, 大體, 因朝令封香禮也. 無朝令而私施封香, 非禮也. 近來, 或有因一禮關, 私封香燭處云, 而此非朝廷之賜, 便是私設而爲也. 無論某院, 享以非禮處, 常所不安. 故今此所請不得許施, 多士相議, 兩賢妥靈之所, 不可無禮享, 毋論早晏, 疏請賜額, 未知如何是乙喩. 博詢士論而商量 宜當向事.

右癸未三月日 李好敏爲禮曹判書時 題辭

두 현인의 충절과 도학을 볼 때, 관아에서 좨주를 봉하여 춘추의 향례를 행하도록 하지 않는다는 것은 큰 흠이 되는 일이다. 사람들의 논의가 끊이지 않고, 많은 선비들이 제수를 봉해서 보내길 청하니 대체 누가 안 된다하겠냐마는, 향사享祀하는 전례典禮가 매우 중요하니 만약 편액을 하사받은 서원이 아니라면 조정의 명령이 있다 하더라도 감히 제수를 해서 봉하지 않는다. 그 대략은 조정의 명령에 따라 향사의 전례의 제수를 봉해서 보내는 것이다. 조정의 명령이 없는데도 사사로이 향을 봉해서 보내는 것은 예가 아니다. 근래에 '예조의 문서가 있어 사사로이 봉향하는 곳이 있다.' 하는데 이는 조정에서 사사한 것이 아니고 사사로이 실행한 것이다. 어느 서원 할 것 없이 예가 아닌 곳에 향사를 할 수 없다. 그러한 곳은 언제나 마음이 편치 못할 것이다. 그래서 지금은 청한 바를 시행하라고 허락을 할 수 없다. 많은 선비들이 상의하여, 두 현인의 영령을 모신 곳에 예향이 없을 수 없으니 시기가 늦다 빠르다 논하지 말고 상소를 올려 사액賜額을 청해야 한다. 어떻게 생각하는지 모르겠다. 널리 선비들의 의견을 물어보고 헤아리는 것이 마땅할 것이다.

상기는 계미년(1823) 3월 모일에 이호민李好敏이 예조판서 시절에 지은 글이다.

書溪堂遺稿後

계당유고의 뒤에 쓰다

世言牛溪之德行, 則必曰, 與栗谷爲道義交. 又言白沙之勳業, 則必曰, 與漢陰爲莫逆友. 信乎古人之語曰, 欲知其人, 先觀其友者矣. 溪堂崔先生, 肥遯於明廟之世, 足跡不出金華山外一步許. 成大谷, 曺南冥諸賢, 友而高之. 其同志之好, 講道之益, 殆同牛栗鰲漢之交修并濟, 則溪堂大谷南冥其道一也. 雖婦人孺子, 皆知大谷南冥之爲我東名賢, 則溪堂之爲我東名賢, 不待讀其書而可知矣. 若夫溪堂之連床共被切偲講磨之樂, 渼湖, 櫟泉, 性潭諸老先生言之已悉. 今不復著.
崇禎三辛未臘月之下澣, 後學咸原魚錫中, 謹書

세간에 우계牛溪 성혼成渾의 덕행을 말할 때에는 반드시 '율곡栗谷 이이李珥와 도의道義로 사귀었다.'고 언급하고, 또 백사白沙 이항복李恒福의 공로를 말할 때는 반드시 '한음漢陰 이덕형李德馨과 더불어 막역지우가 되었다.'고 말한다. 이는 "그 사람을 알고자 하거든 먼저 그 벗을 관찰하라."라는 옛사람들의 말을 믿기 때문이다.

계당溪堂 최흥림崔興霖 선생은 명종 연간에 은둔하여 금화산金華山 밖으로 한 발짝도 나가지 않았으나 대곡大谷 성운成運 선생, 남명南冥 조식曺植 선생 등 여러 현인들이 벗으로 사귀고 그를 높이 여겼다. 그들이 뜻을 같이하여 사귀고, 또 도를 논함으로써 서로에게 도움이 되었던 것은, 거의 우계 성혼과 율곡 이이, 오성 이항복과 한음 이덕

형이 서로 수양하고 함께 이룬 것과 같다. 계당 선생과 대곡, 남명 선생은 그 도가 일치한다. 비록 아낙네와 어린아이라 할지라도 모두 대곡 성운, 남명 조식 선생이 우리나라의 뛰어난 현자이며 그들과 사귀었던 계당 최흥림 선생 또한 우리나라의 명현임을 알고 있다. 이는 굳이 그의 글을 읽지 않고서라도 알 수 있는 바이다. 그리고 계당 선생이 그들과 침상을 나란히 하고 한 이불을 덮고서 서로 간곡히 격려하고 강학하는 즐거움에 대하여서는 미호渼湖 김원행金元行, 역천櫟泉 송명흠宋明欽, 성담性潭[192] 송환기宋煥箕 등 여러 어른들의 말씀에 이미 다 갖추어져 있으니 여기서 뭘 더 말하겠는가.

숭정 세 번째 신미년(1751) 12월 하순에 후학 함원咸原 어석중魚錫中이 삼가 쓴다.

---

192 성담(性潭): 송환기(宋煥箕, 1728~1807)의 호. 조선 후기의 문신·학자. 『(성담시)性潭集』 제22권에 「계당최공묘지명(溪堂處士崔公墓誌銘)」이 실려 있다.

追配屛山書院通文 本邑儒生苳

병산서원에 추가로 배향할 것을 요청하는 통문
본읍의 유생 일동

　右文. 爲揚隱闡幽, 朝家之盛典, 建祠崇賢, 儒林之美事.
何幸. 近者, 天運回泰, 屛山之院, 復設爲三先生(卽金桑村
自粹崔猿亭壽城具屛岩壽福)妥靈之所, 至有群賢追配之論,
則可謂吾黨中一大盛擧. 第有所未及伸公議者, 乃是希庵金
先生(諱泰巖己卯賢), 溪堂崔先生之尚稽腏享之儀矣. 窃伏
念, 二先生俱是乙巳被禍之賢, 其風節德業, 載在野史, 播在
口碑, 則有非後生末學所敢容喙, 而大谷成先生, 嘗叙希庵
墓碣, 其略曰: "生禀異氣, 體貌魁偉, 度量恢廣, 待人以溫柔
之色, 施人以帑槥之賚, 而愼於取友, 見賢必敬, 見不肖若將
浼焉. 所與遊, 無非當世賢人, 尤與金相公冲庵, 最相知. 冲
庵簡亢, 於人小可, 獨愛公許以石交, 而以公薦擧於朝右諸
公. 諸公以爲冲庵之友則賢也. 選拔拜職, 不幸奸黨作孽, 罷
歸農圃, 與具睡(卽屛岩)齋從遊於田墅之間. 曰爲考終焉."
猗歟美哉. 清陰金先嘗曰: "報恩縣有處士崔公, 與大谷同世.
大谷不妄交, 惟與處士公交最善. 聞四先生之風者, 可知處
士之爲賢矣." 且夫渼湖先生, 亦撰溪堂墓表曰: "處士生而質
粹好學, 動止儼然, 有有德者氣像. 事親以至孝, 聞其居憂,
尤多人所不及. 處士以名家子, 文學行誼, 如此, 人莫不遠期
之. 及喪畢, 見時事, 有湞洞之憂, 遂入金積山而家焉. 自是,
專心爲己, 日吟哦經傳, 涵濡道義, 其同志者[193], 成大谷, 成

---

193 『渼湖集』에는 이 단락이 "與同志者講討以自樂, 暇則彈琴誦詩, 悠然忘其身世, 終其身

東洲, 曹南冥諸先生, 皆高之, 樂與之從遊山中, 人尚傳爲
盛事." 嗚呼休哉. 己卯乙巳之賢, 或有從容就苑者, 亦有明
哲見幾者. 今玆兩先生, 遯世長往, 不見知而無憫, 其出處之
合義, 雖古昔達觀之士, 亦無以過之矣. 況其杖屨之迹, 衣履
之藏, 俱在是鄕, 一與諸賢同符, 則顧今幷享之論, 當在諸賢
之中矣. 鄙等竊不勝秉彝好德之天, 敢此擧公議通告, 伏願
僉尊, 勿以人廢言, 俾得一體配食, 則斯文幸甚, 世敎幸甚.
　甲子九月九日, 發文本邑儒生 成致中, 李光峻, 李彦謙, 李
德峻, 安景華, 安秀, 李鏡等七人.

숨은 공덕을 드러내 밝히는 것은 조정의 성대한 의식이요, 사당을
세워 어진 이를 높이는 것은 유림儒林의 아름다운 일입니다. 얼마나
다행인지, 최근에 천운이 다시 좋아져 병산서원에 세 분의 선생(즉,
상촌桑村 김자수金自粹[194], 원정猿亭 최수성崔壽城[195], 병암屏嚴 구수복

　　不出山外。於是大谷, 南冥諸賢皆高之"라고 되어 있다.

194　김자수: 생몰년 미상. 고려 말 조선 초의 문신. 초명은 자수(子粹). 본관은 경주(慶州).
　　자는 순중(純仲), 호는 상촌(桑村). 1374년(공민왕 23) 문과에 급제, 공양왕 즉위 후
　　성균관대사성을 지냈고, 당시 사회적으로 큰 문제가 되고 있던 숭불(崇佛)의 폐단을
　　지적하는 상소를 올렸다. 1392년 조선왕조가 들어선 뒤 낙향하여 학문에 열중하였다.
　　태종이 형조판서로 불렀으나, 나가지 않고 절명시(絕命詩)를 남기고 자결하여 고려왕
　　조에 대한 충절을 지켰다. 문장에 능하고 시문은『동문선』에 실려 있다.

195　최수성: 1487~1521조선 중종 때 문신, 화가. 이름을 수성(壽峸)으로 쓴 자료도 있다.
　　본관은 강릉(江陵). 자는 가진(可鎭), 호는 원정(猿亭). 김굉필(金宏弼)의 문하에서 배
　　출된 신진사림파(新進士林派) 학자로서 조광조(趙光祖)·김정(金淨) 등과 교유하였
　　다. 1519년(중종 14) 기묘사화 때 친구들이 당하는 것을 보고 벼슬을 포기하고 술과
　　여행, 시서화(詩書畫)와 음악으로 일생을 보냈다. 1521년 35세 때 신사무옥에 연루되
　　어 처형되었다. 인종 때 신원(伸寃)되어 영의정에 추증되고, 강릉의 향사(鄕祠)에 제
　　향 되었다. 시호는 문정(文正).

具壽福[196])의 영령을 추가로 모시자는 논의가 있었습니다. 우리 유림의 성대한 일이라 할 만합니다. 다만 아직 논의되지 않은 바가 있는데 바로 기묘명현들인 희암希菴 김태암金泰巖, 계당溪堂 최흥림崔興霖 선생의 향사 의례가 미루어져 아직까지 행해지지 않은 것입니다.

삼가 엎드려 생각하건대, 두 선생은 모두 을사년(1545)의 사화를 입은 현인으로 그 풍절風節과 덕업德業이 야사野史에 실려 있고 사람들의 입으로 전파되고 있으니 후생 말학이 감히 입을 놀릴 바가 아닙니다.

대곡 성운成運 선생께서 일찍이 희암 김태암金泰巖[197] 선생의 묘갈을 쓰셨으니 간략하게 요약하자면 다음과 같습니다. "그는 타고난 품성이 남달랐고 그 풍모도 매우 컸으며 도량도 매우 넓었다. 따뜻하고 부드러운 기색으로 남을 대하였고 곳간의 저장해둔 물건들을 남들에게 아낌없이 베풀었으며, 신중히 벗을 사귀고 어진 이를 보면 반드시 공경하고, 불초한 이들을 보면 마치 더럽혀지는 것 같이 여겼다. 함께 노닐던 이들 중에 당세의 현인이 아닌 사람이 없었는데, 특히 상공 충암 김정金淨과 가장 잘 알고 지냈다. 충암 김정은 성품이

---

196 구수복: 1491~1535. 조선 중기의 문신. 본관은 능성(綾城). 자는 백응(伯凝)·정지(挺之), 호는 병암(屛菴). 1514년(중종 9) 사가독서(賜暇讀書)를 하였고, 1516년 식년 문과에 을과(乙科)로 급제. 이조정랑(吏曹正郎)으로 재직하던 1519년 기묘사화(己卯士禍) 때 심정(沈貞) 등으로부터 북문(北門)을 열라고 협박당하였으나 이를 거절하였기에 사화가 일어난 뒤 삭직(削職)되었다. 1533년 이준경(李浚慶) 및 아우 수담(壽聃) 등의 힘으로 구례현감(求禮縣監)으로 복직되었으나, 재직 중에 죽었다. 김정(金淨) 등과 도의(道義)로써 사귀고, 경학(經學)에 몰두하여 많은 후진을 양성하였다.

197 김태암: 1480~1554. 조선 중기의 문신. 본관은 보은(報恩), 자는 탁이(卓爾), 호는 희암(希菴). 김정(金淨)과 사귐이 깊었다. 1518년 유일로서 천거되어 연원찰방(連原察訪)을 제수 받았다가 그해 12월에 파직되었다. 1519년 기묘사화로 쫓거나 고향으로 돌아와 있다가 죽었다.

깔끔하고 굳세어서 남들을 쉽게 받아들이지 않았는데, 유독 공을 아껴 금석지교金石之交를 맺고, 공을 조정의 높은 여러 대신들에게 천거하였다. 여러 대신들이 충암의 벗이니 어질 것이라 믿고 선발하여 직책에 임명하였다. 불행히도 간사한 무리가 화를 일으켜, 파직되어 농촌으로 돌아가서 구수재具睡齋 선생과 더불어 시골에서 노닐다가 천명대로 살다가 세상을 떠났다." 하였습니다. 아아! 아름답습니다. 청음 김상헌金尙憲 선생께서 일찍이 이르시길 "보은현에 처사 최흥림 공이 있는데 대곡 선생과 동시대의 인물이다. 대곡 선생은 함부로 사귀지 않는데, 오직 처사와 더불어 잘 사귀었다. 네 선생[198]의 풍류를 들은 사람은 처사의 어짊을 알 수 있었다."

또 미호 김원행金元行 선생께서도 「계당묘표溪堂墓表」를 지어 말씀하시기를 "처사는 태어나면서부터 자질이 순수하고 학문을 즐겼으며 행동거지가 근엄하여 덕이 있는 사람의 기상을 띠고 있었다. 지극한 효성으로 어버이를 섬겼고, 부모님 상을 당했을 때는 남이 따를 수 없을 정도로 예의를 갖추었다. 처사는 명문의 자손으로 이처럼 배우고 행하였기 때문에, 장차 큰 인물이 될 것으로 기대되었다. 하지만 사람들의 기대와는 달리 상을 마친 그는 약관의 나이에도 불구하고 은거하여 책을 읽고자 하였다. 어버이를 일찍 여읜 자신의 신세가 슬펐을 뿐만 아니라 당시의 시대적 상황도 근심스러웠기 때문이다. 마침내 그는 가족을 모두 이끌고 보은의 금적산으로 들어갔는데, 금적산의 깊은 계곡과 그윽한 정취를 좋아하여 거기에 집을 짓고 살았다. 이때부터 처사는 위기지학爲己之學에 전념하여 날마다 경전經

---

198 『청음집(淸陰集)』 권34. 「최군가이묘지명(崔君可邇墓誌銘)」에 자세한 내용이 실려 있다. 여기서 언급한 '네 선생[四先生]'은 대곡(大谷) 성운(成運), 남명(南冥) 조식(曺植), 동주(東洲) 성제원(成悌元), 그리고 용문(龍門) 조욱(趙昱)(1498~1557)을 가리킨다.

傳을 읽고 도의道義를 함양하며, 뜻을 같이 하는 자들과 어울려 교육과 토론을 즐겼으며, 여가가 생기면 이들과 함께 거문고를 뜯고 시를 읊었다. 그러는 동안 어느덧 자신의 신세를 잊어 죽을 때까지 금적산 밖으로 나가지 않았다. 대곡이나 남명과 같은 여러 뛰어난 선비들이 그의 성품과 행동을 높이 여겼다. 그들은 처사와 함께 산속에서 머물며 처사와 함께 즐겼는데, 사람들은 아직도 아름다운 일이었다고 한다."라 하였습니다.

아아! 아름답습니다. 기묘사화·을사사화의 현인 중에 혹 조용히 시골로 내려간 사람도 있었고 명철보신하며 낌새를 엿보았던 사람도 있었습니다. 지금 이 두 선생[희암 김태엄金泰嚴, 계당 최홍림崔興霖]께서는 세상을 피해 은거하였지만 남이 알아주지 않아도 걱정하지 않았으며 출처가 의리에 맞았습니다. 비록 옛날의 달관했던 선비라도 이보다 더 낫지는 않을 것입니다. 하물며 지팡이 짚고 다니던 자취와 묘소가 모두 이 고을에 있으니, 하나같이 여러 현인들과 딱 들어맞습니다. 그렇다면 지금 나란히 향사(享祀)하자는 논의를 생각해 보았을 때 마땅히 여러 현인들 가운데 있어야 할 것입니다.

저희들은 생각하건대 떳떳한 인륜을 지키고 덕을 좋아하는 천성을 이길 수가 없어 감히 여러 논의를 듣고 청하옵니다. 바라건대 여러 어른들께서는 사람이 보잘것없다 하여 그 말을 버리지 마시고, 함께 나란히 배향되게 하신다면, 유학자에게도 큰 다행이고, 세상 교화에도 큰 복이 되리라 생각합니다.

갑자년(1804) 9월 9일에 본읍의 유생 성치중成致中, 이광준李光峻, 이언겸李彦謙, 이덕준李德峻, 안경화安景華, 안수安秀, 이경李鏡 등 일곱 명이 글월을 올려 간청합니다.

追配屏山書院通文 華陽書院儒生等

병산서원에 추가로 배향配享할 것을 요청하는 통문

화양서원(華陽書院)유생 일동

 右文爲通諭事. 百世崇賢薦享之擧盛矣, 一體報德祭祀之同宜矣. 噫! 近者, 貴邑屏山之三先生腏享, 寔是吾黨之美事, 而有其未及伸公論處, 則希庵金先生, 楊窩具先生, 溪堂崔先生之尚稽併享之儀矣. 德旣符矣. 契亦合矣. 年代又同, 則三山域內, 有是炳朗之新宇, 而猶欠同配之論者, 在此外邑 尚抑齎咨. 況於本地僉尊之心乎. 窃伏念, 希庵先生以己卯避禍之賢, 風節魁偉, 德業恢廣, 昭在野史, 人有傳誦. 而大谷成先生, 叙其墓碣, 曰: "生稟卓異, 氣宇軒昂, 待人以溫柔之色, 施人以帑槓匱. 而信[199]於取友, 見賢必敬, 見不肖若將浼焉. 惟與金冲庵最相知. 冲庵薦公於朝, 選拔拜職. 不幸姦黨作孽, 罷歸農圃. 遂與具屏庵從遊於田墅, 因爲考終. 楊窩具先生, 以屏庵之弟, 師事靜庵. 自己卯之後, 杜門十餘年矣. 癸巳登對[200], 極言諸賢之非辜, 固請廢錮[201]之復叙. 竟爲大姦之啓黜, 竄于江界. 移于甲山, 己酉賜死."

 尤庵先生撰其碑文[202]曰: "天分甚高, 學力甚邁. 以精粹方嚴之姿, 有學問培養之功. 薰炙大賢, 研究體認, 日新之工, 有不可禦. 而當世推賢折姦, 經席啓沃, 先務格君. 陰陽之爭,

---

199　『大谷集』「希庵 墓碣」에는 '愼'으로 표기되어 있다.

200　등대(登對): 어전(御前)에 나아가 임금을 직접 대한다는 뜻이다.

201　폐고(廢錮): 종신토록 관리가 될 수 없게 한다.

202　우암 송시열의 『宋子大全』 卷189에 〈副提學具公墓表〉가 실려 있다.

躓而復起, 惟至九死而不悔. 兄弟聯芳[203], 大生耿光, 豈不盛哉." 溪堂先生 以名家之子, 文學行誼卓冠時賢. 見其時事之潰洞, 遂入金積山而家焉. 與成大谷, 成東洲, 曹南冥先生, 爲一代道義之友, 追隨山中, 吟哦相和 以終身矣. 清陰先生嘗稱 "湖之西報恩縣有處士崔公, 與大谷同世. 大谷不妄交, 惟與處士公交最善. 聞先生之風者, 可知處士之爲賢矣." 渼湖先生 又撰墓表, 曰: "處士生而質粹好學, 動止儼然, 有有德者氣像. 涵濡道義, 吟哦經傳. 事親以至孝, 聞其居憂, 尤多人所不及." 由此言之 大谷之叙碣, 尤庵之撰碑, 清陰渼湖之稱述, 足可見百世之尊仰. 而巍卓氣節, 有若桑翁[204]之亞焉. 隱遯行誼, 有如屛猿[205]之符焉. 則其於養德邱園, 不見知而无憫. 功存社稷 流百禩而不泯者, 并配於屛院之享, 夫誰曰不可. 獨此遺軼於崇報之地者, 可謂盡善而未盡美矣. 鄙荽忘其卑陋, 敢陳公議而通告. 伏願僉尊, 勿以人廢言, 俾得一體配食, 千萬幸甚, 右敬通于屛山書院.

甲子十一月十六日, 華陽書院齋任李智源, 閔百慶, 鄭鉉九。會員卞尚鎮, 趙殷永, 李東宇, 洪宗郁, 洪宗善, 金文炯, 沈能, 李恒源, 洪寅瑞, 卞浩集, 申弼熄, 金致琦, 鄭在文, 金商敬等十七人.

三池崔先生告由文. 溪堂崔先生告由文. 通訓大夫行報恩郡守海平尹慶烈謹述. 〔失火無文〕

---

203 연방(聯芳): 꽃다운 아름다움을 잇는다 즉 연이어 과거에 급제하였다는 의미이다.
204 상촌(桑村) 김자수(金自粹)를 이른다.
205 병암(屛巖) 구수복(具壽福)과 원정(猿亭) 최수성(崔壽城)을 이른다.

위의 문장은 여러 사람들에게 두루 고하여 알리기 위함입니다. 백 세토록 현인들을 높여 향사하는 일은 성대한 일입니다. 하나가 되어 덕에 보답하기 위해 같이 제사지내는 것이 마땅합니다.

아아! 근래에 귀 고을 병산서원屛山書院에 세 선생을 제향祭享하는 것은 실로 유림의 아름다운 일입니다. 그러나 미처 공론을 펴지 못한 곳이 있습니다. 즉 희암希菴 김태암金泰巖 선생, 양와楊窩 구수담具壽 聃 선생[206], 계당溪堂 최흥림崔興霖 선생에 대하여 같이 제사를 지내는 의례를 아직 미루어 왔습니다. 덕이 부합되고 뜻이 잘 맞았으며, 연 대 또한 같습니다. 삼산군三山郡 안에 이같이 찬란한 새 사당이 있으 나 함께 배향하자는 의논은 빠져 있습니다. 저희 고을(괴산)에서 오 히려 답답하여 자문을 하니, 하물며 본 읍의 높은 어르신들의 마음은 어떠하시겠습니까?

삼가 엎드려 생각하건대 희암 김태암 선생께선 기묘년(1519)에 화 를 피하신 현인으로서 풍모와 절개가 높고 우뚝하시며 덕업德業이 크고 넓으시어 야사野史에도 밝게 기록되어 있어 사람들이 전하고 칭송합니다. 그리고 대곡 성운成運 선생께서 그 묘갈을 지으시길 "그 는 타고난 품성이 남달랐고 그 풍모도 매우 컸으며 도량도 매우 넓었 다. 따뜻하고 부드러운 기색으로 남을 대하였고 곳간의 저장해둔 물 건들을 남들에게 아낌없이 베풀었으며, 신중히 벗을 사귀고 어진 이 를 보면 반드시 공경하고, 불초한 이들을 보면 마치 더럽혀지는 것

---

206 구수담: 1500~1549. 조선 중기의 문신. 본관은 능성(綾城). 자는 천로(天老). 기묘사 화 때 화를 입은 유림의 서용(敍用)을 청했다가 파직되었다. 후에 나세찬의 옥사에 관 련되어 용천에 유배되었다. 1537년 김안로가 죽은 뒤 소환되어 1542년 부제학, 대사 간, 대사성을 거쳐 대사헌에 이르렀으나 권신 이기를 논박했다가 갑산에 유배되었다. 1550년에는 유관을 변호했다 하여 양사(兩司)의 탄핵을 받고 죽임을 당했다. 1567년 신원되었다.

같이 여겼다. 함께 노닐던 이들 중에 당세의 현인이 아닌 사람이 없었는데, 특히 상공 충암 김정金淨과 가장 잘 알고 지냈다. 충암 김정은 성품이 깔끔하고 굳세어서 남들을 쉽게 받아들이지 않았는데, 유독 공을 아껴 금석지교金石之交를 맺고, 공을 조정의 높은 여러 대신들에게 천거하였다. 여러 대신들이 충암의 벗이니 어질 것이라 믿고 선발하여 직책에 임명하였다. 불행히도 간사한 무리가 화를 일으켜, 파직되어 농촌에 돌아가서 구수재具睡齋 선생과 더불어 시골에서 노닐다가 천명대로 살다가 세상을 떠났다."고 하였습니다. 양와 구수담具壽聃 선생은 병암屛巖 구수복具壽福 선생의 아우로서 정암靜庵 조광조趙光祖 선생을 스승으로 섬겼는데 기묘년(1519) 사화士禍가 일어난 뒤로는 십여 년을 두문불출杜門不出하셨습니다. 계사년(1533)에 임금을 직접 뵙고서 제현들의 무고함을 극진히 변호하시고 이미 폐고廢錮(종신토록 관리가 될 수 없는 벌)된 사람을 다시 풀어주기를 굳게 청하시다가 끝내 대간들의 내쳐야 한다는 상소를 입어 강계江界로 귀양 가셨고, 다시 갑산에 옮기셨다가 기유년(1549)에 사사賜死되셨습니다.

우암尤庵 송시열宋時烈 선생께서 그 비문을 지으시길 "타고난 성품이 심히 고상하고 학문이 매우 높았다. 정밀하고 순수하며 바르고 엄정한 자세로 학문을 배양하는 공이 있어 대현大賢들에게 친히 배우셔서 연구하고 몸에 익히셨으니, 날로 새로워짐을 막을 수 없었다. 당세에 어진 인재를 추천하고 간사한 이들을 꺾으시어 경연經筵에서 충성스런 간언諫言을 내어 임금을 바르게 하는 일을 급선무로 삼으셨다. 착한 사람과 나쁜 사람이 싸울 때 넘어져도 다시 일어나시고 오직 아홉 번 죽을 위기에 이르러서도 후회하지 않으셨다. 더구나 형제들이 연이어 과거에 급제하여 빛을 크게 내셨으니 어찌 성대하지 않겠는가?"라 하셨습니다. 계당 최흥림 선생은 명가의 자제로서 문학과 행의行誼가 그 당시 어진이들 사이에서 우뚝하게 빼어났습니다. 그러나 시사時事의 혼란함을 보고 마침내 금적산에 들어가 거처하셨습니다. 대곡 성운선생, 동주 성제원선생, 남명 조식선생과 함께 일세의 도의道義로 벗을 맺으시어 산중에서 어울리며 시를 읊고 서로 화답하면서 생을 마치셨습니다. 청음 김상헌선생께서 일찍이 기리시길 "호서湖西 보은현에 처사 최흥림 공이 있는데 대곡 성운과 한 세상을 살았다. 대곡은 함부로 교유하지 않았는데 오직 처사 공과 교유가 가장 좋았다. 선생의 유풍遺風을 들은 자들은 가히 처사의 현명함을 알 수 있다."라 하셨습니다. 미호渼湖 김원행金元行 선생께서 또한 묘표를 지으시길 "처사는 태어나면서부터 자질이 순수하고 학문을 즐겼으며 행동거지가 근엄하여 덕이 있는 사람의 기상을 띠고 있었다. 지극한 효성으로 어버이를 섬겼고, 부모님 상을 당했을 때는 남이 따를 수 없을 정도로 예의를 갖추었다."라 하셨습니다. 이것을 가지고 말하건대, 대곡 성운 선생께서 쓰신 묘갈과 우암尤庵 송시열宋時烈 선생께서 지으신 비명碑銘과 청음淸陰 김상헌金尙憲 선생, 미호渼湖 김원행金元行 선생의 칭송하는 글에서, 공은 백세가 존숭할 만한 사람으로, 우뚝한 기개는 상촌桑村 김자수金自粹 선생에 버금갈 만하며, 은둔하여 지낸 그 바르고 점잖은 행실은 병암屛巖 구수복具壽福 선생과 원정猿亭 최수성崔壽城 선생에 부합되는 분임을 알 수 있습니다. 그런 즉 초야에서 덕을 길러 알려지지 않아도 어떤 근심도 없었으며, 사직을 보전하는 데 공이 있어 백년이 흘러도 사라지지 않을 것입니다.' 병산서원屛山書院의 향례에 함께 배향하자는데 누가 안 된다고 하겠습니까? 그런데 은덕隱德에 보답해야 할 곳에서 누락

되었으니 '지극히 아름답지만 지극히 선하지는 않다.'[207]고 할 수 있습니다.

비루함을 잊고서 감히 여러 의견을 들어 널리 알리는 바이니, 엎드려 바라옵건대 여러분들께서는 말하는 사람 때문에 그 말을 버리지 마시고 함께 배향할 수 있게 해 주신다면 매우 다행이겠습니다. 위 문장을 병산서원屛山書院에 삼가 통고通告하옵니다.

갑자년(1804) 11월 16일 화양서원華陽書院 재임 이지원李智源, 민백경閔百慶, 정현구鄭鉉九. 회원 변상진卞尙鎭, 조은영趙殷永, 이동우李東宇, 홍종욱洪宗郁, 홍종선洪宗善, 김문빈金文彬, 심능沈能, 이항원李恒源, 홍인서洪寅瑞, 변호집卞浩集, 신필식申弼熄, 김치의金致琦, 정재문鄭在文, 김상경金商敬 등 17인.

「삼지최선생고유문三池崔先生告由文」과 「계당최선생고유문溪堂崔先生告由文」을 통훈대부 행 보은군수 해평 윤경열尹慶烈이 삼가 쓰다.(후에 불에 타서 글이 없다.)

---

207 일찍이 공자는 주 무왕(周武王)의 음악에 대하여 "지극히 아름답지만 지극히 선하지는 않다.[盡美矣 未盡善也]"라고 평한 바 있다.

忠節公墓碣

충절공 최영유崔永濡 묘갈명

公姓崔, 諱永濡, 和順人. 牧海州, 紅巾卒至, 知不免, 投
印于水, 血指書石, 自盡于鵂巖, 小吏一人, 亦從而死, 乃至
正辛卯二月二十三日也. 邑人遂葬其峯, 號忠節墓, 每年諱
日節辰, 香火不絶, 定人守墓, 以禁樵牧, 節澤昭昭也. 墓舊
有碣頗剝缺, 且無床石, 十一代孫松禾縣崔大允與州吏, 鳩
工立石, 刻其事, 立床石焉.
崇禎元年戊辰四月日, 外裔孫前兵曹正郎柳昌文撰.

공의 성姓은 최崔고 휘諱는 영유永濡며 본관은 화순이다. 해주목사
海州牧使로 있을 때 홍건적의 무리들이 갑자기 이르렀는데, 죽음을
피할 수 없음을 알고서 물에 인장을 던지고 손가락에 피를 내어 돌에
글을 쓰고 휴암鵂巖에서 자결하였다. 아전 한 사람이 또한 따라 죽었
으니 때는 지정 신축(1361)년[208] 2월 23일이다.

고을의 사람들이 마침내 그 봉우리에 장사지내고 충절묘忠節墓라
고 불렀다. 매년 돌아가신 날과 명절에 향불이 끊이지 아니하였으며,
사람을 정해 묘를 지켜서 벌목과 방목放牧을 금지하니 절개와 은덕
이 빛났다. 옛날에는 묘지에 비석이 있었는데 오래되어 자못 훼손된
부분이 많고, 또 상석床石이 없었기에 11대손 송화현의 최대윤崔大允

---

208 신묘(辛卯): 원문에는 지정(至正) 심묘(辛卯: 1351년, 충정왕 3)년으로 되어있으나, 이
    때는 홍건적이 들어온 기록이 없고 신축(辛丑: 1361, 공민왕 10)년에 홍건적이 처들어
    온 기록이 있다. 홍건적 자체도 1359년에 처음으로 고려에 침입하였다. 아마도 '丑'을
    '卯'로 오기(誤記)한 것으로 보인다.

이 해주의 아전들과 함께 장인을 불러 모아 비석을 세우고 사적을 새
기고 상석을 놓았다.

숭정 원년, 무진(1628)년 4월 모일에 외가 후손 전 병조정랑 유창
문柳昌文이 쓰다.

忠節公神道碑銘 并序

충절공신도비명 병서

將仕郞前參奉, 外裔孫崔稷書, 生員崔世績, 立碑有司.
嗚呼. 此牧使崔公效命之處也. 在麗季, 紅巾賊東蹣. 公時
牧州, 猝遇賊, 以死守首陽城. 賊圍益急, 從大風縱火城陷.
公誓不爲賊鋒汚, 脫身至鵂巖, 解所佩印, 投巖下潭, 斷指以
血書之石, 識其所, 乃投水, 盖至正辛卯二月二十三日也. 從
公者, 獨貢生一人, 有狗公所嘗畜, 隨而死公屍傍. 邑人葬
公于岩北一里許地, 隨而死人與狗并瘞其側, 名其潭曰投印.
至今悲之, 四時及諱辰, 香火之需, 備出於官, 而吏處其誠,
久益不怠, 歲以爲常. 余嘗觀東文選, 高麗待制崔永濡作, 誦
其詩, 恨不知人. 會余守玆土, 州人士以公忠節碑請銘. 於是
乎, 知其人矣. 自古忠節死者幾人, 而微物之死主者, 獨陸家
墮鵬一禽[209], 其忠義之感, 復見於公也. 銘曰:

장사랑 전 참봉 외가 후손 최직崔稷이 쓰고, 생원 최세적崔世績이
비를 세우는 일을 담당하였다.

---

209 남송 마지막 황제인 조병(趙昺)(1272~1279)과 신하 육수부(陸秀夫)(1236~1279)에 얽
힌 고사. 애산(崖山)에서 육수부와 배를 타고 갈 적에 기르고 있던 흰 꿩 한 마리를 같
이 데리고 갔는데, 육수부가 조병을 업고서 바다에 뛰어 들었다. 그러자 백한이 새장
안에서 슬피 울며 발길질을 멈추지 않았고 끝내 새장과 함께 바닷속으로 추락하였다.
후에 사람들이 백한을 義鳥라 불렀다고 한다. 明 張廷實이 이 고사를 주제로 한 「白鵬
歌」를 지었다.

아아! 여기는 목사 최영유崔永濡 공이 목숨을 바친 곳이다. 고려 말에 홍건적이 우리나라를 쳐들어왔을 때 공이 해주목사로 있었는데 갑작스레 적을 만나 필사적으로 수양성首陽城을 지켰다. 적들이 더욱 급하게 포위하여 큰바람을 따라 불을 놓았으므로 성이 함락되었다. 공이 적의 칼에 더럽혀지지 않기로 맹세하고서 탈출하여 휴암鵂巖에 이르러 차고 있던 인장을 풀어 휴암 아래의 못에 던지고 손가락을 베어 피로 돌 위에 글자를 써서 그 장소를 표한 다음 물에 몸을 던졌으니, 지정 신축(1361)년[210] 2월 23일의 일이다. 이때 공을 따른 자는 오직 향교 유생[211] 한 사람뿐이었고, 공이 일찍이 기르던 개 한 마리가 공을 따라 그 시신 곁에서 죽었다. 고을 사람들이 휴암의 북쪽 1리 쯤 떨어진 곳에 공을 장사지내고 따라 죽은 사람과 개를 그 곁에 함께 묻었다. 그리고 휴암의 못을 '투인담投印潭'이라 불렀다. 지금까지도 슬퍼하며 사철과 기일忌日에 제사를 지냈다. 제사에 필요한 제물들을 관아에서 갖추었고, 관리들도 정성을 다하였으며 시간이 오래 흘러도 반드시 치러야 하는 일로 여기고 있다. 내 일찍 『동문선東文選』에 실린 고려 대제待制 최영유崔永濡 공이 지은 시를 읊으면서, 저자를 알 수 없어 한스러워했었다. 마침 내가 이 땅을 다스리게 되었는데, 고을의 인사人士들이 공의 충절비에 명銘을 지어줄 것을 부탁하는 요청을 받고서야 그 분을 알게 되었다. 자고로 충절忠節로 죽은 사람이 적지 않겠지만 미물微物이 주인을 위해 죽은 것은 오직 육씨 집안의 같이 떨어져 죽은 흰 꿩 한 마리뿐이었는데 그 충의忠義의 감동이 다시 공에게서 나타났다. 이에 명을 짓는다

---

210 신축(1361)년을 잘못 기록함.
211 공생(貢生): 향교에 다니던 생도.

公死於國,　　　공은 나라를 위해 죽었는데,

誰死於公.　　　공을 위해 죽은 이 누구인가?

在物猶感,　　　미물에게도 오히려 감동이 있거늘

矧人之忠.　　　하물며 사람의 충성에 감동이 없겠는가?

湖湖其潭,　　　넓고 넓구나. 그 못!

烈烈其忠.　　　열렬하구나, 그 충성!

文以記之,　　　문장으로 기록하여[212]

永示無窮.　　　길이길이 무궁하게 보이련다.

通訓大夫海州牧使知製教, 洪錫箕撰.

통훈대부 해주목사지제교 홍석기가 짓다.

212　원문에는 '文以記'로 기록되어 있으나, 4언의 형식을 갖춘 제문(祭文)의 특성 상 4자
　　가 있어야 한다. 기록할 당시 '之'字가 빠진 것으로 짐작되어 추가한다.

妥忠閣重修記

先祖海州牧使忠節公, 配享于文憲書院, 而邑
人又享于妥忠閣 安東金履安撰. 代人作, 人卽判官洪櫟

타충각妥忠閣 중수기문

선조 해주목사 충절공 최영유崔永濡 문헌서원에 배향되
었으나 고을사람들이 또 타충각에 배향하였다

안동 김이안(金履安)이 짓다. 대작한 것이니, 그 사람은 판관 홍력(洪
櫟)이다.

於呼! 不佞忝守海州之幾年, 有府吏某人荂相帥, 告曰自故
牧使崔公某, 殉紅巾之亂, 而食於州城之祠, 盖三百有餘年
矣. 惟是一邑民吏, 懷風慕烈, 歲時享祀, 罔或不愨. 其以爲
褒焉, 而廟於學宮之側, 而使多士尸之也. 則自李侯某(芝村
李公喜潮)始, 吾小人終不忍承事之久而遽撤之也. 輒更私奉
神版以祭之, 顧閭舍湫汚, 非所以致隆尊神, 今請得新之敢
以聞. 仍言公以高麗忠定王三年, 牧本州, 紅賊之亂, 保首陽
山城. 城陷, 公義不辱, 卽馳至城西鵶巖, 血指書所爲死狀,
先解印投巖下潭, 遂溺焉. 從公者, 一貢生及公所畜狗, 皆死
之, 盖據邑志所載者如此. 余惟公以死勤事, 應祀法, 非吏屬
所得主而李公釐之善矣, 且旣有廟矣, 又焉疊? 宜勿許. 旣
而某荂請益懇, 余又益攷, 古之州縣吏, 死而食其土, 若朱邑
之於桐鄕, 柳宗元之於羅池, 不必皆列在祀典, 而出於岷庶
之私相報事者, 多矣. 若公之爲一州, 捍大難立死較然, 其一
時氣義之感, 至使隷人畜物, 爭斃於前, 此豈直如區區之遺
惠? 而卽海之一境, 家尸祝之, 可也. 且君子之祀公也以禮,

小人之祀公也以誠, 禮以致尊, 誠以致愛, 亦若有謂焉耳. 乃
許之, 仍資以俸餘, 以相其役, 數月工告訖, 遂移安神版, 而
名之曰妥忠之閣. 俾以每歲之殉義之日, 祭之如初. 嗚呼! 自
此州來, 良長吏宜不一二數, 皆無稱, 獨公倉卒效死, 非有
卻敵宛城之功, 而今世代遼夐, 民崇奉之不衰, 雖欲禁之使
已而不能得焉, 此果何爲而然耶? 可不熟思其故哉? 夫忠義
者, 非公之所獨性也. 有蒞茲土, 雖百世之遠, 誰或不感奮太
息, 期與之齊? 而彼吏民等, 亦毋徒以傴僂涕洟爲足以事公,
必思如當日貢生之爲, 而無或爲畜狗之罪人, 則又今日所以
建祠意也歟?

　安東金履安撰

　아아! 내가 해주를 다스린 지 몇 년이 지났는데 고을의 아전 아무
개 등이 서로 함께 와서 고하였다. "돌아가신 목사 최영유崔永濡 공께
서 홍건족의 난에 순절하시고 나서 도성 안의 사당에 배향한 지가 어
언 삼백여 년입니다. 이 고을의 백성과 관리들이 열사가 남기신 기풍
을 그리고 사모하여 해마다 제를 올리는데 성실하게 하지 않은 적이
없습니다. 무례한 줄 알면서도 학궁學宮 옆에 사당을 짓고 선비들로
하여금 제사를 주관하게 하였습니다. 이후李侯[지촌芝村 이희조李喜
朝][213]가 이 일을 시작하였는데, 저희 소인들이 끝내 오랫동안 받들어

---

213 이희조(李喜潮): 1655~1724. 조선 후기의 문신. 본관은 연안(延安). 자는 동보(同甫),
　　 호는 지촌(芝村). 부제학 단상(端相)의 아들이며, 송시열(宋時烈)의 문인이다. 1694년
　　 인천현감(仁川縣監) · 지평(持平) · 장악원정(掌樂院正) 등을 지내고, 1707년 장령
　　 (掌令)에 이어 해주목사(海州牧使) 때 석담(石潭)에 있는 이이(李珥)의 유적에 요금정
　　 (瑤琴亭)을 세웠다. 1718년 이조참판 등을 거쳐 1719년 대사헌을 지냈다. 1721년 신
　　 임사화(辛壬士禍)로 영암(靈巖)에 유배, 철산(鐵山)에 이배 도중 정주(定州)에서 죽었
　　 다. 좌찬성에 추증되고, 인천(仁川) 학산서원(鶴山書院) 등에 배향되었다. 시호는 문

온 제사를 차마 갑작스레 그만둘 수가 없어서, 문득 다시 개인적으로 위패位牌를 받들어 제사를 지냈습니다. 다만 여염집이 낮고 깨끗하지 못해 존귀한 신을 모실만한 곳이 못되니, 지금 새로이 지을 것을 청하여 감히 아룁니다."

이에 이렇게 말하였다. "공은 고려 공민왕 10년(1361)²¹⁴에 본주를 다스렸는데 홍건적의 난에 수양산성首陽山城을 지키다가 성이 함락되었다. 공이 욕되지 않겠다는 의리로써 바로 성의 서쪽 휴암으로 가서, 손을 베어 그 피로 죽게 된 정황을 쓰고선 먼저 인장을 풀어 휴암 아래 못에 던지고 마침내 빠져 죽었다. 공을 따른 향교 학생 한 명과 공이 기르던 개도 모두 공을 위해 죽었다.'고 하니 이는 해주의 『읍지邑誌』에 실린 내용에 근거한 것이다. 내 생각으로는, 공은 죽음으로써 나랏일에 힘썼으니 국가의 제사지내는 법에 따라야 하는 일이지 벼슬아치들이 주관할 수 있는 일은 아니다. 이 공이 이 일을 주관하였지만, 또 이미 사당[타충각妥忠閣]이 있으니 어찌 새로운 사당을 짓겠는가? 사리에 따라 마땅히 허락하지 않겠다."

얼마 후에 또 아무개 등이 더욱 간절히 청하기에 내가 또 더욱 깊이 생각해 보았다. "옛날에 고을의 관리가 죽어서 그 땅에 배향된 일

간(文簡)이다. 문집에 『지촌집(芝村集)』이 있다.

214 공민왕 10년을 잘못 기록한 것으로 보임. (홍건적이 침입한 해는 충정왕 3(신묘)년이 아니라 공민왕 10(신축)년이다.)

은, 주읍朱邑이 동향桐鄕[215]에서 그랬고 유종원柳宗元[216]이 나지羅池에서 그랬듯이[217] 반드시 모두 사전祀典[218]에 나열되어 있지 않더라도 사사로이 그 일에 보답하고자 하는 백성들의 마음에서 나오는 경우가 많았다. 공이 한 고을을 다스리면서 큰 화란禍亂을 막고 크나큰 공훈을 세운 것이 분명하고, 그 장한 마음에 감동하여 종과 가축까지 앞다투어 따라 죽기에 이르렀으니, 이 어찌 자질구레한 은혜를 남긴 것과 같겠는가? 그러니 곧 해주의 경내에서 집집이 받들어 제사지내어도 옳은 일이다. 또 군자는 예로써 공을 제사지내고 소인은 정성으로 공을 제사지내니, 마치 '예로써 존숭을 다하고 정성으로 애모함을 다한다'고 말하는 것과 같다."

이에 허락하고 봉급의 나머지를 보태어 일을 도왔다. 수개월 후 공사를 마치고 마침내 위패를 옮겨 봉안奉安하고 타충각妥忠閣이라는

---

215 한(漢)나라 주읍(朱邑): 그가 젊었을 때에 동향(桐鄕) 색부(嗇夫)가 되었는데, 청렴하고 공평하여 가혹하지 않고 사람을 때리거나 욕을 보인 적이 없었으며, 늙은이와 고아, 과부를 찾아보고 위로하니, 아전과 백성들이 사랑하고 공경하였다. 차차 옮겨서 대사농(大司農)에 이르렀다. 병이 들어 죽게 될 적에 그 아들에게 부탁하기를, "내가 전에 동향(桐鄕)의 관리로 있었으므로 동향 백성들이 나를 사랑하니, 반드시 나를 동향에 장사 지내라. 후세 자손이 동향 백성보다 못할 것이다." 하였다. 죽게 되자, 동향 서쪽 성곽 밖에 장사 지냈는데, 백성들이 과연 무덤을 모으고 사당을 세워 명절에 끊임없이 제사를 지내주었다.

216 유종원(柳宗元)이 유주 자사(柳州刺史)로 있을 적에 선정을 베풀어 정치 교화가 크게 행하여졌다. 한번은 부장(部將) 구양익(歐陽翼)에게 말하기를 "내가 세상에 버림받아 여기에 붙여 있기 때문에 너희들과 좋아하는 것이다. 명년에 내가 죽을 것이다. 죽어서 귀신이 될 것이니, 3년 뒤에 사당을 세워 나를 제사 지내라." 하더니, 그 시기가 되자 죽었다. 3년 초가을 신묘일(辛卯日)에 유종원이 고을의 후당(後堂)에 내려왔다. 그날 밤에 구양익에게 현몽하여 말하기를, "나를 나지(羅池)에 사관(舍館)하게 하라." 하였다. 드디어 사당을 세워 제사 지냈다.

217 金履安의 『三山齋集』 「海州妥忠閣記」에는 '也'가 아닌 '池'로 되어있음.

218 사전(祀典): 제사(祭祀)를 지내는 예전(禮典)

이름을 붙였다. 그리고 매년 의義롭게 순절한 날에 처음과 같이 제사 지내게 하였다.

아아! 이 고을이 생긴 이후 어진 수령이 당연히 한둘이 아니었을 텐데, 아무도 칭송받는 사람이 없었다. 오직 공만이 창졸간에 목숨을 바쳤으나, 완성宛城에서 적을 물리친 공功이 있는 것은 아니다. 그러나 지금 세대가 멀어도 백성들은 여전히 끊임없이 받들어 모시고 있다. 비록 금지하려고 하였으나 할 수 없었으니, 이는 과연 무엇 때문일까? 그 까닭을 깊이 생각하지 않을 수 없다. 무릇 충성과 절의는 공만이 홀로 가진 본성이 아니다. 그러니 이 땅을 다스리는 자들은 비록 백세의 세월이 지났지만 누구라도 감동 분발하여 크게 탄식하며 공의 충절과 나란히 하려 하지 않겠는가? 그리고 저 아전과 백성들도 다만 허리를 굽히고 눈물을 흘리는 것만으로 공을 섬기기에 충분하다고 생각하지 말고 반드시 당시 향교의 학생이 한 일과 같이하여야 하며, 혹여라도 공이 길렀던 개에게 죄인이 되는 일이 없도록 해야 한다. 이것 또한 금일 사당을 세운 뜻이다.

안동 김이안金履安이 짓다.

奉賀新及第崔永濡啓見東文選 林椿

새로 급제한 최영유를 축하하는 계문啓文

俄入虞庠, 暫被賢才之育, 直遊唐轂, 遽飛儒者之榮, 物議
僉同, 士林相賀. 恭惟崔公, 學傳尼父, 才敵崔男. 韻宇宏宏,
自是風塵外物, 品流落落, 此必神仙中人, 乃有期下地而生,
眞所謂名世之俊, 早收功於雪梬, 已得路於雲梯. 讀書之士,
豈無其時, 提筆以取富貴? 積善之家, 必有餘慶, 收科如摘
髭鬚, 登桂嶺而遊, 赴杏園之宴, 光流里閈, 歡洽親堂. 久嗟
豊邑之龍蟠, 空衝紫氣, 忽作滄溟之鷗化, 背負青天, 舊恨盡
消, 門風復興盛, 凡諸聞見, 莫不愉忻. 椿於寄造化之爐, 被
以吹噓之力. 鴻鵠已擧, 方浮上於層宵, 燕雀焉知, 猶喜成於
大厦.

忠節公 諱永濡 按麗史云 忠肅王八年登文科壯元. 李齊賢
朴孝修 所取王令辦學士宴 一時榮之. 又按野史云 公官大司
成工草書 又見東方名臣錄.

학교에 들어가 잠깐 어진 인재를 육성하는 교육을 받았고, 곧장 당
唐 태종의 구轂[219]에 노닐어 갑자기 유자의 영광을 날리게 되었으니,
뭇사람들의 평판이 모두 같았고, 사림이 모두 축하하였습니다. 삼가

---

219 당구: 입오구중(入吾轂中)을 말한다. 한번은 태종이 과거 시험을 치르는 어사부(御史
府)를 시찰한 일이 있었다. 황제가 기별도 없이 나타나자 모두들 당황한 기색을 띠는
가운데 새로 급제한 진사들이 줄줄이 늘어서서 황제를 배알하였다. 태종은 이를 보고
기뻐하며 "천하의 영웅들이 모두 내 손 안에 있도다.[天下英雄入吾轂中矣]" 하고 소리
쳤다. 즉, 여기서는 최영유가 급제한 것을 비유한 것이다.

생각하건대 최 공의 학문은 공자孔子를 전하고, 재주는 최씨 집안의 아들과 맞설 만합니다. 운치와 기량은 넓고 넓어 진실로 이 티끌세상 밖의 인물이며, 품격이 대범하니 반드시 신선 중의 한 사람으로, 땅에 내려올 것을 기약하여 태어난 것이니 참으로 이른바 세상에 이름난 준걸입니다. 일찍이 설탑雪榻220에서 공을 거두었으니 이미 하늘에 오르는 길을 얻었습니다. 독서하는 선비가 어찌 그때가 없겠습니까? 붓을 잡아 부귀를 취하게 되고, 선을 쌓은 가문에는 반드시 후손으로 이어지는 경사가 있으니 과거에 오르길 마치 수염을 뽑듯 하였습니다. 과거에 올라 노닐고 합격을 축하하는 잔치에 나아가니 광채가 고향에 흐르고 기쁨이 부모님을 흡족하게 했습니다. 풍읍豊邑에 서린 용이221 공연히 자색 기운 뻗친 것을222 오랫동안 탄식하다가 홀연히 푸른 바다의 곤어鯤魚가 푸른 하늘을 등지고 나는 붕새로 변했습니다.223 묵은 한이 모두 사라지고 집안의 기풍이 다시 흥성하였으니, 무릇 보고 들은 자들이 모두 기뻐하였습니다. 저도 조화造化의

---

220 설탑(雪榻): 진(晉)나라 차윤(車胤)은 반딧불에 글을 읽고 손강(孫康)은 눈 빛에 글을 읽었다는 고사(故事)임. 후에 형설지공(螢雪之功)으로 쓰여 어렵게 면학함을 이름이다.

221 풍읍의 용반: 진(晉) 나라 장화(張華)가 천문(天文)을 볼 줄 아는데, 하늘에 두우성(斗牛星) 사이에 자기(紫氣)가 있는 것을 보고 이상히 여겨서 천문 잘 보는 뇌환(雷煥)을 불러서 말한즉, 뇌환은 "다른 기운이 아니라 땅 속에 묻혀 있는 보검(寶釖)의 기운이 하늘에 뻗친 것인데, 풍성(豊城) 지방에 해당합니다." 하였다. 장화는 곧 뇌환을 풍성령(豊城令)으로 보내었더니 과연 옥터[獄基]를 파서 칼 두 자루를 얻었다. 그 하나는 용천(龍泉)이요, 또 하나는 태아(太阿)였다.

222 여기서는 최영유가 능력이 있는데도 그 능력을 왕이 알아주지 못하고 쓰이지 않음을 말한다.

223 『장자』「소요유(逍遙遊)」의 "북쪽 바다에 곤이라는 물고기가 있는데, 크기가 몇 천리인지 모른다. 이것이 변해 붕(鵬)이라는 새가 되는데, 남쪽 바다로 옮겨 갈 때에는 물결이 삼천리이고 회오리바람을 타고 구만 리를 올라간다."라는 구절을 인용하여 최영유가 큰 포부를 펴게 되었음을 비유하였다.

용광로[224]에 기탁하여 밀어주는 힘을 입었습니다. 홍곡같은 큰 인물이 이미 일어나 바야흐로 높은 하늘에 오르게 되었으니, 그 뜻을 보잘것없는 사람이 어찌 알겠습니까마는[225] 오히려 큰 집을 이룬 것을 기뻐합니다.

충절공忠節公의 휘諱는 영유永濡이다. 『고려사高麗史』를 살펴보니, "충숙왕 8년(1321)에 문과에 장원으로 급제하였으며, 이제현李齊賢, 박효수朴孝修가 왕명에 따라 주관한 학사연에서 순식간에 영예를 얻었다."라 하였다. 또 야사를 살펴보면 "공의 관직은 대사성이고 초서草書에 능하였다."고 한다. 또 『동방명신록東方名臣錄』에도 보인다.

---

224 조화지로(造化之爐): 『장자』「대종사(大宗師)」에 "이제 한번 하늘과 땅을 커다란 용광로라 생각하고 조물주를 큰 대장장이라고 생각한다면 어디로 간들 문제될 것이 있겠는가.[今一以天地爲大鑪 以造化爲大冶 惡乎往而不可哉]"라고 한 말에서 유래하여, 흔히 천지의 조화를 비유하는 말로 쓰인다.

225 홍곡연작(鴻鵠燕雀): 진승(陳勝)은 양성(陽城) 사람으로 자는 섭(涉)이다. 진승은 젊어서 친구들과 밭갈이와 품팔이를 하며 살았는데, 일찍이 밭두둑에서 부귀를 누리고 싶다고 장탄식을 하였다. 이에 품팔이가 부귀를 논한다고 친구들이 비웃자, 진승은 "아, 제비와 참새가 어찌 큰 기러기의 뜻을 알리오.[嗟乎!燕雀安知鴻鵠之志哉]"라고 하였다고 한다. 그 후 진(秦) 2세 황제 때 진승은 처음으로 반란을 일으켜 장초(張楚)라는 나라를 세웠으나 6개월 뒤 진군에게 진압되었다. (『史記』48卷 陳涉世家;『史略』卷2 秦) 여기서는 큰 뜻을 실현했음을 말한다.

高山題詠 見輿地勝覽海州部 (忠節公詩集)

고산을 읊조리다 『여지승람』, 「해주부」에 보인다. (충절공시집)

自喜從王事,	기쁘게 나랏일에 종사하면서
仍能点勝遊.	그로 인해 좋은 구경하네.
山鴉啼隴樹,	산 까마귀는 언덕 위 나무에서 울고
野鴨泛溪流.	들오리는 시냇물에 떠 있네.
帶雪千峯瘦,	눈 쌓인 천 봉우리 뾰족하고
連村一逕幽.	마을로 이어진 오솔길은 그윽하네.
遠來逢絕致,	저 멀리 절경을 만나고선
立馬更遲留.	말을 세워두고 다시 서성인다.

昇平部次蔡按部韻 見東文選

승평부에서 채안부의 시에 차운하다

『동문선(東文選)』에 보인다.

秋來征鴈已隨陽,	가을 오자 기러기는 벌써 남쪽으로 가는데
觸物悠悠感恨長.	보이는 것마다 아득히 내 한이 깊어진다.
數點鸕鷀沙上白,	점점이 서 있는 가마우지 모래 위에 희고
千頭橘柚道邊黃.	수많은 귤과 유자 길가에 노랗다.
山寒却愛形容瘦,	산은 찬데 파리한 그 모습 되레 좋고
稻熟便知氣味香.	벼 익으니 문득 냄새가 향기로운 줄 알겠다.
爲奉往諧王命重,	가서 잘 처리하라는 왕명 받자온 몸
	책임이 무거우니
含杯那復舊時狂.	잔을 마주한들 어찌 다시 옛날처럼
	미친 듯이 즐기겠는가?

忠節公妥忠閣題詠 閣在海州部內

三秀軒李賀朝字樂甫縣監延安人靜規齋端相子芝村喜朝弟

충절공 타충각에서 짓다 타충각은 해주부 안에 있다.

삼수헌 이하조 자(字)는 낙보, 현감이며 연안인이다. 정관재 이단상의
아들이요, 지촌 이희조의 아우이다.

鵂巖水綠血書丹,	휴암의 물 푸른데 혈서는 붉고
狗瘞童墳辨亦難.	개 묻은 작은 무덤 분별하기 또 어렵다.
千載忠魂汨羅咽,	천년의 충혼이 멱라강[226] 가에서 부르짖는데
一年春色介山寒.	일 년의 봄빛에 개산[227]이 차다.
蕭條香火傳鄕吏,	쓸쓸한 향불 향리에게 전해지고
灑落風聲警後官.	상쾌한 바람소리 나를 깨우친다.
過者至今猶必式,	오가는 사람들 지금도 반드시 예를 올리니
古碑苔字更堪看.	오래된 비석 이끼 낀 글자 더욱 볼만 하구나.

---

226 멱라(汨羅): 중국 호남성(湖南省) 상음현(湘陰縣)의 북쪽에 있는 강. 춘추전국시대 초
(楚)나라 삼려대부(三閭大夫) 굴원(屈原)이 주위(周圍)의 참소로 분함을 못 이겨 빠져
죽은 곳으로 유명하다. 여기서는 휴암의 물가를 말한다.

227 개산(介山): 介子推(개자추)는 춘추 시대 진(晉)나라 사람으로 일명 개지추(介之推)라
고도 한다. 진 문공(晉文公) 중이(重耳)가 공자(公子)의 신분으로 19년 동안이나 타국
에 망명 생활을 하다가 본국으로 돌아와 즉위하고는 그의 공을 잊고 녹(祿)을 주지 않
자 어머니를 모시고 면산(綿山)에 은거하였다. 뒤늦게 문공이 산으로 찾아가 그를 나
오게 하려고 산에 불을 질렀는데, 개자추는 끝내 나오지 않고 어머니와 함께 나무를
껴 안고 불에 타 죽고 말았다. 이에 문공이 크게 슬퍼하여, 산 아래 사당을 지어 그의
제사를 모시게 하고 그가 불에 타 죽은 날에는 일절 불을 피워 음식을 익히지 말고 미
리 만들어 놓은 찬 음식을 먹게 하였다. 이후로 이날을 한식(寒食)이라고 부르게 되었
다. 그리고 면산은 그 후 개산(介山)이라 불리게 되었다.

尋文憲書院次崔忠節公韻
晩州洪錫箕字元九參議進士頤中子尤庵先生門人

문헌서원을 방문하여 충절공 최영유崔永濡의 시에 차운하다

만주 홍석기(洪錫箕) 자(字)는 원구(元九)이며 참의이다. 진사 홍이중(洪頤中)의 아들이요, 우암(尤庵) 송시열(宋時烈)선생의 문인(門人)이다.

未決田園計,	전원으로 돌아갈 계획 정하지 못했는데
還成出郭遊.	그래도 성곽에서 나와 노닐게 되었다.
山晴猶雨色,	산은 맑게 개었지만 아직 비 기운 남아 있고
溪暖自春流.	계곡이 따뜻하니 절로 봄기운 흐른다.
柳掩孤村靜,	버들에 가려진 외로운 마을은 고요하기만 하고
松藏一院幽.	소나무에 덮여 있는 집 한 채 그윽하기만 하다.
斑鳩鳴款款,	아롱진 비둘기 구구하고 울어대어
欲使使君留.	원님을 머물게 하려 한다.

都護府使公墓碣

도호부사 최자해공 묘갈명

有明朝鮮國, 通訓大夫密陽都護府使崔公, 諱自海, 古諱有孫, 系全羅道和順縣者. 考諱元之, 中正大夫宗簿令, 祖諱永濡, 奉常大夫監察掌令直寶文閣知製教, 曾祖諱繼臣, 奉常大夫典客令, 母白氏, 籍解顏縣, 承奉郎監察糾正希琯之女. 有元至正癸卯生公, 有明洪武壬戌中成均生員, 癸亥中進士, 歷任兼閤門奉禮郎. 奉訓郎同聞慶, 咸昌縣務, 宣教司膳署丞, 奉直同知榮州事, 奉化監務, 通德金海府判官, 刑曹正郎, 司憲持平, 朝奉大夫繕正少監, 奉列宗簿副令, 奉正慶尚道經歷, 中訓知寧山郡事, 軍器監, 中正直內資寺尹, 通訓原平, 密陽兩都護府使. 永樂辛丑九月卒, 壽五十九. 葬于慶尚道金山郡治之南, 古內谷里東岡艮山. 崔氏系出和順而葬于金陵者, 宗簿公始屆金山而其卒也. 仍葬焉, 故公卒, 亦葬于玆. 公先娶典客令羅有暎之女, 先公卒, 葬于解顏縣地. 後娶高麗侍中尹瓘五世孫中郎將之烈之女, 封令人. 景泰甲戌七月卒, 壽七十一. 葬于公塋之前二十尺許. 羅氏生一女, 適縣監李原, 尹氏生一男一女, 男善復 集賢殿修撰, 女適宗室明善大夫長川正普生. 縣監生一男 曰宗仁, 成均生員 修撰娶參判申檣之女, 生一男二女, 皆幼. 長川生三男二女, 長曰烱, 宣徽大夫缶林令, 次曰焜, 奉成大夫岳陽令, 餘皆幼. 生員娶司正權節山女, 生一男 曰九經. 有明景泰丙子二月日, 朝散大夫知醴泉郡事尹起畎, 謹依修撰所錄, 略敘官閥云. 是月立石

조선의 통훈대부 밀양도호부사 최 공의 휘諱는 자해自海고 초명初名은 유손有孫이다. 본관은 전라도 화순현이다. 부친의 휘는 원지元之로 중정대부 종부령을 지냈다. 조부의 휘는 영유永濡로 봉상대부 감찰장령 직보문각지제교를 지냈다. 중조부의 휘는 계신繼臣인데 봉상대부 전객령을 지냈다. 어머니 백씨의 본관은 해안현解顔縣이며 승봉랑 감찰규정 희관希琯의 딸이다.

원元 지정 계묘년(1363)에 공을 낳았다. 명나라 홍무 임술년(1382)에 성균관 생원이 되었고 계해년(1383)에 진사과에 합격하여 각문봉례랑을 역임하였다. 봉훈랑奉訓郞으로 문경, 함창의 현무를 동시에 지내고 선교랑으로 사선서승을, 봉직랑으로 지영주사와 봉화감무를, 통덕랑으로 김해부판관, 형조정랑, 사헌지평을 지냈다. 조봉대부로 선정소감을, 봉렬대부로 종부부령을, 봉정대부로 경상도 경력을 지냈고 중훈대부로 지영산군사 군기감을, 중정대부로 직내자시윤을, 통훈대부로 원평, 밀양의 양도호부사를 지냈다.

영락 신축년(1421) 9월에 돌아가셨으니 향년 59세였다. 경상도 금산군의 남쪽 옛 내곡리 동쪽 산등성이 간산艮山에 장사지냈다. 최씨의 본관은 화순인데 금릉金陵에 장사지낸 이유는 종부공 최원지崔元之가 처음에 금산金山에 계시다가 돌아가셨기 때문이다. 그래서 공이 돌아가시자 또한 이곳에 장사지낸 것이다.

공은 처음에 전객령 나유전羅有琠의 딸에게 장가들었는데, 공보다 먼저 별세하여 해안현에 장사지냈다. 후에 고려시중 윤관尹瓘의 5세손 중랑장 지열之烈의 딸에게 장가들었고 영인令人[228]에 봉해졌다. 경태 갑술(1454) 7월에 돌아가셨으니 향년 71세였고 공의 묘소 앞 20척쯤에 장사지냈다.

---

228 조선 시대에, 사품 문무관의 아내에게 내린 봉작(封爵).

나씨는 1녀를 낳았는데 현감 이원李原에게 시집갔고, 윤씨는 1남 1녀를 낳았다. 아들은 최선복崔善復으로 집현전 수찬을 지냈고 딸은 종실 명선대부 장천정 이보생李普生에게 시집갔다. 현감 이원李原에게 시집간 딸은 1남을 낳았는데 이름은 '종인宗仁'으로 성균생원 수찬이며 참판 신장申檣의 딸에게 장가들어 1남 2녀를 낳았는데 모두 어리다. 장천정 이보생에게 시집간 딸은 3남 2녀를 낳았으니, 장남 이형李炯은 선휘대부 부림령이고, 차남 이곤李焜은 봉성대부 악양령이며 나머지는 모두 어리다. 생원 이종인李宗仁은 사정 권절산權節山의 딸에게 장가들어 1남을 낳았으니 이름은 구경九經이다.

명 경태景泰 병자년(1456) 2월 모일에 조산대부 지예천군사 윤기견尹起畎은 삼가 수찬이 기록한 바에 의거하여 관직과 집안에 대해서 대략 서술한다. 이달에 비석을 세웠다.

集賢學士豆谷先生
　諱善復　府使自海子世, 世宗朝以進士登第　官集賢殿修撰
羅州牧使慶州府尹

집현전 학사 두곡선생豆谷先生
　휘諱는 선복善復으로 부사 최자해崔自海의 아들로 세종조(1447)에 진사로 급제하였다. 관직은 집현전수찬, 나주목사, 경주부윤을 지냈다.

世祖大王在潛邸時, 有射侯詩二首, 登極後, 命詞臣應製.

세조대왕이 잠저潛邸229에 있을 적에 사후시射侯詩230 두 수를 지은 것이 있는데 등극한 후에 사신에게 응제應製231하길 명다.

礭强固不施[弛]	활시위는 굳세어 느슨해지지 않고
神功在力難	신묘한 공은 어려운 일에 힘쓰는 데 달려 있다.
不違帶斜陽	빗나가지 않는 화살 석양을 띠고 있으니
英雄意自閑 庚申	영웅의 뜻이 절로 한가롭다.
穿葉非神力	나뭇잎을 뚫는 것232 신통력 아니니
牛毛亦不拂233	소의 터럭도 어긋나지 않아야 한다.
盖言經史暇	경서와 사기를 강론하고 난 여가에
彈丸帶斜日 辛酉	쏜 탄환이 석양빛 띠었구나.

229　잠저(潛邸): 나라를 처음으로 이룩한 임금이나 또는 종실(宗室)에서 들어와 된 임금으로서 아직 왕위(王位)에 오르기 전이나 또는 그 동안에 살던 집을 이르는 말이다.

230　사후시(射侯詩): 1457년 겨울 왕이 경회루 근처에서 신하들과 활쏘기를 한 뒤 어렸을 때 전갑(箭匣)에 써두었던 시를 신하들에게 보이고 화답하는 시를 쓰게 하였다. 현재 『射侯御製詩』라는 1책 분량의 시집이 남아있다. 화답한 시의 내용은 국가 운영의 뜻을 밝히거나 세조의 공덕을 찬양한 것이 대부분이며 부국강병을 지향하는 분위기가 매우 강하다.

231　응제(應製): 임금의 명령에 따라 시문(詩文)을 짓던 일을 말한다.

232　나뭇잎 뚫는 것은: 초(楚)나라 영유기(養由基)가 활을 잘 쏘아, 백보 앞에서도 버들잎을 쏘아 백발백중이었다.

233　『열성어제』 제3권에는 '소의 터럭이라도 맞힐 수 있다네(牛毛亦可拂)'로 되어 있다.

應御射侯詩 丁丑冬 朝奉大夫 守司憲府 掌令臣崔善復

사후시에 화답한 시

정축년(1457) 겨울에 조봉대부 수사헌부장령 신(臣) 최선복(崔善復)

在昔唐虞盛,	그 옛날 융성했던 요순[234] 시대에도
猶稱得才難.	오히려 인재 얻기가 어렵다 했다.
賢俊彙征日,	어질고 준걸한 이들 등용되는 날[235]
孰賦桑者閑.	누가 뽕잎 따는 자 한가롭다 썼는가?[236]
夔龍侍瑤池,	기와 용[237]이 요지[238]에서 모시니
環珮鳴相拂.	차고 있는 패옥[239]이 서로 부딪쳐 울리는구나.

---

234 원문의 당우(唐虞)는 중국 고대의 임금인 도당씨(陶唐氏) 요(堯)와 유우씨(有虞氏) 순(舜)을 아울러 이르는 말. 중국 역사에서 이상적인 태평 시대로 꼽힌다.

235 여럿이 함께 나아감.『주역(周易)』태괘(泰卦) 초구(初九)에, "잔디 풀을 뽑아서 그 유로써 함께 가니 길하다.[發茅茹, 以其彙征, 吉]" 하였는데, 이는 군자가 등용되면 혼자만 가는 것이 아니라 그 동료들까지 다 데리고 간다는 뜻이다.

236 상자한(桑者閑):『시경』「십묘지간(十畝之間)」에 "십 묘의 사이에 뽕을 따는 자가 한가롭고 한가로우니, 장차 그대와 더불어 돌아가리라.[十畝之間兮, 桑者閑閑兮, 行與子還兮]"라는 구절이 있다.

237 기룡: 순(舜) 임금의 악관(樂官)이었던 기(夔)와 간관(諫官)이었던 용(龍)의 병칭으로, 임금을 측근에서 보좌하는 신하를 뜻한다. (『書經』舜典)

238 요지: 주 목왕(周穆王)이 정사는 돌보지 않은 채 팔준마(八駿馬)가 끄는 수레를 타고 천하를 두루 유람하다가 곤륜산 꼭대기의 요지(瑤池)에 가서 전설적인 선녀 서왕모(西王母)를 만나 환대를 극진히 받았다는 이야기가 전한다. (『列子』周穆王)

239 환패: 허리에 두르는 패옥(佩玉).『예기』경해(經解)에 "걸어갈 때에는 패옥 소리가 박자에 맞게 하고, 수레를 타고 갈 때에는 방울 소리가 절주에 맞게 한다.[行步則有環佩之聲 升車則有鸞和之音]"라는 말이 나온다.

都兪魚水會,　　　고기와 물이 만난 듯 군신의 뜻이 잘 맞으니[240]

堯天同一日.　　　요임금시대[241]의 태평성대와 같구나!

---

240 원문의 도유는 『서경』「요전(堯典)」과 「익직(益稷)」에 나오는 말로 도유는 가(可), 우
　　불(吁咈)은 부(否)를 뜻한다. 『서경』「요전」과 「익직」에서 요(堯), 순(舜), 우(禹)가
　　정사를 토론하면서 쓴 말로 훗날 임금과 신하가 정사를 논하고 문답하는 것이 조화롭
　　고 화목한 것을 형용하는 말로 쓰이게 되었다. 또한 어수(魚水) 역시 군신 간에 뜻이
　　합함을 말한다.

241 요천: 요천(堯天)은 요순(堯舜) 시대의 천하란 뜻으로, 전하여 태평성대를 말한다.

世祖大王又射侯詩

세조대왕이 또 사후시를 짓다

欲少欲可滿,	욕심이 적어야 욕심을 채울 수 있고
事簡事可成.	일이 간결해야 일을 이룰 수 있다.[242]
敬天天乃保,	하늘을 공경해야 하늘이 보호하고
勤民民乃寧.	백성에게 부지런해야 백성이 편안해진다.
小藝莫致慮,	하찮은 기예에 관심두지 말고
大政宜致精.	큰 정사에 정력을 기울여야 하리.

---

242 『연려실기술』제5권 세조조 고사본말에 "事簡功可成"이라 되어 있는 것으로 보아 '不成'은 '可成'이 되어야 할 것으로 생각된다.

應御詩 掌令臣崔善復

응제시 장령 신(臣) 최선복(崔善復)

嘉瑞臻四靈,	상서로운 징조에 사령四靈[243]이 모여들고
簫韶奏九成.	순舜 임금의 음악 아홉 악장[244] 연주한다.
致瑞時雖泰,	상서로움을 불러 태평시대이나
思危心自寧.	마음 절로 편안할 때 위태함을 생각하네.[245]

---

243 사령(四靈): 네 가지 신령한 동물, 즉 기린·봉황·거북·용을 말한다. (『예기』「예운
(禮運)」)

244 소소(簫韶): 순(舜) 임금의 음악을 가리킨다. 『서경(書經)』「익직(益稷)」에 "순 임금
의 음악이 아홉 번 연주되자, 봉황이 와서 춤을 추었다.[簫韶九成, 鳳凰來儀]"는 말이
나온다.

245 《춘추좌씨전》양공(襄公) 11년 조에 "편안하게 거할 때에 위태로운 상황을 미리 생각
해야 한다는 말이 있다. 미리 생각하면 대비를 하게 되고, 대비하면 환란을 당하지 않
게 된다.〔書曰居安思危 思則有備 有備無患〕"라는 말이 나온다.

送煙村崔德之

연촌 최덕지를 송별하며

時德之 以直提學, 文宗朝退老. 見東文選, 又見烟村事蹟. 按烟村, 全州人, 參議霑之子也.

이때 덕지德之는 직제학으로서 문종 때 늙어 물러났다 한다. 『동문선東文選』에 보이며 또 『연촌사적烟村事蹟』에도 보인다. 살펴보니 연촌烟村은 전주全州 사람으로 참의 최담崔霑의 아들이다.

一出一處難,	벼슬하러 나가거나 안 나가거나 어려운데,
知足孰知止.	만족할 줄 알아도 누가 그칠 줄 알겠는가?
紛紛世上人,	어지러운 세상 사람들
役役逐名利.	허둥지둥 명리를 쫓는다.
崔侯眞達者,	최 공은 참으로 달관한 자이니
所見亦卓爾.	소견 또한 탁월하구나.
不及致仕年,	벼슬을 떠날 나이가 되지 않았음에도
掛冠歸故里.	관을 걸어두고 고향으로 돌아갔네.
聖主愛高尙,	성군聖君께선 그 고상함을 아끼셨고
羣英重淸誼.	많은 선비들이 그 맑은 행실 중히 여겼다.
去去向盤谷,	반곡盤谷246을 향해 떠나가니

---

246 반곡(盤谷): 중국 태항상(太行山) 남쪽의 골짜기. 당나라 한유(韓愈)가 「송이원귀반곡서(送李愿歸盤谷序)」로 유명해졌는데, 후세에 '은거지'의 뜻으로 쓰였다.

盤谷好山川.　　　반곡의 산천 좋기도 하구나.

槃桓有松桂,　　　거니는 곳에 소나무 계수나무 있어

可以樂餘年.　　　여생을 즐기기에 좋구나.

詩書教兒孫,　　　시서로 아이들을 가르치고

鷄黍會鄕社.　　　닭과 기장으로 시골 사람들 대접한다네.

黃冠咨談笑,　　　황관黃冠[247] 쓰고서 담소를 나누고

事事歸圖畫.　　　모든 일을 그림으로 그린다.

如公不可及,　　　공과 같은 경지에 이를 수 없어

終始全令名.　　　시종일관 높은 명성 보전되네.

更須惜我主,　　　모름지기 우리 임금 걱정하셨는데

我主今聖明.　　　우리 임금은 지금 성스럽고 밝으시구나.

（文惠公遺事當書此間）

（「문혜공유사文惠公遺事」는 이 사이에 쓰는 것이 온당하다.）

247　황관(黃冠): 도사가 쓰는 관을 말하는데, 여기서는 초야에 묻혀 사는 선비를 이른다.

大司成公墓碣

대사성 공 묘갈명

公諱士老, 字義叟, 和順人. 考安善早世, 以公世祖朝原從勳, 贈宗親府典籤司副錄事. 妣羅氏, 監察尚志女. 育於祖父濟用副正自河. 旣長力學, 世宗十六年宣德甲寅, 以錄事中第, 直拜翰林, 歷應敎, 監察献納, 判二寺二監, 知刑曹事. 世祖丙戌, 以司果中拔英試, 擢爲世子侍講院輔德, 帶知製敎, 歷慶尚監司, 至僉中樞大司成, 階通政. 公仁孝至誠, 處事中度, 正直不撓. 遭遇盛際, 批諭諄複, 身任啓沃, 格君輔世. 莅官盡道. 性素清儉不羈, 擺脱産業, 惟以書籍自娛, 文章精麗. 又通於醫藥卜筮, 所歷皆稱慕而終不大施於世. 惜哉. 成化己丑二月十二日卒, 享年六十有四. 明年葬長端府臨津縣渚雲洞癸山. 夫人考判濟用監事權循, 安東人. 妣許氏, 判漢城府周女. 夫人生名門, 襲家訓, 共執婦道, 崔羅二門, 咸稱吾婦. 其敎子有方, 三子連登桂籍, 世歎美焉. 成化丁酉十二月二十二日卒, 享年七十有三, 越明年, 從公葬北左. 有四男, 長吏曹參議漢禎, 次世子文學大司成漢輔. 先公葬西小原. 次漢忠蔭授啓功郎護軍. 次漢良大司成直提學. 參議, 前娶留守辛碩祖女, 生重清郡守, 重溫承旨. 後娶參議李翊女, 生重洪監司 重演承旨, 餘幼. 啓功郎, 娶司正韓仲富女, 女長適趙元瑄, 餘幼. 大司成, 娶領議政黃守身女, 生重淑, 餘幼. 共二十餘人. 公生不辰 五歲而孤, 副正之門, 惟公而已. 安知今日有子有孫如此其盛耶?

皇明成化十五年己亥, 大匡輔國崇祿大夫 議政府左議政 藝文館大提學 具致寬撰. 字而栗, 謚忠烈公.

공의 휘諱는 사로土老요 자字는 의수義叟니 본관은 화순이다. 아버지 안선安善은 일찍 돌아가셨는데 공이 세조 조에 원종훈을 세웠으므로 종친부 전참시 부록사에 추증되었다. 어머니 나씨는 감찰 상지尙志의 딸이다. 조부 제용부정 자하自河가 길렀다.

자라서 학문에 힘써 세종 16년 선덕 갑인(1434)에 녹사로 과거에 급제하였고, 바로 한림에 임명되어 응교를 지냈다. 감찰 헌납을 지내고 2사寺·2감監을 지내고 형조의 일을 다스렸다. 세조 병술년(1466)에 사과司果로 발영시에 급제하여 세자시강원 보덕이 되었으며, 지제교를 겸하고 경상감사를 역임하여 첨지 중추대사를 거쳐 통정대부에 올랐다.

공은 어질고 효성이 깊었으며 지극히 정성스러웠다. 법도에 맞게 일을 처리하였으며 정직하고 흔들리지 않았다. 나라의 기운이 융성한 시대를 만나 임금의 말씀을 반복하여 정성스레 받들고 임금을 바른 길로 인도하는 일[248]을 몸소 맡아 하였다. 임금을 바로잡고 세상에 보탬이 되었으며, 관직을 맡아서는 도리를 다하였다. 성품이 본디 맑고 검소하며 구속받지 않았고, 생산하는 일에 얽매이지 않고 오직 서적을 즐겼다. 문장은 정교하고 아름다웠으며, 또 의약과 점술에 통달하였다. 그가 역임한 곳마다 사람들이 모두 칭송하고 흠모하였으나, 끝내 세상에 크게 쓰이지는 못하였으니 애석하다! 성화 기축년

---

248 계옥(啓沃): 정성을 다해 임금을 개도(開導)함을 이른다. 상(商)나라 고종(高宗)이 재상 부열(傳說)에게 "그대 마음속의 물줄기를 터서 나의 마음속으로 흘러들어 적시게 하라(啓乃心 沃朕心)."라고 부탁한 말에서 유래한다.

(1469) 2월 12일에 돌아가셨으니 향년 64세였다. 다음 해에 장단부長端府 감진현監津縣 저운동渚雲洞 계산癸山에 장사지냈다.

부인의 아버지는 판제용 감사 권순權循이니 본관이 안동이다. 어머니는 허씨이니 한성부 판관 허주許周[249]의 딸이다. 부인은 명문가에서 태어나 가훈을 이어받고 동시에 부인의 도리를 잘 지켜 최씨·라씨 두 가문에서 모두 '우리 며느리'라 하였다. 자식을 가르침에 방법이 있어 세 자식이 연이어 과거에 급제하여 세상 사람들이 감탄하였다. 성화 정유년(1477) 12월 22일에 돌아가셨으니 향년 73세였다. 이듬해 공을 따라 묘소 북쪽 왼편에 장사지냈다.

4남을 두었으니 장남은 이조참의 한정漢禎이요, 둘째는 세자문학 대사성 한보漢輔인데 공보다 먼저 죽어 서쪽 작은 언덕에 장사지냈다. 셋째 한충漢忠은 음서蔭敍로 계공랑 호군에 제수되었고, 넷째 한량漢良은 대사성 직제학이다. 참의 한정漢禎은 처음에 유수 신석조辛碩祖의 딸에게 장가들어 중청重淸[군수]과 중온重溫[승지]를 낳았고, 그 뒤에 참의 이익李翊의 딸에게 장가들어 중홍重洪[감사]과 중연重演[승지]을 낳았으며 나머지는 어리다. 계공랑 한충漢忠은 사정 한중부韓仲富의 딸에게 장가 들었고 장녀는 조원선趙元瑄에게 시집갔는데 나머지는 어리다. 대사성 한량漢良은 영의정 황수신黃守身의 딸에게 장가들어 중숙重淑을 낳았고 나머지는 어리니 모두 20여명이다. 공의 생이 불행하여 다섯 살에 고아가 되었다. 부정 자하自河의 가문에 오직 공뿐이었으니 어찌 오늘날 자손이 이같이 번성할 줄을 알았겠는가?

---

249 허주(許周): 1359 ~ 1440. 고려 말 조선 초의 문신. 본관은 하양(河陽)이며 자(字)는 백방(伯方)·백공(伯公), 시호는 간숙(簡肅)이다. 문과에 급제해 전법정랑(典法正郞)·지양주사(知襄州事)·지안성군사·장령 등을 역임하였으며, 1390년 공부총랑(工部摠郞)·경기우도염문계정사(京畿右道廉問計定使)로서 이성계(李成桂)일파의 전제개혁에 참가하였다.

명 성화 15년 기해(1479)에 대광보국 숭록대부 의정부좌의정 예문
관대제학 구치관具致寬이 찬하다. [자字는 이율而栗이요 시호諡號는
충렬공忠烈公이다.]

竹山題詠 見箕雅登樂府, 又見輿地勝覽(大司成公詩集)

죽산에서 읊조리다

『기아』와『악부』에 보이며 또『여지승람』에 보인다. 대사성공의 시집에 실려 있다.

好雨村村足,	단비가 마을 곳곳에 넉넉히 내리니
溪流岸岸深.	계곡물이 언덕마다 깊어졌다.
飛潛與動植,	새와 물고기 동물 식물들이
渾是一春心.	모두가 하나의 봄 마음이구나.

登智異山 公時爲嶺伯, 巡路, 登此山, 作此詩. 見東文選

지리산에 올라

공이 이때 경상도 관찰사가 되어 순찰하던 길에 이 산에 올라 이 시를
지었다. 『동문선』에 보인다.

方丈聞天下,	지리산이 천하에 이름났는데
今始上山頭.	지금에야 비로소 산 정상에 오른다.
秦皇所未到,	진시황도 가보지 못한 곳인데
漢帝豈曾遊.	한나라 황제가 어찌 유람하였겠는가.
日月頭邊白,	해와 달이 산 정상에 밝게 빛나고
烟霞脚下浮.	안개가 산기슭 아래에 피어오른다.
山腰已見雪,	산허리에 이미 눈이 보이는데
平地未深秋.	평지엔 아직 가을이 깊지도 않았구나.

贈具政承致寬

정승 구치관具致寬에게 보내다

落魄功名似積薪,　　공명에 뜻을 얻지 못한 것[250]은
　　　　　　　　　　 장작 쌓는 것[251] 같아
晴窓滿卷更誰親.　　밝은 창가에 가득한 책 누가 다시 읽겠는가.
才無適用還宜散,　　쓸만한 재주가 없으니
　　　　　　　　　　 도리어 한직閑職이 알맞고
酒不能賖始覺貧.　　술 외상도 못하니 비로소 가난한 줄 알겠다.
末路堪悲身作客,　　늘그막에 나그네 된 신세를 슬퍼하지만
此心猶與物爲春.　　이 마음 오히려 경물과 함께 봄이 된다.
莫言陋巷常潛寂,　　누항이 항상 적막하다 말하지 말게나.
上相頻過是故人.　　자주 들리는 재상이 내 벗이라네.

250　낙백(落魄): 뜻을 얻지 못함.
251　장작 쌓는 것: 뒤에 쌓인 것이 먼저 쓰이니, 새로 관계에 들어온 사람이 먼저 승진하는
　　　것을 비유한 것.

公同年友輓詞[252]

公神道碑一隅, 刻此詩, 而姓名未詳. 具政承, 與公爲同榜友, 疑卽具公輓.

공의 동년의 벗을 추모하며

공의 신도비 한쪽에 이 시가 새겨져 있으나 성명은 알 수 없다. 정승 구치관(具致寬)과 공은 같이 급제한 벗으로 아마도 구치관 공의 만사인 듯하다.

丹墀獻策共斯人,	대궐[253]에서 이 사람과 함께 계책 올렸었는데
三十年來迹已陳.	삼십 년 지나 그 자취 이미 묵어 버렸네.
親舊幾多思顧眄,	친구들이 그 얼마나 만남[254]을 생각하겠는가.
朝廷不獨失仁純.	조정에서 어질고 순한 관료만 잃은 것이 아니네.
獰飇慽慽吹方急,	거센 바람이 우수수 한창 급히 부는데
窾木冥冥堂有神.	텅 빈 관 속에는 아마도 귀신이 있으리.
我老金陵歸計熟,	내 늙어 금릉으로 돌아갈[255] 생각 굳혔는데
他時誰伴耦耕民.	훗날 누가 밭가는 사람과 짝하리.[256]
疑亦金山人	또 금산인金山人인 듯하다.

---

252 「점필재집」에 실려 있는 「참의 최한정 만사(挽崔參議漢禎)」로 점필재(佔畢齋) 김종직(金宗直)이 최한정(崔漢禎)에게 지어준 만사이다.

253 단지: 옛날에 궁궐의 섬돌을 붉게 칠한 것을 말하는데, 여기에서 유래하여 임금이 거처하는 궁궐을 뜻한다.

254 고면: 남들로부터 중망(重望)의 시선이 집중됨을 이른 말이다.

255 금릉(金陵)으로 돌아갈: 송나라 재상 왕안석이 노년에 관직을 사퇴하고 금릉으로 돌아갔다. 금릉은 곧 남경(南京)이다.

256 우경민: 우경은 두 사람이 나란히 밭가는 것을 이른 말로, 춘추 시대 초(楚) 나라의 은자(隱者)인 장저(長沮)와 걸닉(桀溺)이 나란히 밭을 갈았던 데서 온 말인데, 전하여 여기서는 저자 자신을 비유한 것이다. 『論語』 「微子」

己卯名賢縣監公事蹟

기묘명현 현감 최운崔澐공 사적

公姓崔, 諱澐, 字澐之, 水雲. 水雲之意, 有深切, 心如水瀅澈, 身如雲捲舒. 其號. 又號簡齋, 和順人. 祖諱善復, 修撰, 世稱豆谷學士. 考諱漢源, 大司憲. 妣安東金洞女. 中廟壬子生於漢師. 公自幼, 清心介操, 識慮周詳, 絕異群兒. 旣長, 力學爲己, 向裏專精, 日與學者沉潛經籍, 絕意科宦, 遠近多慕其風. 冲庵先生簡亢, 於人少可, 惟與公交最善, 以道義相推詡, 詩章唱酬, 亦不知何限. 晩以遺逸爲參奉例授直長, 奉事 主簿, 陳疏屢辭. 俄爲黃澗縣監, 莅未周, 儒化蔚然. 浹俗日新, 俗曰新民爲去思之頌. 己卯禍作, 以容救善流, 見罷, 拿推, 徙江界而卒. 不能有爲於世, 識者恨之. 按: 己卯錄云, 崔澐, 字澐之, 居全義. 與冲庵同學. 以遺逸爲黃澗縣監, 政簡訟理, 吏畏民悅. 己卯罷歸, 李信告金大成, 嘗言容我者, 崔澐與李允儉而已. 拿推全家, 徙江界而卒. 冲庵集且有公唱酬詩四首, 此足以壽傳而不朽矣. 墓全義縣南孤洞, 有短碣. 配恩津宋氏雙清堂愉孫, 配安東金氏, 有二男一女, 長慶行, 次慶大僉使, 女李頎副正. 慶大男必中同知. 女完山李守完, 李頎男李思孝察訪.

공의 성姓은 최崔요 휘諱는 운澐, 자字는 운지澐之다. 수운水雲의 뜻은, 마음은 물과 같이 맑고 깨끗하며 몸은 구름과 같이 펴라는 깊고 절실한 의미가 있다. 수운은 그의 호이며 또 다른 호로 간재簡齋가 있다. 본관은 화순이다. 조부의 휘諱는 선복善復으로, 수찬을 지냈으

며 세간에서는 두곡학사豆谷學士라 칭한다. 부친의 휘諱는 한원漢源
으로 대사헌을 지냈다. 어머니는 안동 김형金泂의 딸이다. 중종 임자
년(1492)에 한성에서 태어났다.

　공은 어릴 적부터 마음이 맑고 지조가 뛰어났으며 식견과 사려가
세밀하고 상세하여 다른 아이들보다 탁월하였다. 장성하여서는 위
기지학爲己之學에 힘써 내면수양에 정진하였으며, 날마다 다른 학자
들과 함께 경서에 빠져들었다. 과거와 벼슬에 뜻을 두지 않아, 여기
저기서 그 풍모風貌를 사모하는 이들이 많았다. 충암冲庵 김정金淨
선생은 뜻이 크고 자존심이 강하여 다른 사람을 인정하는 경우가 많
지 않은데 오직 공과는 깊이 사귀었다. 도의道義로써 서로 추켜올리
고 칭찬하며 시와 문장으로 화답한 것이 또한 얼마나 많은지 알지 못
한다. 공은 만년에 유일遺逸(명망이 높은 사람으로 초야에 묻혀 사는
사람)로 천거되어 참봉이 되었다가 다시 직장直長, 봉사奉事, 주부主
簿에 제수하자 상소를 올려 거듭 사직하였는데, 갑자기 황간 현감黃
澗縣監이 되었다. 부임한 지 일 년이 채 못 되어 유가의 교화가 성대
하게 흥기하고 마을의 풍속이 날로 새로워졌으니, 공이 떠난 뒤에 백
성들이 그를 그리워하는 칭송을 하였다.

　기묘년(1519)에 사화士禍가 일어나서 착한 사람들을 용납하고 구
원하였다는 이유로 파직을 당하고 체포되어 문초를 당한 뒤 강계江
界로 추방되어 돌아가셨다. 세상에 훌륭한 업적을 이루지 못하였으
니 사람들이 한스러워하였다.

　『기묘록己卯錄』에 이르길[257] "최운崔澐은 자字가 운지澐之요 전의[258]

257　『기묘록보유(己卯錄補遺)』하권(下卷)의 「최운전(崔澐傳)」에 자세한 내용이 실려 있다.
258　현재의 세종특별자치시 전의면 읍내리를 가리킨다.

에 살면서 충암沖庵 김정金淨과 함께 수학하였다. 유일遺逸[259]로 황간현감黃澗縣監이 되었는데 정사가 간략하고 송사를 잘 다스려 관리들이 공경하고 백성들이 기뻐하였다."

　기묘년(1519)에 파직 당하여 귀양을 갔다. 이신이 일찍이 고발하기를 "김식金湜이 말하길 '나를 받아주는 사람은 최운崔澐과 이윤검李允儉뿐이다.'라 한 것" 때문에 체포되어 문초를 당한 뒤 온집안이 강계江界로 추방되어 돌아가셨다.

　『충암집沖庵集』에 또한 공과 주고받은 시 네 수가 있는데, 이는 오랫동안 전하여져 썩지 않기에 충분하였다. 묘소는 전의현 남쪽 고동孤洞에 있는데 묘에 짧은 비갈이 있다. 배위配位는 은진恩津 송씨 쌍청당雙淸堂 유懱의 손녀와 안동 김씨이다. 2남 1녀를 두었으니, 장남은 경행慶行이요 둘째는 경대慶大 첨사요, 딸은 부정 이파李頗에게 시집갔다. 경대慶大의 아들 필중必中은 동지사요 딸은 완산 이수완李守完에게 시집갔으며, 이파李頗의 아들은 찰방 이사효李思孝이다.

259　학덕과 재능을 지녀 벼슬을 할 자질을 갖추고도 사화기(士禍期)를 거치면서 지방으로 은거하였다가 16세기 유일천거제(遺逸薦擧制)에 의해 천거된 선비를 말한다.

奉贐冲庵老兄 水雲崔澐之

충암 노형을 떠나보내며 수운 최운지

客來剪燭何蕭索,	손님이 와서 밤새 불 밝혔지만
	쓸쓸하기 그지없다.
杞菊殘書了却饒.	구기자와 국화, 책 몇 권만 넉넉할 뿐.
只今三老無圍會,	지금 세 원로들이 모이는 일 없으니
鍾漏像想入禁橋.	날 새면 대궐[260]로 들던 일 상상한다.

［三老, 疑指趙靜庵, 金冲庵, 金大成.］

[삼로三老는 아마도 정암靜庵 조광조趙光祖, 충암冲庵 김정金淨, 대사성 김식金湜을 가리키는 듯하다.]

---

260 종명누진(鐘鳴漏盡)의 줄임말. 시각을 알리는 종이 울리고 물시계의 물이 떨어져 밤이 깊었음을 뜻하는 말로, 관리의 노경(老境)을 비유한 것이다.

和題冲庵

충암에게 화답하다

閒雲流水外,	한적한 구름 흐르는 물 바깥에
何物不吾違.	도대체 무엇이 나와 어긋남이 없을까.
老去開懷久,	이 몸 늙어 회포 푼 지 오래인데
春來見面稀.	봄이 왔건만 얼굴 보기 힘들구나.

留別崔澐之 冲庵金元冲[261]淨, 諡文簡, 刑判書. 己卯人賢

최운지와 작별하며

(충암(冲庵) 김원충(金元冲). 김정(金淨)으로 시호(諡號)는 문간(文簡)이고 형조판서를 지냈다. 기묘명현이다.

辟山別親友,	궁벽진 산에서 친우와 이별하니
歲暮客情違.	세모에 객지 느낌 멀어진다.
殘照餘丹壁,	쇠잔한 노을 붉은 벽을 비추고
歸雲淡欲稀.	떠가는 구름 희미하게 사라진다.

雪下空山暮,	눈 내린 빈산에 날이 저물고
氷泉送幽響.	얼어붙은 샘물은 그윽한 소리 보낸다.
徘徊客將去,	배회하던 손님 장차 떠나려 하는데
微月東峰上.	희미한 달이 동쪽 봉우리에서 떠오른다.

---

261 김정(金淨)의 자(字)

和澐之

운지에게 화답하다

忽忽年芳欲流暮,　　꽃답던 나이도 어느덧 저물려 하는데
孤峰蘭蕙曉霜饒.　　외로운 봉우리의 난초와 혜초에는
　　　　　　　　　　새벽 서리 앉았네.
憑君共結山中桂,　　그대와 함께 산 속에서 지내기로
　　　　　　　　　　약속하고는[262]
留佇三淸入曲橋.　　삼청三淸에 머물다가
　　　　　　　　　　다시 곡교曲橋로 옮겼네.[263]

---

262 한(漢)나라 때 회남(淮南) 소산(小山)의 무리가 초나라 굴원을 동정하며 「초은사(招
　　隱士)」라는 시를 지었는데, 그 첫머리에 "계수나무 더부룩하게 무더기로 난 그윽한
　　산속[桂樹叢生兮山之幽]"이라는 내용이 나온다. "山中桂"는 이 내용을 말한 것으로,
　　이 구절은 벼슬에서 물러나 전원으로 돌아가자는 약속을 맺은 것을 뜻한다.
263 삼청: 서울 중구 삼각동에 있던 마을로서 삼청동이라 하며, 삼각동 104번지 일대 굽은
　　목에 다리가 있으므로 굽은다리 · 곱은다리 또는 한자명으로 곡교(曲橋)라 한 데서 마
　　을 이름이 유래되었다.

感懷一首, 寄澐之, 瑞老

감회가 있어 한 수를 지어 운지와 서로에게 부치다

迢迢山上雲,	아득하게 흘러가는 산 위의 구름과
瑩瑩巖底水.	맑고 맑은 바위 밑의 물.
百年與人事,	백 년의 인생사
遷逝當何已.	지나간 뒤라도 어찌 그치리.
思與君會合,	그대와 만났던 날을 생각하니
昨暫誰能恃.	지난날 잠깐이었음을 누가 믿겠는가.
遊尋未云遍,	두루 유람하지도 못했는데
星散不可止.	별 같이 흩어져서 붙들 수 없었다네.
君辭雲山去,	그대는 구름 낀 산으로 떠나고
余隱薜蘿裏.	나는 담쟁이넝쿨 사이로 숨었네.
豈無幽棲適,	어찌 은거지로 적합한 곳 없겠냐마는
心賞莫與同.	마음으로 즐기는 일을 함께할 이 없구나.
昔辭秋尚素,	지난번 이별할 때는
	가을이 막 시작하려 했는데
今離冬向窮.	지금 이별함에 겨울이 끝나가려 하네.
昔如雨時雲,	지난번엔 마치 비올 때의 구름 같았는데
今作離土蓬.	지금은 땅을 떠난 쑥대처럼 되었다네.
歲晏高風振,	한 해가 저무니 높은 바람이 일어나고
山澤日崢嶸.	산과 물은 날로 높고 광활해지네.

良時難再得,　　　좋은 때 다시 만나기 어려우니

君乎念友生.　　　그대여 벗을 생각해주게나.

　自註[264] : 水雲, 皆逝物也. 抑山上之雲, 逸想迢迢. 然出岫,
豈無還山之期, 岩底之水, 澄瑩自保然流去, 終有出山之用.

　물과 구름은 모두 흘러가는 사물이다. 산 위의 구름을 올려다보면
자유분방한 생각이 아득해진다. 그러나 산을 나왔다 해서 어찌 산으
로 돌아올 기약이 없겠는가?[265] 바위 아래의 물은 맑고 맑아 스스로를
보전한다. 그러나 흘러가면 결국 산을 나온 다음의 용도가 있다.[266]

264　김정이 주석한 것이다.

265　이 말은 출사(出仕)하였더라도 후에 다시 자연으로 돌아와 은거한다는 것을 의미한다.

266　이 말은 벼슬길에 나아가 조정을 위해 일하는 것을 의미한다.

簡彦叟澐之

언수 윤광령尹光齡[267], 운지에게 편지 대신 보내다

浮生少會合,	덧없는 인생이라 모이는 일 드물고
多病寡懽怡.	병이 많아 기뻐할 일도 적다.
節物催芳歲,	계절의 사물들이 좋은 때를 재촉하니
欣榮感得時.	기쁘게도 만물이 때를 얻었음을 느끼겠다.
微風澹虛碧,	미풍[268]은(또는 輕陰이라 적혀 있다)
	저 하늘에 맑고
暄日靜園籬.	따뜻한 햇살은 정원 울타리 안에 내리쬔다.
寂寂空窓下,	적적한 빈 창 아래에서
端居有所思.	한가로이 지내며 생각에 잠긴다.

  號譜印本云 三池崔公, 諱澐, 字澐之. 趙靜庵門人, 與金冲庵爲道義交, 逸拜黃澗縣監. 己卯禍作, 刑訊, 全家徙江界而卒. 謫中, 宅有三池, 故號三池先生.

  호보號譜 인본印本에서 "삼지三池 최 공의 휘諱는 운澐이고 자는 운지澐之로 정암靜庵 조광조趙光祖의 문인이다. 충암冲庵 김정金淨과

---

267 윤광령(尹光齡): 1492~1574. 조선전기의 문신. 본관은 파평(坡平), 언수(彦叟)는 그의 자(字)이다. 형조정랑을 지내다가 기묘사화에 연루되어 비인(庇仁)으로 유배되었으며, 서용된 후 임천군수(林川郡守)와 부정을 지냈다.
268 자주(自註)에 "一作'輕陰'"이라 했다.

더불어 도의道義로 사귀었다. 유일遺逸로 황간黃澗 현령으로 제수되
었다. 기묘사화己卯士禍 때 신문을 당한 뒤 가솔을 이끌고 강계江界
에 귀양 갔다가 거기서 별세했다. 유배지의 집에 못이 세 개 있어, 사
람들은 그를 삼지선생三池先生이라 불렀다."라고 하고 있다.

吏曹參議公神道碑銘并序[269]

이조참의공 최한정선생 신도비명

荇少時, 於先輩間, 聞稱說成廟知人之明曰: "有崔公某, 爲藝文館校理, 以醇謹蒙眷遇[270]. 承旨任士洪忌之. 乃啓 曰: '崔某年老, 不合侍讀.', 成廟不之荅, 御筆書公名, 超拜司諫院大司諫, 士洪惶恐失措. 士林莫不爲快." 而至今上朝, 昌山成希顏, 爲相入對, 擧其事以贊成廟之德, 且褒公之賢. 嗚呼! 公於生於死, 可謂榮幸矣. 公卒之四十一年後, 夫人又歿旣葬. 其孤撰公行爲狀, 請荇文以表墓道. 荇雖後進, 久聞長者之風, 敢不樂道其善以爲來世徵乎?

公諱漢禎, 字子慶, 系出全羅道和順縣. 在高麗朝, 有諱永濡, 以海州牧使卒, 葬于州境, 邑人追慕, 置塚人, 禁樵牧, 每於忌日, 享祀不替, 乃公之玄祖也. 曾祖諱自河, 濟用監副正, 祖諱安善, 贈司僕寺正, 考諱士老, 擢文科及第, 又登拔英試, 參世祖朝原從功臣, 官至成均館大司成. 妣安東權氏, 漢城左尹諱循之女, 高麗侍中溥之玄孫. 公少育外姑羅氏, 集賢殿直提學襄潤之妻. 直提學之喪, 羅氏斷髮守墓, 終三年, 事聞旌閭. 公生自世家, 長於禮門, 耳濡目染, 涵養有素, 又

---

269 이행(李荇)의 『용재집(容齋集)』 권10에 「증가선대부예조참판겸동지의금부사최공비명(贈嘉善大夫禮曹參判兼同知義禁府事崔公碑銘)」이란 제목으로 같은 작품이 실려 있다.

이행(1478~1534)은 조선전기의 문신으로 본관은 덕수(德水), 자 택지(擇之), 호 용재(容齋). 이조판서를 거쳐 1527년에 우의정에 올라 대제학을 겸하였다. 『신증동국여지승람(新增東國輿地勝覽)』을 찬진하였다.

270 권우: 임금이 신하(臣下)를 특별(特別)히 사랑하여 후하게 대우(待遇)함

力學不怠. 中景泰丙子生員進士試, 筮齊陵殿直. 擢天順己卯
文科, 授成均主簿, 轉司憲府監察, 以書狀官朝京. 歷司諫院
正言, 兵曹佐郎. 己丑居內, 越二年辛卯, 授司諫院獻納, 入
藝文館, 爲校理知製敎, 兼經筵侍讀官, 春秋館記注官, 超拜
大司諫. 丁酉, 以吏曹參議丁外憂. 服闋, 起爲掌隷院判決事,
由刑曹參議, 遷禮曹, 以官卒, 贈禮曹參判兼同知義禁府.

先夫人靈山辛氏, 開城留守碩祖之女, 早歿, 後夫人慶州李
氏, 曾祖諱濡, 嘉善大夫, 判江陵大都護府使. 祖諱寧迪, 嘉
善大夫, 工曹參判. 考諱翊, 通政大夫, 兵曹參議. 妣延日鄭
氏, 工曹判書鎭之女. 公稟之以寬厚, 行之以和易, 濟之以
淸簡, 扶之以儉約, 又能受知成廟, 其達也. 宜矣, 而位不滿
德, 豈天嗇其身, 以昌厥後耶? 李夫人, 天性聰敏, 勤於女
工. 諸子始學, 皆(親)自敎之. 每戒之曰, 汝輩才行, 非望顯
異, 但無忝先大人, 足矣. 諸子各自謹飭, 用能立揚於世, 雖
公之餘慶, 有以致之, 而亦夫人善承之也. 公卒在成化丙午
七月二十八日, 距生年丁未, 壽六十. 李夫人, 歿嘉靖丙戌
三月二十三日, 距生年甲子, 壽八十三. 公之葬, 在長湍府
治南酸梨洞癸坐丁向之原, 李夫人同塋. 辛夫人之墓, 北距
五十餘步. 公凡七男二女, 男曰重淸, 生員, 廣興倉守, 曰
重溫, 將仕郎, 並歿, 辛出也. 曰重洪, 擢丙辰文科, 同知中
樞府事, 階嘉善, 公及寺正之贈, 皆以此也. 曰重深, 進士,
[夭]²⁷¹. 次曰重演, 擢丁卯文科, 承文院判校, 曰重淳, 進士,
順陵參奉, 曰重潤, 亦夭. 女長適奉事崔奉孫, 次適觀察使李

---

271 이행(李荇), 『용재선생집(容齋先生集)』 권10, 「贈嘉善大夫禮曹參判兼同知義禁府事
崔公碑銘」에서는 '요(夭)'자가 추가되어 요절하였다고 되어있다. 뒤에 "曰重潤, 亦夭"
라는 말로 보아 '夭'를 추가하는 것이 온당하다.

自華, 同知以下, 皆李出也. 守娶留守李繼專之女, 生二男二女, 曰基, 曰垓, 女長適金順義, 次適柳璋, 將仕郎娶洪祥之女, 生二男, 曰垠, 曰坤. 同知娶判官郭致僖之女, 生四男四女, 曰壎, 交河縣監, 曰堰, 司饔院奉事, 曰壕, 曰塤. 女長適監察鄭鎦, 次適權浣. 判校娶府使沈順道之女, 生一男二女, 曰坦(堪?), 女長適生員金禮孫, 次適具準. 參奉娶郡守睦哲卿之女, 生三男, 曰塥, 進士, 曰址, 曰墀, 觀察使. 有女, 適盧鴻. 銘曰:

내 젊을 적에 선배들 사이에서 들어보니, 성종 임금의 사람을 보는 명철한 시각에 대해 칭송하여 말하기를 "최 공 아무개가 예문관교리가 되었는데 온순하고 인정이 두터웠으며 말과 행동을 조심하여 임금이 후하게 대우했다. 승지 임사홍任士洪이 그를 시기하여 임금에게 아뢰기를 '최 모는 나이가 많아 시독侍讀[272]에 적합하지 않습니다.'라 하였다. 성종께서 그에 대해 답하지 않으시고 어필로 공의 이름을 적어 서열을 뛰어 넘어 사간원대사간에 임명하시니 임사홍任士洪이 황공하여 어찌할 바를 몰라 했고 사람들 중에 통쾌하게 여기지 않는 이가 없었다."라 하였다. 지금의 조정에 이르러서 창산昌山 성희안成希顔이 재상이 되어 임금을 알현할 때 그 일을 들어서 성종의 덕을 찬양하고 공의 현명함을 기린 바 있다. 아아! 공은 살아서도 죽어서도 모두 영광스럽다 할 만하다.

공이 별세한 지 41년 후(1526)에 부인 또한 별세하였다. 이미 장사를 지낸 뒤 그 아들이 공의 행적을 모아 행장을 짓고 나에게 묘소에 쓸 비문을 지어줄 것을 청하였다. 내 비록 후진後進이나 어르신의 풍

---

272 조선시대, 경연청에서 임금에게 경서를 강의하던 정오품 벼슬.

문을 들은 지 오래라, 감히 기꺼이 그 선행을 말하여 후세의 징표로 삼지 않을 수 있겠는가?

공의 휘諱는 한정漢禎이고 자는 자경子慶이다. 가계는 전라도 화순 현和順縣에서 나왔다. 고려조에 휘 영유永濡란 분께서 해주목사로서 별세하여 그 고을에 장사지냈다. 고을 사람들이 추모하여 무덤지기를 두어 초목을 금하고 매번 기일에 제사를 게을리하지 아니하였으니 이분이 바로 공의 현조이시다. 증조의 휘諱는 자하自河이며 제용감 부정을 지냈으며, 조부의 휘諱는 안선安善으로 사복시정에 추증되었고, 부친의 휘諱는 사로士老로 문과로 급제하여 발탁되셨으며 또 발영시에 급제하여 세조 조에 원종공신의 반열에 들었고 관직이 성균관 대사성에 이르렀다. 모친은 안동 권씨 한성좌윤 휘諱 순循의 딸로 고려시중 부溥의 현손이다. 어릴 적에 공을 길러주었던 외조모 나씨는 집현전 직제학 배윤裵潤의 처로 직제학의 상을 치를 때 단발을 하고 묘를 지켜 삼년상을 끝맺으니 그 일이 조정에 보고되어 정려旌閭[273]를 하사받았다.

공은 이렇게 명문가에서 태어나고 예의 있는 가문에서 성장하였기에 귀와 눈으로 자연스럽게 보고 들어서 평소에 함양한 바가 있었다. 또 학문에 힘쓰길 게을리하지 않아 경태 병자년(1456)에 치러진 생원시와 진사시에 합격하여 제릉전직齊陵殿直에 임명되었다. 천순天順 기묘년(1459)에 문과에 합격하여 성균관 주부를 맡았다가 사헌부 감찰에 옮겨졌고 서장관으로 중국에 다녀왔으며 사간원정언, 병조좌랑을 역임하였다. 기축(1469)년에 모친상을 지내고 2년이 지난 신묘(1471)년에 사간원 헌납에 제수되었고 예문관에 들어서 교리 지제

---

273 예전에, 충신, 효자, 열녀 등을 기리기 위해 그 동네에 정문을 세워 표창하는 일을 이르던 말.

교 겸 경연시독관, 춘추관 기주관을 맡았으며 후에 대사간에 특진되었다. 정유(1477)년에 이조참의를 지낼 적에 부친상을 당하여 삼년상을 마친 후 복직하여 장례원판결사가 되었다. 형조참의를 거쳐 예조로 옮겨가 관직을 지내다 죽었으니 예조참판 겸 동지의금부에 추증되었다.

부인 영산 신씨는 개성유수인 석조碩祖의 따님인데 일찍 세상을 떠났고, 두 번째 부인은 경주 이씨로 증조부의 휘諱는 유濡로 가선대부 판강릉대도호부사判江陵大都護府使였고, 조부의 휘諱는 영적寧迪으로 가선대부嘉善大夫 공조참판이었으며, 부친의 휘諱는 익翊으로 통정대부通政大夫 병조참의였다. 어머니 연일 정씨는 공조판서 진鎭의 딸이다.

공은 성품이 너그럽고 후덕하며 행실은 온화하고 원만하였으며, 백성을 보살핌에 청렴하고 간결하며 검약한 자세를 지녔다. 또 성종 임금의 인정을 받았으니 마땅히 영달할 만하다. 그러나 지위가 덕에 차지 못했는데, 아마도 하늘이 그 자신에게는 인색하게 대하여 그 후세를 창성하게 하려던 것이었으리라.

부인 이씨는 천성이 총명하고 민첩하여 가사 일에 부지런하였고 여러 자식들이 학문을 시작할 때 모두 자신이 직접 가르쳤다. 매번 경계하여 말하길 "너희들의 재주와 행실로 현달한 자리를 바라지는 않는다만 돌아가신 어른을 욕되게 하지 않는다면 족하다."라 하였다. 자식들이 각자 삼가고 조심하였기 때문에 등용되어서 입신양명하였다. 비록 공이 남긴 경사로 이룰 수 있었다고 하나 또한 부인이 잘 받들었기 때문이기도 하다.

공은 성화 병오(1486)년 7월 28일에 별세하였으니 태어난 해인 정미(1427)년으로부터 60년을 살았다. 부인 이씨는 가정 병술(1526)년

3월 23일에 별세하였으니 태어난 해인 갑자(1444)년으로부터 83년을 살았다. 공의 장지는 장단부長湍府 치소 남쪽의 산리동酸梨洞 계좌 정향癸坐丁向의 언덕에 있으니 부인 이씨와 묘역이 같다. 부인 신씨의 묘는 북쪽으로 오십여 보 떨어진 곳에 있다.

공의 자식은 모두 7남 2녀다. 장남 중청重淸은 생원 광흥창수이다. 둘째 중온重溫은 장사랑인데 모두 죽었으며 신씨 부인 출생이다. 다음은 중홍重洪으로 병진(1496)년 문과에 급제하여 동지중추부사同知中樞府事를 지냈으며 가선대부에 올랐다. 공[한정漢禎]과 사복시 정[조부 최안선崔安善]의 증직贈職[274]은 모두 이 아들 덕분이다. 다음은 중심重深으로 진사이다[요절]. 다음 중연重演은 정묘(1507)년에 문과에 합격하였고 승문원판교이다. 다음 중순重淳은 진사로 순릉참봉이며, 중윤重潤은 또한 요절하였다. 딸 중 장녀는 봉사 최봉손崔奉孫에게 시집갔다. 차녀는 관찰사 이자화李自華에게 시집갔다. 동지중추부사 중홍重洪 이하는 모두 이씨 부인 출생이다.

광흥창수 중청重淸은 유수 이계전李繼專의 딸에게 장가가서 2남 2녀를 낳았으니 아들은 기基와 해垓이다. 장녀는 김순의金順義에게 시집갔고 차녀는 유장柳璋에게 시집갔다. 장사랑 중온重溫은 홍상의 딸에게 장가가서 2남을 낳았으니 은垠과 곤坤이다. 동지중추부사 중홍重洪은 판관 곽치희郭致僖의 딸에게 장가가서 4남 4녀를 낳았으니 훈壎은 교하현감이고 언堰은 사옹원봉사이며 호壕와 식埴이 있다. 장녀는 감찰 정치鄭錙에게 시집갔고 차녀는 권완權浣에게 시집갔다. 승문원판교 중연重演은 부사 심순도沈順道의 딸에게 장가가서 1남 2녀를 낳았으니 아들은 탄坦이고, 장녀는 생원 김예손金禮孫에게 시집갔

---

274 예전에, 종이품 이상의 벼슬아치의 부친, 조부, 증조부나 또는 충신, 효자 및 학행이 높은 사람에게 사후에 벼슬과 품계를 추증하는 일을 이르던 말.

고 차녀는 구준具準에게 시집갔다. 순릉참봉 중순重淳은 군수 목철경睦哲卿의 딸에게 장가가서 3남을 낳았으니 우埦 진사, 지址와 지埠 관찰사이다. 관찰사 지埠는 딸이 있으니 노홍盧鴻에게 시집갔다. 명을 지어 이르길

昔在成廟,	옛날 성종 시절에는
化臻無虞,	교화가 널리 미쳐 근심이 없었네.
厭彼喋喋,	재잘거리는 소인 싫어하시고
貴此醇儒.	순후한 선비 귀하게 여기셨네.
何以待之,	무엇으로 대우하셨는가?
經幄晨晡.	아침저녁으로 경연에서 강론하셨네.
憸言孔巧,	간사한 말 매우 공교로워도
天聽難誣.	임금의 귀를 속이긴 어려웠네.
擢長諫院,	사간원의 장으로 뽑으시니
恩寵之殊.	그 은총이 남달랐다네.
用戒讒夫.	우리 공 개인의 일만이 아니라
非我公私,	아첨하는 자들을 경계하셨네.
聖人繼治,	임금께서 새로 즉위하여서는
大臣矢謨.	대신이 공의 일을 아뢰었네.
公死雖久,	공이 별세한 지 오래되었으나
流風不渝.	유풍은 사라지지 않았다네.
匪公爲榮,	공의 영광이 될 뿐만 아니라
恢我規模.	우리들에게 모범을 보여주셨네.

梨洞之原,　　　　이동梨洞의 동산은

寔惟玄區.　　　　바로 공의 산소.

公先其歸,　　　　공이 먼저 돌아가시고

夫人與俱.　　　　부인께서 함께하셨네.

來者是視,　　　　후인들은 이를 보시라

我辭匪諛.　　　　나의 글이 아첨이 아니라오.

　嘉靖己亥,大匡輔國,崇祿大夫,議政府左議政,兼領經筵事,
弘文館大提學,藝文館大提學, 德水李荇撰.(字擇之, 號容
齋, 諡文定公. 蓮軒公宜茂子, 東岳公安訥曾祖, 澤堂公植高
祖.)

　가정 기해년(1539)에 대광보국숭록대부, 의정부좌의정겸 영경연
사, 홍문관대제학, 예문관대제학을 지낸 덕수 이행李荇이 찬하다. 자
字는 택지擇之고 호號는 용재容齋이며 시호諡號는 문정공文定公이다.
연헌공蓮軒公 이의무李宜茂의 아들로 동악공東岳公 이안눌李安訥의
증조이며 택당공澤堂公 이식李植의 고조이다.

監司公墓碣

감사공 묘갈명

公諱重洪, 字子溥, 和順崔氏. 考諱漢禎, 禮曹參議, 以公
爵贈參判. 妣慶州李氏, 參議翊之女. 崔氏世系, 在參判公
碑文. 公成化丙戌二月生, 癸卯進士, 弘治丙辰及第, 累遷
司瞻正, 參丙寅原從功, 加階通政. 參議刑曹, 尹全州, 以政
淸聞, 陞嘉善, 授忠淸監司, 留守松京. 嘉靖癸巳, 拜全羅監
司, 五月遘疾, 卒于南原府, 壽六十八. 九月, 葬長湍府酸梨
洞癸坐丁向原, 從先兆也. 公醇厚淸儉, 不事産業. 爲訟官,
剖決無留. 文章經綸, 蔚然有聲聞, 世謂之黼黻手. 夫人玄風
郭氏, 判官致禧之女, 先公卒. 公四男四女, 長壎, 主簿, 次
堰, 奉事, 次壕, 次埴. 長女適縣監鄭鎦, 次尼城副守存光,
次適監察權鋶, 次適李希籍. 內外諸孫甚衆, 不能盡記. 萬曆
壬辰, 遭倭寇, 墓碣折破, 宗孫贈大司憲永慶, 已卒, 無人修
改. 歲甲辰, 外曾孫領議政李元翼, 姓孫徹慶, 參奉弘路, 首
議經營. 外曾孫兵使權俊, 致財用, 察訪李禮成, 與各派諸孫
監董, 七月立之, 破碣埋於墓傍.

萬曆甲辰, 大匡輔國崇祿大夫, 議政府領議政, 兼領經筵
事, 弘文館大提學, 藝文館大提學, 外孫 完平李元翼, 述書.
字公勵, 號梧里, 諡文忠公.

공의 휘諱는 중홍重洪이요 자字는 자부子溥로 화순 최씨이다. 부친
의 휘諱는 한정漢禎으로 예조참의이며 공의 관작으로 참판에 추증되
었다. 비는 경주 이씨로 참의 익翊의 딸이다. 최씨의 세계世系는 참

판공의 비문에 실려 있다. 공은 성화 병술년(1466) 2월에 태어나 계
묘년(1483)에 진사에 합격하였다. 병진년(1496)에 급제하여 여러 차
례 관직을 옮겨 사섬시정司贍寺正이 되었다. 병인년(1506)에 원종공
신에 통정대부의 품계가 더해졌다. 형조참의를 지내다가 전주를 다
스릴 적에 정사가 청렴하다고 소문이 나서 가선대부로 승진하였다.
충청감사에 제수되었고 개성유수開城留守를 지냈다. 가정 계사년
(1533)에 전라감사에 임명되었다가 오월에 질병으로 물러나 남원부
에서 생을 마쳤으니 향년 68세였다. 9월에 장단부 산리동의 계좌 정
향의 언덕에 장사지냈는데 선영先瑩을 따른 것이다.

공은 성품이 순후하며 청렴하고 검소하여 생산하는 일을 일삼지
아니하였다. 소송관이 되어서는 판결에 머뭇거림이 없었다. 문장과
경륜이 대단히 명성이 있었으니 세간에서는 "임금님을 도울만한 능
력의 소유자黼黻手"라 불렀다.

부인인 현풍 곽씨는 판관 치희致禧의 딸인데 공보다 먼저 세상을
떠났다. 공은 4남 4녀를 두었으니 장남은 훈壎으로 주부를 지냈으며
둘째는 언堰으로 봉사를 지냈으며 셋째는 호壕고 넷째는 직埴이다.
장녀는 현감 정치鄭錙에게 시집갔고 차녀는 이성부수 존광存光에게
시집갔고 셋째 딸은 감찰 권유權鍒에게 시집갔으며 넷째 딸은 이희
적李希籍에게 시집갔다. 내외의 여러 자손들이 매우 많아 다 기록하
지 못한다.

만력 임진(1592)년에 왜구가 침입하여 묘갈이 파손되었는데 대사
헌에 추증된 종손 영경永慶이 이미 죽어 고칠 사람이 없었다. 갑진
(1604)년에 외증손 영의정 이원익李元翼과 후손 철경徹慶, 참봉 홍로
弘路가 묘갈을 어떻게 할지 의논하였다. 외증손 병마절도사 권준權
俊이 경비를 지원하고 찰방 이예성李禮成이 각파의 여러 후손들과 함

께 감독하여 7월에 묘비를 세우고 깨진 비석은 묘 옆에 묻어두었다.

만력 갑진(1604)년에 대광보국숭록대부 의정부영의정 겸 영경연사 홍문관대제학 예문관대제학인 외손 완평完平 이원익李元翼이 쓰다. 자字는 공려公勵요 호號는 오리梧里며 시호諡號는 문충공文忠公이다.

貞夫人崔氏墓碣銘 并序

정부인 최씨 묘갈명

　夫人, 姓崔氏, 和順人. 曾祖諱自江, 彰信校尉, 贈吏曹判書, 諡文貞公. 祖諱善門, 資憲大夫, 工曹判書, 考諱漢南, 成均進士. 娶啓功郎李栴之女. 以成化癸卯十一月生夫人, 自少資格端莊, 及笄, 適議政府左參贊月城君孫公諱仲暾[275]. 內治整肅, 婦德純備. 月城相敬如賓客. 立朝居官, 多賴其內助, 宗族亦皆欽慕焉. 月城卒于嘉靖己丑四月, 葬興海郡治南達田里禱陰山之原. 後十七年乙巳十二月二十一日, 夫人亦卒, 享年六十三, 以丙午三月初三日, 窆于月城君幽堂之後. 生二子二女俱夭, 嗚呼! 夫人早逑名賢, 修善積德無欠, 而子女皆不留膝下, 天獨嗇於此, 何哉. 月城有先室子曰暾, 生子光曙, 爲夫人執喪廬墓, 亦足慰幽魂. 銘曰

　부인의 성姓은 최씨로 화순 사람이다. 증조의 휘諱는 자강自江으로 창신교위이며(이조판서에 추증되었으며 시호諡號는 문정공文貞公이다.) 조부의 휘諱는 선문善門으로 자헌대부 공조판서이며 부친의 휘諱는 한남漢南으로 성균진사이며 계공랑 이전李栴의 딸에게 장가가서 성화 계묘년(1483) 11월에 부인을 낳았다.

275　손중돈(1463~1529): 조선 중기의 문신. 본관은 경주이고 자는 태발(泰發), 호는 우재(愚齋)이다. 20세에 사마시(司馬試)에 합격하고 승지를 세 번, 대사헌(大司憲)을 네 번 지냈으며 경상·전라·충청·함경 네 도의 감사를 지냈다. 처음엔 남양홍씨(南陽洪氏) 흠손(欽孫)의 딸에게 장가들어 1남 3녀를 낳았고, 후에 화순최씨(和順崔氏) 한남(漢南)에게 장가들어 2남 1녀를 낳았다.

부인은 어릴 적부터 자질과 인격이 바르고 씩씩했으며 성년이 되어서 의정부 좌찬참 월성군月城君 손공 휘諱 중돈仲暾에게 시집갔다. 집안을 다스림이 가지런하고 엄숙하였으며 부덕婦德이 순수하고 잘 갖추어져 월성군月城君이 귀한 손님처럼 공경하였다. 조정에서 관직을 지낼 적에는 내조에 의지한 바가 많았으니 종족宗族 또한 모두 흠모하였다.

　월성군月城君 손중돈孫仲暾은 가정 기축(1529) 4월에 별세한 뒤 홍해군 남쪽 달전리達田里 도음산禱陰山의 언덕에 장사지냈다. 17년 뒤인 을사년(1545) 12월 21일에 부인 또한 돌아가셨는데 향년 63세였다. 병오년(1546) 3월 초삼일에 월성군月城君의 무덤 뒤에 안장하였다.

　슬하에 2남 2녀를 두었는데 모두 일찍 죽었다. 아아! 부인은 일찍부터 명현과 짝하여 선을 닦고 덕을 쌓아 흠이 없는데, 자녀들이 모두 슬하에 남아 있지 못하였으니 하늘이 유독 이 사람에게 인색한 것은 어째서인가? 월성군에게 손경孫暻이라는 전부인의 아들이 있었는데 이 아들이 낳은 자식 광서光曙가 부인을 위하여 여막廬幕에서 상을 치렀으니 또한 죽은 이의 넋을 위로하기에 충분하다. 명에 이르길

生稟精粹,	정결하고 순수한 품성 타고났으며
鳳配賢哲.	일찍이 명철한 이를 짝하였다.
率禮蹈和,	예를 따르고 화목함을 지켰으며
儀範閨闈.	의례와 규범 규문閨門에 맞았다.
慶衍德門,	경사가 덕문德門으로 흘렀으나
蘭苗不育.	후손은 기르지 못하였구나.

惟天福善,　　　착한 사람이 복을 받는다 했는데

冥報難必.　　　명복은 기필하기가 어렵다.

未亡十載,　　　 남편을 잃은 지 10년 즈음

壽纔踰六.　　　겨우 60을 넘겨 수명을 마치니

窆同夫原,　　　 남편의 무덤가에 함께 묻혀

夙願乃終.　　　숙원이 겨우 이루어졌구나.

刻示玄石,　　　그 행적 비석에 새겨

爲示無窮.　　　무궁한 후대에 전해 보인다.

　嘉靖丙午十月, 慶州李彦迪, 撰. 字復古, 號悔齋, 文贊成.
謚文元公.

　가정 병오년(1546) 10월에 경주慶州 이언적李彦迪이 짓다. 자字는
복고復古요 호號는 회재晦齋. 문과 찬성을 지냈으며 시호謚號는 문원
공文元公이다.

文惠公遺事 當在大司成公墓碣上[276]

문혜공유사

公諱善門, 字慶夫, 和順人. 天資純粹, 容貌俊雅. 及長, 志操廉介, 行誼高潔. 爲學, 必求性理之源, 律己必修清儉之德. 即凡文字, 窮理上事, 必心思而自得之, 以求至乎其極, 尤樂爲講明道義, 最見重於士林, 佔畢齋亦敬事之. 妙年中生員, 隱居藏修, 若將終身。 以先公即文貞公自江命, 出就徵辟, 初拜持平, 乃世宗即位之三年, 永樂辛丑也. 一月三遷, 眷遇隆深, 其莅官盡道, 格君輔世, 昭在國乘, 班班可攷. 公治官如家, 纖毫無犯, 事君如親, 樞要必避. 畢翁稱之曰 松筠志操, 水月精神, 其清介一節, 未足爲公之輕重, 即其素性然也. 文宗朝, 陞吏曹判書, 公力辭不造朝, 朝廷以爲銓選劇地, 非所以待儒逸. 移拜工曹判書, 國有大事, 必諮諏焉. 命公畫像, 以表崇獎之意. 公遭遇盛際, 身任啓沃, 將欲以有爲也. 已而顯陵賓天, 端宗遜位, 公於是, 引身而退. 世祖元年, 特以議政府贊成召, 終不就, 其志盖有在也. 丙子十二月日, 以病卒于家, 縉紳嗟惜, 士林相吊, 銘旌書以工曹判書, 遵遺命也. 訃聞于朝, 上震悼, 遣禮官俞好仁, 賜祭, 丁丑二月日, 褒清白吏, 用太常議, 贈右議政, 諡文惠節. 徐四佳居正, 赤登樓記[277] 賛公曰 行惠政, 使行旅, 願出於路, 雖古聖賢, 亦有取於斯. 詩曰 愷悌君子, 神所勞矣, 夫子曰

---

276 『계당유고』에 「六代從祖文惠公遺事」라는 제목으로 실려 있다.

277 이 작품은 사가(四佳) 서거정(徐居正)의 『四佳集』 卷二에 「沃川郡赤登院樓記」라는 제목으로 실려있다.

行己也恭, 使民也惠, 公之謂歟. 畢翁撰碑銘, 又挽曰 五福
於人備却難, 公無一欠性情寬. 靈春[本作椿]拔地枝方旺, 神
劒衝星氣倏殘. 編簡謾敎評宿德, 鄕閭無復奉情[本作淸]歡.
鄙夫豈是雷同哭, 爲忝當時子侄看云云. 此其當日眞蹟也.
其所造道之極, 固非不肖之所可容喙, 而觀於國史與文集,
班班可攷矣.

　萬曆甲戌, 傍五代孫興霖撰. 字賢佐, 號溪堂, 乙巳隱德.

　공의 휘諱는 선문善門이고 자字는 경부敬夫다. 본관은 화순和順이
다. 천성이 순수하고 용모는 준수하였다. 자라서는 지조가 있고 청
렴하고 강개하였으며 품행과 도의가 높고 깨끗하였다. 학문을 함에
반드시 성리학의 근원을 탐구하였고 자신을 단속할 때는 반드시 청
렴하고 검소한 덕을 닦았다. 문장을 짓거나 궁리할 때는 반드시 생
각하여 스스로 터득해서 끝까지 탐구했고, 늘 그렇게 하기를 즐겼다.
더욱이 기꺼이 도의道義를 강론하여 사림들이 그를 매우 중히 여겼
으며, 점필재佔畢齋 김종직金宗直 또한 공경하고 섬겼다. 연소한 나
이에 생원시에 합격하였으나 은거하여 학문에 전심하기를 종신토록
하려다가 선공(즉 문정공文貞公 자강自江)께서 벼슬에 나아갈 것을
명하여 처음에 지평持平에 배수되었으니, 때는 바로 세종이 즉위한
지 3년째인 영락 신축(1421)년이었다. 한 달에 세 번 벼슬을 옮긴 것
은 임금께서 보살핌이 매우 융숭하여서이다.그 관직을 맡음에 도를
다하여 임금을 보필하고 세교世敎를 도왔다. 이는 국사國史에 소상하
게 실려 있어 하나하나 자세히 상고할 수 있다.

　공은 관아를 다스리기를 집안 다스리는 것처럼 상세하게 하여 아
주 작은 잘못도 범함이 없었으며, 임금을 섬김에 어버이 모시듯 하면

서도 중요한 직책은 반드시 회피하였다. 점필재佔畢齋 김종직金宗直이 "소나무 대나무처럼 꿋꿋한 절조요, 물과 달처럼 맑은 정신"이라 칭송하였다. 하지만 청렴한 선비라는 말로 공의 경중을 평가하기에는 부족하니, 차라리 본성이 그러하다 할 것이다. 문종 때에 이조판서에 올랐으나 공이 극구 사양하여 조정에 나아가지 않자, 조정에서 일이 많고 복잡한 전선銓選(인사 행정)은 유일遺逸[278]을 대우하는 바가 아니라 여겨서 공조판서에 이배移拜하고, 나라에 큰 일이 있으면 반드시 공에게 자문하였다. 또한 공의 화상畵像을 그리도록 명하여 공을 높이고 장려하는 뜻을 드러내었다. 공이 태평성대를 만나 몸소 임금을 유도하고 보좌하는 일을 맡아 장차 훌륭한 일을 하고자 하였는데, 얼마 있다가 문종께서 승하하시고 단종께서 왕위를 사양하시자 공은 이에 몸을 이끌고 물러나셨다. 세조 원년(1455)에 특별히 의정부 찬성으로서 불렀으나 끝내 나아가지 않으셨으니, 대개 그 뜻이 따로 있어서이다.

병자년(1456) 12월 모일에 병으로 집에서 돌아가셨다. 이에 대신들이 탄식하고 애석해하였으며 사림이 서로 슬퍼하였다. 명정에 공조판서로써 유명遺命을 따른 것이다. 부고가 조정에 알려지자 임금께서 크게 슬퍼하시고 예관 유호인兪好仁을 보내어 사제賜祭하였다. 정축(1457) 2월 날에 청백리로 기리고 봉상시奉常寺의 논의에 따라 우의정에 추증하고 시호諡號를 문혜文惠라 하였다.

사가四佳 서거정徐居正의 「적등루기赤登樓記」에 공을 찬양하여 말하길 "은혜로운 정치를 행하여 나그네들로 하여금 길에 다니길 원하도록 하였으니 비록 옛 성현이라도 여기에서 취할 것이 있으리라. 『시경詩經』에서 '온화한 군자여. 신명께서 위로하시네.'라 하였고 공자께서

---

278 유일(遺逸): 초야에 있는 학덕이 높은 선비.

'자신의 뜻을 행함에 공손히 하고 백성을 부림에 은혜로이 한다.'라
고 한 말은 공을 두고 이른 듯하다."라 하였다.

점필재佔畢齋 김종직金宗直 선생이 비명을 찬술하고 또 만사를 지
었는데, "사람에게 오복을 갖추기가 어렵건마는 공은 하나도 흠결이
없고 성정도 관후하였네. 우뚝 솟은 영춘나무 가지는 한창 왕성한데,
번쩍이는 신검은 기가 언뜻 쇠잔하여라. 서책은 부질없이 쌓은 덕 평
론케 하고 마을에선 다시 평소의 모습 뵐 수 없게 되었네. 못난 내가
어찌 남들 따라 곡할 수 있으리오. 생전에 외람되게 아들이나 조카처
럼 돌보아주셨기 때문이다."라 하였으니 이가 그 당시의 참된 자취
이다. 그가 닦은 도의 극치는 진실로 불초한 내가 입을 놀릴 수 있는
것이 아니며 국사國史와 문집에서 살펴보면 하나하나 자세히 상고할
수 있다.

만력 갑술년(1574)에 외친 5대손 홍림興霖이 찬하다. [자字는 현좌
賢佐요 호號는 계당溪堂이며 을사년(1545)의 은사隱士이다.]

文惠先生配享景濂書院[279]告由文

時嵐亭金先生始昌幷享 掌令申碩藩撰

문혜공 최선문崔善門선생을 경렴서원景濂書院에 배향하면서 지은 고유문

남정 김시창(金始昌)과 함께 배향(配享)되다. 사헌부 장령 신석번(申碩藩)이 짓다.

奧惟金陵,	아! 금릉에서
名賢輩出,	명현 무리 나섰다.
其德不孤,	그 덕 외롭지 않고
其休亦匹.	그 아름다움 또한 짝이 있네.
乃若文惠,	저 문혜 선생은
揚側明時.	밝은 시대에 발탁 등용되셨네.
于朝幷美,	조정에 아름다움 아우르고
麗澤相資.	서로 도움을 주고받았네.
有斐嵐亭,	아름다운 빛이 나는 남정[280]!

---

279 경렴서원: 경북 김천시 성내동에 있던 서원이다. 1648년 김산군수(金山郡守) 조송년(趙松年)이 서원을 감천면 금송리(金谷) 사미정(四美停) 자리로 옮겨 짓고 김종직·조위(曺偉)·이약동(李約東)을 배향하였다. 1673년 이아리(爾雅里)로 옮겨지고, 1778년에 김산군수 윤담(尹淡)이 자양산(紫陽山) 북진으로 이전시켰다. 1868년 흥선대원군의 서원철폐령으로 철폐되어 현재는 터만 남아있다.

280 김시창: 1472(성종 3)~1558(명종 13). 조선 중기의 효자. 본관은 풍덕(豊德). 자는 정양(廷揚), 호는 남정(嵐亭). 일찍이 김종직의 문하에서 성리학을 배웠고, 금산(金山)에 거주하면서 『가례』에 의한 상례를 철저히 준행하는 한편, 효행이 뛰어나 그 이름이 널리 알려졌다. 김시창의 효절은 『삼강록』에 수록되었으며, 죽은 뒤 참봉에 추증됨과 아울러 황간의 모현서원과 금산의 경렴서원에 제향되었다. 시효는 효절(孝節)

己卯完人.	기묘년의 훌륭한 인물이시다.
素履幽貞,	은자隱者의 본분을 가지고서
否享于身.	자신만 누리지 않아
所過斯化,	지나는 곳마다 감화되니
矧伊桑鄕.	하물며 저 금산金山[281]에랴.
凡屬同邦,	무릇 고을 사람들이
皆願合堂.	모두 사당에 같이 제사지내기를 바라네.
洋洋如在,	완연히 아직 계신 듯이
有儼户庭.	집과 뜰 우뚝하여
其始自今,	처음부터 지금까지
永世流馨.	영원히 대대로 명성을 남기리라.

이다.

281   상향: 고향. 여기서는 문혜공(文惠公) 최선문(崔善門)선생의 고향인 금산(金山)을 가
리킨다.

文惠先生配享景濂書院祭文

문혜공 최선문崔善門선생을 경렴서원에 배향하면서 지은 제문

卓彼先生,	높으신 저 선생
贊揚英陵.	영릉(세종)[282]을 찬양하니
濟濟當時,	당시의 훌륭한 인재들
多士以寧.	덕분에 편안하였다.
翩翩鶴書,	펄럭펄럭 초빙하는 글이[283]
來自天扃.	궁궐[284]에서 날아오니
金石相宣,	금석의 음률이 서로 펼쳐지듯
君子之貞.	군자의 정절 드러낸다.
靈椿拔地,	영춘나무[285] 땅에서 솟고
神劍衝星.	신검[286]의 기운 하늘로 쏘아지니

282　영릉(英陵): 조선 제4대 왕 세종과 소헌왕후 심씨의 합장릉을 가리킨다.

283　원문의 학서(鶴書)는 옛날에 현자를 초빙하는 글에만 썼던 서체로, 모양이 학(鶴)의 머리와 같다고 하여 학서라고 하였다.

284　천경(泉扃): 하늘의 문이란 말로 여기서는 임금이 계신 궁궐을 의미한다.

285　영춘(靈椿): 『장자』「소요유」에 "고대에 큰 춘(椿)나무가 있었는데, 8천 년을 봄으로 삼고 8천 년을 가을로 삼는다."는 내용이 보인다. 여기서는 나이가 많고 덕이 높은 사람을 가리키는 말로 쓰였다.

286　신검(神劍): 진(晉) 나라 때 오(吳)땅에 자색 기운이 하늘의 우수(牛宿)와 두수(斗宿) 사이로 뻗치는 것을 보고 장화(張華)가 뇌환(雷煥)을 시켜서 돌감옥을 파고 용천검 (龍泉劍)과 태아검(太阿劍)을 얻었다는 고사를 인용한 말로, 숨어 있던 인재들이 드러나는 것을 비유한 것이다.

畢翁之誄,　　　점필재 어르신이 지은 행장行狀

其徵甚明.　　　밝게 징험해주는구나.

百年公議,　　　백 년 동안의 공론이

今日同聲.　　　오늘에야 이구동성으로 일치하여

合堂揭虔,　　　한 사당에 같이 모셨으니

靈其有聽.　　　영령께서 들으시리라.

　顯宗十三年癸丑八月, 平山申碩藩撰. 逸掌令贈吏參議號
白原.

　현종 13년 계축(1673)년[287] 8월에 평산 신석번申碩藩이 찬하다.
[유일 출신의 장령이며 이조참의에 추증되었으며, 호는 백원白原
이다.][288]

287　현종13년은 임자년(1672)으로 "현종십사년계축[顯宗十四年癸丑: 1673년 8월]"이나
　　 "현종십삼년임자[顯宗十三年壬子: 1672년 8월]"으로 되어야 마땅하다. 작자인 신석번
　　 (申碩蕃)의 『백원집(百源集)』의 「고최문혜공문(告崔文惠公文)」에는 시기가 기록되
　　 어 있지 않아 정확한 시기를 추측할 수 없다.
288　'白原'은 '白源'을 잘못 쓴 것으로 보인다.

三池先生事蹟 傍裔孫贈通訓大夫司憲府持平. 學洙述

삼지선생 사적

외예손 증통훈대부 사헌부지평 최학수가 서술하다.

公姓崔, 貫和順, 諱澐, 字澐之, 一號水雲, 又號三池, 己
卯名賢也. 祖諱善復, 修撰, 世稱豆谷學士. 考諱漢師, 大司
憲. 妣安東金氏洞女. 配恩津宋氏雙淸堂愉孫. 有二男, 曰慶
行, 曰慶大. 中廟壬子, 先生生於漢師, 自幼, 淸心介操, 識
慮周詳, 絶異羣兒. 旣長, 爲靜庵趙先生門人, 力學爲己, 向
裏專精, 日與學者, 沉潛經籍, 服膺師訓, 理析絲毫. 又與冲
庵金先生, 志同道合, 倡明程朱之學, 期回唐虞之治, 而莫不
以先生爲間世偉器. 冲庵以詩贈之, 曰微風澹靈碧, 暄日靜
園籬. 寂寂空牎下, 端居有所思. 其期詡之重, 氣味之合, 槩
可知也. 學問精深, 節義卓犖。十八與金冲庵同薦經筵, 出
監黃澗, 政簡訟理, 吏畏民悅. 莅任一周, 儒化蔚然, 峽俗日
新, 民有去思之頌. 不幸羣小側目, 士禍滔天, 先生斥邪扶
正, 容護善類. 金大司成, 是嘗言容我者, 崔澐與李允儉而已
者, 蓋有以也. 罹禍拿推, 酷被刑訊, 全家徙邊, 遠謫江界,
備嘗艱險, 夷於自樂. 有九死未悔之志, 無一毫幾微之色, 苟
非所養之正, 所守之確, 其何能如是耶? 卒于謫中, 謫中宅,
有三池, 故世稱三池先生, 事載己卯籍. 墓在全義縣孤洞, 有
碣, 事載家乘中, 經禍之餘, 遺蹟散亡, 不勝恨哉? 其後黃澗
江界之人, 追思不已, 有建祠腏享之議, 蓋黃爲遺愛之地, 江
爲謫居之所故也. 歲在甲戌, 士論齊發, 入享報恩金華祠. 嗚
乎! 玉溫金精, 先生之爲學也. 銀山鐵壁, 先生之立節也. 護

善引愿, 處坎道泰, 後學之尊仰也. 山木軒金尚書之闡發, 鰲
村宋先生之賛揚, 爲百世信符而幷輝焉, 則小子僭妄, 何敢
贅言, 撮其所見, 於先集者 謹附焉.

　공의 성은 최崔요 본관은 화순和順이다. 휘諱는 운濂, 자字는 운지
濂之이며 호號는 수운水雲, 또 다른 호號는 삼지三池로 기묘명현이다.
조부의 휘諱는 선복善復으로 수찬이며 세간에서 두곡학사豆谷學士라
칭하였다. 부의 휘諱는 한원漢源으로 대사헌이다. 어머니는 안동김
씨 김형金泂의 딸이다. 배우자는 은진恩津 송씨 쌍청당雙淸堂 유유愉의
손녀이다. 2남을 두었으니 경행慶行과 경대慶大이다.

　중종 임자년(1492)에 한성에서 태어났다. 어릴 적부터 마음이 맑
고 지조와 기개가 높았으며 식견과 사려가 세밀하고 상세하여 다른
아이들보다 탁월하였다. 장성하여서는 정암靜庵 조광조趙光祖선생의
문인이 되어 위기지학爲己之學에 힘써 내면수양에 정진했다. 날마다
학자들과 경서에 침잠하였으며 스승의 가르침을 항상 가슴 속에 품
고서 이치를 치밀하게 분석하였다. 또 충암冲庵 김정金淨 선생과 뜻
을 같이하고 도를 같이 하여 정주程朱의 학문을 천명하였고 요순堯舜
의 다스림을 돌이킬 것을 기약하여 모두들 선생을 세간의 큰 인재라
여겼다. 충암冲庵 김정金淨선생이 시를 증여하여 말하길 "미풍은 저
하늘에 맑고 따뜻한 햇살은 정원 울타리 안에 내리쬔다."라 하였으
니 얼마나 큰 기대를 하였고, 또 뜻이 얼마만큼 서로 맞았는지 대략
알 수 있다. 학문이 정밀하고 깊었으며 절의 또한 우뚝하고 높아, 18
세에 충암冲庵 김정金淨 선생과 함께 경연經筵에서 천거되어 황간黃
澗 현감으로 나갔다. 정사가 간결하고 송사를 잘 다스려 아전들은 경
외하고 백성들은 기뻐하였다. 부임한 지 일 년 만에 유가儒家의 교화

가 번성하였고 산골의 풍속이 날로 새로워졌으니 공이 떠난 뒤에는 백성들이 그를 그리워하는 칭송을 하였다.

그러나 불행히도 소인배들이 시기하여 사화가 일어나 천하가 도탄에 빠졌는데, 선생은 사특함을 물리치고 정의를 붙들어 세워 착한 사람들을 옹호하였다. 대사성 김식金湜[289]이 일찍이 "나를 받아들이는 사람은 최운崔澐과 이윤검李允儉뿐이다."라 이른 것은 대개 이러한 이유 때문이다. 이로 인해 사화士禍에 연루되어 잡혀 추국을 당하고 형벌과 신문을 혹독히 입고는 온 가족을 데리고 변방으로 옮기어 멀리 강계江界에 귀양을 가게 되는 등 온갖 험난함을 두루 맛보았음에도 편안히 즐거워하였다. 아홉 번을 죽어도 후회하지 않는 뜻을 지니고서 어려워하는 기색이 터럭만큼도 없었으니 진실로 안으로 키운 바가 바르고 지킨 뜻이 확고한 사람이 아니라면 능히 이 같을 수 없었을 것이다. 귀양지에서 별세했는데, 귀양지의 가택에 삼지三池가 있었기에 세간에 삼지三池 선생이라 칭하였으니, 이 일은 기묘사적己卯事蹟에 기록되어 있다.

묘소는 전의현 고동孤洞에 있는데 묘갈墓碣이 있다. 일이 가승家乘에 실려 있으나 화를 겪고 난 뒤에 유적이 흩어져 없어졌으니 어찌 그 한을 이길 수 있겠는가? 그 후 황간黃澗과 강계江界의 사람들이 추모하기를 그치지 아니하여 사당을 짓고 제사를 지내자는 의논을 하였으니, 황간黃澗이 자애가 남은 땅이고 강계江界가 귀양하여 거처하던 곳이기 때문이다. 갑술년(1814)에 사론이 일제히 나와 보은현 금화사金華祠에 입향入享하였다.

아아! 선생의 학문은 옥같이 온화하고 금같이 정밀하며, 선생의 우

---

289 김식(金湜): 1482~1520.자는 노천(老泉), 호는 사서(沙西)·동천(東泉)·정우당(淨友堂), 본관은 청풍. 기묘팔현(己卯八賢)의 한 사람이다.

뚝한 절개는 은으로 된 산이나 절벽처럼 단단하다. 착한 사람들을 비호하고 허물을 자책하였으며, 어려움에 처하여도 태평하였으니, 후학들이 존경하여 우러러 보는 바이다.

산목헌山木軒 김희순金羲淳[290] 상서의 천발闡發[291]과 오촌鰲村 송치규宋穉圭[292] 선생의 찬양이 백세의 신표信標[293]가 되어 나란히 빛나니, 내가 분수에 넘치게도 어찌 감히 쓸데없는 말을 덧붙이겠는가? 조상의 문집에서 본 것을 모아 삼가 덧붙인다.

---

290 김희순: 1757~1821. 조선 후기의 문신. 본관은 안동, 자는 태초(太初), 호는 산목(山木)·경원(景源)이며 시호는 문간(文簡)이다. 김시발(金時發)의 증손으로, 할아버지는 김교행(金敎行)이고, 아버지는 군수 김이인(金履仁)이다.

291 『山木軒集』卷之十에 「報恩金華社水雲崔公溪堂崔公奉安告文」이 전한다.

292 송치규(宋穉圭): 1759(영조 35)~1838(헌종 4). 조선 후기의 학자. 본관은 은진(恩津). 자는 기옥(奇玉), 호는 강재(剛齋). 송시열(宋時烈)의 6대손으로 김정묵(金正默)의 문인이다.

293 송치규의 『剛齋集』「報恩金華祠。奉安曺南冥, 成大谷, 成東洲三賢文」에서 溪堂에 대한 언급은 있으나 三池에 대한 언급은 『剛齋集』에 실려있지 않다. 「報恩金華祠。奉安曺南冥, 成大谷, 成東洲三賢文」에서 溪堂에 대한 언급으로 "于時三山 德星曾聚 誰其賢主 有溪堂公 對床論經 懸燈拈韻 共被之室 醉臥之溪 行路猶傳 一方永慕 瞻玆華院 先妥池溪 緬懷名區 四老合做 人情神理 夫豈有間 士林一辭 同堂齊腏 爰趁春享 謹擧縟儀 髣髴當年"이 있다.

金華祠儒會所簡通 金令座前洙根

금화사 유생들의 모임에서 발송한 통문 金洙根 좌하

伏惟, 暮春令體萬重, 仰慰且溸. 就金華之一區泉石, 則乙巳遺逸溪堂崔先生, 薖軸之所, 而成大谷,曹南溟,成東洲三先生杖屨追隨之遺址也. 歲在乙酉, 文敬公老先生, 因鉛山舘古事, 光臨郡齋之日, 聞溪堂之風, 愛山水之勝, 留憩舊堂, 記以文, 題以詩, 至有徘徊不能去之句語. 先生遺躅之最著, 不待鄙等之言, 而亦已想像矣. 奧在甲戌士論齊發, 稟丈席, 呈春曹, 賝享三池溪堂兩先生, 三池乃己卯名賢, 而爲溪堂之從祖也. 又於戊子, 躋配成大谷,曹南溟,成東洲三先生, 此亦稟定於鰲村丈席, 而爲之者也. 近日, 以謂旣配三賢, 則渼湖先生之幷享, 乃是斯文之盛事. 嶺湖通章, 一辭相應, 百世之公議, 有以不泯矣. 崔生奭根之面稟書告者, 盖因衆論故也. 不幸鰲村丈席, 奄棄後學, 則如此大事, 更無稟質處, 勢將請院丈於當世立言之君子, 稟議然後, 可以竣事. 今此定儒生上送, 而亦當聞乎崇聽. 故玆此仰告, 俯諒若何. 餘不備. 伏惟崇察. 謹拜上候狀.

삼가 영체令體(상대방의 높임말)의 기거가 평안하시리라 생각합니다. 우러러 위로가 되고 또 사모하나이다. 금화산의 산수 한 곳은 을사년(1545)의 유일遺逸이신 계당溪堂 최흥림崔興霖 선생이 은거하던 곳이며 대곡大谷 성운成運, 남명南冥 조식曹植, 동주東洲 성제원 세 선생이 서로 어울려 거닐던 유지遺址였습니다.

을유(1765)년에 문경공文敬公 김원행 노선생께서 연산현의 고사鉛山館古事로 인해[294] 고을 관아에 왔을 때, 계당의 유풍遺風을 듣고 찾아오셨습니다. 산수의 아름다움을 좋아하여 계당에 머무시면서 묘표墓表를 지으시고[295] 또 시를 지었으며[296] '배회하며 능히 떠나지 못하네徘徊不能去'라는 어구를 남기셨습니다.[297] 이는 선생의 남긴 자취를 기록한 가장 뛰어난 글이니 저희들의 말을 기다리지 않아도 마음속에 이미 상상이 되실 겁니다. 지난 갑술년(1814)에 선비들의 공론이 일제히 일어나 어르신들께 여쭙고 예조禮曹에 올려서 삼지三池, 계당溪堂 두 선생을 제사지내게 되었습니다. 삼지 선생은 기묘년(1519)의 명현이요, 계당 선생의 종조부 되는 분입니다. 또 무자년(1828)에 대곡 성운, 남명 조식, 동주 성제원 세 선생을 나란히 배향하였으니, 이는 또한 오촌 송치규宋穉圭 어르신께 여쭈어 그렇게 한 것입니다. 최근에 이미 배향된 삼현에 미호 김원행 선생을 같이 배양하는 것은 사문[298]의 성대한 일입니다. 이에 영남과 호남에 여러 통문을 보냈더니 하나의 뜻으로 서로 응하고 있습니다. 이로써 백세의 여러 논의들이 사라지지 않게 되었습니다. 최석근이 직접 아뢰고 또 글

294　연산현의 고사[鉛山館古事]로 인해: 연산현의 고사는 송대(宋代)의 주자와 육구연(陸九淵)·육구령(陸九齡)형제, 그리고 여조겸(呂祖謙) 네 현인(賢人)이 연산의 아호사(鵝湖寺)에 모여 철학적 강론을 펼쳤던 것을 기념하여 아호서원(鵝湖書院)을 세웠던 일을 뜻하는 것으로 보인다. 여기서는 남명 조식, 대곡 성운, 동주 성제원, 그리고 계당 최홍림 네 현인(賢人)이 계당에 모여 강론을 하였고, 후에 금화사(金華祠)를 지은 일을 말한다.

295　『미호집』에 「溪堂處士崔公墓表」가 실려 있다.

296　『미호집』에 「題崔處士溪堂」라는 시가 실려 있다.

297　『미호집』「최처사 계당기(崔處士溪堂記)」에 "서성대고 돌아보며 떠날 수가 없었다.(爲之徘徊睠顧而不能去.)"는 구절이 보인다.

298　사문(斯文): 유학의 도의나 문화를 이르는 말.

로 고한 것은 대중의 논의를 따르는 것이기 때문입니다. 불행히도 오촌鰲村 송치규宋穉圭 어르신께서 갑작스레 후학들을 버리고 돌아가셨으니, 이 같은 큰일에 다시 여쭐 곳이 없어졌습니다. 그렇기에 장차 당세의 입언군자立言君子[299]를 서원의 어른으로 청하여 물은 뒤에 의논해야 하는 방향으로 형세가 기울어졌습니다. 지금 유생을 정하여 올려 보내니 마땅히 어르신께서도 들을[300] 수 있을 것입니다. 그래서 이렇게 아뢰니 굽어살펴 주심이 어떨는지요? 나머지는 예의를 갖추지 못하였사옵니다. 바라옵건대 살펴주시옵소서. 삼가 절하고 안부를 묻고 글을 올립니다.

---

299 입언군자(立言君子): 세상에 교훈이 될 만한 의견을 내는 군자를 말한다.
300 숭청(崇聽): 임금이 들음. 또는 상대방의 들음을 높여서 이르는 말.

齋任兪正煥與金令書

재임 유정환이 김령에게 주는 편지

阻候, 不知幾個年月. 居常瞻仰, 曷有其已. 伏惟, 春暮, 令候萬衛, 令再從氏宅, 近來諸節, 亦如何? 慰溸并不任區區。正煥者, 狀姑依, 而年前遭仲弟喪, 孔懷之痛, 愈久念切. 因以衰朽, 自絶庚洛, 且迷兒遭其內艱, 免喪屬耳. 故若是阻闊, 豈云平日之誼耶? 就金華祠, 老先生追配事, 已悉於簡通, 不必疊床. 而第位次已享諸賢, 以年代爲序者, 盖因他院之已例, 且據先賢之定論而爲之, 故今番追享亦爲依前遵行矣, 或有以此難之者, 愚見則似不然矣, 而旣有所聞, 如是仰告耳.

　문안 올리지 못한 지 몇 해나 되었는지 모르겠습니다만 평소에 우러러 흠모하는 마음은 끝이 없습니다. 삼가 생각건대 늦봄인지라 공의 안위는 평안하시리라 봅니다. 어르신의 재종 집안의 근래 정황은 또한 어떠한지요? 위안과 간절하게 그리운 마음을 아울러 견디지 못하겠습니다. 저의 형편은 옛날과 같으나 작년에 둘째 아우의 상喪을 겪어 형제를 잃은 아픔이 시간이 지날수록 심해졌습니다. 그로 인해서 노쇠하여 스스로 한양 가는 일을 끊었습니다. 게다가 제 자식이 모친母親의 상을 당하고, 또 삼년상을 마치는 등의 일이 있었기 때문에 이 같이 소식이 끊어진 것이니 어찌 평소의 정의가 소원해서이겠습니까?
　금화사金華祠에 김원행金元行 선생을 추배한 일은 이미 통문 글에서 다하였으니 쓸데없이 반복[301]할 필요는 없겠습니다. 자리의 순서를 정해 이미 향사하고 있는 선현들을 연대로써 순서로 삼은 것은 대개 다른 서원의 전례를 따르고, 또 선현의 정론에 근거하여 정한 것입니다. 때문에 이번에 추향한 일 역시 전례에 따라 행한 것입니다. 혹 이를 곤란하다 여기는 사람이 있으나, 제 생각엔 그러하지 않은 듯합니다. 이미 들은 바가 있어 이같이 우러러 아뢸 따름입니다.

---

301 첩상(疊床): 첩상가옥(疊床架屋)의 줄임말. 침대 위에 침대를 겹쳐놓고 지붕 위에 지붕을 얹는다는 뜻으로, 쓸데없이 반복하는 경우를 비유하는 말이다.

三池崔先生

삼지 최운 선생

諱澐, 本和順, 己卯名賢. 一號水雲. 趙靜庵門人. 十八與
金冲庵, 同薦經筵, 逸縣監. 故牧使忠節公諱永濡五代孫, 故
逸判書文惠公號善門從孫, 故修撰諱善復孫. 歷觀察使大司
憲諱漢源子.

휘는 운澐이고, 본관은 화순和順이다. 기묘년(1519)의 명현으로 또
하나의 호는 수운水雲이다. 정암靜庵 조광조趙光祖선생의 문인이다.
열여덟에 충암冲庵 김정金淨과 함께 경연經筵에 천거되어 유일로써
현감을 지냈다. 고故 목사 충절공忠節公 휘 영유永濡의 오대손이고
고故 유일 판서 문혜공文惠公 휘 선문善門의 종손이며 수찬 휘 선복善
復의 손자이다. 관찰사 대사헌을 지낸 휘 한원漢源의 아들이다.

大谷成先生
대곡 성운 선생
諱運, 逸司宰監正. 本昌寧.
휘는 운運으로, 유일로 사재감정을 지냈으며 본관은 창녕이다.

南冥曺先生
남명 조식 선생
諱植, 諡文貞, 本昌寧.
휘는 식植이고 시호는 문정文貞이며 본관은 창녕이다.

東洲成先生

동주 성제원 선생

諱悌元, 逸縣監, 本昌寧.

휘는 제원悌元이고 유일로 현감을 지냈다. 본관은 창녕이다.

溪堂崔先生

계당 최흥림 선생

諱興霖, 本和順. 乙巳遺逸, 避士禍, 盡室入報恩金積山下, 不出洞外, 隱德不仕. 與成大谷, 曹南冥, 成東洲諸賢, 終老講詩于本祠泉石之勝, 有共被室, 醉臥溪, 四賢石, 而伊時報恩縣南, 德星見天. 故牧使忠節公諱永濡八代孫, 故大司成諱士老玄孫, 故吏曹參議諱漢禎曾孫, 故逸判書文惠公諱善門從五代孫.

휘는 홍림興霖이고 본관은 화순和順이다. 을사년(1545)의 유일遺逸[302]로 사화를 피해 집안사람들을 다 데리고 보은현의 금적산 아래에 들어가서는 고을 밖으로 나오지 않고 숨어서 덕을 숨기고서 벼슬하지 않았다. 대곡 성운成運, 남명 조식曹植, 동주 성제원成悌元 등 여러 현인들과 더불어 세상을 떠날 때까지 이 사당의 승경지인 공피실共被室, 취와계醉臥溪, 사현석四賢石에서 강론을 하였는데, 당시 보은현 남쪽에 덕성德星이 하늘에 나타났다. 고故 목사 충절공 휘 영유永濡의 팔대손이고 고故 대사성 휘 사로士老의 현손이며, 고故 이조참의 휘 한정漢禎의 증손曾孫이고 고故 유일판서 문혜공文惠公 휘 선문善門의 종오대손이다.

---

302 유일(遺逸): 벼슬하지 않고 초야에 있는 사람.

并告五先生文[303]

다섯 선생에게 아울러 고하는 글

睞際中明,	중종中宗, 명종明宗의 융성한 시기에
儒賢輩出.	유현儒賢들이 많이 배출되었으니
寒蠹先倡,	김굉필과 정여창[304]이 선창하고
靜退繼興.	조광조와 이황[305]이 이어서 일어났다.
有卓文貞,	우뚝하신 문정文貞[조식]이여,
崛起南服.	남쪽 지방에서 일어나니
天稟絶特,	천품이 뛰어나고
衿懷潔淸.	마음이 맑고 깨끗했네.
屹立橫流,	어지러운 시대에 우뚝 서서
名節自勵.	명예와 절개로 자신을 가다듬었네.
維敬與義,	오직 공경과 도의로
聖訓是程.	성현의 가르침을 법도로 삼았다.
如山畜天,	마치 산이 하늘을 안은 듯하고
若鷄伏卵.	닭이 알을 품은 듯했다.[306]

---

303 저자 송치규의 『강재집(剛齋集)』에 「보은 금화사에 남명 조식, 대곡 성운, 동주 성제
원 세 현인을 봉안하는 글(報恩金華祠, 奉安曺南冥、成大谷、成東洲三賢文)」이란 제
목으로 실려 있다.

304 한두(寒蠹): 한훤당(寒暄堂) 김굉필(金宏弼)과 일두(一蠹) 정여창(鄭汝昌).

305 정퇴(靜退): 정암 조광조와 퇴계 이황.

306 『남명집(南冥集)』 권1 「신명사명(神明舍銘)」의 부주(附註)에 "용이 여의주를 보살피
듯 마음에 잊지 말며, 닭이 알을 품듯 기운을 끊지 말며, 고양이가 쥐구멍을 지키듯 정

奉盤屬屬,	소반을 받들듯 조심스럽게 하고[307]
佩鈴惺惺.	방울을 차고서 스스로 깨우쳤다.[308]
嘯咏唐虞,	요순을 노래하며
偃仰雲月.	구름과 달 아래에서 편안히 쉬었다.
淸風起懦,	맑은 유풍 나약한 이들을 일으키고
峻節激頹.	높은 절개는 퇴폐한 풍속을 격려하여
岳峙斗高,	태산같이 우뚝하고 북두성처럼 높은 명망
百世景仰.	백세토록 우러른다.
猗歟大谷,	훌륭하구나! 대곡 선생이여.
隱成有稱.	은자 성씨라 일컬어졌네.[309]

신을 동요하지 말라.〔如龍養珠心不忘 如鷄伏卵氣不絶 如猫守穴神不動〕"라고 한다.

307 봉반(奉盤): 정재공연 때 반을 옮기는 사람.『악학궤범』(樂學軌範 1493)에 나오는 봉
반은 성종(1469~1494) 때 헌선도(獻仙桃)의 왕모헌도도(王母獻桃圖)에 나온다.

308 조식이 생전에 스스로를 깨우치자는 의미로 늘 금방울[金鈴] 하나를 몸에 차고 지내면
서 이를 '성성자(惺惺子)'라 명명하였다.

309 『퇴계집(退溪集)』十九卷의 「황준량에게 답한 편지 1(答黃仲擧一)」에 "방성과 함께
은성을 찾아갔다(攜放成訪隱成)"라는 대목이 있는데 여기에 대해 "방성(放成)은 성제
원을 가리키며 …… 은성(隱成)은 성운을 가리킨다.(案放成, 指成悌元. ……隱成, 指
成運.)"라는 주석이 있다. 은성(隱成)이라 불린 이유에 대해서는『송자대전』의 「대곡
성운선생 묘갈명(大谷成先生墓碣銘)」에 "끝내 세상의 쓰임이 되지 못했으므로 '은성'
이라 말하게 된 것이고 또 당시 사람들이 그의 고상함을 모르는 것을 애석하게 여기
는 뜻에서도 그렇게 불렀던 것이라 한다.(終不爲世用, 故謂之隱成, 而又惜時人不知其
高云爾.)"라고 기록되어 있다.

姿稟溫純,　　　　타고난 품성은 온순하고

志氣豪通.　　　　기질은 호걸스럽고 달통했네.[310]

波乾松倒,　　　　물결이 뒤집히고 소나무 넘어지자

養德林泉.　　　　임천에서 덕을 길렀네.[311]

通而不流,　　　　통하면서도 한쪽으로 지나치지 않았고,

介而不激.　　　　강개하면서도 과격하지 않았다.[312]

其言有物,　　　　말에는 근거가 있었고

而行有常.　　　　행동에는 일정한 법도가 있었네.[313]

美玉精金,　　　　아름다운 옥 다듬은 금과 같은 인품은

南冥所許.　　　　남명이 인정하였고

高才大器,　　　　높은 재주 큰 그릇은

---

310 『송자대전』의 「대곡 성운선생 묘갈명(大谷成先生墓碣銘)」에 "資稟溫純, 志氣豪邁"라
　　는 대목이 있다.

311 대곡 성운이 을사사화 때 윤원형 일파가 윤임 일파를 몰아내고 훈작을 받았다는 소식
　　을 듣고 "물결이 뒤집히면 용도 말라죽고(波軋龍爛死)/소나무가 넘어지면 학도 놀라
　　날아가네(松倒鶴驚飛)(成運『大谷集』上卷, 「書座壁」)"라는 시구(詩句)를 남겼다.

312 송자대전』의 「대곡 성운선생 묘갈명(大谷成先生墓碣銘)」의 "通而不流兮, 介而不激."
　　를 인용한 구절이다.

313 『송자대전』의 묘갈명에 "그의 학문이 존양(存養) 정색(精索)만을 힘썼으므로 그의 말
　　은 사실의 뒷받침이 있었고, 그의 행실은 일정한 법도가 있었다. (其學專務存養精索.
　　故其言有物, 其行有常.)"라는 구절이 있다.

重峯攸評.　　　조헌趙憲이 평한 바이다.[314]

賸馥猶存,　　　남긴 향기 아직 남아 있고

遺風未沫.　　　남긴 풍취 아직 사라지지 않아

杖屨攸憩,　　　발길이 머문 곳,

仰德冞深.　　　덕을 우러르는 마음 더욱더 깊어지네.

允矣東洲,　　　진실되도다! 동주 선생이여.

天挺人傑.　　　하늘이 낸 인걸이로다.

卓犖高蹈,　　　우뚝하도다! 고상한 자취여.

灑落淸風.　　　산뜻한 깨끗한 맑은 풍취여.[315]

爲己之工.　　　자신의 수양을 위한 공부를

早自刻苦.　　　일찍부터 각고의 노력 기울였고.[316]

外若眞率,　　　밖으로는 진솔하고

內實謹嚴.　　　안으로는 실로 근엄하였다.

淸粹氣容,　　　맑고 순수한 기운과 용모,

---

314 『송자대전』의 묘갈명에 중봉(重峯) 조헌(趙憲)이 퇴계 이황과 대곡 성운을 아울러
　　　칭찬하면서 "그들은 다 낭묘(廊廟)의 큰 그릇이요, 세상을 요리할 훌륭한 재목들이
　　　다.(是皆廊廟大器, 濟世高材.)"라 말하였다.

315 『송자대전』「報恩象賢書院告四先生文」에 "卓犖高蹈, 灑落淸風."라는 구절을 인용한
　　　것이다.

316 『송자대전』「報恩象賢書院告四先生文」에 "早知爲己, 能自刻苦."를 인용한 것이다.

灑脫衿抱.   깨끗하고 소탈한 그 마음

柳風梧月,   봄바람 달빛[317]과 같은 덕용과

點瑟回琴.   안회 증점의 포부[318]를 지녔다.

薄試牛刀,   소 잡은 칼처럼 큰 재주[319] 지니고

來尸玆土.   이 땅에 와서 다스렸으며,[320]

載闡儒化,   유교의 교화를 행하고 밝혀

丕變民風.   풍속을 크게 변화시켰네.[321]

---

317 유풍오월(柳風梧月): 유풍은 버드나무에 부는 바람으로 봄바람을 말하고, 오월은 오 동나무에 비친 달빛으로 가을 달을 말한다. 『송자대전』「報恩象賢書院告四先生文」에 "그 덕용을 상상하니 유풍과 오월과 같네.[想其德容, 柳風梧月]"라는 구절이 보인다.

318 점비회금(點瑟回琴): 공자가 제자들에게 각자의 포부에 대해 물을 때, 증점은 비파를 타고 있었다. 자기 차례가 되자, 비파를 놓고 일어나 대답하기를, "늦은 봄이 되어 봄 옷이 만들어지면 관(冠)을 쓴 어른 5, 6명과 동자 6, 7명과 함께 기수(沂水)에서 목욕 하고 무우(無雩)에서 바람 쐬고 노래하면서 돌아오겠습니다."라고 대답했다. 안금(顔 琴)은 안자(顔子)가 거문고를 탄 것을 두고 한 말이다. 『송자대전』「報恩象賢書院告 四先生文」에 "그 포부는 안회의 금과 증점의 슬을 떠올리게 하네.(沂其襟懷, 回琴點 瑟.)"라는 구절이 보인다.

319 박시우도(薄試牛刀): 큰 고을을 다스릴 만한 뛰어난 능력을 말한다. 공자가 자유(子 游)가 다스리는 무성(武城)에 가서 현가(弦歌)를 듣고 빙그레 웃으며, "닭 잡는 데에 어찌 소 잡는 칼을 쓰느냐[割鷄, 焉用牛刀]"라고 한 데서 나온 말이다. 『論語 陽貨』

320 『송자대전』「報恩象賢書院告四先生文」에 "이 땅에 오셔서 다스리니 닭을 잡기 위해 우도를 썼네.[來尸玆土, 割鷄牛刀]"라는 구절을 인용한 것이다.

321 『송자대전』「報恩象賢書院告四先生文」에 "우리를 천하게 여기지 아니하시고 문교를 베푸셨네. 닦은 바탕이 있어 투박한 풍속을 크게 변화시켰네.[不我鄙夷, 文敎載闡. 藏 修有所, 朴俗丕變.]"라는 구절을 인용하였다.

山高水長,	산처럼 높고 물처럼 길이 갈
風韻如昨.	유풍은 어제와 같이 남아 있어
自祠而院,	사당으로부터 서원까지
久已欽崇.	오래토록 흠향하고 높인다.[322]
曰維三賢,	오직 세 어진이가
幷世同德.	같은 시대에 덕을 함께하였는데
眷言懷想,	돌아보고 생각하니,
命駕相隨.	수레를 몰고 서로 따랐었네.
于時三山,	당시 삼산에서
德星曾聚.	덕성들이 모였는데
誰其賢主,	누가 그 어진 주인인가?
有溪堂公.	계당 최홍림 공.
對床論經,	책상을 마주하여 경전을 토론하고
懸燈拈韻.	등불을 걸고 시를 지었지.
共被之室,	이불을 함께 덮고 잔 방,
醉臥之溪.	취해 누웠던 시냇가.
行道猶傳,	행실과 도는 아직 전해져

---

322 여기서 말하는 사당[祠]과 서원[院]은 아마도 보은현 소재의 금화사(金華祠)와 상현서원(象賢書院)을 가리키는 것으로 보인다.

一方永慕.	이곳 사람들이 흠모한다.
睠玆華院,	이 금화서원金華書院을 돌아보고
先妥池溪.	먼저 삼지, 계당 봉안하였다.
緬懷名區,	이 좋은 구역을 아련히 생각하여
四老合倂.	네 어른[323]을 함께 모셨구나.
人情神理,	사람들의 정과 신의 이치에
夫豈有間.	흠잡을 것이 무엇 있겠는가.
士林一辭,	사림의 의견이 통일되어
同堂齊腏.	같은 사당에 일제히 배향하였다.
爰趂春享,	이에 봄철 제향이 되어
謹擧縟儀.	삼가 성대한 의식을 거행하는데
彷彿當年,	그 당시의 모습과 비슷하게
聊衿序齒.	옷깃을 맞대고 나이에 따라 순서를 정한다.
章甫坌集,	유생들이 성대하게 모여들고
牲酒脯馨.	술과 안주가 한껏 차렸으니
庶幾顧歆,	부디 내려와 흠향하시어
啓佑無極.	끝없이 계도하고 보우하시길.

323 남명 조식, 대곡 성운, 동주 성제원, 그리고 계당 최흥림 선생을 가리킨다.

春秋饗祝文

춘추향축문

志操介特,	지조는 기개 있고 뛰어나며
學識精明.	학식은 정밀하고 밝으며,
護善吾志,	선善을 지키려는 그 뜻
處坎而亨.	어려움에 처하여도 한결같다.
芳躅所及,	꽃다운 자취가 미치는 곳마다
誦慕不衰.	칭송과 사모 쇠하지 않는구나.
茲値[春秋]丁	이 봄(가을)의 첫 정일丁日에
報祀如儀	의례에 맞게 제사를 올리노라.

- 삼지 선생의 위패三池位

灑落襟懷,	깨끗하고 맑도다! 그 마음
朴實工程.	순박하고 진실하도다! 그 공부.
出處合義,	출처가 의義에 맞는다는 말은
退翁攸評.	퇴계께서 평한 바이다.
遺韻所在,	유풍이 남은 곳에서는
冞切仰止.	더욱 더 간절히 우러르는데
茲値春丁,	이 봄의 상정일上丁日을 만나
敬薦禋祀.	삼가 제사를 올린다.

- 남명 선생의 위패南冥位

豪邁之氣,　　　　　호매한 기상과

存養之學.　　　　　존양存養³²⁴의 학문.

不知何病,　　　　　어떤 근심도 모르는 채

自有眞樂.　　　　　절로 참된 즐거움을 지니셨다.

芳躅所及,　　　　　아름다운 자취 미치는 곳마다

起我後人.　　　　　우리 후인을 일으키시니

兹值春丁,　　　　　이 봄의 상정일에

薦此精禋.　　　　　이 정갈한 제사를 올린다.

　　　　　　　　　　　　　- 대곡 선생의 위패大谷位

以雄豪姿,　　　　　웅호雄豪한 자태로서

有刻苦學.　　　　　각고의 학문을 하셨구나.

外似疎曠,　　　　　겉모습은 소탈한 듯해도

內實堅確.　　　　　안으로는 굳건하였다.

桐鄕儒化,　　　　　동향桐鄕³²⁵이 유도儒道로 교화되어

永世欽誦.　　　　　영세토록 흠모하고 칭송하네.

324　존양(存養): 본심을 잃지 않도록 그 착한 마음을 기른다.

325　동향(桐鄕): 옛날 수령의 은혜로운 정사를 잊지 못하고 있는 고을이라는 뜻이다. 한
　　　(漢) 나라 주읍(朱邑)이 젊었을 때 동향의 관리로 있었는데, 동향에서 그를 못내 사모
　　　하자 죽어서 그곳에 장사 지내었던 고사가 있다. 『漢書 循吏傳 朱邑』

茲値春丁,　　　　　이 봄의 상정일에

精禋是奉.　　　　　정갈한 제사를 받든다.

　　　　　　　　　　　　　　　– 동주 선생의 위패^{東洲位}

遯世高標,　　　　　은둔한 고결한 기상

講學眞樂.　　　　　학문을 강론하는 참된 즐거움.

終身探討,　　　　　종신토록 탐구한 그 자세는

關閩濂洛.　　　　　정주程朱와 주돈이 · 장재³²⁶를 방불케 한다.

鄕黨百年,　　　　　향당이 백년을 이어감에

誦慕冞切.　　　　　칭송과 사모가 더욱 간절하니

茲値春丁,　　　　　이 봄의 상정일에

報祀無歉.　　　　　흠 없이 제사를 올린다.

　　　　　　　　　　　　　　　– 계당 선생의 위패^{溪堂位}

---

326 염락관민(關閩濂洛): 송(宋)나라 때 성리학의 주요 학파로, 염계(濂溪)의 주돈이(周敦
頤), 낙양(洛陽)의 정호(程顥) · 정이(程頤), 관중(關中)의 장재(張載), 민중(閩中)의 주
희(朱熹)를 이르는 말임.

地誌

지지

處士崔公, 諱∞, 字∞, 在昔明廟之世, 自京師, 隱居于縣南金積山中, 築室于溪瀑之上, 號溪堂. 與一時名賢 成大谷, 曺南冥, 成東洲諸先生講討吟咏, 而大谷詩五首, 南冥詩三首. 今乙酉春, 渼湖金公, 來訪溪堂, 作記文, 又題堂額, 書醉臥溪有感吟詩四韻. 櫟泉宋公, 書'堅心洞'三字, 皆在揭板石刻中. 性潭宋公來訪溪堂, 歸書溪堂九曲, 號'玉溜澗松塢', 四賢石, '先生之風, 山高水長'(十)八字, 凡四丈. 號譜云 處士崔公, 諱興霖, 號溪堂, 明廟乙巳, 隱德不仕.

처사 최 공의 휘는 홍림興霖이고 자字는 현좌賢佐다. 옛날 명종 조에 한양으로부터 보은현의 남쪽 금적산으로 들어와 은거하였다. 폭포가 있는 시냇가에 집을 짓고는 계당溪堂이라 불렀다. 당시에 이름난 어진 이들인 대곡 성운成運, 남명 조식曺植, 동주 성제원成悌元 등 선생들과 더불어 학문을 가르치고 토론하였고 어울려 시를 읊조렸다. 대곡 선생의 시 5수와 남명 선생의 시 3수가 전한다.

을유(1765)년 봄에 미호 김원행金元行 공이 계당을 방문하여 계당에 기문記文을 짓고 또 당액을 써주었다. 뿐만 아니라 취와계에서 감흥을 일으켜 시 4수를 남겼다. 역천櫟泉 송명흠宋明欽공이 '견심동堅心洞' 세 글자를 썼는데 모두 현관과 석판에 새겨져 있다.

성담性潭 송환기宋煥箕 공이 계당을 들렀다가 돌아가 계당구곡溪堂九曲을 쓰고 옥 같은 물방울이 소나무 사이에 난 계곡으로 흐르는 마을이라는 의미로 '옥류간송오玉溜澗松塢'란 이름을 지어 불렀다. 네 명의 어른을 기리는 사현석四賢石에는 "선생의 유풍이여! 산처럼 높고 물처럼 길이 전해지리라."고 하는 여덟 글자가 새겨져 있다. 총 길이가 4장丈이다.

호보號譜에 이르기를 "처사 최공의 휘는 흥림興霖이요 호는 계당溪堂이다. 명종 조 을사(1545)년에 덕을 숨기고서 벼슬에 나가지 않았다."고 했다.

역자후기

　『예기禮記』「제통편祭統篇」에, "그 선조先祖에게 아름다움이 없는데도 후손이 칭송한다면 이는 속이는 것이다. 선조에게 아름다움이 있는데도 후손이 알지 못한다면 밝지 못한 것이다. 알면서도 전하지 않는다면 어질지 못한 것이다. 이 세 가지 경우는 군자가 부끄러워하는 바이다其先祖, 無美而稱之, 是誣也, 有善而弗知, 不明也, 知而弗傳, 不仁也, 此三者, 君子之所恥也."라는 구절이 있다. 조상이 남긴 아름다운 자취는, 후손된 사람이라면 마땅히 밝게 알고서 후세에 전해야 하는 것이 후손 된 도리를 다하는 것이다.

　옛날에는 학자나 문인이 세상을 떠나면, 그 제자나 후손들이 정성을 다해 시문詩文 원고를 모아 문집을 편찬하여 세상에 간행하였다. 그래서 현재 우리나라에 1만 5천 종의 문집이 남아 있어, 세계적으로도 학문이 있는 나라로 알려졌다. 이제 계당溪堂 최흥림崔興林(1506~1581) 선생의 후손들은 그 훌륭한 선조 계당의 문집을 우리 말로 옮겨 간행해서 세상에 널리 반급頒給하려고 하니, 밝고 어질다는 찬사를 쓰는 데 인색할 수가 없다.

　돌이켜보면, 2016년 가을, 한국외대 최재철 교수님 연구실에서 화순최씨 종친회 최원태 회장 등 여러 문중 인사들로부터 『계당집溪堂集』 번역을 요청받았다. 역자에게 건네준 책은, 간행된 『계당유고溪堂

遺稿』와 필사본『계당집溪堂集』복사본이었다. 이 복사본은 종가에서 소장하고 있는 선생의 유고집인데, 간행본에 비하여 훨씬 자료가 더 풍부하게 수록되어 있는 귀한 문헌이었다. 훌륭한 학덕學德으로 오래동안 지역의 유림사회에서 숭모崇慕를 받아온 인물인 계당선생의 문집을 역자의 손으로 번역한다는 것은 매우 의미 있는 일이라 판단하여, 후손들의 번역 요청을 수락하여 번역에 착수하게 되었다.

계당선생은, 1545년 을사사화乙巳士禍를 만나 충청도忠淸道 보은報恩의 금적산金積山에 들어가, 산수 속에서 평생을 살았던 전형적인 처사處士였다. 그의 본관은 화순和順, 자는 현좌賢佐, 호는 계당溪堂이다. 시조는 오산군烏山君 세기世基이고, 이후 대대로 많은 인물이 배출되어 온 가문이다. 고조 최사로崔士老는 성균관成均館 대사성大司成을, 증조 최한정崔漢禎은 이조참의를 지냈고, 조부 최중청崔重淸은 전라도관찰사를 지냈다. 부친 최해崔垓는 학행이 뛰어났다.

1545년에 일어난 을사사화에서 많은 어진 사람들이 화를 당하는 것을 보고, 계당은 가족들을 이끌고 서울을 떠나 보은 금적산에 자리 잡고 살았다. 계곡에 집을 지어 계당溪堂이라 이름 붙이고, 자신의 호로 삼았다. 계당은 거기서 유교 경전과 정주程朱의 학문을 연마하고, 제자들을 가르치기를 게을리 하지 않았는데, 평생 동구 밖으로 나가지 않았다. 보은報恩 종산鍾山에 은거하던 대곡大谷 성운成運과 벗이 되었다. 대곡을 통해서 대학자 남명南冥 조식曺植, 보은현감 동주東洲 성제원成悌元 등 당대의 뛰어난 학자들과 도의지교道義之交를 맺어 그의 학문과 덕행을 닦아 나갔다. 또 유림사회에서 지절志節로 이름 높은 수우당守愚堂 최영경崔永慶은, 그의 7촌 조카로 계당에게 명銘을 얻는 등 그의 영향을 많이 받았다고 볼 수 있다. 『계당집』은 계당의 학문과 사상을 고찰하고, 사우師友들과의 교유관계를 통해 16세기 은일자隱逸者들의 학풍을 연구할 수 있는 좋은 자료이다. 그의 시문은 평이平易하면서도 법도에 맞는 순수한 작품이 많아 은일자의 문학으로 의미가 있을 것이다. 계당은 평생 벼슬에 나가지 않고 산수 간에서 학문을 연구하고 덕행을 닦고 제자들을 길렀으므로, 많은 시문을 남겼을 것으로 생각된다. 그러나 계당 사후 11년 뒤에 발생한 임진왜란壬辰倭亂 등으로 그가 지은 시문은 대부분 없어졌을 것이다.

　오랫동안 계당이 남긴 시문 원고는 문집으로 편찬되지 못 하다가, 계당의 11대손 최학수崔學洙가 처음으로 『계당유고』를 편찬하였다. 이 때 우암尤庵 송시열宋時烈의 5대손 성담性潭 송환기宋煥箕가 서문을 붙였다. 서문에서 송환기는 계당 최흥림, 남명 조식, 대곡 성운, 동주 성제원 등 당대 명현들과 사귀면서 주고받은 시문과 편지, 그리고 한가로이 머물며 읊조리던 시들은 볼만한 데, 거듭되는 전란을 겪으면서 흩어져 모을 수 없음을 안타깝다 했다. 또 최학수의 기록에 따르면 일찍 계당의 5대손 연정蓮亭 최두천崔斗天이 계당의 글들을 모아서 출간하려고 했으나 초고가 불에 타버려 성사되지 못해 내내 후손들의 한으로 남았다고 한다. 1751(영조 27)년에 함원咸原 어석중魚

錫中이 「『계당유고』의 뒤에 쓰다書溪堂遺稿後」라는 글을 보면, 『계당유고』는 일찍부터 출간하려고 준비해 온 것이 틀림없다. 그 뒤로 후손들은 오래 동안 선조들이 남긴 글들, 선조들과 동시대 또는 후세 살았던 문인들의 문집이나 여러 문헌에서 끊임없이 관련 글들을 찾아서 수집하였다. 마침내 1804(순조 4)년에 계당의 시문에 부록을 붙여 『계당유고』를 목판으로 간행하였다.

책머리에 송환기가 지은 서문을 싣고, 책 말미에 김린순金麟淳이 지은 간행과정에 대한 간략한 발跋과 최학수가 편집과정을 기록한 지識를 부쳤다. 모두 1책 61장으로 장정되어 있는 『계당유고』 본집本集에는 시詩 10제 12수, 명銘 1편, 제문祭文 1편, 유사遺事 1편을 수록해 놓았다. 이 시문들 가운데 최홍림 본인의 작품이 아닌 것으로 보이는 작품이 들어 있는데, 이에 대해서는 최근 학계에 발표된 논문에서 이미 그 오류를 밝혀 놓았다.* 이밖에 여타 문인들이 지은 차운시次韻詩 16제 24수를 부록으로 함께 실어 놓았는데, 이 시들은 모두 계당이 생전에 교유했던 이자화, 성운, 조식, 소재穌齋 노수신盧守愼 등이 지은 수창시가 있고 또 후대의 문사들이 계당의 학행을 기려서 지은 시들이다. 『계당유고』는 현재 서울대 규장각을 비롯해 연세대, 계명대, 전남대 등 여러 대학도서관에 소장되어 있다.

『계당집』은 필사본으로 되어 있는데, 『계당유고』를 간행하기 위해 수집한 자료들을 모두 편집해서 1책 112쪽으로 제본하여 가문에서 소장하고 있는 것으로 보인다. 가장본家藏本 『계당집』은 앞뒤 두 부분으로 나눌 수 있는데, 앞부분에 계당 본인의 시문을 실었고, 뒷부분에는

---

* 조영임, 「처사 최홍림의 삶과 교유」, 『한중인문학연구』 56, 2017 참조.

여타 인물의 시문들을 수록했다. 『계당집』의 뒷부분은 체제나 형식이 완전히 정리가 안 되어 상당히 복잡하다. 전부 약 142제 약 170수의 한시와 기문記文, 제문題文, 묘표墓表, 제문祭文, 유사遺事, 상량문上樑文, 축문祝文, 고유문告由文 등 형식의 산문 38편을 편차와 권수를 나누지 않고 엮어 놓았다. 그리고 책의 여백 부분에 첩지貼紙, 부언附言, 호보號譜, 지지地誌 등에 적은 글까지 수록되어 있다. 작품들의 내용은 대체로 계당의 재건축과 관련된 한시와 문장들이다.

'계당溪堂'은 계당 최흥림이 생활하며 학문을 연구하고 제자들을 양성한 집이지만, 또한 재야의 학자들이 아름다운 만남을 이루었던 공간이며 후대의 유생들이 찾아와 추모하는 공간이다. 시간이 흐름에 따라 자연 공간으로서의 계당은 낡고 허물어지기도 했는데 그 때마다 후손들이 유림들을 규합하여 정성을 모아 재건하거나 확대 재건축하였다. 계당은 크게 보면 모두 세 차례 중건重建하였다. 새롭게 재건된 계당은 '고을의 독서 강학 공간'으로 선비들이 학문을 탐구하고 선현을 기리는 문화적 공간으로 거듭났다. 그 이후 조선 말기까지 선현의 고상한 자취를 찾아오는 유림들이 많았다.

일찍 성운, 조식, 성제원, 최흥림 등 '사현四賢'이 빼어난 경치를 자랑하는 계당에서 학문을 토론하고 시주詩酒를 즐기며 노닐던 때에 남긴 일화로 생겨난 '견심동堅心洞' '공피실共被室', '취와계醉臥溪' 등의 명칭은, 유가문화의 높은 경지를 나타내는 표본이 되어 후학들에게 좋은 인상을 주기에 충분했다. 특히 대곡 성운과 같이 재야의 대학자가 머물었던 보은에서 수많은 유생들이 모임을 가졌다는 것은 의미 있는 일이다.

이번에 역자가 번역한 대본은, 문중에서 소장하고 있는 『계당집』을 저본으로 하였는데, 내용이 가장 풍부하다. 대본의 오자, 탈자는 서울 대 규장각과 계명대 등 여러 도서관에 소장되어 있는 『계당유고』와 일일이 대조하고, 또 여타 작가의 문집을 직접 살펴 확인하였고, 또 한문학 분야의 권위 있는 전문가에게 자문을 요청하여 정확하게 번역 하려고 노력했다. 그러나 아직도 부족하거나 잘못된 부분이 없지 않 을 것으로 생각되는데, 이에 대한 책임은 전적으로 역자에게 있다.

1910년 일제에게 나라가 망하고, 1945년 이후 미국의 물질문명이 휩쓸고 들어와 우리 조상들의 아름다운 전통문화는 점점 사라져 가고 있다. 금전만능과 무한경쟁의 혼란한 시대에 조상이 남긴 훌륭한 문 집을 번역하여 다음 세대에 조상의 올바른 선비정신을 전수해 주려는 계당溪堂 최흥림崔興霖 선생의 후손들이 조상을 받드는 효성에 저절 로 경의가 표해진다.

이 『계당집』의 번역 출판으로 인해서 얻어지는 학문적 문화적 효과 는, 단순히 계당 후손들을 위한 일만이 아닐 것이다. 보은의 전통적 학술과 문화를 살찌우고 격을 높이고, 나아가 유림의 문화 내지는 학 술 문화에 도움이 될 것으로 믿는다. 우리 말로 옮겨진 『계당집』이 널 리 읽히기를 기대해 마지않는다.

2020년 11월 29일
계명대학교 한문학과 교수
이춘희李春姬 근지謹識.